国家社会科学基金重大项目"中国新诗传播接受文献集成、研究及数据库建设（1917—1949）"（项目号：16ZDA240）
华中师范大学中国语言文学一流学科建设资助项目

朱英诞诗歌研究

王泽龙 等 著

中国社会科学出版社

图书在版编目（CIP）数据

朱英诞诗歌研究/王泽龙等著．—北京：中国社会科学出版社，2023.12

ISBN 978－7－5227－2814－8

Ⅰ.①朱…　Ⅱ.①王…　Ⅲ.①诗歌研究—中国—当代　Ⅳ.①I207.22

中国国家版本馆 CIP 数据核字（2023）第 243987 号

出 版 人	赵剑英
责任编辑	郭晓鸿
特约编辑	杜若佳
责任校对	师敏革
责任印制	戴　宽

出　　版	中国社会科学出版社
社　　址	北京鼓楼西大街甲 158 号
邮　　编	100720
网　　址	http://www.csspw.cn
发 行 部	010－84083685
门 市 部	010－84029450
经　　销	新华书店及其他书店
印　　刷	北京明恒达印务有限公司
装　　订	廊坊市广阳区广增装订厂
版　　次	2023 年 12 月第 1 版
印　　次	2023 年 12 月第 1 次印刷
开　　本	710×1000　1/16
印　　张	19
插　　页	2
字　　数	277 千字
定　　价	109.00 元

凡购买中国社会科学出版社图书，如有质量问题请与本社营销中心联系调换

电话：010－84083683

版权所有　侵权必究

目　录

暮年诗赋动江关（代序）
　　——纪念诗人朱英诞 ……………………………… 谢　冕（1）

隐没的诗神重新归来（代前言）
　　——在《朱英诞集》首发式暨出版座谈会上的致辞 ………（1）

第一章　朱英诞诗歌综论 ………………………………（1）
　第一节　朱英诞新诗的现代品质 ………………………（3）
　第二节　中外诗歌传统的交融互涉 ……………………（6）
　第三节　平实纯正、隽永含蓄的诗风 …………………（12）
　第四节　返俗为雅的现代旧体诗 ………………………（15）

第二章　朱英诞诗歌的沉默意识及其书写 ……………（19）
　第一节　隐士的静观 ……………………………………（20）
　第二节　智者的冥想 ……………………………………（25）
　第三节　诗人的语默 ……………………………………（30）

第三章　朱英诞诗歌的飞鸟意象 ………………………（36）
　第一节　飞鸟意象的现代意旨 …………………………（36）
　第二节　飞鸟意象的诗性思维 …………………………（53）
　第三节　飞鸟意象的审美趣味 …………………………（71）

第四章　朱英诞诗歌的冲淡诗风 ……………………… (89)
　　第一节　朱英诞的冲淡诗歌观 …………………………… (90)
　　第二节　平常闲适的诗歌题材 …………………………… (94)
　　第三节　平易简约的诗歌形式 …………………………… (97)
　　第四节　淡而有味的诗美意蕴 …………………………… (99)
　　第五节　朱英诞冲淡诗风与古典诗歌传统 ……………… (102)

第五章　朱英诞新诗与宋诗理趣传统 ………………… (108)
　　第一节　宋诗"理趣"内涵与朱英诞现代诗观 ………… (109)
　　第二节　朱英诞对宋诗理趣的传承 ……………………… (116)
　　第三节　与古为新的宋诗艺术传统化用 ………………… (122)

第六章　朱英诞山水诗与唐宋山水诗的精神会通 …… (130)
　　第一节　回归自然的心灵舒放 …………………………… (131)
　　第二节　生存境遇的寄兴书写 …………………………… (138)
　　第三节　心灵驰骋的广阔世界 …………………………… (145)

第七章　朱英诞山水诗与唐宋山水诗的艺术传统 …… (152)
　　第一节　化用典故：与古为新的诗艺探索 ……………… (152)
　　第二节　出入象征：中西融合的诗境体验 ……………… (159)
　　第三节　融合理趣：知性典雅的语言风格 ……………… (167)

第八章　朱英诞旧体诗的题材特色与文化心理 ……… (175)
　　第一节　朱英诞旧体诗的题材特色 ……………………… (176)
　　第二节　朱英诞旧体诗的文化心理 ……………………… (185)
　　第三节　现代知识分子的个性抒写 ……………………… (201)

第九章　朱英诞旧体诗的形式特征 …………………… (209)
　　第一节　声韵的继承和创化 ……………………………… (210)

第二节　朱英诞旧体诗的审美特质 …………………………… (214)

第十章　朱英诞与法国象征主义诗歌 ………………………… (220)
第一节　心物感应：重新感知世界 …………………………… (221)
第二节　暗示：寻找有效的表达方式 ………………………… (227)
第三节　"真诗"："纯诗"激活的新诗本体意识 …………… (230)

第十一章　朱英诞新诗理论探究 ………………………………… (235)
第一节　以自然之笔道出真实情感的真诗 …………………… (235)
第二节　自由中乃有严正的法则 ……………………………… (244)
第三节　崇尚自然的审美观 …………………………………… (253)

第十二章　朱英诞与废名新诗理论比较 ………………………… (256)
第一节　废名对朱英诞诗歌理论的影响 ……………………… (257)
第二节　新诗本质的界定 ……………………………………… (260)
第三节　新诗形式的要求 ……………………………………… (263)
第四节　古典和西方诗论的双重借鉴 ………………………… (266)

第十三章　朱英诞对新月派诗的批评 …………………………… (270)
第一节　"带着脚镣跳舞"与"散文的诗" ………………… (271)
第二节　单纯的诗与矫情的诗人习气 ………………………… (274)
第三节　心灵的耳朵与格律诗的音乐性 ……………………… (276)
第四节　"缘情绮靡"与"诗的情思" ……………………… (278)

参考文献 ……………………………………………………………… (280)

后记 …………………………………………………………………… (287)

暮年诗赋动江关（代序）
——纪念诗人朱英诞

谢　冕

在20世纪诗坛声名寂寞的朱英诞开始被重新发现，这与王泽龙教授带领的学术团队的努力分不开。十年前他们开始整理朱英诞文稿，2018年隆重推出了十卷本《朱英诞集》；收集在这本《朱英诞诗歌研究》中的文章，是泽龙和他的团队在收集整理诗人文集时期以及近年来研究朱英诞诗歌创作与诗歌理论批评的成果。他们为推动朱英诞诗歌这座有待开发的现代诗学宝藏投入了满腔的学术热情。这部著作中大部分内容是围绕朱英诞诗歌与中国古代诗歌学传统来述论的，如何与古为新，是我们当代新诗正在面对的重要问题。泽龙把著作稿件发来与我交流，希望我为著作作个序言，我是十分乐意的。泽龙体贴我病愈后还在身体恢复期，建议我把2018年6月18日在北大举办的《朱英诞集》首发式暨出版座谈会上的发言作为代序，我愿意再次借此表达我对北大前贤朱英诞先生的致敬！表示我对《朱英诞诗歌研究》的祝贺！

20世纪50年代，我们创办《红楼》，向林庚先生约稿。林先生很痛快地答应了。他为新创刊的《红楼》写的是一首典型的"林庚体"：

　　红楼你响过五四的钟声
　　你啊是新诗摇篮旁的心

> 为什么今天不放声歌唱
> 让青年越过越觉得年青

那时不仅我们年轻，林先生也很年轻。那时我们无知，不知道与林庚同时，还有一位叫作朱英诞的诗人。而诗人朱英诞在当时以至于以后的数十年间，都在人们的视野之外，有很多时间是在燕园门外海淀的乡间，默默地为诗歌贡献着自己的智慧。世事易变，数十年后的今天，我们终于有机会以隆重的方式纪念和重新认识这位曾经与世隔绝的"隐逸诗人"。我们认识朱英诞是有些晚了，但是我们毕竟有了这样补偿的机会。

各位朋友，各位诗人，欢迎大家来到采薇阁。我们选择戊戌端午的前夕在这里开一个诗人的会，端午是属于屈原的，这是我们对诗人表达敬意的最好日子。朱英诞先生平生景仰屈原，他的诗学理想源自屈原，他作过《离骚》的注释。朱先生说过，清代的戴震为屈赋作注，"自序文中给屈原一字之褒，曰：'纯'"（《朱英诞集·自白》第九卷）。纯是一种境界。他就此引申到对诗歌现状的思考："我以为屈原未必不是由杂而进入纯的；如果我们由纯转杂，诗的将来便将不堪设想。我想，那要比战争所给与的损害或者更大到不知有多少倍。"（《朱英诞集·自白》第九卷）朱英诞一字千钧，他把维护诗的纯净看得比一切都重要。

朱英诞是一位杰出的诗人，更是一位杰出的学者。他学贯中西，艺通今古，诗文灿烂。他1939—1945年任教于北大，在此期间与废名先生和林庚先生建立了亦师亦友的亲密友谊，两位先生都非常赏识朱英诞的才华。在北大任教期间，朱英诞承接了废名先生主讲的"新诗与写作"的课程，并与废名共同完成了《新诗讲稿》。在《现代诗讲稿》中，朱先生对早期白话诗有系统和细致的辨识。他的特点是引导学生在阅读过程中体会作者的得失。他不是一般的研究者，他是在分析的过程中融合了自己的写作体验。如同废名和林庚那样，他们都是诗人论诗。

暮年诗赋动江关（代序）

在以往，我们因为时代和历史的原因，有了对于朱英诞轻忽的淡忘。而诗人却是在静默地、数十年如一日地坚持着诗歌的创作和研究。朱先生谦称自己是一个"大时代的小人物"（《朱英诞集》第十卷第539页），作为一位有良知的学人，他始终以自己的方式低调地生活着、劳苦着，他自爱而坚守，曾经婉拒过张道藩的邀请，而在适当的时候，他又能以自主的决定热情地投入新的生活[①]。他无愧于他所生活的时代。我们今天的聚会，是北大一百二十周年校庆活动的延续，到了九月，我们还要开中国新诗一百年的纪念大会，也是校庆活动的一个节目。我常感慨北大有两种人，一种人如胡适、陈独秀、李大钊那样，是振臂一呼震动千军的领袖人物，另一种人是废名、林庚、朱英诞以及吴兴华（梁文星）和最近刘福春在《新文学史料》中介绍的南星那样，毕生守着宁静，默默地为诗歌事业耕耘着的人物。这些先驱者和前辈对于我们来说，他们都是永远的光辉和骄傲。

这次首发的《朱英诞集》十卷中，新诗五卷，旧体诗二卷，收新旧体诗数千首，在其余三卷中，他仍以大部的篇幅贡献于诗的思考。人们不免抚卷深思，发现我们多么不该无视于这些为诗歌作出如此巨大贡献的诗人。朱英诞是一个痴心的诗人，诗，几乎就是他的生活的全部。在战乱年月，在生活极端困顿的日子，他如蚕吐丝，把所有的心力和智慧都化成了华美的诗篇。而他对诗的信念是新颖的和前瞻的："中国文化不在宫廷、官场文人堆中，而在诗人的灵魂里。我以为陶渊明的头脑就近于鬼怪，不过他是以天生的一支淡雅之笔出之，然而他必须那么爱田野，爱树，——他爱人也如爱树。这些诗人之所以高于李杜韩白苏黄杨陆，就在于他们本身形成了中国文化的实质。"[②]

上面这番话，是在他说到误认李贺为晚唐诗人时提及的。他推崇诗意的纯真甚至纯美。这不仅体现在他的全部诗歌创作中，而且体现

[①] 见《朱英诞生平年表》：1949年36岁："春，草成诗作《挂列宁像》在冀东解放区唐山，入政治学院学习。心情非常振奋。在开滦煤矿举行的文艺汇演中朱英诞以票友的身份参加了京剧《芦花荡》的演出。"

[②] 朱英诞：《自白》，《朱英诞集》第九卷，长江文艺出版社2018年版，第3页。

在他的诗学阐述中。他为《离骚》注译，研究杨万里，写李长吉评传。他坦言爱读李贺，爱读晚唐诗人。他说："我读温、李也不是因为他的特殊的伤感，而是他们只承六朝的古典精神。"（《朱英诞集·自白》第九卷）说到这里，他紧接着补了一句："庾兰成正是古典的源泉之一。"庾兰成是庾信，他提庾信不偶然，庾信与他的一生经历有暗合之处。我思及朱先生一生的"萧瑟"，就自然地想到了杜甫对于庾信多次发出的由衷赞叹。杜甫有诗句说："庾信平生最萧瑟，暮年诗赋动江关。"①

  伟大的杜甫在千年之前就代我们说出了我们今天的感慨。岁月有情，遗忘不是永远，在辉煌的沉寂之后，我们可以告慰朱先生的是，我们毕竟看到了一片晚霞（晚唐）的绚烂。

---

① 杜甫《咏怀古迹五首》之一："支离东北风尘际，漂泊西南天地间。三峡楼台淹日月，五溪衣服共云山。羯胡事主终无赖，词客哀时且未还。庾信平生最萧瑟，暮年诗赋动江关。"

隐没的诗神重新归来（代前言）
——在《朱英诞集》首发式暨出版座谈会上的致辞

今天，我们在北京大学聚集一堂，热烈庆祝《朱英诞集》的出版，可以说是我们向一位中国现代优秀诗人朱英诞一次晚到而隆重的致敬。朱英诞为他的老师林庚先生所推荐，从1939年至1945年在北京大学中文系任教，讲授新诗与写作，这个时期也是朱诞诗歌创作最为活跃的时期，收集在《朱英诞集》中的《春草集》《小园集》《深巷集》《夜窗集》《逆水船》《花下集》《损衣诗抄》等十多部诗集是这个时期的作品。朱英诞是20世纪三四十年代京派作家群中最为活跃、最受关注的青年诗人之一。刘福春老师近期发表的文章《南星与〈春怨集〉——寻诗之旅》(《新文学史料》2018年第2期)，从一个侧面反映了朱英诞诗歌在20世纪40年代之初的影响（比他年长两岁的诗友南星1940年出版的《春怨集：集应淡句》，就是以朱英诞的诗作集句的诗集，这在现代诗歌史上是很少见的）。

朱英诞1913年出生，从1932年开始写诗直到1983年，整整50年，没有间断过，诗歌成为他日常生活最重要的内容，无论是战争年代，还是"文革"时期，诗人都能静默沉思，执着探寻诗与生命的真谛，十卷本《朱英诞集》基本上都是围绕诗歌的创作与诗歌研究的著述（第一卷至第五卷为现代诗集，第六卷和第七卷为现代旧体诗集，第八卷和第九卷为谈诗论诗的随笔、序跋之类的散文卷，第十卷为古代诗人研究、外国诗歌翻译的学术卷）。可以说诗是他生命的精神伴侣，与他的生命互动共生。正如诗人所言："诗，夹着田野的气息，如春云而夏雨，秋风而冬雪；点缀了我一生，生命的四季。"他在《梅花依旧——一个"大时代的小人物"的自传》中写道："世事如流水逝去"，"我一直在后园里掘一口井"，表现出诗人甘愿自处文坛边缘的清醒与执着。他一生处于时代洪流之外，坚持日常生活书写。

综观朱英诞以日常生活为题材的诗，他自觉秉承着"以俗为雅"的审美传统。他也写有表现政治生活的诗篇，像1949年他在天津从广播里听到毛泽东主席在天安门城楼讲演的声音，写的《声音树》就是献给新中国的一首优美动人的赞美诗，还有1979年写给张志新的《白孔雀》也令人深思。当然他的诗更多的是以民情伦常、世俗人生贴近生活，他的诗并没有流于日常生活的表面，而是深入日常，升华出生活哲理与生命感悟，呈现出俗中见雅或是反俗为雅的现代品质。

朱英诞的诗（包括旧体诗），大量涉及对自然的描绘，自然成为他生活与生命的一部分。人与自然的感性同一，心灵世界与自然世界的对应正是中国传统人文精神，朱英诞的诗与中国古代诗歌钟情山水，与自然为友的人文传统与审美趣味相继相承。朱英诞的诗歌自觉地面向传统，不为传统所束缚；面向现代，广纳万象，他化古为新，古今互涉，在诗歌的多元新变中自由出入，自成一格，在20世纪的中国诗坛独树一帜。朱英诞认为新诗需要"杂糅"开拓，兼收并蓄，中西传统的互涉与对话，多元传统的交融才是新诗发展的有效路径。朱英诞认可中国古代诗歌"诗近田野，文近庙廊"的传统，朱英诞的山水田园诗歌，不是简单的借景抒情，常常体现着意旨深远的诗思，在传统意象中表达对宇宙自然的体认，寄寓人生感慨与生命体验，开拓了中国山水田园诗的新境界，赋予了中国山水田园诗现代审美意味，贡献了一批20世纪中国现代山水田园诗的经典之作。

20世纪三四十年代，朱英诞与废名、林庚等人来往较多。依陈均概括，在北平沦陷时期基本上形成了与废名在诗歌主张和实践上相近的"废名圈"。综观朱英诞的诗文，不难发现他与废名等京派文人人生观与文学观念的某些联系。京派文人大都是在对社会现实失望后转而追求传统理想、崇尚自我性灵，躲进书斋、山林，试图做一个不问世事的现代隐者，创作了大量以自我为中心、以闲适为格调的诗文，呈现出冲淡平和、幽静闲适的风貌。朱英诞可谓一位隐逸诗人，他的一生几乎未真正"入世"，一直处于"隐居"和"半隐居"状态，朱英诞的诗多自我心灵的书写与个人世界的呈现，体现出一种表现个人经验的内敛性，可谓中国现代文学史上的一位"身心俱隐"者。隐逸思想在朱英诞的个人性格、处世态度和"真"与"淡"的美学理想观念中都打上了深深烙印。"隐士"之路对他而言，不仅是一种时代的选择，更是朱英诞自我性格与情感的选择，体现了朱英诞独特的处世方式与人生态度，代表了一部分现当代知识分子在动荡时代的生命存在方式。

《朱英诞集》的整理出版汇聚了众多人的心血。2011年春，朱英诞的长女朱纹女士经过北京朋友推荐，与我联系，我看到有关资料后，立即答应了与她合作，当时也没有想到这是一个较为复杂而浩大的工程。朱先生的创作量大，只有少数作品是出版发表过的，后来不少作品又经过自己修改，自己编辑，一些原稿很难辨识。我带的研究生基本上是应届毕业的学生，他们读研究生之前很少接触繁体字、竖排本。朱先生的诗歌基本上是繁体字与竖排书写的，还涉及古代诗歌研究与外国诗歌的翻译等，这些都给集子的整理带来了困难。我们经过了几届学生的接力合作，同学们在整理学习朱英诞创作的过程中为朱英诞的诗所深深感染，他们知难而进，在整理过程中学到了知识，锻炼了能力，好几位研究生的毕业论文就是对朱英诞的专题研究，部分研究成果发表在《文学评论》《新文学史料》《外国文学研究》等刊物上。我们团队2015年选编了《朱英诞研究论文选》（上、下），在台湾出版；2018年初我们还选编了《朱英诞现代诗选集》与《朱英诞现代旧体诗选集》，由长江文艺出版社出版。当然这项工作没有家属、专家的前期大量工作也是不能完成的。特别是朱纹女士，把她父亲的遗作整理出版作为自己晚年的最重要的工作，几乎是用生命投入承担了这个任务，大量的手稿、资料由她保管提供，不少文献由她做了初期整理。另一位合作者与贡献人就是北京大学中文系毕业，现在在北京大学艺术系任教的陈均先生。他也是这个集子的副主编，可以说是朱英诞研究用心最多、整理研究朱英诞文献最早的一位学者，他与朱纹女士多年合作，为集子的整理出版做了大量工作，包括这次会议的筹备工作，他是主要负责人之一。

《朱英诞集》首发式能在北京大学举办，是朱英诞先生修来的福分。北京大学是中国现代诗歌的发祥地，五四新文学运动、新诗运动的薪火在这里代代相传。北京大学中文系的专家是发现、推介朱英诞的先锋，从钱理群等《中国现代文学三十年》（评价"朱英诞更是陶潜风范的渴慕者，在人淡如菊的闲适生活背后体味着自然人性的真意"）到谢冕先生主编《中国新诗总系》（共选朱英诞现代诗歌25首，列艾青、闻一多之后），还有吴晓东先生担纲的《中国沦陷区文学大系》诗歌选本（选取朱英诞诗歌16首），都是朱英诞诗歌的有力推手，朱英诞诗歌的结集出版是离不开这一步一步铺垫的。今天我们在北京大学诗歌研究院为《朱英诞集》的出版举行隆重的庆典仪式，是朱英诞回归诗坛、回归北大的北大人的一份荣耀，是北京大学在诗坛再度为新诗举旗扬帜的骄傲。我想，朱英诞先生在天堂有知，我们大家今天在他工作过的北大为他举办这样一个隆重的纪念活动，相信他一定会含笑九泉的！他的夫人陈萃芬先生，当年北大中文系的学生、朱先生的粉丝，已有百岁高龄，也终于盼到了《朱英诞集》的出版。

感谢湖北省学术著作出版专项基金资助，感谢长江出版传媒集团的领导和编辑，没有他们的慧眼识珠与大力支持，没有出版社高素质编辑朋友们精诚的合作，也不可能有《朱英诞集》的顺利问世。长江出版传媒集团为社会贡献精品的人文精神值得我们大大点赞！感谢谢冕先生、洪子诚先生、孙玉石先生作为顾问，对《朱英诞集》整理多年以来的悉心指导。感谢各位领导、专家、朋友、嘉宾在端午佳节，抽出宝贵时间出席这次会议，见证这次活动，为《朱英诞集》的出版问世增光添彩！谢谢大家！

（2018年6月16日在北京大学举行的《朱英诞集》首发式暨出版座谈会上的致辞）

第一章　朱英诞诗歌综论

朱英诞作为20世纪中国现代文学史上一位优秀诗人，较长时期，少有文学史对他作出评介[①]。1987年钱理群等人在《中国现代文学三十年》里，开始关注朱英诞，但是他们对朱英诞也只是略有述介（没有涉及诗人当代创作）。20年后，2008年北京大学出版社推出陈均整理的冯文炳、朱英诞《新诗讲稿》，朱英诞逐渐开始受到学界与诗坛关注[②]。这位现代诗坛的"隐逸者"，虽然长期被遗忘，但是他执着的创作热情与新诗创作实绩不得不令人惊叹[③]。自1928年发表第一首新诗《街灯》（一名《雪中跋涉》）起，至1983年病逝前写下《扫雪》《飞花》，朱英诞总计创作了3000多首新诗，自订新诗集《小园集》《深巷集》《夜窗集》计20余种。从1958年到1983年的25年间，创作现代旧体诗作1300余首，并将旧体诗编订为11册，命名为《风满

[①] 朱英诞被忽略的历史原因主要与其在沦陷时期的北京大学任职有关。1937年北平沦陷后，北京大学南迁昆明，1939年北京大学复校，朱英诞被北京大学中文系聘为助教，1940年聘为讲师，兼任北京大学文史研究所研究员。在日伪时期的北京大学，朱英诞没有担任任何伪职，也未参加任何日伪政权组织活动。1945年国民党文联主席张道藩帖请朱英诞参加文联被他拒绝，旋即赴东北任教。参见陈萃芬《朱英诞生平与创作（1913—1983）》。

[②] 谢冕主编《中国新诗总系》（人民文学出版社2010年版）总共选取朱英诞新诗25首，其中，30年代、40年代、70年代卷均选有朱英诞诗作，数量排名列第3，位列艾青、穆旦之后。

[③] 我们受朱英诞家属的委托，从2011年开始，整理朱英诞遗作。经过近7年时间，《朱英诞集》整理完成，共分为10卷由长江文艺出版社出版。这部集子并没有将朱英诞全部创作收录齐全，其原因，一是三四十年代朱英诞公开发表的作品仍有待继续发现。二是未发表的部分手稿未能保存下来，少量手稿由于年代久久，辨识困难。朱英诞一生的创作与研究，基本上是以诗歌为中心的，除诗歌创作外，他的散文，基本上是谈诗论诗的序跋、随笔等；他的学术研究，是关于古代诗人、诗歌的研究；他的翻译都是外国的诗歌与诗论。正如诗人所言："诗，点缀了我的一生，生命的四季。"

楼诗》①。此外，他还著有谈诗论诗的序跋、随笔、散文千余篇，研究古代诗人的学术论著若干种，另有现代诗剧、京剧剧本、外国诗歌翻译作品等。朱英诞曾说："诗，夹着田野的气息，如春云而夏雨，秋风而冬雪，点缀了我的一生，生命的四季。"②作为京派文人圈中的代表性诗人，在大动荡的20世纪，朱英诞一生笔耕不辍，执着于"寻求真诗"，静心沉默地以诗歌作为自己人生的存在方式，与诗歌为伴50余年，在他精心耕耘的诗歌田园里为我们留下了他独特的人生体验与沉甸甸的艺术果实，为现代诗坛增添了一份别样的风景。

朱英诞（1913—1983），原名朱仁健，字岂梦，号英诞，常用笔名朱石笺、朱芳济、朱百药、庄损衣、方济、傑西等。祖籍江西婺源，寄籍江苏如皋，系朱熹后裔。曾祖父曾宦游江南，任过江西知府、道台，在武昌城置家园，建藏书楼。诗人曾自述："我们家是一个败落了的'书香门第'，门第是败落了，我的书香是永存的。"③朱英诞1913年生于天津，沉默多思的朱英诞，中学时代即开始新诗创作，1932年从天津到北京后，进入北平民国学院，成为诗人林庚的学生。后经林庚介绍，结识废名与周作人。废名欣赏朱英诞的诗才，称他的诗为新诗当中的"南宋的词"④。20世纪30年代的诗坛上，朱英诞非常活跃，常在《星火》《新诗》等杂志上发表文章与诗歌，1935年底，由林庚作序推荐，开明书店出版了朱英诞的诗集《无题之秋》。1936年预备出版的《小园集》（由废名先生作序），因卢沟桥事变，未能正式刊行。北平沦陷后，1939年在北京大学文学院任教，自编讲义，主讲"诗与散文"⑤，并编选《中国现代诗二十年集（1917—1937）》

---

① 2012年9月，台湾新锐文创出版了由朱英诞次女朱绮女士整理的旧体诗集《风满楼诗》，这是朱英诞旧体诗作的第一次面世，该书所收录的旧体诗数量约占朱英诞旧体诗作的一半。

② 朱英诞：《〈新绿集〉与〈白小录〉合跋》，《朱英诞集》第八卷，长江文艺出版社2018年版，第412页。

③ 朱英诞：《大时代的小人物——朱英诞晚年随笔三种》，（台北）秀威资讯科技股份有限公司2011年版，第207页。

④ 冯文炳：《林庚与朱英诞的新诗》，《谈新诗》，人民文学出版社1984年版，第185页。

⑤ 朱英诞自编的新诗讲义，与废名30年代、1946年回北平后续写的谈新诗的文章结集为《新诗讲稿》（陈均编订），北京大学出版社2008年版。

（又名《新绿集》，未出版）。40年代朱英诞常在《中国文艺》《风雨谈》《文学集刊》《北大文艺》等刊物上发表诗作。40年代末50年代初在冀东、北京一带任教。50年代末借调到故宫博物院明清档案馆工作，并开始现代旧体诗创作（同时也坚持不断写有新诗）。50年代开始，朱英诞不再公开发表诗作。在《梅花依旧——一个"大时代的小人物"的自传》中他写道："世事如流水逝去，我一直在后园里掘一口井"，表现出甘愿自处文坛边缘的清醒与执着①。晚年的朱英诞带病继续诗歌创作与诗集整理工作，1983年12月27日晚，因心脏病突发，这位一生执着于新诗创作与研究的诗坛"隐者"，带着与时代错位的遗憾逝去。

第一节 朱英诞新诗的现代品质

在长达半个多世纪的诗歌创作生涯中，朱英诞对新诗有自己独特的诗学主张，在诗歌创作实践中始终秉持着自己对诗之理想的追寻。

新鲜真实是朱英诞诗的本色，也是朱英诞倡导的"真诗"的主要内涵。首先，他认为新诗是即兴的，注重把握当下。诗人因为对当下的生活有了鲜活生动的感受才写诗，诗是诗人在随兴所至的情境下创作的富有新鲜诗情的诗作。"每一首诗与另一首诗不同正如人事之在明日与今日不同是一样，首首诗的内容与形式虽相似而不相同，这才是真正的自由诗的风格，也就是今日新的诗与已往任何别一方面不同的诗的性德。"②新诗追求诗情的充沛与鲜活，不可像旧诗一样在形式的刻意雕琢中损害诗的内在的新鲜真实的本色。其次，新鲜真实的真诗是自我体验与普遍人生经验的融汇。诗人认为，传统旧诗较普遍缺乏"我"的存在，即便有，也常常局限在"诗人胸中的一块小天地"；

---

① 陈子善：《朱英诞诗文选·序》，《朱英诞诗文选：弥斋散文·无春斋诗》，学苑出版社2013年版，第3页。

② 朱英诞：《废名及其诗》，《朱英诞集》第十卷，长江文艺出版社2018年版，第182页。

新诗之为新，它还具备旧诗没有的广阔视野与自信气度，由一己之我，表现他人，"诗人个人独到的经验，同时人人能得其传达"。① 再次，新诗之新，还在于它适宜于表现广泛的新内容，它应该蕴含独立于旧诗及其形式之外的情感体验与诗歌精神。他认为："新诗应该是在形式上是简单完全，在内容上是别有天地，可以说是具有无穷的容许。诗本身不是一个小天地。"② 新诗向外涵盖宇宙万象，向内烛照幽微的内心世界。

在动荡的20世纪，诗人从时代的风暴中抽离，远离广场与中心，将日常生活作为诗意栖居之地，细细咀嚼着"大时代的小人物"的人生况味。沉默多思的诗人善于从日常生活中捕捉新鲜的感受与思想的闪光，他说："我喜欢在夏日昼长时耽于寂寞的写着，似乎得以同时享有'清吟杂梦寐'的景光。我没有午梦的需求，却常时在人们遗弃的白日里，独自一人跑到园林中做我的白日梦。"③

在他的诗歌创作中，既写山居白日的清幽宁静："暗香在有无之间打湿了我，/如沾衣的密雨，如李花初开"，"听山果一颗颗的落满地上，/它们仍有着青色的璀璨的背景吗？"（《山居》）也写都市夏日的斑驳夜色："蜜金的梦寐是家家的/每一座美丽的小窗前"，"楼头一个个灯光熄灭了/七月的繁星热闹得如一场夜宴"（《夜景》）；既写寻访友人不遇的寂寞与自慰："小河里没有流水如云，枯树是静观水的老人"，"当我隔了玻璃窗探视时，/那些旧家具是一些安静的伴侣"（《访废名不遇》）；也抒发对逝去亲人的怀念与追思："当风吹着草叶的时候/我想往访您，/母亲。我想抓住您的衣襟，依旧/像儿时"（母亲29岁去世时，诗人9岁），"您永远是那么的年轻/我如何能够衰老"（《怀念母亲》）。书斋里的灯昏镜晓、深巷中的踽踽独行、雨天房间里的早灯、枕上初醒时恍惚间的月光、梦境、病中、老屋、柴扉、蓝色的勿忘我、儿时的浪花船等，日常生活本身所具有的丰富与驳杂，成为朱

---

① 朱英诞：《废名及其诗》，《朱英诞集》第十卷，长江文艺出版社2018年版，第180页。
② 朱英诞：《〈现代〉的一群》《朱英诞集》第十卷，长江文艺出版社2018年版，第234页。
③ 朱英诞：《我是怎样写诗的》，《朱英诞集》第九卷，长江文艺出版社2018年版，第493页。

英诞诗歌创作生生不息的源泉；人生的诸般况味，在朱英诞的构筑下诗意十足。我们在他的日常书写中，不仅能触摸到日常生活中幽深的情趣，更能感受到诗人独特新鲜的诗情与触动心灵的某一些共同的人生体验。这种日常新鲜诗情与真实体验，正是他寻求的真诗，最能体现朱英诞诗歌的本色之美。

　　知性的诗思是朱英诞诗歌的鲜明特色。朱英诞的诗歌大都呈现出内敛、节制的特征，在诗思建构方式上，讲究智性诗化，极力避免感情的发泄而追求智慧的诗意凝聚。朱英诞性格内向含蓄，林庚曾用"沉默的冥想者"来形容他。在诗歌创作过程中，朱英诞认为，"也许诗本质上是智慧的"，曾表示"我并不以为诗不容许抒情，但我要说我们的时代所经历大概与以往有所不同了，诗仿佛本质上是需要智慧的支柱"①。他主张诗思的旨意深远，诗"不可意太俗，或太熟。诗通不了俗，也用不着通俗，通俗自有其正路，诗却必须是较深远"②。朱英诞知性诗化主张显然是接受了以艾略特为代表的后期象征主义诗学的影响，但是他有自己的认识：诗歌的知性是因诗情而存在的，"由哲学走向文学是一条正道，由文学向哲学走乃是逆行的船"③。好诗、纯诗是诗情的圆满中蕴含深刻的哲思，将沉思融入诗情之中。他认为诗思是一个理性与感性汇合的思索过程，他批评新月派部分创作的失败，是由于诗人的热情盖过了冷静思考，情感过于冲动会损于诗思的酝酿与完整的表达④。朱英诞的新诗有一种冷静从容的精神气质，很少有直抒胸臆或铺陈描写，较多的是一种以传统意象为依托的寄兴表达，借象征性意象表现智性体验或诗性感悟。如写儿时生活："大海水曾经做你的摇篮，/你的海却在一朵浪花间。//青天下没有鸟而有鱼，/而鱼都落入梦似的天空上；/别苦闷，孩子，你的小船是/马儿在三月的江南。"（《浪花船》）大海与蓝天交相辉映，天空中的鱼，大海

---

① 朱英诞：《〈盾琴抄〉序》，《朱英诞集》第九卷，长江文艺出版社2018年版，第493页。
② 朱英诞：《新月（二）》，《朱英诞集》第十卷，长江文艺出版社2018年版，第158页。
③ 朱英诞：《新月（二）》，《朱英诞集》第十卷，长江文艺出版社2018年版，第157页。
④ 朱英诞：《新月（四）》，《朱英诞集》第十卷，长江文艺出版社2018年版，第168页。

里的鸟，迷离错落，大海是摇篮，浪花似大海，以儿童的视角与奇异想象，在象征性的幻象世界中表达一种天地宇宙间个体生命的自由畅想，诗人在传统的意象中寄寓新鲜独特的个人体验，诗歌呈现出独特的智性之美。

第二节　中外诗歌传统的交融互涉

"与古为新"①，中国古代诗歌艺术传统与西方现代诗艺的交融互涉是朱英诞诗歌的又一特色。作为京派文人圈中的代表性诗人，朱英诞既有着深厚扎实的中国古代传统诗歌修养，也自觉吸收域外诗歌的现代诗艺。他在20世纪60年代之初回顾"五四"以来新诗时说："约四十年来，中国诗大体说来是在欧风美雨的影响下进展着的，它受到许多外来的刺激，西欧的英、法德和美国，以及东方的印度和日本"，然而，"它也并没未脱离自己的本土传统，所以它仍旧自有其特色"②。他认同黑格尔所言："传统不是一座雕像，而是一条河流，它的源头比较小，但越流越大，越广阔。"③ 在他看来，外来的诗是我们的一大笔财富："诗如果是土壤，一棵树吸收其中的营养，是完全可以不介于怀的。"④ 在《〈逆水船〉序》中诗人曾这样总结自己，"十年间我对于诗的风趣约四变，本来我确甚喜晚唐诗，六朝便有些不敢高攀，及至由现代的语文作基调而转入欧风美雨里去，于是方向乃大限定。最初我最欣赏济慈。其次是狄更荪"，"最后是T. S. Eliot，此位诗人看似神通，却极其有正味，给我的影响最大，也最深"。在中外诗歌经验的吸纳中，朱英诞没有新旧诗学间孰优孰劣的二元对垒，注

---

① 朱英诞：《雪朝（一）》，《朱英诞集》第十卷，长江文艺出版社2018年版，第28页。
② 朱英诞：《谈诗》，《朱英诞集》第八卷，长江文艺出版社2018年版，第119页。
③ 朱英诞：《〈白小录〉序——为费隐白先生作》，《朱英诞集》第九卷，长江文艺出版社2018年版，第170页。
④ 朱英诞：《略记几项微末的事——答友好十问》，《朱英诞集》第九卷，长江文艺出版社2018年版，第504页。

重"诗之为诗"的本质元素，始终秉持"与古为新"的原则，自觉融合传统与现代，朱英诞重视意象与诗境的创造，赋予传统意象鲜明的现代特质，创造出中国式的象征主义诗歌形态。朱英诞主张的诗之知性蕴涵，源于他对艾略特为代表的后期象征主义纯诗理论的吸纳，然而，他对纯诗的旨趣有自己的阐发，打上了中国传统诗学的烙印。他认为纯诗应该将深厚的内涵融入简单的表达之中，纯诗注重诗境的营造，追求一种澄明之美（他的知性诗化与以哲学为诗的主智主义倾向明显有别）。现代诗应当是在"琢之使无痕迹"的外在表现形式下的"托旨冲淡"。朱英诞认为诗歌中，似乎有一种比"智"更高的东西，这就是"慧"，这个"慧"是什么，他说不能有一句释文。他还认可诗是"才"与"诗学"的相通，"盖寓诗才于诗学之中"，"才与学不能'日取其半'的加以剖分"，这个"慧"与"才"也许就是与"智"对应的诗之天赋或诗之才能①。朱英诞的诗多具冲淡幽远的澄明之美与质朴古茂的淡雅意趣，当源于此。

朱英诞的一些现代诗作虽因偏爱联想与隐喻而染有晦涩之味，但他的诗歌仍然是以散文化为主，即使在晦涩的语境下仍自有一种清新明净的品质。他认为纯诗之纯，就在于"那种清新刚健，而又质直古茂、而言之有物的精神"②。诗人牛汉在《〈冬叶冬花集〉题词》中对此曾有这样的评价："朱英诞的许多诗直到现在并没有陈旧的感觉，诵读起来还是很新很真挚的。"朱英诞这样描写"雪"："深闺刀尺声／一盏孤灯若星／逸马在哪里／那狡兔在哪里／／这太肉感的雪／手掌接着一片／不听它落上大地吗／钟声鱼贯而来。"（《春雪》）蒙太奇般跳跃的意象，联想与隐喻混用，诗思在古典与现代间自由穿梭，把夜间静听春雪落地有声的景象渲染得可闻可感，传达了迎接春雪降临的清新意境与欣喜心境。

---

① 朱英诞：《黄河之"闷"——〈禹迹草〉序》，《朱英诞集》第九卷，长江文艺出版社2018年版，第336页。
② 朱英诞：《关于新诗的几句心里话》，《朱英诞集》第八卷，长江文艺出版社2018年版，第74页。

朱英诞的诗歌自觉地面向传统，不为传统所束缚；面向现代，广纳万象，坚持与传统嫁接，在诗歌的多元新变中自由出入，自成一格。朱英诞对新诗变革求新有着清醒的认识，"我们的诗才不过刚刚出土，正处于新绿的萌芽状态"，需要"杂糅"开拓，兼收并取，新诗"未必是国粹的诗，是国粹的诗的思路所不能海涵的别的东西；中国新诗对中国旧诗正如海外新诗对中国旧诗，诗国里正无处不可以撑船也"①。中西传统的互涉与对话，多元传统的交融才是新诗发展的有效路径。朱英诞认可中国古代诗歌"诗近田野，文近庙廊"的传统，诗人写有大量的以自然为对象的山水田园诗歌，他的自然诗一般不是简单的借景抒情，常常体现意旨深远的诗思，在传统意象中表达对宇宙自然的体认，寄寓人生的智慧与生命的感受，开拓了中国山水田园诗的新境界，赋予了中国山水田园诗现代审美意味，创造了一批20世纪中国现代山水田园诗的经典之作。

他这样写飞鸟："什么鸟儿伴着你飞去，/那海鸥的巢在哪儿？/你堕地的哭声？/是不是那一片神秘的大海？//什么鸟儿伴着你飞去，/那白鹇的巢在哪儿，/你初恋的美？/是不是那凄凉的月？//什么鸟儿伴着你飞去，//那鸫鹩的巢在哪儿，/你六月的新娘？/是不是那一条小园里的斜枝？//什么鸟儿伴着你飞去，/那乌鸦的巢在哪儿，/寒冷的人哪？/是不是那落日里的岩石？"（《鸟儿飞去》）诗人以与"你"对话的叙事化视角，展开具有戏剧性情境的呈现与追问。现代第二人称代词在诗歌中运用（古诗中很少运用第二人称代词），构成一种平等交流又较为亲切的语境，诗中的"你"并不确定，可以是诗歌中被叙述的海鸥、白鹇、鸫鹩、乌鸦，也可以是问询中特定的挂念的人，甚至可以看作诗人自我的对话，似乎心灵深处的自我交谈。大海是海鸥新生幼年的家，凄凉的月是白鹇初恋的巢；"斜枝"出墙的小园里有鸫鹩成年后要迎娶的六月新娘，落日里乌鸦的巢是人生寒冷的晚境的象征。这一首诗凭借"鸟儿飞去"的联想，诗思向时间的生

---

① 朱英诞：《新月（三）》，《朱英诞集》第十卷，长江文艺出版社2018年版，第166页。

命四季（幼年、少年、成年、老年）延伸，向空间四方扩散（大海、月亮、小园、岩石），追问不同人生时期的生命归宿与意义，全诗构成了一个纯净深幽、诗境浑圆的艺术境界，赋予了传统自然诗丰富的现代思想内涵与审美意蕴。

朱英诞写景并不静态描写，常常在奇思妙想中融入思考议论，写出亦实亦幻的境界，在其中蕴含哲思启示或哲理感悟。窗户是古人诗的镜子，以窗为诗，凭窗写诗，古人创作了很多诗篇。如杜甫的"两个黄鹂鸣翠柳，/一行白鹭上青天。/窗含西岭千秋雪，/门泊东吴万里船。"（《绝句》）诗如同生动的白描写意画，并以缜密的对仗为后世所称道。朱英诞也常常临窗写诗、以窗为诗，他的诗之窗镶嵌的却是现代人诗思中的美景，是对传统写意诗之境界的现代更新。如："淡淡的黄昏的造访，/新月之造访，/孩子们是熟悉的了；/但一片淡青色的天空，/也来到窗前。//月啊，残缺的山口，/你通往另一个世界；/天外将有未知的生，已知的死？/也有美丽的手摘星犹如摘果？"（《窗》）以孩童的心理视角，孩童的奇妙联想，从窗口展望，黄昏中的新月有了淡青色天空的背景依托，为随后通往另一个世界的遐想与探问作了渲染与铺垫，并且色彩叠加，情境照应，显得景象浑融。临窗远望，残缺的山口处新月徐徐落山，巧妙引发出对另一个世界的好奇，对天外有天的探问，对天上仙境的美妙向往。诗歌在一幅落日黄昏的新月窗画中表现出隽永而幽深的现代诗意（也许只有具有现代科学意识才会有如此的奇思幻想）。朱英诞的诗歌，葆有童心之天真，又常常显出机智的风趣，如诗人对杨万里等多有研究心得，晚年著有《笑与"不笑"——一位罕见的幽默诗人》（又名《诚斋评传》），宋诗的理趣传统对朱英诞有鲜明的影响；既有古典意味风范，又具有现代诗思美感。如："我曾经迷惘过吗？/不；那是痴想的岁月的事了。/自从我爱听草虫的微吟以来，/我就安静得像大海一样，/任凭白云如白鸥飞复，/伸展她的长长的翅膀；"现在，"我想，会有人说我很寂寞吧，/似乎住在天一涯或海一角，/我不回答，只微微一笑。/太阳和月亮每来造访，我们闲谈。"（《自题思牖——"闲居有真趣"》）"猫舐着她的新生子,/干净得像海豹","(我将怎样祝贺你们呢?)/我很惭愧,温柔的母与子,/我不能舐净我的寒窗岁月。"(《庆祝》)诗人晚年,经历了沧桑岁月,看惯了人间冷暖,更加超然脱俗,从容淡定,日常之诗中常常显示出几分婉讽的幽默与无奈。他的诗并不刻意追求形式上的技巧,注重的是诗情的充沛与鲜活,诗境的圆满浑融、自然天成,这就是他在继承传统、改造传统的探寻中赋予传统诗歌的现代诗质与内在的新的审美品质。朱英诞的"与古为新",对传统的现代转换,还体现在他新诗创作中对传统典故的化用。用典一方面增加了朱英诞诗歌的知识、哲理蕴涵;另一方面,也带来了读者接受的障碍。无论古今中外,用典一直是诗歌创作不可或缺的一种技巧。五四白话文学运动之始,胡适在他的"八不主义"中率先提出新诗"不用典"。在胡适看来:"凡人用典或用陈套语者,大抵皆因自己无才力,不能自铸新辞,故用古典套语。"①胡适反对用典,但他反对的主要是不恰切地使用典故。戴望舒认为,"旧的古典的应用是无可反对的,在它给予我们一个新情绪的时候"②。废名在《谈用典故》《再谈用典故》等文章中多次谈到他对用典的看法。用典在废名看来不仅是一种文学手法,还具有中国思想特征、文化特征的意义。流沙河在《流沙河诗话》中谈道:"五四新诗,六十年来,不是用典成瘾出了问题,而是用得太少,不敢大胆调动古人的积极性。洋典倒还偶尔看见有人在用……自家的古典却很少看见有人在用,可惜!"③朱英诞知识广博,所用典故范围十分广泛,花草虫鱼、人物山水、名胜古迹、经史百家、释道仙怪、神话传说,都能运用自如,化古为新。

朱英诞习惯静默独处,善于从日常生活或自然现象中发现诗意,找到与古人对接沟通的方式。朱英诞爱以月为诗,《对月》就是一首与月对话之诗,诗中多处用典,将月亮喻为"尘封的镜""水中的镜"。像刘禹锡的"湖光秋月两相和,潭面无风镜未磨"(《望洞

---

① 胡适:《寄陈独秀》,《新青年》1916年10月1日第2卷第2号。
② 戴望舒:《望舒诗论》,《戴望舒全集:散文卷》,中国青年出版社1999年版,第128页。
③ 流沙河:《流沙河诗话》,四川文艺出版社1995年版,第265—266页。

庭》)。朱英诞诗这样开始:"从不教我和我自己亲密,/你尘封的镜",隔着"一片窗纱仿佛是千里啊",看到你,依然"又隐约又清晰"。面对浩瀚天宇,月如海中生明月,月如"水中的镜"照人,当诗人面对明月大海,苍茫宇宙,揽月自镜时,"我掬取你,水中的镜啊",如听"琴中山水"、如观"秋天的流云",感慨芸芸众生冷暖,世道沧桑变化,"不再说十年的山雨或十年的黄昏","像孩子摇落它的花,/母亲摇落她的梦,/猫或狗摇落满身的雨珠。"让我们告别过去,"让我们摆脱我们的生前","让我们走去,饮马,投钱"。诗人化用汉朝人典故:"安陵清者有项仲仙,饮马渭水,每投三钱。"[1] 诗歌表明了诗人洁身自好、清廉正直、面向未来的生活态度。对月之问,对月之思,对月之感,呈现出浩茫思绪,具有较为丰富鲜明的现代思想内涵。

"清吟杂梦寐"一句多次被诗人化用于诗歌创作中,此句出自苏轼《湖上夜归》一诗:

> 我饮不尽器,半酣味尤长。篮舆湖上归,春风吹面凉。行到孤山西,夜色已苍苍。清吟杂梦寐,得句旋已忘……

苏轼夜游西湖,夜色朦胧,春风吹面,饮酒微醺,诗兴勃发,如梦如醒,诗作是苏轼月夜放舟饮酒赋诗的实景回忆,这也是古今不少诗人向往的一种超然世外的人生境界。朱英诞的《无题——"清吟杂梦寐"》借用这个诗典,写出的是如下情景:"天空的暗水上,/春夜的星/是花,是酒?//盛宴如梦,螺蠃祝之。""一灯明暗里,诗情/成功了又消逝了。"这首诗所描绘的显然不是实情实景,是春夜独自望天空的遐想,是诗人一种苦闷情绪的宣泄,寄寓的是一种现实人生的落寞情怀。正如另一首诗中所写,"我是谁?我是什么?/什么是诗?我惭愧,/独对这耐久的青灯,/清吟杂梦寐。"(《中国的悲剧》)当然,朱英诞诗歌中,也有用典过于生僻之处,给现代读者制

---

[1] 徐坚等:《初学记》第一册,中华书局1962年版,第135页。

造了理解的困难。

第三节 平实纯正、隽永含蓄的诗风

以平实纯正的现代汉语，表达清幽、隽永含蓄的诗意，是朱英诞诗歌为现代汉语诗歌探索的一条充满现代活力的道路。受废名的影响，朱英诞是认同废名对新诗本质的阐释的，新诗应该是"诗的内容"与"散文的文字"，他首先要求，新诗要用散文来写，但是并不是以散文为诗，写出来的不是散文，而是新鲜的诗情，"内容是'真诗'，形式是散文的"①。朱英诞对诗歌语言的散文化要求，就是以现代白话的形式写自由的诗。他提出的语言是从语言文字与语法结构两个方面要求的。新诗人要"征服文字上的困难"，"文字不能运用自如"，"这样还谈什么诗呢"②。他认为新诗的语言可以分为"明白"与"晦涩"两种，有的诗人故意把诗写得晦涩，有的诗人是由于表现力不足而让读者看不明白，新诗应该以质朴纯正的语言，表达隽永含蓄的诗意。在语言句法上，采用"栽竹树"法，诗句互相关联，上下前后照应，诗思浑然一体，达成诗的圆满。在诗歌语言上的主张，体现的正是以废名为代表的京派文人崇尚自然朴实的一种审美理念。他在怀念老师林庚的一首诗中写道："爱沉默，您说我／难于捉摸：像一缕青烟……／浓淡？／而我所深爱的是／一片青青者天，／袅袅的如远人不见。"(《沉默者言——怀林庚》) 诗人采用对话、口语表白内心，以亲切的叙述、写意的画面、从容的文字、和谐而变化的节奏，呈现出两位智者、诗人的精神风貌，诗歌如生动典型的京派文人自画像。崇尚自然朴实之美，还源于他对晚唐诗人与东晋诗人的推崇（也是诗人一种内在性情与审美素养的长期修炼）。他说，从儿时开始喜爱陶诗，陶诗的"天真"

---

① 朱英诞：《关于"懒诗"·附记》，《朱英诞集》第八卷，长江文艺出版社2018年版，第232页。

② 朱英诞：《刘大白的诗》，《朱英诞集》第十卷，长江文艺出版社2018年版，第14页。

是"天真与经验结合,处置得那么简朴,又那么精密,除了'真'的诗人如陶渊明,据我的孤陋寡闻,还没有第二个人"。他"爱唐之韦苏州,宋之姜白石,私意乃实甚单简,他们的诗(及词)写得那么淡雅,那么干净"。① 他所追求的文字简单是一种淡雅、简朴之美。

朱英诞的散文化在语言上的另一个要求,则是语义的有机联系,诗句之间达成的浑然圆润的诗意。废名这样区别古今诗歌语言文字上的观念与思维之不同:"无论哪一派(指'元白'与'温李'),都是在诗的文字之下变戏法,他们的不同大约是他们的辞汇,总决不是他们的文法。而他们的文法又决不是我们白话文学的文法。"② 朱英诞与废名一样,都认为仅仅从语言的外部关系改造诗歌语言是不够的,还必须从语言的内部关系即文法(语义)变革诗歌,才能使诗歌获得现代品质。朱英诞倡导的新诗语句结构"要兼顾到前后的照应关系"的"栽竹树"之法③,就是对新诗语言内部关系的和谐搭配与整体性联系的要求,朱英诞与废名诗歌语言的观念是一脉相承的。

朱英诞诗歌从容不迫的风度、自然和谐的节奏、清幽深远的意境呈现了京派文人特有的纯正文学趣味。朱英诞把写诗比作散步,他性格的矜持从容、朴讷多思,成就了他有节制的静默沉思诗风。他曾回忆说,在日常生活中遇到"一片可以留恋的风物",诗兴袭来,心情"又真切又飘拂,仿佛往来的云烟"④。新鲜的当下性诗情要与内心的体验结合,有"热与冷的微幽的调和","如鱼之在水冷暖自知"⑤,在自由诗思中遵守诗的"严正的自然法则"⑥。他把诗歌的音乐性看成诗的法则,新诗不要求"字字句句,平仄清浊",但是"自由诗其

---

① 朱英诞:《几个古往的诗人——〈磨蚁集〉代序》,《朱英诞集》第八卷,长江文艺出版社2018年版,第363页。
② 冯文炳:《新诗应该是自由诗》,《谈新诗》,人民文学出版社1984年版,第26页。
③ 朱英诞:《仙藻集·小园集——朱英诞诗集》,(台北)秀威资讯科技股份有限公司2011年版,第189页。
④ 朱英诞:《我一直在等一个说话的机会》,《朱英诞集》第九卷,长江文艺出版社2018年版,第451页。
⑤ 朱英诞:《旅心》,《朱英诞集》第十卷,长江文艺出版社2018年版,第92页。
⑥ 朱英诞:《新月(三)》,《朱英诞集》第十卷,长江文艺出版社2018年版,第160页。

实自有它的情韵;平常有散文的诗有自然的音节……自由的诗也能上口,其情韵是内在的,完全依赖诗中的旨意而由读诗者按其情理读出音调来"①。这种自然音节也正是诗歌节制从容、情韵和谐的重要元素。如《梦中的天空》:"我不知道/太阳是月亮的梦,/月亮是太阳的梦?/也许是这样,/辉煌是卑微的影,/卑微是辉煌的影?"仿佛"荷花是最美丽的灯火,/荷叶是最可爱的古镜,/每于灯昏镜晓时,/我梦着天空沉落在水底,/鱼儿戏着我的梦思,/船儿在花的岛屿边滑行。"诗人的梦与天空的梦对接,梦天与问天交织:天上人间,物我之间,万物之间,意念之间——你在我梦中,我在你梦里(正如蝴蝶梦庄周,庄周梦蝴蝶一般);"我的睡眠是梦中的天空。/但是,天空不是梦,/照照水镜,我的女孩簪一朵蝴蝶,/燃起灯来,让我们说辛苦的星夜。"一星灯火,把我们带回世俗人间。诗人用语自然、质朴、纯净,构成的却是一个亦梦亦幻的诗之镜像,诗歌时空广袤,包容万象,镜照万物,表达的是宇宙天地间生命的存在之问,人生的价值之思。诗歌感性的活跃与理性的沉思巧妙结合,在从容和谐的节奏中表现出清幽深远的意境之美,这也是诗人追求的简单与丰赡,明白与含蓄,天真与认真,传统与现代的艺术统一。诗人在散文化的形式上,一方面注重语言的自然节奏;另一方面在语句的关联中讲究整体的对称和谐,形成内在的呼应。像《湖上》:"让我对镜睡去,/让花朵从寒冷的水中生长出来,/像梦之化为月;/让那茶杯上的一抹蓝天,/由我的梦体的小舟容与。/让我对菊睡去,/让那白蝴蝶翩飞,/于我温静的花园里;/让那一缕秋天的冷香飞入相思,/像镜与湖终于不容分析。"诗歌前后各五行形成一个互相对称的外部形式与有机关联的语义系统,全诗节奏和谐,意境浑圆。

---

① 朱英诞:《关于自由诗的吟诵》,《朱英诞集》第八卷,长江文艺出版社 2018 年版,第 79 页。

第四节　返俗为雅的现代旧体诗

朱英诞晚年开始大量创作现代旧体诗。朱英诞夫人陈萃芬说，因机缘巧合，"1958年，北京市教育局请他带领部分教师到故宫博物院整理明清档案，地点就在故宫南三所，那里古木参天，环境幽静，虽然每日与尘封的历史档案为伍，但是心情很舒畅，闲暇时不由得彼此唱和起来，实在是工作后的消遣而已"。① 诗人生前亲自将其旧体诗编订为十一册，命名为《风满楼诗》。朱英诞在《风满楼·自序》中写道："家君有句云'机杼声中风满楼'，这乃是我的室名和书名的来源。"诗人去世后，他的夫人陈萃芬将其散诗编订为集外一册《风满楼诗·集外诗》。近些年来，陆续又有大量现代旧体诗手稿被发现（部分手稿未被整理）。朱英诞的隐没和特殊时期的"幸运"规避成就了他的现代旧体诗创作。现代旧体诗是朱英诞文学创作的重要组成部分，由于它具有私密性，且不以发表为目的，这就更为真实地记录了朱英诞晚年时期的心路历程，有利于我们更全面地了解朱英诞。

诗人的现代旧体诗善于从日常生活和自然景物中取材（也是朱英诞新诗的题材特征），甚少涉及社会生活中宏大题材。正如他自己所说："我不禁冒昧的举起双手，表示赞成写日常生活的诗，并且我要倡议恢复具备雅正规范的古老的抒情诗的常规。"② 朱英诞现代旧体诗题材主要分为写景抒情、即事感怀、怀古咏物、寄赠酬唱等几类，与中国传统诗歌的题材别无二致，但是较少传统诗歌的"教化"功能，较多现代人生的个人感慨，品读朱英诞的现代旧体诗如同一个老人在山舒水缓的北京城中话家常、叙平生。诗人在自传《梅花依旧》中戏称自己是"大时代的小人物"，他用"诸葛亮的半句'苟全性命

---

① 朱英诞：《风满楼诗——朱英诞旧体诗集》，（台北）新锐文创2012年版，第5页。
② 朱英诞：《恢复抒情诗的常规——〈晓珠集〉代序》，《朱英诞集》第九卷，长江文艺出版社2018年版，第374页。

于乱世'"① 来概括自己的一生。在风雨摇曳的特殊年代里，诗人在寂寞的"小园"里，在北京的"深巷"中，闭门读史，埋头作诗。

朱英诞的现代旧体诗取材的日常生活化可以说是宋诗"以俗为雅"的审美经验的现代回响。宋代文学是中国文学由雅向俗嬗变的转折点，有学者言："宋元以后的中国文学，正是在通俗化与典雅化之间'拉锯战'式的文化张力中发展演变的。"② 综观朱英诞以日常生活为题材的旧体诗，秉承着"以俗为雅"的审美传统，在内容上远离政治，以民情伦常、世俗人生贴近生活，并没有流于日常生活的表面，而是深入日常，升华出生活哲理与生命感悟，呈现出俗中见雅，甚至是反俗为雅的现代品质。

朱英诞现代旧体诗多自我心灵书写与个人世界呈现，体现出一种表现个人经验的内敛性。诗人所关注的往往是相对于大时代而言的小家：自我、亲人、朋友。他的现代旧体诗中有大量的思乡、怀人、咏病之作。乡愁是诗人反复吟咏的主题之一。朱英诞始作旧诗时已渐渐步入老年，加之身体的多病，因此多作怀旧之作。其中，较多表现为对故园的怀念。他漂泊一生，始终以游子身份寄籍北方，从未踏进故里。"我家在江南，也在江北。这里'游子'，大抵是梦中说梦，'日暖江南春'是也。"③ 现实生活中无法回归故里，只能在午夜梦回时相见。像《忆武昌故宅》：

    钓客题诗真好胜，登高未可独登楼。长江万里招黄鹤，一月三迁涉绿洲。人辨仙禽人寂寂，共看云水共悠悠。我家旧在图中住，午梦无边蝶也愁。

---

① 朱英诞：《梅花依旧——一个"大时代的小人物"的自传》，《朱英诞集》第九卷，长江文艺出版社2018年版，第575页。
② 郭英德：《雅与俗的扭结——明清传奇戏曲语言风格的变迁》，《北京师范大学学报》（社会科学版）1998年第2期。
③ 朱英诞：《我改变了固定观感——〈花下集〉后序》，《朱英诞集》第九卷，长江文艺出版社2018年版，第203页。

朱英诞的思乡之作往往是通过现实之景与梦回故乡进行对比，一实一虚，虚实结合，梦境的美好更加衬托现实的无可奈何。朱英诞旧体诗常叙写对老师、文坛先辈的怀念。如《忆苦雨老人》《怀柳亚子先生》《追悼守常李先生》《怀老舍五首》《鲁迅素描》《怀道蕴先生》等，或重温当年往事，或展现他们的人格魅力。其中以怀念废名的诗作最多。人们开始了解朱英诞诗名，大多与废名的《林庚同朱英诞的新诗》和《〈小园集〉序》有关。他与废名两人谈诗、选诗，交往密切，废名甚至称朱英诞为"新相知"。1968年作《怀废名》："不觉知间成老宿，已惭作后断新知。千山万水思迁客，一叶一枝荫吾师"，表达了对远在东北又常在病中的恩师的感念、牵挂与祝福，情深意切，动人心扉。朱英诞现代旧体诗题材的个人化虽然在诗歌意境够不上宏大壮阔，却有一种质实之美。诗人作旧诗，如"一个人坐在柳荫的石间，面对澄湖，眼望天际"，"垂钓着"，最终"满载而归"①。

在1300余首现代旧体诗中，大都涉及对自然的描绘，或是借景抒情，或是托物言志，或是赞颂自然，小到一树一石，一花一草，大到宇宙星辰、四季变更，无一不成为朱英诞反复吟唱的对象。在关注自然、描绘山水的过程中，他常常忘却了凡俗世界的嗔念贪痴，自然成为他生活与生命的一部分。诗人在《知春亭谈艺——代序》中说道："诗有两种，一种美感的反应是：自景物或环境自然而来，例如四候之感于诗，以及非哲学家的哲学、山川钟灵或者我们之号称烟水国之类。一种是自人文而来。但人文实自人性自然出，故二者又是相通相能的。"这一诗歌观点暗合了人与自然的感性同一，心灵世界与自然世界对应的传统人文精神，也与中国古代诗歌钟情山水，与自然为友的人文传统与审美趣味相继相承。

20世纪三四十年代，朱英诞与废名、林庚、沈启无、周作人等人来往较多。依陈均概括，在北平沦陷时期基本上形成了与废名在诗歌

---

① 朱英诞：《恢复抒情诗的常规——〈晓珠集〉代序》，《朱英诞集》第八卷，长江文艺出版社2018年版，第494页。

主张和实践上相近的"废名圈"①，诗人朱英诞是其中的主要成员之一。综观朱英诞的诗文，不难发现与周作人、废名等人的文学观念中某些一脉相承的联系。他们都是在对社会现实失望后转而追求传统理想、崇尚自我性灵，躲进书斋、山林，试图做一个不问世事的现代隐者，创作了大量以自我为中心、以闲适为格调的诗文，呈现出冲淡平和、幽静闲适的风貌。尽管他们大都逐渐采取了退隐的姿态，但是朱英诞的退隐有着与众不同的独特之处。李贽将退隐归为三类即时隐、身隐、身心俱隐②。像周作人的隐是因时而退的"时隐"，他是一个集"绅士"与"流氓"于一身的复杂体，从早期的斗士走向退隐，周作人的退隐是典型的儒、道互补的权变之策，即使在"十字街头的塔"中避世而居，也时常被心底儒家入世意识所激起。朱英诞却不然，他不是战士，也不以启蒙者的身份自居。朱英诞的一生几乎从未真正"入世"，一直处于"隐居"和"半隐居"状态。朱英诞现代旧体诗多自我心灵书写与个人世界呈现，体现出一种表现个人经验的内敛性，可谓中国现代文学史上的一位"身心俱隐"者。隐逸思想在朱英诞的个人性格、处世态度与"真"与"淡"的美学理想观念中都打上了深深烙印。"隐士"之路不仅是时代的选择，更是朱英诞自我性格和情感的选择，体现了朱英诞独特的处世方式与人生态度，代表了一部分现当代知识分子经历时代变迁的生命存在方式。

朱英诞的新诗与现代旧体诗，在内在精神与审美情趣上不无相通相应，它们是朱英诞艺术世界互相辉映的双子星座，皆是20世纪中国现代诗歌艺术世界中一份不可多得、有待开发的宝贵艺术资源，值得我们格外珍惜。

---

① 陈均：《废名圈、晚唐诗及另类现代性——从朱英诞谈中国新诗中的"传统与现代"》，《新诗评论》2007年第2辑。

② （明）李贽：《隐者说》，《焚书·续焚书》，岳麓书社1990年版，第355页。

第二章　朱英诞诗歌的沉默意识及其书写

朱英诞是中国现代诗歌史上一位被长期隐没的优秀诗人。他"在新诗园地里默默耕耘长达半个世纪",是"二十世纪中国诗史上最孤独的摸索与坚持"①。20世纪40年代,朱英诞就得到废名赞誉——称其诗在新诗中"等于南宋的词"②。90年代以来,朱英诞诗歌开始受到较多关注③。随着《朱英诞集》(十卷本)在2018年出版,朱英诞及其诗歌更加清晰地呈现于研究者的视野。尽管目前对朱诗的研究尚不充分,但从流派谱系、诗歌艺术、诗学观念等多方面的探索已展露生机。吴晓东曾提出,20世纪三四十年代以朱英诞、南星、刘荣恩等为代表的沦陷区"现代派"诗群在姿态上多"沉重的独语",他们向内心城池退缩,流露浓重的沉思意味④。其实,在朱英诞诗歌中容易发现比独语更内敛的一个特征,即"沉默"。林庚称朱英诞为"沉默的冥想者"⑤,这一评价也被朱英诞本人接受(朱英诞将一首怀林庚的诗题为《沉默者言》)。朱英诞以"多默"概括他的创作生涯,称自己"孤立人外,乃以寂寞为主","独笑尚可,独语岂相宜

---

① 陈子善:《〈朱英诞诗文选:弥斋散文·无春斋诗〉序》,朱英诞:《朱英诞诗文选:弥斋散文·无春斋诗》,学苑出版社2013年版。
② 朱英诞:《朱英诞生平年表》,《朱英诞集》第十卷,长江文艺出版社2018年版,第664页。
③ 谢冕主编《中国新诗总系》(人民文学出版社2010年版)总共选取朱英诞新诗25首,其中,30年代、40年代、70年代卷均选有朱英诞诗作,数量排名列第3,位列艾青、穆旦之后。
④ 吴晓东:《导言》,《中国沦陷区文学大系·诗歌卷》,广西教育出版社1998年版,第9页。
⑤ 林庚:《朱英诞诗选书后》,载朱英诞《冬叶冬花集》,文津出版社1994年版,第323页。

耶？则为默时多"①。在朱英诞诗歌中，意象被赋予沉默属性，人物常处于沉默状态。朱英诞常常直接以沉默为书写对象："从人事的参差里我学会了沉默，对了风景我加倍的沉默着。"（《南海看野鸭》）"我的诗呢，/并非药草之有华，/而是人与人之间的/沉默与沉默的亲密的花。"（《春天的雨雪》）"我斟酌着沉默，在我所最熟悉的/家室里，一杯成喜复成悲。"（《深巷》）朱英诞喜爱沉默、独享沉默、品味沉默、赞颂沉默，沉默意识贯穿了他的人生道路，浸润着他的诗歌世界。

沉默是虚与实的交织、无和有的拥抱，它常能表达许多言语无法触及的意义。在诗歌中，沉默是我们探索言外之意、韵外之致的重要途径。在古典隐逸传统、智慧诗学传统、语言哲学思考等多种因素的影响下，朱英诞喜好做智者的冥想，主张诗歌语言的精微与简洁。以沉默入诗，体现了朱英诞的人生态度、诗思方式与审美取向。探究朱英诞沉默的诗歌世界，有助于我们进一步了解朱英诞其人其诗的魅力。朱英诞的诗歌或可成为对现代诗歌进行沉默研究的一个样本。

第一节 隐士的静观

朱英诞自30年代起，面对乱离的时代、纷杂的世事，他选择"退却到高高的小屋里来"②，栖身隐居于书斋里，寄心于诗歌的象牙塔中。在20世纪的北京，朱英诞的隐居不是遁入山林而是大隐于市。他在诗中写道："哀于入山唯恐不深之不可能，/我只有沉默。/沉默是这般美好，/辉煌得像美人的金碧的血液"（《沉默颂（梦中作）》）。晚年的朱英诞将自己的书斋命名为"多默斋"，也算是对自己隐逸沉默生涯的概括。他说："少喜为诗，甚热衷，持续仅五六年而止。后又为时约八倍之多，既孤立人外，乃以寂寞为主，譬诸独游，不得不默也。踽踽山水间，独笑尚可，独语岂相宜耶？则为默时多，故曰

---

① 朱英诞：《多默斋说》，《朱英诞集》第八卷，长江文艺出版社2018年版，第482页。
② 朱英诞：《写于高楼上的诗》，《朱英诞集》第一卷，长江文艺出版社2018年版，第225页。

第二章　朱英诞诗歌的沉默意识及其书写

'多默'也。"①

朱英诞离开纷扰之后，便自觉把心思转向了案头书卷、山水田园、草木鸟兽。人世间那么嘈杂，自然却如此安静，许多事物化入诗中便成为沉默的意象：秋天是沉默的，"我喜欢秋天的沉默/是空山鸟语/是我的小病/小病是可爱的伴侣"（《秋天的沉默》）；秋风中的落叶也是沉默的，"这太沉默的客人/我问谁呢/飞起纸鸢来/是春天还是冬天"（《飞英散叶》）；安于巢穴的鸟是沉默的，"而沉默的鸟如寒冷的花/高高的巢在寒冷的云彩下"（《乌鸦》）；山中的白云也是沉默的，"是谁来点缀呢/山中白云沉默得可怕啊"（《镜晓》）；怀念亡母时，代表着时间的钟是沉默的，"正如一只沉默的钟/永指着清晨五点上/那里只有花鸟虫鱼/一切都像花鸟虫鱼之升沉"（《杨柳春风——怀念母亲》）；怀想童年时，逝者如斯的水也是沉默的，"越过无声的小河了/匆匆的/越过那夕阳染红的/沉默的流水"（《旷野的气息》）。朱英诞沉潜于山水田园之间，与山林鸟兽为友，这些事物在他眼中都有了人的特征。他沉默，万物也与他一同沉默，他们在沉默无言中完成一切沟通，在相看无言中获得合一的和谐。

静观是沉默状态下的一种物我观照关系，也是诗人取材于外、生成诗情的一种方式。《文心雕龙》中说"陶钧文思，贵在虚静"②，苏轼说"处晦而观明，处静而观动，则万物之情毕陈于前"③，人处于虚静状态能够清除障蔽、纤毫毕现地对外界事物进行观照。静观要求主体澄心静虑，故能够不受杂念干扰，客观地认识、把握对象，写出它的本相、全貌。更进一步，静观还要求主体做到忘情，不受情感袭扰，使观照不沦为移情式的认识，使描写不流于泛滥空洞的伤感。"欲令诗语妙，无厌空且静"④，静观的物我关系有助于诗人祛除凌乱的主体杂念与驳杂的私人感情，使诗歌内容情感纯净且精良，诗歌表达简洁

---

① 朱英诞：《多默斋说》，《朱英诞集》第八卷，长江文艺出版社2018年版，第482页。
② 王运熙、周锋译注：《文心雕龙译注》，上海古籍出版社2012年版，第183页。
③ 李之亮笺注：《苏轼文集编年笺注诗词附4》，巴蜀书社2011年版，第455页。
④ 李之亮笺注：《苏轼文集编年笺注诗词附11》，巴蜀书社2011年版，第177页。

而幽深。静观是朱英诞诗歌处理物我关系的主要方式。若就内容而言进行划分，其静观可分为三种向度，一是外物之静，二是我心之静，三是物我合一的自在之静。

外物之静，指朱英诞在隐逸中观察到万物的寂静属性。朱英诞诗中吟咏大量沉默的物象，诗人发现这些物象的寂静沉默与自己的沉默之间存在契合之处，于是以物自况。朱英诞的沉默是对诉说的克制，他在那些物象之中发现了忍耐与被压抑的境遇。在咏幕燕的一首诗中，朱英诞写道"不是极端的沉默就会诉说得过多"[①]。幕燕，典出《左传》，指筑巢在帷幕上的燕子，处境极不安全。诗人借此暗示出复杂的处境和心态，他担忧于"诉说得过多"，因而选择了"极端的沉默"。《低头的女子》一诗则更细致地写出了沉默所代表的承受与忍耐。在诗中，"孩子们说那是山那是水"，而女子感到了"那山水只有不平之鸣"，但心中的不平为环境所压抑，"而黄昏的时候每如深秋/遂令你感到无数的低头"。深秋与低头作为一组隐喻，精确地描摹出为环境所迫的个体的顺从姿态。"我把语言怒沉在沉默里/那是冰冷的沉默，把心/怒沉在海底，学珊瑚。"沉默，不是没有语言的空虚，而是有着不平之鸣却将语言沉入海底一般的沉默中的欲说还休。朱英诞笔下众多的沉默意象（高巢的鸟、秋风中的落叶、带着痛楚的蟋蟀等），或许都可以视作一种自况。沉默是对外物影响的忍耐与顺从，是个体生命言说的伤痛。对自然界中物象的忍耐与沉默进行描写，既是诗人精神状态向外的一种直接投射，又是诗人从外界获取慰藉的一种方式。隐居避世当然有其无奈与不甘，而当诗人放眼宇宙万物，生命被压抑则又是一种常态的现象。因此，在这些沉默的书写中，既有对现实遭遇的感伤、喟叹，也有对人生无常的顺应与淡然。朱英诞实际上是在以物之静写人之默，沉默并非主动安静，而是胸有块垒欲言不得的状态。

我心之静，指朱英诞真正接受了宁静、沉默的状态，享受这种

---

① 朱英诞：《洗尘赠幕燕》，《朱英诞集》第一卷，长江文艺出版社 2018 年版，第 688 页。

第二章　朱英诞诗歌的沉默意识及其书写

幽静与闲适。当言语总是被吞没，人也会渐渐接受并习惯于安静，朱英诞于是成为一位"身心俱隐"者①，能安于沉默、获得宁静的愉悦。他在沉默无言中静观外物，即使外物不静，也能闹中取静。在现代社会的嘈杂环境中，诗人能够避开眼前纷杂，驰想于沉默世界中。《燕南园小聚》表达了这样的感受："坐在 bus 里我沉默不言/因为这是最后一辆进城的车/赶路的人很拥挤/但天空的树木云物是空旷的"，诗人在进城的末班车上，车内是拥挤的赶路人，好在车外尚有空旷的云天。因此，诗人选择"沉默不言"，言语只会使他陷入拥挤的人群中，而沉默则能使他转向天空和云物，在拥挤中享有空旷，沉默于是成为内心之圆融寂静与外界之忙碌纷扰的一道分界线。诗第三节说，"我爱看那些现代仕女之善于欢笑/但想到一些拈花式的会心故事/我也微笑了吗；而如此大相径庭/而天空是柔和而无边"。诗人既爱看现代仕女善于欢笑，也会因为拈花式的故事而会心一笑，两种笑差别很大，前者世俗、享受，是聚会中的现实场景，后者超脱、智慧，是诗人内心世界的想象。而无论观赏的"爱看"，还是领悟的"会心"，诗人总是沉默的，沉默使他像天空一样包容。诗人因沉默而能以一种包容的姿态处世，既保有内心安宁自得，又不与外界喧嚣发生冲突，反能转化嘈杂获得宁静。沉默为诗人提供了向外静观的能力，使他达到"澄之不清、扰之不浊"的平静状态。

从"外物之静"到"我心之静"，"沉默"在我与物之间往返投射。但是，心有不平之鸣却欲言又止的沉默、偏安于一隅闹中取静的沉默，似乎都是被动的状态。而朱英诞的"隐"不仅是避祸不言与避世取静，他还能够更进一步，做到在静观中物化，品味生命的自在，获得物我合一的自在之静。在《无题之秋》中有《花间》一诗，诗人在沉默中从蝴蝶的自在状态感悟到万物的静与不静的辩证。诗中写蝴蝶飞入花间，"那夏天蝴蝶的飞动/梦是凝装而来临了/一只自蓝天中

---

① 李贽将退隐归为三类，即时隐、身隐、身心俱隐。

飞下/陶醉于白日梦里",诗人细致地观察到蝴蝶的翩飞。蝴蝶或许也是诗人自我的外化,"如此轻轻的呼吸啊/一只翩飞向花间去/我凝视/万物不静"。诗人处于如此寂静中,寂静到能够听到自己的呼吸,听到蝴蝶翩翩飞向花间的声音。他沉默地凝视,却说"万物不静"。从蝴蝶的翩飞到万物不静的结论,其中是诗人对于声音的体悟与思考。蝴蝶有翩飞的声音,诗人有自己的呼吸声,但在凡尘俗世中,这些声音却被压抑、遮蔽了,人无法感受到自己、万物的存在的本来面目。只有像蝴蝶一样回到花间去,像诗人一样回到自然中,才能够在沉默与寂静中感受到生命本身的声音。这首诗也与《庄子·齐物论》中庄周梦蝶的典故产生互文关系。庄周在梦中成为一只蝴蝶,故能以自得的状态飞舞,正是道家所推崇的逍遥境界。朱英诞也同样陶醉于像蝴蝶一样自得的白日梦中,并且沿着庄子"万物与我为一"的哲思,从"我"与蝴蝶"轻轻的呼吸"推理出"万物不静"的思考。此处的不静已经不同于普通的有声,而是经过对声音的否定之否定(即沉静下来所感受到的不静)认识到的一种生命的自在状态。蝴蝶的飞舞抑或诗人的呼吸,都彰显着不同的生命之存在的本真状态:万物平等、和谐而富有生机,语言成为多余的事物,沉默是本来的属性。正所谓"久在樊笼里,复得返自然"。

　　朱英诞作为隐士展开的静观及其三种向度,是他独特生命体验的直接表现,体现了动荡年代一个知识分子的个人选择与心路历程。朱英诞通过对"外物之静"进行拟人化的沉默书写,从自然中发掘天地万物无言的品质,体悟动荡时代的生存智慧。沉默是他"苟全性命于乱世"的一种生存方式。当诗人"退却到高高的小屋里来",隐逸于山水田园诗性世界中,与自然万物为友,他感受到象牙塔内的广阔,获得不澄不扰的"我心之静",从中顺应自己沉默的品格旨趣,也从中欣赏生命的圆融自在,享受生命的自在之静。诗人以静观的方式形成物我关系,他将万物的沉默写入诗中,又在诗思中不断体味沉默,最终磨砺出自在的自我,成为一个"身心俱隐"的隐士和"沉默的冥想者"。

第二节 智者的冥想

朱英诞是一个热爱智慧的诗人，他的诗歌具有鲜明的智慧特征。他曾说，"我并不以为诗不容许抒情，但我要说我们的时代所经历大概与以往有所不同了，诗仿佛本质上是需要智慧的支柱……也许诗本质上是智慧的，我们不像抒情诗必须沉睡与沉醉那样依赖韵律"①。"朱英诞的诗歌大都呈现出内敛、节制的特征，在诗思建构方式上，讲究智性诗化，极力避免感情的发泄而追求智慧的诗意凝聚。"② 智慧是一个复杂的概念，它与哲理、知识、理性等均有不小的差别。在中国现代诗学中，金克木最早提出智慧诗的概念。他说，"新起的诗可以有三个内容方面的主流：一是智的，一是情的，一是感觉的。……第一种既说是智的，当然是以智慧为主脑的诗"。他认为，这种新起的智慧诗不同于过去的说理诗、警句诗、哲理诗，具有以智慧为主脑、情智合一、并非人人都懂、具有新的内容等四方面特征③。金克木明确地使用了智慧这一概念，但在后来的诗学发展中，人们多采用主智诗、知性诗等术语，智慧一词却不再常用。每一种概念都有其突出的内涵和容易遮蔽的部分，有人曾辩说，"如说'主知诗'或'主智诗'时，似乎就是将它们与'主情诗'截然对立，让人觉得这种诗的构成要素就是'知'或'智'，而在情感方面是极其客观和冷漠的；如用'智性'或'新智慧'则又让人觉得写诗仅仅是心智上的事情，仅仅是机智的调侃或技巧的玩弄。当然，'知性'同样会带来误解，比如可能会让人简单地将它等同于'理性'一词"④。事实上，采取"知性"这一术语的问题在于，将中国现代诗歌中智慧的因素都纳入了西

---

① 朱英诞：《〈盾琴抄〉序》，《朱英诞集》第九卷，长江文艺出版社2018年版，第283页。
② 王泽龙：《论朱英诞的诗》，《文学评论》2017年第6期。
③ 柯可：《论中国新诗的新途径》，许霆：《中国现代诗歌理论经典》，苏州大学出版社2008年版，第304页。
④ 汪云霞：《知性诗学与中国现代诗歌》，上海书店出版社2009年版，第3页。

方知性化诗潮中,而忽视了中国古典诗歌中的理趣、禅趣等文学传统的影响。近年来,许多学者努力发掘新诗与古诗潜藏于深处的连续性。许多成果表明,中国现代诗人尤其是京派诗人深受古典传统的影响,如卞之琳、废名、朱英诞等的智慧诗特征就深受宋诗传统的影响。而采用主智诗的概念,则直接忽视了"慧"的重要性。慧与智是两种不同的概念。朱英诞就曾提出,"也许智慧尚须日取其半,或者须'析骨还父,析肉还母','慧'是第三层的重楼杰阁,我们的视野将更展开"。①《释名》说"智,知也,无所不知也",即掌握大量对事物的经验知识;《白虎通义·情性》说"智者,知也。独见前闻,不惑于事,见微知著也",即善于从现象中总结经验,因而对事物的道理不觉得困惑。可以认为,智主要指掌握经验的多少与运用理性的能力。而"慧"则与之不同。《说文解字》中"儇"与"慧"互训,"儇"指敏捷,引申出聪明的意思。《韩非子·喻老》中说"慧者不以藏书箧",就是讲书中知识是僵死的,而聪慧的人处事方法是灵活变动的。概而言之,"慧"更多地是指思维反应的灵活、敏捷,而不强调经验的多少。二者相比较,智的关键在于经验的量的积累、理性的体系建构,而慧的显现则在于超越经验、理性,在短时间内直接获得对本质、真理的感受。佛教传入以后,慧与智的区分更加明显。在梵文中,智是"jnana"(音译为阇那),慧则是"prajna"(音译为般若)。《大乘义·章九》曰:"照见名智,解了称慧,此二各别。知世谛者,名之为智,照第一义者,说以为慧,通则义齐。"《法华经·义疏二》曰:"经论之中,多说慧门鉴空,智门照有。"② 世谛是指世间的真理,而第一义则是最高的真理。也就是说,智是指对世间真理——"有"的把握,而慧则是对超越世间真理的最高真理——"无"的把握。前者需要逻辑理性的智识智性,后者则需要灵感妙悟的慧性慧根。智性是经验与逻辑的丰富、饱满、不可动摇,慧性则是灵感与想象的跳脱、玄妙、难以捉摸。

---

① 朱英诞:《〈盾琴抄〉序》,《朱英诞集》第九卷,长江文艺出版社2018年版,第284页。
② 丁福保笺注,哈磊整理:《坛经》,上海古籍出版社2011年版,第12页。

第二章 朱英诞诗歌的沉默意识及其书写

朱英诞通过静观来积累、汇聚人世中的生命体验,静观是他借助理性把握世间变易、生成人世之智的方法。但在静观之上,朱英诞又常常能够超越对动荡历史的逃避,潜沉对自然山水的浸淫,深入自我的内心世界与想象空间,借助冥想来驰骋慧性。朱英诞曾说,"在普通的诗里我喜欢灵魂之丘壑而不耐风景的描写"①。"灵魂之丘壑"也即诗人内里的慧心所进行的冥想。他偏爱"以理识为诗"②,这些冥想及其慧性因素便进入他的诗歌,造就了富有慧心的诗思。所谓冥想,是指主体在思维与外界隔绝的状态下进行的深切思索和想象。魏晋时期已有文论描述出文学创作构思时的思维活跃状态,"寂然凝虑,思接千载;悄焉动容,视通万里"③。而冥想更不同于一般的想象:诗人忘情静观,任由脑筋飞驰,在意念中构造出一连串的玄妙风景。通过冥想,诗人既不受到情绪的干扰,也不拘于眼前的景状。正如宋代理学家程颐曾指出:"寂然不动,万物森然已具在,感而遂通,感则只是自内感,不是外面将一物来感于此也。"④ 因此,有学者将冥想总结为"一种超越于'眼中之象'之外的心灵的自由联想","诗人大脑中的印象、幻觉构成的'森罗万象'纷纷登场,意识之流翻腾于无边无际的思想与感情的莽原之上。这种冥想类似于一种白日梦,它不是对观照之物的反映复制,而是主体任意的虚拟悬想"。⑤

冥想是慧性的重要特征,是朱英诞构造诗思的重要方式,可以分为澄明忘我、浮想联翩、诗性速写三个阶段。第一阶段,诗人首先要进入静观的澄明状态。朱英诞在诗中有所描写。先是进入与外物互不干扰的宁静状态:"燕子穿过细长的柳丝/雨落在风片上/什么也不睬我/我只为独自坐得很久"(《十六夜》);再是主体于思维中把玩自身的存在:"我静静地把自己变化一下,/像一片云,在有形与无形之

---

① 朱英诞:《诗人画像》附记,《朱英诞现代诗选集》,长江文艺出版社2017年版,第85页。
② 朱英诞:《跋——疾苦的药石》,《朱英诞集》第八卷,长江文艺出版社2018年版,第118页。
③ 王运熙、周锋译注:《文心雕龙译注》,上海古籍出版社2012年版,第183页。
④ 程颢、程颐:《二程遗书》,上海古籍出版社2000年版,第200页。
⑤ 周裕锴:《宋代诗学通论》,上海古籍出版社2019年版,第320页。

间，/像手指与手指之间的纸烟/燃着，我的座次很舒服"(《有闲》)；终于，诗人逐渐进入忘我的境界："'你是谁'——我并没有问谁/仿佛一向要问问你/而此刻我仿佛问我自己"(《唤醒者》)。第二阶段，在静观状态下，诗人不再拘束于眼前身边的情景，而是能超越时空和日常经验的限制，展开自由、非理性、丰富多彩的想象。《怀念》一诗就是"在长久的沉思默想里……对自己的冥思状态的随想曲式的记录"①。诗人守护沉默，忍受酒一般荡漾的诉说欲望，进入冥想状态，于是感受到"一切见闻洁白而飘香"。尽管异常活跃的思维和不易忍耐的欲望令人疲倦，却是感受到自己的途径，是驰骋于"海底珊瑚岛"和"九重天"之间寻觅玄思的法门。②第三阶段，通过冥想，诗人跳脱出日常生活的现实理性，对浮想联翩的感觉进行慧性建构，形成既跳跃又联系的诗意与慧性。在《冥想》一诗中，朱英诞看到"黄月"与"山岗"，想到"沙漠的帐篷"和"高贵的骆驼"，几个存在距离但又暗含联系的意象在诗行间构筑起奇幻的意境，与日常生活相去甚远却又能唤起读者奇妙的感受，"一个点滴如银色的雨珠，/我离开了你，醒觉的牢狱"(《冥想》)。将"醒觉"比作牢狱，说明现实生活中的实用理性限制了诗性思维的发挥，唯有进入冥想状态，才能创造出富有慧性的诗歌。以冥想为主构造出的慧性诗歌，具有三方面特征。

首先，在意象方面，体现为感觉的意象化特征，将冥想过程的感觉意象化。如《枯坐》一诗，开篇写"我独自默坐在小窗间"当是实写，但后边的"歇步于无边牧野""倾听雪花落在海水上""不见一缕炊烟"是小窗间所必不能兼有的景象，则显然都是"枯坐"过程中奇异的冥想③。这些意象来自冥想的感觉，因而往往能以远距异质的特点来完成对冥想体验的描写，在视觉、听觉、时间意识、空间意识等多方面营造出奇幻的意境。以这首《枯坐》为例，诗人用"倾听雪花

---

① 程继龙：《朱英诞新诗研究》，博士学位论文，华中师范大学，2014年，第138页。
② 朱英诞：《怀念》，《朱英诞集》第一卷，长江文艺出版社2018年版，第384页。
③ 朱英诞：《枯坐》，《朱英诞集》第四卷，长江文艺出版社2018年版，第208页。

落在海水上"写静谧中细腻的听觉感受,还在暗示中形成对温湿度的感觉,用"无边牧野"突出特别的空间感,用"不见一缕炊烟"进一步描写视觉和心理的荒凉感受。在第二节中,诗人又以"香菌"般的伞写流落的孤独,用"淡淡的星文"来写"不辨何时"的时间感。这首诗题为"枯坐",或许并无更远的深意,但凭借诸多意象化的感觉达到对感受的放大,让读者获得具体而特别的独坐体验,足以见其冥想的奇妙。

其次,在诗思方面,体现为跳跃性的诗思特征。意象化的感觉因其非理性特征往往各自是一鳞半爪,难窥全貌,导致前后上下之间不具备清晰缜密的联系,甚至有时天马行空、不知所云,需要读者发挥想象来体悟。如《宇宙》一诗,开篇的"鸟儿语默无常/增强了静意"应当是实写。但诗思很快就从一盏突兀的青灯飘至宇宙,"我爱这一盏雪后的青灯/赞颂它是宇宙的雏形"。进入第二节又忽写一束瓶中的插花,并且跨越了时间与空间、现实与梦境,"瓶花得之于九月的寒郊/献给你一束美梦"。眼前的插花却又很快升格,从献给你的一束美梦直接成为宇宙的点缀,"点缀你的宇宙/黄昏温柔地来临"。在短短八行诗间,情境反复在小与大、虚与实、主体与外物间跳跃,用具象的"青灯"勾连起"我"对抽象的宇宙的把握和赞颂,以九月寒郊得来的"瓶花"与此刻的美梦串起"我"对"你"的"爱",从"语默"的鸟儿带来的"静意"到温柔的"黄昏",完成了对自然的"宇宙"的审美对象化,其中蕴含了诗人的慧心及对宇宙人生的妙悟。

最后,在诗趣方面,体现为慧性的审美特征。通过冥想建构的诗思大都呈现出晦涩不可捉摸的特点,读者如果拘泥于日常理性、生活经验,便难以把握,而一旦放下思维定式,随着诗行间的意象与节奏展开想象,便能体悟到无可名状的奇妙感受。由此形成了区别于日常生活经验的陌生化效果,同时,读者感受思维的自由、参与想象的创造,也带来了特有的审美效果。朱英诞曾在诗中写下冥想到妙处的体验。"这时候你怀着一颗原人的心/把历史抛到身后/展开地图/寻觅那花的岛屿//一道虹消失在刹那的疏忽里/我将不能分辨/什么时候梦梦/

什么时候清醒。"(《古老的钟鸣》)在冥想妙悟的过程中,平日的历史经验、知识已经被抛诸脑后,怀着的是"一颗原人的心",而那真谛是"花的岛屿",美丽而又与人世隔绝。但诗人也感受到这种状态难得而易失,只要有"刹那的疏忽","虹"就消失了,这时候在醒和梦之间无法分辨,便又出离了那种境界。可见,冥想为诗人带来了极其愉悦的思维体验,而这种体验也融入诗歌中成为读者的审美对象。

艾略特曾对诗歌中的三种声音进行了分辨,其中,"第一种声音是诗人对自己说话的声音——或者是不对任何人说话时的声音"。[①] 他举里尔克的《杜伊诺哀歌》与瓦雷里的《年轻的命运女神》为例,认为"与其说是'抒情诗'(lyric poetry),还不如说是'冥想诗'(meditative verse)"[②]。朱英诞在沉默中进行冥想,以冥想构造诗思,他写的这一类诗歌并不存在诉说的对象,而常常是对自我妙悟的记录与编织,正与艾略特所言的冥想诗相似。沉默为朱英诞提供了冥想所必要的静观条件,不语时才能向内进行真正深入的思考,诗人的慧性即在这个过程中展现出来。南宋有禅师倡"默照禅","默默忘言,昭昭现前,鉴时廓尔,体处灵然"[③],一颗慧心在默默中便能参透万物的道理、诸法的真谛。朱英诞的诗歌中所呈现的陌生而生动的意象、跳跃而牵连的诗思、晦涩而瑰丽的内容,是诗人在虚玄的意识界驰骋慧性为我们所捕捉到的珍宝。

第三节 诗人的语默

语默,出自《易·系辞上》:"君子之道,或出或处,或默或语。"原本是指君子的两种选择,即入朝为官或归隐山林,立一家之言或沉

[①] [英] T. S. 艾略特:《艾略特诗学文集》,王恩衷译,国际文化出版公司 1989 年版,第 249 页。
[②] 江弱水:《独语与冥想:〈秋兴〉八首的现代观》,《文学遗产》2007 年第 3 期。
[③] 正觉:《默照铭》,周裕锴:《中国禅宗与诗歌》,复旦大学出版社 2017 年版,第 24 页。

默不言。朱英诞将"语默"的概念用于文学领域，提出了他的文学语言观。他认为东西方的诗学分歧"正在语默有常之间"，他说："我们不赞扬博士买驴、书卷三纸，却默认相视以解，无复往复扣击。中国过去的哲学要做到浑融、文章微婉，神思与物欲要洁净精良：这就是很大的乐趣。"① 为了进一步阐发关于语默的思考，他引用《随园诗话》中的一段加以说明。"古人读书，不专务词章，偶尔流露讴吟，仅抒所蓄之一二；其胸中所贮，渊乎其莫测也。递降而下，倾泻渐多……以十分之学，作十分之诗，无余蕴矣。次焉者，或溢其量以出……"② 这里列举三种写诗状态，朱英诞提倡第一种，指出"沉默自贤明来，而非出于无可奈何"③，认为真正的沉默是胸有渊乎莫测的贮藏却采取贤明的克制，而非"溢其量以出"所遭遇的无话可说。

概括来说，朱英诞提倡诗歌语言的含蓄蕴藉、词约旨丰，主张诗人要胸中贮有海量的学识与才思，而在创作中秉持克制的表达态度，才能够使诗歌语言具备较高的质量。在这种理念下，朱英诞将"沉默"定义为贤明的节制，认为巧妙运用沉默可以达到微婉浑融、相视以解的诗歌表达效果。这一诗学理念也在他的诗歌创作中不断酝酿、试验、总结，在朱英诞诗歌中，我们可以发现对沉默的高超运用。沉默对语言的节制有三方面的效果，沉默既是对言语及其间隙的艺术编织，也是对诗思中无与有的组织，还是对诗歌情感节制的表现。

沉默是对言语空白的标记，是一种零符号。按照符号学的理论，零符号也能够表达意义。"零符号作为符号仍然能够生成意义。数字'〇'，看起来没有数值，但它在数字中却不可或缺，可以帮助生成极大的数值。音乐休止没有任何声音，但在具体的语境中却有丰富的表现力。"事实上，在话语交际过程中，人们常常用沉默表达自己的意

---

① 朱英诞：《语默——病中答客问》，《朱英诞集》第八卷，长江文艺出版社 2018 年版，第 207 页。
② 朱英诞：《语默——病中答客问》，《朱英诞集》第八卷，长江文艺出版社 2018 年版，第 208 页。
③ 朱英诞：《语默——病中答客问》，《朱英诞集》第八卷，长江文艺出版社 2018 年版，第 208 页。

图，或者从沉默中领会对方的意图。结构主义语言学认为，"语言的两个最重要的特征是任意性和差异性：也就是说只要能与其它的语言符号区分开来，沉默本身也可以成为一种语言符号，可以表达意义。当然，这一结论的前提是这个沉默必须是话语流中的沉默，因为唯有在话语流中，沉默才可以与其它的语言符号区分开来"。所以，沉默其实是语言的一部分，它既是言语的预备（在将说而未说之时），又是言语的插曲（在说与说之间），也是言语的绵延（在意犹未尽之时），还勾勒出言语的边界（在说与不说之间）。

首先，朱英诞懂得运用沉默与声音的组合来编织诗歌的听觉表现形态。比如《夜语》中，"花朵凝想，／不愿沉默。／一棵幼小的枣树长高了，／'美丽的女孩，／我就是那丑而小的果核，／你随手抛弃的。'"这首诗大部分篇幅是花朵说的话，但在开篇诗人着意写出花朵的"凝想"的心理过程。"不愿沉默"自然是发生于沉默中的思维，言语总是脱胎于沉默。正是对沉默、凝想的刻画，增添了后面说话内容的重量。《谈心者》里，"于是我们捻断了灯卷，谈了又谈，／那些空隙和沉默也谈着"。"空隙和沉默也谈着"就是意在表现作为话语间隙中的"沉默"与其意义传达。他还善用沉默来写声音的延迟，造成一种压抑感，如"沉默的雷霆布满森林／如环之无端，机杼声中风满楼"。在《月亮的歌》中，诗人展示出他运用沉默的高明技术。诗中写"没有人吗？我耐心的等待。／然后，我用手指轻轻的放上／那金属的门环的嘴唇，——／它们似乎正在想大声歌唱"。写月夜的敲门，却将诗行定格于"我"将手指放上门环的刹那。虽然还未扣响，但门环已有发声的情状，视"环"作嘴唇，它"似乎正在想大声歌唱"，这是何等妙语！其实，由诗中"于是我推着一扇小门／我敲着另一扇"即可发现，这是诗人有意与韩愈、贾岛较量写诗的功夫。于将敲未敲、由默到响之际下诗笔，或许确实胜过了"推"的安静与"敲"的以动衬静。通过以上几种运用沉默的方式，朱英诞诗中的有声与无声、欲语与不语相互衬托、强化，达到了相得益彰的效果。

其次，运用沉默在有效地对"有"的描写之外，开拓出写"无"

的空间。这里的"无"并不指空无,而是指因难以用言语符号表达而常常以沉默的方式出现在生活中的不可说的对象。对沉默的展现是以无写无,一定程度上做到了对不可言之物的言说。"鸡鸣里没有一丝风/空自说桃花源/如夏虫之不可语冰/你沉默于静寂里",在《晨曦初见》这首诗中,诗人就采用"桃花源""夏虫不可语冰""陨石"三种意象表达在位置、思维、色相三方面与人世相隔绝的状态。在悼念朱湘时,诗人也用"不语"表示无以言表的静默,"生命的长河上吹拂着月的风里/行人们络绎不绝而不语"。这其中有悲伤、有庄严,或者有更多更丰富的感情,却很难用言语去表达。朱英诞曾引用李贺《美人梳头歌》中的"背人不语向何处,下阶自折樱桃花",指出"这是真正的无言的颓废之表现"。语言是正常人正常状态的表现之一,无言则更具有特殊的意义。在朱英诞诗中,我们看到沉默能够表达无法言说的事物、情感、状态,当诗人用沉默做下标记,读者便懂得不再通过言语的蛛丝马迹去寻觅,而是在两相无言中会心相知。

最后,沉默也体现出朱英诞在诗歌创作中对抒情的节制。朱英诞深受法国象征主义诗人艾略特的影响。"艾略特使朱英诞明白了,感情不是诗歌唯一的内质,感情也不是诗性思维的唯一构成要素,诗是可以避免放纵感情而'离去感情'的。"[①] 过多的诉说会流于抒情的泛滥,而在沉默的节制下,简洁的语言可以孕育出深厚的情感。朱英诞评价李金发时指出,"在诗里他太不能运用其斧向顽石般的感情下手了"[②]。"殊不知诗与情感原是两回事情,联起来不一定成立。"[③] 在朱英诞的诗歌中,"语言抒写开始注意自身的造型感……表达上趋于凝缩,诗人不断地做减法,可有可无的情感和形象都略去了,不断地留下拐点、空白,写出来的显性的东西更有质感和力度"[④]。朱英诞运用沉默在诗歌中创造大量的留白,通过内敛、节制的语言避免了抒情的

---

① 程继龙:《朱英诞新诗研究》,博士学位论文,华中师范大学,2014年,第114页。
② 朱英诞:《〈微雨〉及其它》,《朱英诞集》第十卷,长江文艺出版社2018年版,第100页。
③ 朱英诞:《新月(二)》,《朱英诞集》第十卷,长江文艺出版社2018年版,第157页。
④ 程继龙:《朱英诞新诗研究》,博士学位论文,华中师范大学,2014年,第58页。

泛滥，有效地蕴蓄出凝练的诗意，提升了诗歌内容的密度。在《吹箫人》一诗中，诗人写夜闻吹箫的所感。"如果是为了星群太高而不见，/以你的泪眼去问问花吧，/你未眠的沉默的吹箫人？/为什么拒绝着梦？"短短的四行诗中，星群因太高而看不见，问花凭借的是泪眼，吹箫人也沉默着，不眠的原因也有问无答。但这并不影响诗歌欣赏，它已然将夜里气候的朦胧、人物的流泪、吹箫人的沉默和一夜无眠的状态写出来了。可以发现，诗人下笔极为克制，绝不轻易用语言直接暴露情感，也不假人物开口点明主旨。通过留白以及提问，反而将读者引入了诗歌所营造的意境中，而这些空白也为箫声提供了存在的空间，更多的内容则有待读者去填充了。

朱英诞的语默观是他的诗学思想的重要组成部分，一方面来源于他在特定社会历史环境下选择沉默、品味沉默的状态；另一方面也是他钻研古今中外诗学的心得，暗合于古典、西方的语言哲学，是诗人对于文学、语言的精粹思考。通过对语言的不断锤炼、压缩，朱英诞的三千多首诗歌大多具有较高的水平。朱英诞曾提出，"新生的文学有两条道路，一条是宽阔的，即用芜杂生硬的语言草创出陶陶孟夏草木莽莽的境界，什么都是乱七八糟的，然而什么都具有生气虎虎，精力饱满，生命丰富；一条是精微的，不相信任何只言片语已经被前修调整得最适当，什么都得经自己的手惨淡经营一回，就是古人已到过的地方也得拂拭一过，重新安排"。"这两条道路，前者若是诗人的本能，后者则是诗人的本分。"① 朱英诞秉持着精微的艺术创作态度，在语默之间追求贤明沉默、相视已解的辞约旨丰，如他所言，这"更合乎我们的大传统：文章微婉、春秋之旨"②。

朱英诞诗歌中的沉默首先来源于诗人所处的时代，他在乱世中选择了隐居，新中国成立后依然坚守"一个大时代的小人物"的静默。

---

① 朱英诞：《"栽竹树"法——〈小园集〉补序》，《朱英诞集》第八卷，长江文艺出版社2018年版，第329页。
② 朱英诞：《"栽竹树"法——〈小园集〉补序》，《朱英诞集》第八卷，长江文艺出版社2018年版，第329页。

独处、独游的沉默中,他静观自然万物的无言,于人世纷杂里闹中取静,在胡同深巷中寂寞耕耘,在希言自然中感受自在自我,这些隐逸的生命体验以物象的沉默、意境的宁静与平淡自然的意味,营造了一部独到的现代山水田园诗画卷。

(与张皓合作)

第三章　朱英诞诗歌的飞鸟意象

第一节　飞鸟意象的现代意旨

吟鸟咏鸟的传统由来已久，从先秦至唐宋，无论是关关嗷嗷、禽鸟翩翩，还是凤凰于飞、善鸟香草，抑或是孤鸟高飞、翔鸟哀鸣，屈原的浪漫瑰丽、陶潜的欣然自适、阮籍的苦闷无依、李白的豪放旷达等，无一不构成飞鸟诗歌的百态千姿。诸种吟鸟咏景、假鸟喻己的诗作不断地生发、演变，飞鸟装扮着诗歌，凝结为意象书写源远流长的一脉，积淀着中国诗学深厚的传统。置身于古典与现代交会点的朱英诞，回望历史，汲取传统精华；洞悉时代，包蕴鲜活的现代新质，以此融汇个体的现实境遇，涵养独特的现代意旨，借飞鸟意象，构筑诗意盎然的精神园地。

一　以鸟为友：倾心交流的日常相伴

山川灵秀所钟，广漠清幽所慕，仰观于天，俯察于地。文人墨客神游于自然天地之间，抱定赞赏的态度，领略生机的妙趣，无论是那花草树木，还是那飞禽走兽，万千物象无一不构成诗歌孕育、滋长的场所。正如学者杨义所言："中国人遵循天人合一的思维模式，很早就养成对自然景物的敏感，常常体验着自然物象的人间意义和诗学情趣。"[①] 纵览源远流长的古典诗史，向来不乏涵泳自然的诗篇。观春鸟

[①] 杨义：《中国叙事学》，人民出版社1997年版，第290页。

御风、夏雨蒸云、赏秋蝉鸣月、冬寒沐雪,文人骚客以敏于常人的观察、领会能力,向外探求自然景致,向内诉诸个体心灵,物我两忘,更在人与自然的和谐对话之际,构成诗意凝聚和诗情抒发。

观"自然"一词,源远流长,须究其内涵、语法及意义。在《说文解字》中,将"自"解释为:"鼻也。象鼻形。凡自之属皆从自。"①随之,清人段玉裁作注阐释,揭示出"自"的引申之义:"今义从也,已也,自然也皆引申之义。"②综上所述,"自然"一方面作名词,指涉环境自然;另一方面作形容词,指涉人性自然,意为"自而然",即"本来就是如此"。诚如包恢所言:"状理则理趣浑然,状事则事情昭然,状物则物态宛然。"③王夫之亦云:"含情而能达,会景而生心,体物而得神,则自有灵通之句,参化工之妙。"④此"化工",正是造化之功,自然之妙,不仅是自然界的万事万物,而且是指在外力不加干涉之下,事、物、人都呈现出如其本真、切实可感的自由状态。

正如生于"烟水国"的朱英诞,不仅深谙于"赋诗托飞鸟"的传统经验,而且捕捉到时代"二十世纪底精神"的全新感知。首先,诗人与自然保持着亲密而又疏阔的关系,恬淡朴野的盎然气息使人欢欣自适,心灵舒放;其次,在诗人燃灯沉思时,翩飞的鸟儿携来浮动暗香,化为案头之上孤独的友爱者、促膝的谈心人,醉心交流;最后,诗人置身窒滞的都市,如网罟里的游鱼,久思故渊,渴望辽阔的天壤得以包容现代人踌躇的灵魂,接纳都市人孤寂的呻吟,复归人性本真。

(一)复返自然的心灵舒放

朱英诞以"乡下的孩子"⑤自居,捕麻雀,捉蟋蟀,收获新奇而愉悦的体验,感受童年岁月里一抹明亮底色。对朱英诞而言,诗歌便

---

① 许慎撰,徐铉校订:《说文解字》,中华书局2013年版,第68页。
② 许慎撰,段玉裁注:《说文解字》(全注全译版),中国戏剧出版社2008年版,第376页。
③ 包恢:《答曾子华论诗》,《全宋文》第319册,上海辞书出版社2006年版,第328页。
④ 王夫之:《夕堂永日绪论·内编》,《姜斋诗话笺注》,戴鸿森笺注,上海古籍出版社2012年版,第97页。
⑤ 朱英诞:《都市在梦中》,《朱英诞集》第一卷,长江文艺出版社2018年版,第604页。

是他的乡下,"诗,夹着田野的气息,如春云而夏雨,秋风而冬雪,点缀了我的一生,生命的四季"①。然而,诗人仅在1943年夏,暂时避居海淀村野,纵情野望,畅享自然。朱英诞常年困居在北京的陋巷之中,虽可远望西北诸山,近赏巷尾花木,仍不免有面临灰色墙壁之苦,因而他始终渴慕湿润的泥土气息,时常激起重回自然母体的冲动,诗兴浑然之际,与自然对话,与自然为友。

朱英诞久宿世俗樊笼,渴望着御风而行的自由舒放,望鸟生情,抒己心胸。当唧啾的鸟语闯入诗人敏感而紧闭的内心世界,他便临窗伫立,感知自然,状眼前之景,听耳畔之音。西窗外"满院的阳光和杨柳/鸟儿整日歌唱"(《西窗》),小园里"一只美妙的黄鸟/落在小园花树的枝头/向川田的窗子里窥视谛听"(《小园的春天》),日出时"阳光挂在枝头,鸟儿的歌,像一条河/横在我的眼前了"(《日出》),狂风中"窗外的鸟已唱得娇好"(《狂风的春天》)。或饮清茶一杯,或品苦酒一盏,或吟味诗作,或语默无常,都在微末一刻枯坐,惊扰诗心。朱英诞正是如此,精心地感受物象之鸟的声色光影,营造鸟啼花落的灵妙诗境,而这些自然飞翔的物象之鸟,大多融在清新明丽的小园环境里,山川草木与飞鸟鸣禽情景逼真,相映成趣。

栖息于美妙田园中的飞鸟,频繁出入古城的陋巷深院。它不仅仅是诗人目之所瞩,意之所游的客观物象,而且不断从依附于自然山水的背景里剥离,成为与诗人气韵交感的审美对象,萌发诗情,凝结诗意。面对多元的物象,慧心性灵的诗人善于动用全身的感官,目睹、耳听、鼻嗅、手触、舌尝,将事物从日常纷繁的情景中挖掘出来,整体、精心地感受,酝酿成新鲜、真实的诗情。诚如,"是一片热情鸟唱的窗外玫瑰的流息/若空山鸟语中凝定了欢趣如一句回答。"(《长夏小品》)敏感而聪慧的诗人,总能在细腻幽微之处,听到最缥缈的鸟唱,嗅到最细微的香味,看到最朦胧的景致。因此,朱诗中的鸟儿不再仅仅是山水的点缀,而是吟咏的主体,是诗人不期而来的佳客,隔

---

① 朱英诞:《〈新绿集〉与〈白小录〉合跋》,《朱英诞集》第八卷,长江文艺出版社2018年版,第412页。

窗啼鸣。一番光临偶叙间，化为清吟杂梦寐，俯拾皆文章。

如果说临窗吟咏的朱英诞怀有古人"花开鸟语辄自醉，醉与花鸟为交朋"（欧阳修《啼鸟》）的情致，以窗为临界点，触景而生情，观景而兴意，与自然万物泯然一体；那么，困居都市陋巷中的诗人，便如恋旧林的羁鸟，思故渊的池鱼，渴望着重返田园牧歌生活，复归人性本真自在。西方资本主义侵略的层层深入，本土商业化浪潮随着被迫的开埠通商而萌生，古国文明自19世纪中期以来，迎接着一次又一次严峻的挑战，民主、科学等价值观念的传入，城市化进程的加速，乡村人口向城市流动，引发了独特的现代思考。朱英诞常年生活在北平，又经历着时代的剧烈震动，对于都市体验和乡村生活有着更为深切的感知。他曾作《不夜城》一诗，诗中灰色的墙垣、兀立的广告，一明一暗，皆笼罩在浓浓的都市夜色里，吸烟的女郎们踏着不休的脚步，在人潮涌动间，面目模糊。朱英诞将诸多的现代都市意象引入，进而凸显、缀连、奔突，令人深感于自然的隔膜、隐去，人类的虚无、异化，顿生置身都市恍如流落他乡的孤寂之感。因而，他咏叹着乡村生活，渴望着属于乡村田园的宁静和煦，认为山山水水才能真正抚慰他焦虑不安的灵魂，"梦中自有我的日月，/我的家乡也是你的；/可是，主人也是客人啊，/山山水水总是欢迎着我啊"（《夜游词》）。朱英诞自嘲为"都市之子"，经年累月的城市生活使其产生了波德莱尔式对现代都市文明的疏离感，浮华的都市难掩心灵的荒芜，世俗的喧闹难抵个体的孤寂。纵有短暂的乡居之旅宽慰心灵，舒放性情，但更激发着他对质朴和煦的乡村的向往，更包含着对未被都市文明所污染的淳朴人性之美的追求。因而，他以诗还乡，将一本集子权当作一扇窗，时或打开，便得野望。"不过诗是精神生活，把真实生活变化为更真实的生活，如果现代都市文明里不复有淳朴的善良存在，那么，至少我愿意诗是我的乡下。"① 以清明的眼光洞察俗世，以饱满的情感勾勒自然，朱英诞与废名、林庚等同人一道，精心构筑着诗歌田园里

---

① 朱英诞：《〈沉香集〉序》，《朱英诞集》第九卷，长江文艺出版社2018年版，第28页。

自由无碍的性灵，一心诗歌，走遍大地。

（二）遥想苍穹的凝神致思

朱英诞自称为"大时代的小人物"，"世事如流水逝去，我一直在后园里掘一口井"，表现出甘愿自处文坛边缘的清醒与执着①。在风雨如晦的时代里，朱英诞远离革命，不求闻达，而是寂寞人外，栖居在北平胡同的庭院书斋内，享受清吟杂梦寐的光景。正如学者所言，"朱英诞更是陶潜风范的渴慕者"②，这是"众鸟欣有托，吾亦爱吾庐"（陶渊明《读山海经十三首》）的自觉选择，也是肉体的病不能行，更是灵魂的多默善思。林庚曾直言朱氏："他似乎是一个沉默的冥想者，诗中的联想往往也很曲折，因此有时不易为人所理解。"③ "沉默的冥想者"的定位，为朱英诞本人所认可，并写就《沉默者言》回应林庚之语。从容纳己身的方寸之所，到自然的山水田园，再到悠远的历史传说，自如穿梭其间的是诗人的现实体验和无尽遐想，静默无言间，遥展精神之翼，深悟时代之思。

朱英诞常年隐逸，幽居小园，以窗为媒介，属于自然天地的飞鸟与静居室内的诗人处于"有距离"的观赏范围里，真实的物象之鸟染上想象的色彩，上穷碧落下黄泉。真与虚、现实与想象得以角力，进而弥合。飞鸟在诗人笔下存在着不同场景的运用，它既是打破冥想状态、源于自然、接纳现实天地的分子，又是引发精神遥念、存于幻境、实现冥想哲思的动因。诗人常常居一室之内，或燃灯冥想，或捧卷吟唱，展开对时间与空间、沉默与言说、宇宙与人世等哲学命题的思考，恍惚间被窗外飞鸟的鸣叫中断思绪，落回现实之本位，沉淀着别样的玄思。

首先，诗人俯视江流，仰视云翔，以观察自然体悟着时空变化，继承着古人天人合一的思维方式和生命情致，实现对大与小、有限

---

① 陈子善：《朱英诞诗文选·序》，《朱英诞诗文选 弥斋散文·无春斋诗》，学苑出版社2013年版，第3页。

② 钱理群、温儒敏、吴福辉：《中国现代文学三十年》（修订版），北京大学出版社1998年版，第590页。

③ 林庚：《朱英诞诗选书后》，载朱英诞《冬叶冬花集》，文津出版社1994年版，第323页。

与无限等哲学命题的深思。《周易·贲卦》有载:"观乎天文,以察时变。"① 从古至今,文人墨客皆善以具体可感的自然物候,观察时间的推移和空间的变换。窗外朝晖夕阴,庭院树荣鸟啼,无不吸引着诗人的眼眸,远眺深远苍穹,思绪蹁跹。"椿树和天空成了好风景,/孤独者的窗乃多画意了;/时有飞鸟如浮海的小船,/做一个过客像我走过时间?"(《树》)孤独的诗人因窗外辽阔的景致而诗意盎然,由窗外现实之景陷入缥缈的沉思,无垠的天空就好似蔚蓝的大海,振翅欲飞的鸟儿如同在碧海浮沉的小船,朱英诞由空间的感知引向对时间的思考,不由得诘问:渺小如同沧海之一粟的芸芸众生,该如何行止?宏大无垠的宇宙与微渺的内心构成强大的张力,碧落黄泉之间是化为飞鸟的振翅盘旋,个体主体意识的参与,实现大我与小我的和谐共鸣。

其次,远离尘世的纷扰喧嚣后,诗人便将关切的目光投注在青灯黄卷、草木鸟兽之上,自由潜沉在静默的山水之间,与万物倾心交流,在相对无言中实现物我合一。一方面,万物与诗人共默,物我相融。宇宙是静默的,"鸟儿语默无常/增强了静意"(《宇宙》);秋天是静默的,"我喜欢秋天的沉默/是空山鸟语"(《秋天的沉默》);深夜是静默的,"沉默着,并且携着手/走在夜的边境上,款款的"(《幽会的时刻》)。另一方面,鸟鸣山更幽,诗人更享静默之乐。"一春里我饱听了鸟叫,/鸟啊,无疑是你,/叫来了风风雨雨,/也叫来了花花草草。//鸟儿老是叫个不停,/我无言;隔着梦,隔着窗,/我依旧能够辨识那绿树,/或是那远处的天空。"(《无言》)面对此情此景,诗人摒弃纷扰,浑然忘情,不以外物而或喜或悲,而以圆融平和的心境,去聆听生命本真的呼吸。"疏雨落在素手上/一念的无限/云缕为我捕一只白鸟/由学舌喃喃道无言。"(《石像》)由喃喃细语至静默无言,由转瞬的一念窥见时空宇宙的无限,一花一世界,一叶一如来。诗人触雨就好似佛祖拈花,由微小之末感知到世界的本质,参悟人世之苦、

---

① 黄寿祺、张善文译注:《周易译注》,上海古籍出版社2016年版,第236页。

人世之乐，因此便步入欲辩忘言、希声静言的境界，不言便是一种囊括万物的言说状态，是诗人向内自省的澄澈心境。

最后，飞翔驰想的鸟儿不仅间接构成触发诗意遥念的因子，更直接成为诗人感知、求索宇宙奥秘的"客观对应物"。战国时期，《尸子》中便出现对"宇宙"的抽象认知，"四方上下曰宇，往古来今曰宙"；到了东汉，张衡在日察物候、夜观天象的基础上，进一步深化时空意识："过此而往者，未之或知也。未之或知者，宇宙之谓也。宇之表无极，宙之端无穷。"（《灵宪》）近代以来，随着科学技术的进步与自我意识的觉醒，现代诗人对宇宙的体察、自身的认知、人类与自然关系的把握等方面，皆形成了全新的理解。因而，郭沫若狂飙突进地大声呼号，映照出 20 世纪的时代精神，这是"动的世纪"："我是 X 光线底光，／我是全宇宙底 energy 底总量！"（《天狗》）宇宙万物的死而复生，自我主体的涅槃重生，大写的"我"屹立于宏大的宇宙空间内。同样，微嗅时代气息的朱英诞沉吟作诗，思接千载，心游万仞，"这宇宙的徘徊。／看风景的人，／一块空白。／／我在写诗，这时候？／这时候，你在归航？／／二十世纪的梦寐，／很相像，／于任何别一个世纪，／它是过去或未来的巢"（《飞鸟》）。于深邃的宇宙里徘徊的鸟儿，成为诗人哲思的载体，谁是看风景的人？谁又成为被看的风景？相对性的探究，世纪性的回荡，诗人不禁发问：那归航的鸟儿终究将停留在过去、未来的哪一处巢穴？在闲寂的日常生活里，诗人谛听百啭千啾里宇宙的沉默，体味羽集毛萃里人生的真意。不仅如此，纷繁复杂的自然意象，皆如那振翅高飞、超世脱俗的鸟儿，在诗人想象的世界中展开生命的翅膀，自在翱翔，思绪翩然。

二 以鸟叹己：困顿人生的精神飞寻

1932 年，年仅十九岁的朱英诞只身从天津来到古都北平，暂居于亲戚的老屋里；一年后，便举家迁至北平的寓所，即西单旧刑部街三十八号。诗人喜静，更喜城居而享乡居之乐，于北平一住就是四十多个春秋。在漫长而单调的岁月里，诗人孤居于一方斗室，独饮缠绵病榻的困顿，深夜难寐，呻吟思索。时年七十，喜得王森然先生《雄鹰展翅图》一幅，感慨万千，题诗以自慰："杜鹃香啭越岩墙，风外鸡啼海上桑。/曾抚涧松望山月，我知愧怍作鹰扬！"① 年逾古稀的诗人，抱此残病之躯，却始终渴慕着翱翔天际的自由，求索着诗意人生的真谛。

（一）临水展翼的精神还乡

朱英诞系朱熹后裔，先祖置家如皋，俟其弱冠，归寄籍宛平。其曾祖父在江西游宦甚久，实为书香门第，后定居武昌城内一皂角园，园中建有藏书楼，藏书颇丰。溯源朱英诞祖辈的漫游之旅，几经流转，足迹遍布婺源、如皋、武汉、天津、北京等地。虽朱氏此生都未能涉足南泽水乡，但不妨碍他在诗歌世界里憧憬江南、吟咏江南、情定江南。他常自嬉，"家在江南也在江北；我个人却生长于津沽与北京——我家寄籍是宛平"②，身处"北平"、心系"江南"的朱英诞体验着生存体验与文学版图的错位。一方是生于斯长于斯的家园，一方是魂牵梦萦的乐土，面对着"在故乡"与"去异地"的现实矛盾，诗人自喻为青空之鸟，翻山越岭，直抵梦中的氤氲水乡。

江南是春光明媚、万象更新的，"画眉鸟儿啊花瓣作巢/袅袅的竹竿晒上衣裳/东风盘旋着解冻的歌/江南的春天是江南梦"（《江南》）；江南是惠风和畅、草长莺飞的，"思路如天外寒鸦招来的如远方有幸福的家"（《秋晚》）。诗人集中笔墨点染，却无意勾勒人物，讲明事理，而是寂坐不动，无边驰想，动情描摹着幻想中的江南之景。在梦境和神游间，以超然物外的视角和物我相融的境界，自由往来，不受自然规律的束缚，化身飞鸟，翱翔在江南的广阔天际。对朱英诞而言，江南，便意味着诗意的栖居，静谧的归宿，它是鸟儿飞倦的港湾，温暖的窠巢；同时，现世的江南恍如一场春梦，了无痕迹可寻。诗人在冬日里思忖着，"逡巡到江南了/海鸥在烟波间哀鸣"（《枯树》）；在春寒里寂寞着，"打更的鸟儿，像我的沉默/越过我们的家乡多远又飞回

---

① 王泽龙：《论朱英诞的诗》，《文学评论》2017年第6期。
② 朱英诞：《神秘的逃难》，《我的诗的故乡》，北岳文艺出版社2015年版，第103页。

的呢?"(《春寒》)无枝可依的飞鸟,穿过窗棂,越过家乡,无声又不息地飞动着,独自徘徊。它为何不择佳木而栖,为何不达乐土而止?这或许是"故乡不可见"(《怀江南江北故乡》),又或许是"蓦地失去了无限江山"(《江南》),徘徊的游子像"归鸦若有远方的逃避"(《红日》),预兆了迢迢江南便如镜花水月,纯美易碎而又神秘虚幻。

　　朱英诞为何执着地追忆、想象江南,将此视为精神故园,而不是长久地怀想生于斯长于斯的京津两地?因为"江南"对诗人而言,不仅是纯粹的地理坐标,而且构成了情感维系、文化谱系等意义上的诗学版图。"江南可采莲,莲叶何田田"(《江南》),"千里莺啼绿映红,水村山郭酒旗风"(杜牧《江南春》),"日出江花红胜火,春来江水绿如蓝"(白居易《忆江南·江南好》)……至此,深受古典文化滋养的朱英诞,闻得脉脉书香,自然习得"江南"母题的精义,他笔下的江南怀乡,从地理方位延伸、扩展至精神归宿,身未往,心已至。"我将愿望去到一个陌生的地方/而死于怀乡病/时间渴望我们的平原和语言/哀愁着以致于死。/但这些打搅我的清梦者/知更鸟或是夜枭/因为,这里有我的乡土的气味/当我已经没有了乡愁的时候。"(《乐园放逐——梦回天北望江南》)诗人的心灵无限贴近沉默而广袤的土地,他哀于难以排遣的乡愁,渴望以细腻的语词传达缥缈的愁绪,了此残生。此外,身处 20 世纪 30 年代的时代烟云里,汇通古今的诗人,切身感受着百年多病和艰难苦恨。在零落无依的乡愁里,寄寓着现世生活的迷茫;在乡土都市的夹缝间,潜沉着个体价值的失落。一方面,厌弃都市,亲近乡土的现代诗人,难抵自我与时代的尖锐抵牾,他"却难以如波德莱尔、艾略特等人,走向对人自身的拷问与生命存在的本质思考,而更多的是返回到了乡土家园、山水田园的乡恋或乡愁意象世界,乡恋乡愁意象成了'都市怀乡病'的表征与精神家园的归宿"[①];另一方面,在混沌庞杂的现代世界里,深厚的传统文化凝成现代诗人心理无意识,吟咏江南的诗词辞章潜沉于心。古典的情致、温

---

① 王泽龙:《中国现代诗歌意象论》,中国社会科学出版社 2008 年版,第 100 页。

润的诗意无不浸润在他经验、阅读、创作的过程中，使自然的江南和文化的江南，两者不断交织、重叠，诗人秘响旁通，以古典的底蕴融入现实的慨叹，将心灵的阵痛转化为意象的书写。由文学想象烛照现实际遇，诗人宛如迁逝漂泊的游子，无尽吟唱着乌有之乡——江南的点点滴滴，江南的四季、风致和韵味，无不抚慰着枯寂的心灵，他便以诗还乡，在古典文学的滋养中追回美好的精神旨归。

（二）隔梦筑巢的哀思怀母

幼年丧母的朱英诞，曾自称"失恃之子"，典出"无父何怙，无母何恃？出则衔恤，入则靡至"①。面对着人世的沧桑变迁，孤苦无依的诗人如失群之鸟漂泊无向，他无限渴望在诗歌的国度里，再次"抓住母亲的衣襟"（《风雨归舟》），一尽对母亲的怀想。于是，自然界的阳光雨露、花鸟虫鱼在诗人眼中，都是"那怀着母爱的／无数的花和鸟啊"（《春天》），充盈着饱满的情思，诱发出动人的魅惑。因而，诗人一方面览物觅情，在自然界中捕捉令其动容的现象，诸如雏鸟回巢、寒鸦反哺等，感知母子之间最为深切的情感，寄寓别样的意蕴；另一方面随物徘徊，展开想象的翅膀，以孩童的视角描摹记忆中、梦境里、幻想时的母亲模样，低低诉说着哀思与怀念。

遍览其诗，"母亲"是朱诗里一个有原乡意味的诗意符号②，她是温暖的所在，是美好的象征。母爱悠悠，恍如一脉梅香，其室名辞云："梅花深处碧云楼"③。朱英诞年逾古稀，提笔立传，名为《梅花依旧》，以忆其母，又写诗云："爱听寒鸦足乳味，江南梅早逸芳馨。"④梅香沁脾，寒鸦反哺，母爱如梅香，子爱如寒鸦，抒怀拳拳孝子之心。在中国历史中，"乌鸦"往往以"乌""鸦"等各种简称出现在诗词歌赋、文化典籍里，内蕴丰厚。诸如《说文解字》云："乌，孝鸟也，

---

① 程俊英、蒋见元：《蓼莪》，《诗经注析》，中华书局1991年版，第627页。
② 程继龙：《朱英诞新诗研究》，博士学位论文，华中师范大学，2014年。
③ 朱英诞：《梅花依旧——一个"大时代的小人物"的自传》，《朱英诞集》第九卷，长江文艺出版社2018年版，第541页。
④ 朱英诞：《梅花依旧——一个"大时代的小人物"的自传》，《朱英诞集》第九卷，长江文艺出版社2018年版，第541—542页。

象形。"① 又如《尔雅》中将反哺的乌鸦视为慈鸟："纯黑反哺谓之慈鸟。"② 白居易借《慈乌夜啼》一诗，抒乌鸦慈孝之情："慈乌失其母，哑哑吐哀音。昼夜不飞去，经年守故林。夜夜夜半啼，闻者为沾襟。声中如告诉，未尽反哺心。"包括曹丕《短歌行》、杜甫《题桃林》，从中可见一斑，诗人们善于书写徜徉于自然山水间的飞鸟，赋予山水人情和灵性，传达着亲人团圆、和睦友爱的人伦之义。自幼熟读古典诗词的朱英诞，深谙以鸟寓情的典故和传统，他将可亲的鸟儿喻为母亲，"美丽的鸟，红色的鸟"（《烬中小鸟》），时时凝望，"轻轻燃起灯来／如在远山外"（《燃灯记趣》），倾诉思念，尚能暂排现实之痛。朱英诞更在孤寂凄凉的深夜里，如孩童一般流连梦境，幻想与母亲的短暂相会，诗意回望。"破晓时，月如一个鸟巢，／夜作了我的摇篮，谁呀拍我安眠？／鸟唱的风里，无边的和平，／也拍抚着流水享有一个美丽的秋睡？"（《流水》）在破晓秋夜里，母亲轻柔的拍抚，巢穴温情的庇护，鸟儿啁啾的鸣唱，都构成了诗人哀思怀母的精神旨归。现世的求而不得，迫使朱英诞于缥缈的梦乡里筑巢怀母，但弥散于幻境里挥之不去的无定性和虚无感，终究使其陷入与母亲"两处茫茫皆不见"的无可奈何。

与此同时，对历经生命流转的朱英诞而言，母亲的早逝是难以弥补的终身之憾，令其稚嫩的心灵蒙上了创伤的阴影，更使其掌握了体察世事变迁的能力，形成了对死亡敏于常人的感悟。在《泠泠七弦（遗嘱试作）》中，他曾有一段剖白："生命的否定，实质上已包含在生命本身之中；死也是生命的重要因素，一切事物都在其自身的存在中间又包含着否定它们自身存在的因素。——这是常识，但也就足够了。"③ 因而，诗人以洒脱超然的姿态面对死亡，视躯壳的消逝为冻僵的雀鸟从枝头坠落，"我不过是一只冻僵了的雀鸟，／从树上坠落下

---

① 许慎撰，徐铉校订：《说文解字》，中华书局2013年版，第82页。
② 杨琳：《小尔雅今注》，汉语大词典出版社2002年版，第241页。
③ 朱英诞：《泠泠七弦（遗嘱试作）》，《朱英诞集》第九卷，长江文艺出版社2018年版，第85页。

来，就这样自由自在地，/任其自然而然地埋掉吧"(《挽歌诗》)。如此自然而然，又在年复一年的开花、布叶、结果中，再塑生命的意义。因此，母亲从未真正离开过，她无处不在，她是灵秀自然的化身，她是伫立在南国云树下，冷清而迢远的"伊人"，可望却难即。杨柳春风不断，诗人化为"衔一片花或一根草，/善唱歌的鸟儿"(《落叶》)，无根漂泊，寻找栖止的枝头，寻找母亲的所在，她是"在星月下永远徘徊/忧郁沉沉升起"(《杨柳春风——怀念母亲》)的万里春风中徘徊吗？诗人久久难寻，毫无回应，不由慨叹："年轻的母亲/你到哪里去了呢/生命树没有阴凉/因之也没有光明啊/抛弃你手种的年龄/如一个木马或喇叭/对未来常如往昔而沉思着/一只留鸟又叫着了"(《失恃之子》)。诗人以懵懂无知的儿童视角与母亲展开对话，失去凉荫庇护的诗人不断追问母亲身处何处，进而由孤苦伶仃的现实联系到世事无常，前途未卜。留鸟啁啾，人生漫漫，诗人何其渴望如倦鸟归巢般得到母亲温柔的爱抚和柔情的庇护，只可惜这样的诉求穷其一生也无法实现。

三 以鸟寓世：迷惘众生的时代求索

林庚先生在讲述20世纪30年代的北平往事时，曾回忆道："当时我自幼居住在北京，从'九一八'后实际上已经处于边城的地位，一种内心深处的荒凉寂寞之感，萦绕着理想与现实的矛盾，便构成这一段我写诗的主要生活背景。"① 从北京到北平，伴随着改名而来的是政治的失语、军事的沦丧和文化的寂寞，国内重心的南移，致使北京仅剩下象征封建帝王的宫殿陵寝和代言传统文化的遗老遗少。时代处境的荒凉寂寞和自然环境的风大尘多，使人顿生深陷荒漠的孤寂疏离之感。

寂寞人外，吊古思今，与林庚同处古都北平的朱英诞，也在不知不觉中沉浸于书斋的冷淡生活里，清吟杂梦寐。诸如朱英诞、戴望舒、何其芳、李广田、卞之琳等在内的现代派诗人，他们尚是刚刚走出象

---

① 林庚：《林庚诗选·后记》，《林庚诗选》，人民文学出版社1985年版，第112页。

牙之塔的青年学子，是满怀愤世嫉俗或迷离情愫的"沉思者"。身在幽谷，心在峰巅，他们无一不捕捉时代琐碎里的鲜活光晕和诗意片段，在迷惘困惑的时代里追寻自我的意义。在大处茫然，在小处敏感，现代派诗人悉心感受着传统经验和现实体验加之于每一位"沉思者"的魅惑。虽与风云激荡的广阔现实相比，诗歌的审美对象稍显单一和狭小，但就情感的厚重和哲思的深邃来看，它们又时刻闪现着智性和含蓄的光芒。

（一）茫然无向的人生之途

吴晓东在论及北平沦陷区现代派创作时，认为活跃于40年代北平诗坛的南星、朱英诞、吴兴华、沈宝基等诗人，面对朝不保夕的生存困境，刻意避开敏感的现实政治，捕捉富有暗示性的意象，"营造深邃缥缈的意境，烘托错综迷离的情绪"，并借此建构"堪与外部风雨相抗衡的相对封闭的内心城池"①。一方面，诗人心系温润江南而身处荒芜都市，倾吐着现代人的心灵独语；另一方面，战火硝烟蔓延，诗人选择隐身于诗歌的"象牙之塔"，以现代人的意识与体认，曲折委婉地抒发对战争虚无的呐喊。

伴随着卢沟桥的一声炮火，城门失火，殃及池鱼，伫立在异地边缘的诗人感受到"覆巢之下，安有完卵"的惶恐，江南之梦在风雨飘摇中染上黯然的色彩。如果说战前的朱英诞，虽苦于身心异处的割裂和游子身份的消解，但尚能在浑融着情感经验和传统文化的烟水南国里栖息。那么，当古国传统文化面临着西方现代文明的对抗时，诗人稳定的地理空间岌岌可危，自如地想象、建构精神乐园的情状难以为继。"在而不属于"的悖谬式处境更为突出，肉体的威胁与理想的匮乏，使朱英诞无法自持地对"辽远的江南"展开神往与怀想。然而，在兵荒马乱、战乱频仍的时代里，迷蒙难觅的江南"永远隔在雾里以致雾会变成了雪"（《试茶》），"遗失或背离而永远保持着的江南"（《春雨》），预示着诗人与江南繁复缠绕的关系，似海市蜃楼，宛在眼

---

① 吴晓东：《中国沦陷区文学大系（诗歌卷）·导言》，广西教育出版社1998年版，第12页。

前，又在千里之外。尽管如此，苦心孤诣的诗人咏叹着神话寓言里返乡之途的难以实现，字里行间无不充斥着现代乡愁。何为现代乡愁？它"可能就是对于一种精神渴望的世俗表达，对某种绝对物的怀旧，怀恋一个既是躯体的又是精神的家园，怀恋在进入历史之前的时间和空间的伊甸园式统一"①。因此，朱英诞将理想的乌托邦，精神的桃花源指向江南，"一道阳光，一道流水，/安得促席，说彼平生，/无惊叹的赞美吧，/那流水至今还奏着沉哀，/母亲，你在那里/那海鸥们在那里/白孔雀的眼睛完全合上了"（《远水》）。江南，花草鲜美，落英缤纷。花树下伫立的母亲，翩飞啼叫的海鸥，一一构筑成静谧的桃源境。但是流水鸣奏着沉哀，诗人化用"濮上之音"的典故，暗指家难寻，园难觅。纵使察觉到烟雨江南的失落，诗人仍化为飞鸟，骤山骤水地飞赴凡人眼目永不能达到的天边，自在飘荡于诗国的远海，抵达理想的世外桃源。"鸟儿啊还在填海/翅膀长长的就飞过吧/不然就投身于中流/分那浪花的欢乐//去征服那大海的王国/去寻觅一个小小的恋/那没有渔人往还的/新的桃源。"（《新的桃源》）至此，被赋予新质的桃源，并非全然出于对传统"桃花源"式的隐逸遁世，大同社会理想的体认，更蕴含着"有明确边界和价值观的魅惑世界消逝的哀叹"② 和世纪末人类价值追认的巨大悲悯。

战火息止，和平悄至，诗人面对战争的残酷和家园的崩塌，借杨诚斋一语："和者，战之暇也"③ 传达了对战争的态度的虚无体认。他说："战争是要完了；/我却不信"（《老舟子咏》），对战争结束的质疑，更隐含着对其卷土重来的隐忧。置身废墟，面向荒海，诗人化身为精卫，衔石填海。劲风呼啸，海浪汹涌，苍凉的人间构成个体生命奔袭的场域。但事实上，"世界是荒诞的，人生是痛苦的"。存在主义哲学如是说。古代神话中的精卫之鸟被注入了现代意识，它的往来反

---

① ［美］斯维特兰娜·博伊姆：《怀旧的未来》，杨德友译，译林出版社2010年版，第9页。
② ［美］斯维特兰娜·博伊姆：《怀旧的未来》，杨德友译，译林出版社2010年版，第9页。
③ 朱英诞：《战争或和平！（代序）》，《朱英诞集》第八卷，长江文艺出版社2018年版，第294页。

复，投石填海，只能是徒劳，陷入永无止境的痛苦与荒诞之中，成为推石上山的西西弗斯，或永远等不到戈多的戈戈与狄狄。面对虚无的困境，诗人的态度是彷徨且矛盾的，一方面宁为玉碎不为瓦全，"那精卫鸟到了最后/它衔着的是一颗星/和一点啼乳声/直穿入海底"（《海天消息》），以壮烈的献祭成全自己的理想；另一方面，诗人耽于诗歌，苦于札记，长久地与时代风云变幻保持有意识的疏离和观望姿态。战争，象征着血腥、恐怖与黑暗，死神凌空窥视，人间一派空洞荒凉，以致令人难忍难耐。"梦，云雀无踪/夜莺已死/唯孔雀徘徊，大张着/无数灼灼的眼睛看着。"（《孔雀徘徊》）疯狂的岁月里，天空净如沙漠，只有孔雀睁着灼灼的死神之眼，注视着人世间的生灵涂炭。众人皆醉我独醒，清醒又痛苦的诗人，始终坚守着清吟梦寐，以一片诗心追寻日常生活中残存的温馨美好，以超脱俗世的态度审视着战乱纷争和自我存在，吟唱着历史深处里，芸芸众生于苦难古老的土地之上跋山涉水的凄怆悲歌。

（二）访远寻梦的时代哀伤

在茫然无向的岁月里，现世的宁静和煦被战争无情打破，江南也好，桃花源也罢，朱英诞们动情勾勒的精神家园，宛如空中楼阁，摇摇欲坠。朱英诞的同代人，诸如现代派诗人，他们并非对乐园梦的脆弱易碎缺乏体认，但因对远方乐土的魂牵梦萦，注定了他们迁徙不断、漂泊无定的生命状态。究其缘由，一方面，虽在另一彼岸，但艾略特《荒原》的冲击波远渡重洋，为这群探寻民族前途的知识分子拨开迷雾。他们以痛苦的沉思，洞悉人类的悲剧性命运，形成趋同的文化心理，被学者誉为"荒原意识"[①]。另一方面，身处整体性幻灭的"荒原"时代，衰败的古城北平、虚无的文化心态，皆构成了现代派诗人的创作缘起。他们从现实的困境出逃，以敏锐的眼光，捕捉现代的诗艺变革，曲笔描绘着艰难跋涉的寻梦人画像。

20世纪30年代，政局动荡，战乱频繁，人类的天空陷入至暗时

[①] 参见孙玉石《中国现代主义诗潮史论》，北京大学出版社1999年版，第174页。

刻，残杀与戕害的悲剧不断上演，灵魂的大漠里尸横遍野。艾略特的真实记录和深刻预言，引发了现代派诗人的共鸣，他们猛然间发现北平不复温柔与诗意的古都，而是充斥着寂寞与幽愤的芜城。如果说狂风怒号、飞沙走石的切肤之感呼应着"枯竭""匮乏"的北方冬季景色，那么敏而善思的诗人从中觉察到生命力的流逝，更进一步隐喻着对荒芜人间的挣扎与逃离。正如何其芳所坦言："当我从一次出游回到这北方大地，天空在我眼里变了颜色，它再也不能引起我想像一些辽远的温柔的东西。我垂下了翅膀。我发出一些'绝望的姿势，绝望的叫喊'。我读着 T. S. 爱里略忒。这古城也便是一片'荒地'。"①曹葆华也渴望着逃离，逃离这虚无的人世间："唉，我也逃不出这古城／纵有两只不倦的翅膀／飞过大海，飞向长天……"（《无题》）下之琳同样在"荒原意识"和北国境遇间寻找到契合点，有意识地捕捉北平街头的灰色景致，痛苦于人群的麻木，无限哀伤地低诉着："一个年轻人在荒街上的沉思。"（《几个人》）废名的著名短诗《街头》一连五个"寂寞"，语出惊人，更能反映出时代之下人类的精神危机。

朱英诞对此深有体会，那远在人外的萧瑟，那生存空间的湫隘，令其叹息道："我在海淀隐居或'逃人如逃寇'时，确实有此感慨，每入城，处处面墙，一片灰色，大街也显得那么短，家室是那么湫隘……"②荒原体验浸渍于诗人的心灵深处，"当秋天的风风雨雨的时候，／鸡鸣，令人怀念田园荒芜，／无人来往：我们是疲倦了，／啊沉默，沮丧，这可怕的烽火和狼烟！"（《美丽的过客》）风雨袭来，昔日的田园美好骤然消逝，诗人深情缅怀故园栖夕鸟的和谐圆融，羡慕自在无碍的鸟儿，能够翱翔天际。反观那在人间处处跋涉、踟蹰徘徊的芸芸众生，何其惊心。"羡慕天空中的飞鸟无挂碍，／自由自在的翱翔，不像在人间／大地上踟蹰，处处是跋涉啊！……于是你将明白：／我们周遭是这么狭隘，这么龌龊，／像我们的童年时候的故居；／我们的自然环境是

---

① 何其芳：《论梦中道路》，《大公报·文艺》1936 年 7 月 19 日。
② 朱英诞：《海淀——代序》，《朱英诞集》第九卷，长江文艺出版社 2018 年版，第 95—96 页。

这么广漠/可是又这么艰难，寸步是忧患。"（《无知吟》）正是如此，"荒原"的生命体验触发诗人思考人生哲学，落笔成诗，"北平""废园""沙漠"等同构意象在诗行里频繁闪现。他们便在自塑的茧壳里，低吟着一己的悲欢得失，在寂寞的心灵深处，折射出难言的时代忧伤。

艾略特在长诗《荒原》的篇末，以沉思者视角的自我拷问，思考着何时能化身飞燕，为"荒原"带来春雨的润泽和再生的讯息："我什么时候才能像燕子——啊，燕子，燕子。"世纪性的叩问，艾略特如此，现代派诗人更是如此。在寂寞处漂泊，在艰难中出美好，创造出无数探索人生真谛的寻梦者形象。正如戴望舒在《乐园鸟》中所咏叹："华羽的乐园鸟，/这是幸福的云游呢，/还是永恒的苦役？"① 昼夜不歇，四季不止的鸟儿，"是从乐园里来的呢，还是到乐园里去的？"② 在人间和天国往返的乐园鸟，不得不面对家园荒芜，乐土难觅的生存困境，于那青空中负起永恒的生之行役。从时代气息和个体经验出发，诗人捕捉到"荒原"和"飞鸟"意象，将内心的无所归依与外物的游荡无向相融合，以鸟儿盘旋翔动之姿态，象征着时代苦闷躁动之气息，吟鸟喻己，开启无根的诗国流浪。朱英诞许一颗诗心于飞鸟之上，鸟儿在徘徊，诗心在流浪。"再没有什么是比太阳更幽暗的，/任凭衣裳轻轻的摩擦，/任凭孔雀，杜鹃归去，/任凭，我已无家。"（《流浪者和野菊（残稿）》）纵观古今诗歌长河，不乏此类倦行恋乡的羁旅者，他们既不愿与黑暗的俗世同流合污，又未能找寻到心灵诗意的栖息之处，无依飘荡，寻梦不息。无论是"仍怜故乡水，万里送行舟"（李白《渡荆门送别》），还是"夕阳西下，断肠人在天涯"（马致远《天净沙·秋思》）。纵目远望，怜水思乡的羁旅诗人，且行且止，永恒的山水与流转的文字不断叠合，实现跨越时代的心灵会通。尤其是何其芳、李广田、卞之琳等现代派诗人，古典的情致与现代的苦闷在心胸间震荡，进而积淀为极具现代意味的诗歌母题，呈现出与之同构的意象，如"异乡的倦行人"（卞之琳《道旁》）、"被放逐的流浪人"（何其芳《树荫下的

---

① 戴望舒著，孙玉石主编：《戴望舒名作欣赏》，中国和平出版社1993年版，第245—246页。
② 戴望舒著，孙玉石主编：《戴望舒名作欣赏》，中国和平出版社1993年版，第245—246页。

默想》)等,以抒发无所不在的孤寂和怅惘,暗示孤立无援的精神失落。至此,朱英诞诗歌的飞鸟意象,不仅暗示着以诗还乡的心理情结,而且包蕴着动荡岁月的生命体验,成为特定时代知识分子的一种精神镜像。

第二节 飞鸟意象的诗性思维

人类的思维方式大致可分为两种,一种是逻辑的、思辨的思维,另一种是体验的、心灵的思维,而诗人在诗歌构思、创作、审美的过程里,心灵体验的思维轨迹贯穿始终。在动荡的年代里,朱英诞远离广场与中心,格物致知,于山川草木间汲取灵感,"感觉自然的呼吸,窥测自然的神秘,听自然的音调,观自然的图画",于是"风声水声松声潮声"都成为"诗意诗境的范本"①。在心灵与自然、现实与虚幻的神秘互动中,朱英诞茕茕孑立,苦吟结思,他善于捕捉富有暗示性的意象,赋予个体生命的幽深情韵。以灵魂为出发点,不断深挖诗意的井,营造深邃的境,生发出古今互涉的诗情理趣。

一 感知外物的审美体验

朱英诞"赞成日常生活的诗"②,时常有感于王季重所言:"廊庙必庄严,田野多散逸;与廊庙近者,文也;与田野近者,诗也。"③ 因而,他将日常生活视为心灵栖居之地,取法自然,更在万千物候的律动里,勃发盎然的诗思,重获丰富的美感体验。何为诗歌美感?朱英诞对此作答,"美感的反映包括着景物自然之外的人性自然"④,景物

---

① 宗白华:《新诗略谈》,《艺境》,商务印书馆2017年版,第24页。
② 朱英诞:《我赞成日常生活的诗》,《朱英诞集》第九卷,长江文艺出版社2018年版,第472页。
③ 朱英诞:《盼望》,《朱英诞集》第九卷,长江文艺出版社2018年版,第482页。
④ 朱英诞:《关于王渔洋——再答"低调俱乐部"问》,《朱英诞集》第九卷,长江文艺出版社2018年版,第414页。

与人性互为表里。一方面，诗人写就"景语"，把握外物的姿貌神髓。周览万物，静观默察，纯粹客观地呈现自然的一形一貌，彰显其灵秀天真；另一方面，诗人抒发"情语"，把握己身的气度神韵。随手拈来，悉心感悟变化的风物，酝酿新鲜的诗意。与此同时，置身古今、中西的时代路口的朱英诞，自觉地吸取古典、西方诗学理论的精义，将传统经验与个人经验相会通，与古为新，以独到的方式感知自然山水。

在中国传统诗学与西方象征主义的多重影响下，朱英诞既"参观传统"，又"表现出现代人的意识"，"用基本的过去文字和当代经验的一个客观互关物来传递之"①。在古今互涉之间，赋予传统以新质，交融共生，浑然一派。一方面，他取法古典，静观万物、会心妙悟，在山林草木间萌发诗情，将情感投射到变换的物象上，凝结为诗歌意象；另一方面，他融会现代，开放感官、尽情想象，体验事物所散发的声色光影，染上个体心灵的色彩，凝聚缤纷梦幻的诗意。

（一）诗思的酝酿：静观与妙悟

林庚在回忆往昔时，将青年时期的朱英诞称为"沉默的冥想者"②。事实上，自30年代起，朱英诞就渐渐从尘世中隐匿，久宿书斋小园一隅，将一颗诗心寄托在故纸诗卷、花鸟虫鱼上，多默状，排除欲望的纷扰，保持心灵的虚和静，静观万物，凝神结思。

诗人的静观，是涤荡欲念，虚而待物。要以寂静恬淡之姿，摒弃外在纷扰，方得万物本质。诚如老子所言："致虚极，守静笃、万物并作，吾以观复。"③ 静观是一种"沉默状态下的物我观照关系"，"是人处于虚静状态能够清除障蔽、纤毫毕现地对外界事物进行观照"④。面对着山雨欲来的时代之变，诗人弃绝战火纷争，厌倦世俗纷扰，以心之静观物之静，实现物我的和谐。万物以寂静为亲密，诗人往往赋予意象以沉默的特质，例如洁白的鸟儿语默无常，"鸟儿语默无常／增

---

① 朱英诞：《T. S. Eliot 诗论拾零》，《朱英诞集》第十卷，长江文艺出版社2018年版，第638页。
② 林庚：《朱英诞诗选书后》，载朱英诞《冬叶冬花集》，文津出版社1994年版，第323页。
③ 张葆全、郭玉贤：《老子今读》，广西师范大学出版社2012年版，第48页。
④ 王泽龙、张皓：《朱英诞诗歌的沉默意识及其书写》，《学习与探索》2021年第5期。

强了静意"(《宇宙》);高巢的鸟儿缄默不言,"而沉默的鸟如寒冷的花/高高的巢在寒冷的云彩下"(《乌鸦》)。此处,诗人化用《左传》"幕燕"的典故,即"夫子之在此也,犹燕之巢于幕上"。借以形容燕雀因惴惴不安而陷入极端沉默,更投射出诗人沉默的精神内核。诗人的沉默,是个体生命的自觉选择,是以躲避与回击并存的姿态,应对动荡不安的时代旋涡,更是以"万物静观皆自得,四时佳兴与人同"(程颢《秋日偶成》)的澄澈心境,咀嚼人世无常的况味。此外,诗人的静观,是"观"不在耳目,在乎心神。要收敛感官、凝聚意志,向内心深处探求,使心灵与外界交会相通。庄子认为,感官向外部探求,穷其所有,只能触及表层的声色形迹,只有"听之以心",才能求索到内在的精神实质。因此,朱英诞悠然自得,除却"以自然之眼观物,以自然之舌言情",更擅长以独语和询问的姿态,孤独地探求心灵"内面"的"风景"[①]。何为独语,何为询问?重要的并非长篇累牍的语词,而是独语、询问所代表的自我指涉和心灵姿态。诗人常常将自然万物拟人化,与之倾心交流,但因万物静默无语,难以回答,所以缺乏言说的有效性。询问他人实是自我独语,"你"所指涉的往往是"我"本身,自问自答。"悲哀的,温柔的鸟儿,/你永远徘徊着吗?/悲哀的鸟儿,/多思的鸟儿。"(《海鸥》)无所依傍的鸟儿随着诗人心灵的脉动,飞舞徘徊。诗人看似在询问鸟儿的归处,实则是在广袤的心漠里追问灵魂的归处。诸如此类,染上鲜明情感色彩的独白,寄托在一二物象之上,更显其心领神会,偶得玄妙。

诗思的酝酿,由"观"起到"悟"落,外物才能与本心相融合,形与象才能成为意与神的载体。朱诗以妙悟著称,而"妙悟"一语深受禅宗的影响。南宗主张"道由心悟","不立文字,教外别传,直指人心",因而主张将"悟"作为认识宇宙世界的基本法则。南宋诗学家严羽结合禅宗之义,以禅喻诗,表明"大抵禅道唯在妙悟,诗道亦

[①] [日]柄谷行人:《日本现代文学的起源》,赵京华译,生活·读书·新知三联书店2003年版,第29页。

在妙悟。唯悟乃为当行，乃为本色"①。从诗学审美的角度看，"妙悟"说揭示了诗歌创作的心理机制，是一种非逻辑、非经验的直觉感悟，不涉理路、不落言筌，强调与宇宙万物和谐共振，实现禅心禅意的飞跃。纵观古典诗史，如王维《青龙寺昙壁上人兄院集》中，"眼界今无染，心空安可迷"，又如常建《题破山寺后禅院》中，"山光悦鸟性，潭影空人心"，再如谢灵运名句"池塘生春草，园柳变鸣禽"。诸诗之妙，妙在心如玄鉴，妙在朗照清明。诗人猝然与景相会，使心性空虚至澄明之境，与日月山川相合，刹那间顿悟心性天理。

朱英诞在作诗态度上，效法唐宋诗学观，强调直寻自悟，认为无须刻意从远处寻找感性诗材，身边之物皆可入诗。正如钟嵘《诗品》所言："观古今胜语，多非补假，皆由直寻……但自然英旨，罕值其人。"② 提倡以禅心体悟自然，偶得机缘，便一触即通，激发哲思与理趣，营造"鸟啼花落，皆与神通"③ 自然灵妙的诗境。钟嵘的"直寻说"强调了即景会心的重要性，它以现实可感的外物为主体，使之直接作用于诗人的感官，进而震撼其心灵，借以形成浑然天成的意象。朱英诞视诗歌创作如田间散步，往往在刹那间，直取无碍，实现澄澈心灵与自然风物相会通，并以纯粹的审美观照，呈现自然山水的原貌，如出水芙蓉般天然去雕饰。与此同时，妙悟之法意味着表现新鲜实在的诗感，即景兴情、因物生思，领悟日常生活的妙趣横生，而非一味地拼凑辞藻，缀连典故。诗人最为欣赏五四早期新诗的"幼稚"，认为"幼稚"的诗品彰显着诗感的真实、语词的平直和稚拙的诗美。尤其是湖畔诗人的诗作，丝毫没有沾染旧诗的陈词滥调，活泼的朝气从心底涌出，提笔立言，便显稚嫩、纯洁、可爱、立诚的新鲜诗情。因此，朱英诞始终追求新诗的新鲜真实，不拘泥于前人的经验，也不依赖他人的说辞。取材于日常生活环境与特定时代背景，溪柳游鱼、枯柳鸟啼、远山秋雁等北京城郊的自然风光是其创作之源，再经点染勾

---

① 严羽著，郭绍虞校释：《沧浪诗话校释》，人民文学出版社2005年版，第12页。
② 王叔岷：《钟嵘诗品笺证稿》，中华书局2007年版，第93、97页。
③ 袁枚著，王英志注译：《袁枚诗文注译》，浙江古籍出版社2019年版，第63页。

勒，构成一幅精妙的水彩涂鸦。与此同时，无限贴近时代的脉搏，把握现实的经验，以诗人敏锐的直觉和热情的想象，书写着他在荒凉北平城徘徊、在萧索时代独语的生存体验，以此烛照时代之思。

（二）外界的感知：通感与想象

置身古典传统与西方资源间，朱英诞不厚古也不薄今，致力于打通古今诗艺的探索之道。他不仅吸取着魏晋以来山水诗的养分，而且感受着五四以来象征诗的影响。诚如其所言："外来影响是一条通往'比较'的百花百草的园子的路……外来影响的传统不能偏废，归趣仍在现代，这更是自明的事。"① 新诗之新，从诗艺角度来看，正在于对中西古今诗学理论的沟通融合，博采众长。正如在20世纪三四十年代，活跃于北平诗坛的朱英诞，便深受象征主义诗潮的启发，一方面，他在诗歌的道途邂逅西方的新意，欣赏瓦雷里、波德莱尔和马拉美诸人的诗作、诗论，深切洞察其精义；另一方面，作为现代派的后生力量，朱英诞与同人共译诗论、共创诗作，探索中国传统诗歌美学和西方现代诗歌艺术的共通互融，以全新诗思方式感知世界，凝结繁复的现代情绪和晦涩的现代诗境。

他山之石，可以攻玉。朱英诞从西方象征主义处领略"感应说"的奥妙，重获了解世界、感知外物的方式。诚如波德莱尔对"感应"的阐释，"自然是一座类似于'神殿'或'象征的森林'的'活体'"②，"一切，形式，运动，数，颜色，芳香，在精神上如同在自然上，都是有意味的，互相的，交流的，应和的"③。诗人化身"充满激情的洞观者"④，他精细地锻炼心灵，打开感官，感知一切"现存之物"或"可能之物"，结成"象征彼岸天国的符号"——意象。因此，象征主义诗人提出两点方式：一是"通感"，即感官的互连、贯通，实现视觉、听觉和嗅觉的极大解放。诗人不仅善于感知无垠宇宙内的

---

① 朱英诞：《略记几项微末的事——答友好十问》，《朱英诞集》第九卷，长江文艺出版社2018年版，第504—505页。
② 王泽龙、程继龙：《朱英诞与法国象征主义诗歌》，《外国文学研究》2013年第5期。
③ 黄晋凯等编：《象征主义·意象派》，中国人民大学出版社1989年版，第19页。
④ 黄晋凯等编：《象征主义·意象派》，中国人民大学出版社1989年版，第11页。

芳香、色彩、声音，以汇入细腻敏感的心灵，而且超越耳目感官所得的形象直觉，不断逼近象征的本质，自觉寻找自然、人类、感官之间存在的隐秘的连通，实现自然与心灵的自由冥合；二是"想象"，诗人复杂矛盾的现代诗思，借以无边的想象而扩容、增量。此外，耳目所及，心领神会，感官所觅之物，借以丰富的想象，便染上个体心灵的色彩，以实现对当下诗意的提升和飞跃。

事实上，象征主义理论家将修辞学意义上的意象转化为表征诗学思维和诗歌本质的元素，在"意"和"象"的有机结合下，"意象"使外在的形象和心灵的图像相映衬，真正成为别有意味的符号。那么，朱英诞又是如何借助"意象"完成"通感"和"想象"的诗学实践的呢？首先，诗人的"通感"，是重新发掘并充分调动感官，捕捉自然的瞬时印象，气韵交感，凝结意象。作为后"五四"时代成长起来的诗人，朱英诞始终警惕着心为物役的现代社会对感官的钝化。当象征着机械文明的齿轮嵌入了血肉之躯，都市的霓虹蒙蔽了双眸，贫瘠时代里诗人何为？因而，朱英诞心怀感伤地评析新诗发展，认为初期诗人（刘大白等）不能摆脱旧诗气味的原因，便在于"缺乏情思的体验"[①]，往往流于敷衍了事，而不能修辞立其诚。基于此，朱英诞跟随着自由无穷的"感官感觉"出发，捕捉、追踪纯粹的官能印象，生成激荡的"情感感觉"。"鸟鸣于一片远风间／风挂在她的红嘴上"（《西沽村晨》）；"我渴望着一点声音，／将把它当作一点颜色。春天走得更远了，／谁呀还在天涯作客？"（《静默（二）》）诗人精细地修炼感官，久久凝视、倾听、触摸客观物象，以至于忘乎所以，激发了"精神与感官交织的狂热"，陷入"形骸俱释的陶醉"[②]中，"我"便是外物，外物便是"我"，在物我相看之际，实现物我两忘的圆融境界。"有的时候我发现：／我的右臂是垂柳，／而左臂是那芦中的风；／我的左眼是一只飞鸟，／我的右眼是一串葡萄；／我的心是充足的阳光，／我的鼻子是花香氤氲如云，／我的耳朵是岩石间的雕像，／我的眉毛是草

---

① 朱英诞：《刘大白的诗》，《朱英诞集》第十卷，长江文艺出版社2018年版，第3页。
② 梁宗岱：《象征主义》，《诗与真·诗与真二集》，外国文学出版社1984年版，第77页。

叶,/我的双腿被雕塑成功/奔驰的马如龙。"(《恍惚》)在自然的怀抱里,诗人的整体官能被彼此打通,感受纷然外物的声色光影,实现心灵脉搏与自然呼吸共荡共鸣。

其次,诗人的"想象",是实现由感性直观到概念智识飞跃的媒介与桥梁。康德否定"想象不过是单纯在场的原本的影像",提出"想象是在直观中表象出一个本身并不出场的对象的能力"[①]。胡塞尔继承康德之言,强调"想象"综合了在场与不在场,超越了实际知觉的边界,为有限的感官展开无限广阔的可能。因此,富于想象的诗人,总是由当下审美观照切入,借助想象的翅膀,将显现之物和隐蔽之物相会通,一表言外之意、弦外之音。正是如此,朱英诞善于从日常生活栩栩如生的鸟唱虫鸣、瓜熟蒂落里,汲取诗意的闪光,由目之所及的景物会通目所难及的景物,使迷蒙玄虚的乌有之乡,化为历历可见的心灵图景,进而编织想象的迷梦。眺望故乡,咀嚼旧梦,江南虽未出场,但经诗人苦心孤诣的想象,得以显现。"那鸟儿的远水的梦/树之于无何有之乡吧。"(《夏夜》)入梦时分,纵情想象,无意间泄露着隐秘的灵魂,真情毕露;清醒时刻,燃灯记梦,浑融间似与神明相接。"床笫上的花鸟/入梦:船儿飘摇,/在温暖的风雨里"(《暗水落花》),以鸟观景,山水如梦。正因如此,西方象征主义美学充分肯定诗人的想象,认为一颗"想象丰富而且修养有素的灵魂",往往在入梦迷醉的状态间,"带我们到形神两忘的无我底境界"[②]。诚如朱英诞想象的飞鸟,其飞翔、栖止不再仅仅归属于自然物象本身,而是在不经意间被赋予了诗人自由、活泼的灵魂,物我相融,休戚相关。诗人正是将"想象灌入物体,让宇宙大气透过我们的心灵,因而构成一个深切的同情交流,物我之间跳着一个脉搏,同击着一个节奏"[③],才能会心一笑间,生成物我默契的诗意境界。

---

① [德]康德:《纯粹理性批判》,转引自张世英《思维与想象——兼谈中国古典诗》,《北京大学学报》(哲学社会科学版)1997年第5期。
② 梁宗岱:《象征主义》,《诗与真·诗与真二集》,外国文学出版社1984年版,第75—77页。
③ 梁宗岱:《象征主义》,《诗与真·诗与真二集》,外国文学出版社1984年版,第72页。

二 心物相融的意象凝结

意象是景与情的和谐统一，是心与物的浑然交融。正如钟嵘《诗品序》所言："气之动物，物之感人，故摇荡性情，形诸舞咏。"[①] 在中国古典传统浸润下的朱英诞，深谙"瞻万物而思纷"（陆机《文赋》）的诗意生发过程，尤其明了心物相融的意象思维方式。一方面，诗人摒弃一切外在纷扰，收敛感官，睹物而兴情。或翔或栖，或啼或默的鸟儿，与心灵不期而遇，构成了诱发诗人感悟、想象的机缘；另一方面，以"我"观物，物以情观，"故物皆著我之色彩"（王国维《人间词话》）。在诗人凝神观照之际，物我会通，日常的自然飞鸟与诗人的生命体验相融合，新鲜的诗情与知性的诗思相交织，构成诗歌意象，呈现诗歌本真之美。

（一）"兴象"与心物契合

当诗人的感官与外物发生联系时，主体心灵以外在物象为依托，引发直觉与想象，觅得情感的对应，从而感物兴会，形成意象。刘勰在《文心雕龙》中，鞭辟入里地阐明了这一感物兴会、心物交感的意象思维过程。所谓"原夫登高之旨，盖睹物兴情"[②]，情以物兴，自然万千之景必然激发诗人或喜或悲，或哀或乐的心绪。同样，孔颖达论"兴"，认为："兴者，起也；取譬引类，起发己心，诗文诸举草木鸟兽见意者，皆兴辞也。"[③] 唐人贾岛《二南密指》云："兴者，情也。谓外感于物，内动于情，情不可遏，故曰兴。"纵观古人论"兴"，不仅阐明"兴"和诗歌创作的关联，而且点明"兴"与心物的交融，借以实现心灵与外物的契合无间。一方面，有感于外物而勃发难以抑制的创作灵感，应物斯感，感物吟志；另一方面，因客观外物的变迁影响着主观心境的变化，随物婉转，心物徘徊。作为现代诗人的朱英诞，他是如何理解并践行感物兴会的意象思维的呢？朱氏的诗学观念里，

[①] 王叔岷：《钟嵘诗品笺证稿》，中华书局2007年版，第47页。
[②] 王运熙、周锋译注：《诠赋第八》，《文心雕龙译注》，上海古籍出版社2012年版，第47页。
[③] 孔颖达注疏：《毛诗正义》（卷一），《十三经注疏》，中华书局1980年版，第271页。

第三章 朱英诞诗歌的飞鸟意象

尤其强调"兴"的诗思过程,描述的便是心与物的不期而遇,由修辞的技法衍变为审美的思维,衍变为意象审美活动的重要一环。叶嘉莹将"比兴"与"感物"对举,认为:"'兴'的作用大多是'物'的触引在先,'心'的情意感发在后。"① 康白情结合自身的创作实际,浅谈感兴与作诗的关系,"感兴"就是"情动于中而形于言"②,"诗人底心灵和自然底神秘互相接触时感应而成的"③。朱英诞深以为然,总能在身外的自然景致里找到感情的照应,凝神观物,由感官引起神怡,再引起美的享受,那么自然万物便构成触发诗情的缘起。诗人尤其爱鸟吟鸟,常常望鸟生情,吟鸟生思,他以小小鸟雀为意象,通过对鸟的吟咏、描摹、点染,将人情与物理相融合,表物达情,抒己心胸。

朱英诞长久经历冷淡的书斋生活,枕上听好鸟鸣春,窗畔观落叶悲秋,诗人始终迷恋着窗外的无限风光,勾勒着自由飞翔的"物象"之鸟,倚窗遥望,观物移情。鸟儿来自广阔的自然天地,它们可以自由出入窗沿,成为诗人观赏、吟咏的对象。当诗人全神贯注于小小鸟雀之时,内心便慢慢生成出清晰、完整的意象,"我"的意趣与物的情态往复回环,在不知不觉中人情与物理渗透交融。"海鸥随了潮汐漫游哀歌"(《岩畔》);"苦闷的鱼,/欢乐的鱼,/啊,鱼是水之花"(《夏天》);"他的天空也染上了孤寂味,/鸟儿总是惊心地飞过"(《井畔》)。鱼如何能苦闷或欢乐?鸟如何能悲哀或惊心?或许从庄子与惠子的濠梁之辩,陶潜的"悠然见南山"(《饮酒二十首并序》),辛弃疾的"我见青山多妩媚,料青山见我应如是"(《贺新郎·甚矣吾衰矣》)中得以管中窥豹,一感诗文之妙正在于"移情"的文艺心理。著名京派文艺理论家朱光潜先生,认为"移情"便是"把死物生命化","无情事物有情化"④。从《诗经》《楚辞》到唐诗宋词,由情见物,移情于物的表

---

① 叶嘉莹:《迦陵谈诗二集》,生活·读书·新知三联书店2016年版,第125页。
② 郭绍虞主编:《毛诗序》,《中国历代文论选》,上海古籍出版社1979年版,第63页。
③ 康白情:《新诗底我见》,《中国新文学大系 建设理论集》(影印本),上海文艺出版社1981年版,第328—338页。
④ 朱光潜:《文艺心理学》,《朱光潜全集》第1卷,安徽教育出版社1987年版,第235页。

现方式，逐步发展纯熟，臻于炉火纯青之境。如陶诗中的归鸟、青松、池鱼、芳菊等自然景物，既是审美的客体，又是诗人心境和品格的象征、比兴，借以实现自然天成、物我浑融的境界。

为远离纷扰人世，诗人自觉地"退却到高高的小屋里"（《写于高楼上的诗》），自如悠游于诗歌的象牙塔内，巧思描摹着幻想飞翔的"心象"之鸟，吟鸟结思，引之自喻。诚如其所言："现实与幻美如此深妙地交错，分明是一种单纯的怡悦。"① 当室内的沉思幻想与室外的景转物移相会合，诗人由实见虚，景致与心胸相融，凝神致思，虚实相生。一方面，诗人诉诸身外，驰想于无边的江南春色，描摹着灵魂的风景。朱英诞虽终其一生未踏足江南，但常常动用丰富的想象，化身为飞鸟，经过重叠的山水，飞抵春日的江南。另一方面，诗人诉诸己身，对自然万物进行拟人化想象，赋予人的特性，与之倾心交流。飞鸟或是诗人自我的外化，是迷惘时代里追寻自我意义的精神载体；或是诗人感官的延展，于凝神屏气之际，物我交感。"浅睡时如静水盈盈的/荷花呈献，共我浮沉/想起是天罗地网/虫鱼鸟兽，我在其中。"（《夜（一）》）恍惚之际，旧我开始分裂、破碎、颠倒、变形，重塑一个洗尽铅华，不设心机的新我，静赏灵魂之风景。诚如宋人杨简所咏："山禽说我胸中事，烟柳藏他物外机。"② 物我交流之状，诗情孕育之况，便于主客相融、物我相忘之际，欣然融洽，回归本真。

（二）"暗示"与主客互观

西方象征主义将暗示原则奉为圭臬，马拉美认为"在诗歌中应该永远存在着难解之谜，文学的目的在于召唤事物"③，进而将暗示视为"理想"，推崇备至。因而，不同于古典诗意里"感觉与自然的重合、符号世界与所指物的重合，人和自然都清晰透明，没有歧义"④ 的明晰和谐关系，象征主义者认为：诗歌正是对世间不可言说之物的言说，

---

① 朱英诞：《小引（一九四六年春）》，《朱英诞集》第九卷，长江文艺出版社2018年版，第519页。
② 罗大经撰，孙雪霄校点：《鹤林玉露》，上海古籍出版社2012年版，第195页。
③ 黄晋凯等编：《象征主义·意象派》，中国人民大学出版社1989年版，第42页。
④ 张柠：《感伤时代的文学》，新星出版社2013年版，第141页。

第三章 朱英诞诗歌的飞鸟意象

诗歌之美正是对微妙与晦涩难题的把握。倘若形象过于清晰明确，便会降低诗歌的品格，难以为读者提供足够的想象空间。因此，中国象征派诗人在接受西方象征主义理论时，往往借助暗示之法，传达神秘朦胧的情调，表现诗歌本真的趣味，他们善于表现"人生微妙的刹那"，在刹那里"中外古今荟萃，空时集为一体"，"用许多意象给你一个复杂的感觉"①。朱诗同样以含蓄晦涩著称，其主体情感往往借助于朦胧意象，含而不露、婉转曲折地将难以解释的象征之意，见微知著地"暗示"出来。若追根溯源，一方面，朱英诞受西方象征主义理论的影响，借助意象的叠加、组合，朦胧晦涩地"暗示"诗人的现代体验和智性体悟；另一方面，诗人浸润在中国诗学传统的无意识影响里，了悟严羽"言有尽而意无穷"的含蓄之意，追求"弦外之音""韵外之致"的诗学之美。时常感知自然外物，凝结为意象，且意象与意象间缀连得模糊朦胧，使人难以把握其情感的规律，恍惚间迈入一座象征的迷宫。

穿越"象征的森林"，诗人如何撷取并组合的意象，如何借以"暗示"隐约地表达诗意，把握经验世界呢？朱英诞在作诗时，无论是意象的选择还是意象的组合，都有意进行了模糊化处理。诗人尽量模糊意象本身的内蕴和意象之间的关联，运用奇崛曲折的联想，形成诗行之间的错综关系，以造成陌生化的阅读体验。从意象选择来看，朱诗在日常凡俗之物里酝酿着玄思冥想，即意象在诗情生发中不断被编织，被消解其浅层含义，而又被注入个体对世界吉光片羽般的智性体悟。从意象组合来看，朱诗往往在诗思的展开和诗意流变的线性时间里，打破意象线性分布的逻辑顺序。重在把握诗歌的当下性，捕捉"思想的碎片"，把握"人生微妙的刹那"，尤其是在灵光乍现的时刻，感官协调、思维契应，大量而丰富的意象快速涌入诗行，跳跃叠加，突破单一与狭窄的时间界限，生发出主客互为映照的诗意光晕。《飞鸟》一诗便是极佳的表现，起笔天马行空，前突后奔，"我"与"飞

---

① 刘西渭：《鱼目集——卞之琳先生作》，《咀华集》，文化生活出版社1936年版，第131—135页。

鸟"两个意象在"宇宙"的巨大意象场域里,展开鲜活对话。"我"亲切询问,而"飞鸟"以盘旋、飞翔、悠游的姿态作答,渴望着诗意栖居在宇宙银河里,连缀无尽的时空。灵光闪现之际,物我交感,"我"借"飞鸟"展开无边的遐想,天空与森林、花朵与岩石、书籍与窗等一连串的意象跃入诗行,并都以判断词"是"相连,染上不可捉摸的神秘色彩。最终,目遇鸟飞,诗人提笔作诗,不由思绪翩然:鸟儿的穿梭回荡,自我与世界、瞬间与永恒等感悟汇聚于此,他不由慨叹着时代的更迭,生命的流转等哲学意味的命题。

如果说李金发的暗示之法,是在意象与意象,主体与客体之间,凸显着矛盾和背离之处,荒诞意象的选择,非逻辑语词的嫁接,给予读者奇崛惊异的阅读效果,那么朱英诞的暗示之法,是隐去抒情和说理的路径,以曲折的表达追求着朦胧不定的阅读效果,形成主客互关的诗境。追求着幽微精妙的气氛和晦涩朦胧的诗境,现代派诗人在广泛涉猎西方诗歌理论的基础上,将赞赏的目光更多放在晚唐五代的篇什上,重新挖掘和阐释传统诗学,尤其深受温(庭筠)李(商隐)的影响,痴心神迷于"晚唐五代时期那些精致的冶艳的诗词"[①]。回望晚唐,朱英诞关注到温李皆善于"传递诗人的情绪和感觉",为言说笼上"迷离惝恍的外衣",而这恰好"与现代派诗人群注重隐藏蕴蓄,追求象征的审美情趣等艺术特点相契合"[②]。正所谓:"外师造化,中得心源"[③],这便意味着朱英诞由物外之竹,感知于"眼中",生发于"胸中",写就于"手中"(《板桥题画·竹》),力求赋予微妙、易逝的内心刹那以迷蒙含蓄的面纱,借以形成主客互关、主客互融的审美效果。

三 缘情说理的诗意抒发

潜心于山水之间的诗人,多默多思,将独特的感性情思与智性哲思融入对审美对象的观照之中,再经反复酝酿,转化为诗歌意象,进

[①] 何其芳:《论梦中道路》,《大公报·文艺》1936年7月19日。
[②] 孙玉石:《中国现代主义诗潮史论》,北京大学出版社1999年版,第147页。
[③] 张彦远著,俞剑华注释:《历代名画记》,上海人民美术出版社1964年版,第265页。

而呈现出情理盎然的智性诗美。朱氏认为诗歌的本质在于智慧,"我们的时代所经历大概与以往有所不同了,诗仿佛本质上是需要智慧的支柱"①。此智慧源自对自然造化、社会规律的观察和体悟,它在诗人认知把握外物时,生发而成。朱英诞由思成诗,落笔成言,其抽象的诗思往往蕴藏在具象的表现里,尤其是经情、理点染的山水田园,演绎出由景及理、景理相惬的诗意呈现。

(一)"由物及情":缘情的机缘

朱英诞爱诗论诗,在近三十年漫长的作诗岁月里,诗人深感于:"我们的时代是一个抒情诗的时代"②,"要倡议恢复具备雅正规范的古老的抒情诗的常规"③。缘情的背后,潜藏着诗人新诗观念上的矛盾纠缠:一方面,强调诗歌以吟咏情性为天职,以诗情取胜;另一方面,追求哲思的深邃与智性的开掘,以知觉来思想。朱英诞苦心探索,使一派自如悠游的抒情和一脉精深蕴藉的说理在诗行间相得益彰。因此,他往往以日常生活为机缘,在冲淡和穆的诗境中,流淌着现代的情致,在迂回婉转的抒情方式里,阐发着深邃的哲理。

朱英诞往往以情感流动为内在肌理,由现实生活的当下切入,随兴而起,将纷至沓来的意象编织、组合。注重把握世俗常情里新鲜真实的感受,将充沛而新鲜的感情融入诗行,将独特的自我体验和普遍的人生经验相融合,传达抒情主人公之"我"的态度。诗人认为,旧诗里普遍缺乏主体"我"的存在,如庄子虚静之论,要求人无知无欲,弃绝知觉感官,进入空明虚静的精神世界。"堕肢体,黜聪明,离形去知,同于大通,此谓坐忘。"④诚如叶维廉所言,以王维为代表的古典山水诗人视"无我"为"观物"的至境,他们在对自然界的整体观照中,"以自然自身构作的方式构作自然,以自然自身呈现的方

---

① 朱英诞:《〈盾琴抄〉序》,《朱英诞集》第九卷,长江文艺出版社2018年版,第283页。
② 朱英诞:《序(我从儿时读"春眠不觉晓")》,《朱英诞集》第九卷,长江文艺出版社2018年版,第363页。
③ 朱英诞:《恢复抒情诗的常规——〈晓珠集〉代序》,《朱英诞集》第九卷,长江文艺出版社2018年版,第374页。
④ 陈鼓应注译:《庄子今注今译》(最新修订重排本),中华书局2019年版,第226页。

式呈现自然……剔除他刻意经用心思索的自我,不渗与知性的侵扰"①,忘乎所以,进入庄周梦蝶之境,物我合一。新诗之新,正在于它具有旧诗所没有的时代的视野和恢宏的气度,以一己之心胸,投射内在的价值观念和自我立场,表现着"诗人个人独到的经验,同时人人能得其传达"②。不同于古诗中抒情主体的相对隐蔽,新诗诗人常常借助于人称代词,彰显主体的情感体验,如郭沫若在《凤凰涅槃》中的高声疾呼,以"我"作自由欢唱:"我便是你,/你便是我。/火便是凰,/凤便是火。"直接的抒情,高昂的基调,五四诗人一举打破了古典诗词中主体隐藏或缺位的含混情状,在多种人称的复合交响中,屹立于天地间的大"我"形象呼之欲出,树立起汪洋恣肆、热烈张扬的审美规范。相对于郭诗情思的直露真切,朱诗情语寥寥,含蓄内敛,往往借人称代词的多样呈现,转变单一的抒情路径,强化智性的现代诗思。朱英诞在传达"自我"和表现"他者"之间纠缠、流转、突围,在主体的内心深处,"你""我""他"的多种声音相对话、交流,由独抒性灵转为开放的对话。例如《瘗旅诗》中:"人们说我将孤寂而死,/但是,我?我是谁?/而且为什么是我?/我这个,我那个,我……/一个独语者,他是疯狂的人,/不是吗?一个影子的厌恶者。……它等待着的是/我?还是你?/又是谁,说:/'为他装饰一个花环'?"人称代词的穿插运用,表现出错综复杂的语义逻辑。诗行里,层出不穷的自我叩问开拓了言说空间,"你"和"他"从"我"的主体意识中分裂、游离,抒情主体被置换成客体。冷静节制的背后,折射出诗人矛盾纠缠的心路历程和智性勃发的表意形态。

朱英诞多作独语,以主体的浅唱低吟诉说着现代生活之思,以主客的平等对话引发着情感的互动震荡。他如拾珍奇般提炼日常生活之物,凝为诗歌意象,以客观化的抒情方式,蕴情匿理,情态宛然。诗人抒"我"之情,向无垠的宇宙万物生发理性的求索和深沉的情思,"什么时候使我明白/那宇宙的沉埋,/像几声树间的好鸟/啼破了梦中

---

① 叶维廉:《中国诗学》(增订版),人民文学出版社2007年版,第93页。
② 朱英诞:《废名及其诗》,《朱英诞集》第十卷,长江文艺出版社2018年版,第180页。

的春晓?//怎样才能够令人清楚/那人生的真谛,/像我在日常生活里那样/体味到艰难和闲寂?"(《日常生活》)或是诗人以"我"起情,物我对话,"这宇宙的徘徊。/看风景的人,/一块空白。//我在写诗,这时候?/这时候,你在归航?//二十世纪的梦寐,/很相像,/于任何别一个世纪,/它是过去或未来的巢。"(《飞鸟》)朱英诞不但擅长以"我"抒情,吐露心迹,而且常常借意象之口,间接抒情,将田园乡居生活中所处可见的禽鸟纳入审美观照范畴里,抒一己之胸怀。首先,在乡村的日常景致里,迎日啼鸣的雄鸡、凫水撒欢的野鸭、捡枝筑巢的紫燕,无一不构成乡村田园里一道亮丽活跃的风景。鸟,是自然的化身,是携风霜、带雨露的灵动精灵,象征着自由无拘的生命状态。一方面,诗人病榻缠绵,个中苦楚不足为外人道,但他枕上望鸟,始终思慕着天际无边翱翔的自由欢畅;另一方面,诗人厌倦都市,眷恋恬淡古朴的生活气息,渴望着闲敲棋子、卧听鸟唱的古典情致。因而,他在诗歌园地里,反复吟咏、点染着鸟儿的各种姿态,以诗还乡,以诗歌重返田园,重返自然而然的人类天性。其次,诗人由鸟及情,抒发风起云涌的时代背景下,独特的"我"之体悟。失怙之子的感伤、疾病幽居的隐痛、精神无向的茫然等,都依托小小鸟儿,沾染朱英诞的色彩,真实而又鲜活。诚如美国意象派代表人物埃兹拉·庞德所说:"一个意象是在瞬息间呈现出的一个理智与情感的复合体。"① 作为"复合体"的意象,它始终包蕴着诗人对生命的理性认识和感性体验,这是"认识"和"体验"相互缠绕融合,而非生硬的嫁接、杂糅,以构成"意象"之"意"的重要元素。朱英诞深以为然,他以灵敏的感官瞬时捕捉情感的激荡,融会知性的玄妙,以清晰明朗的形象呈现诗意,偶得抒情的诱因,娓娓道来。

(二)"由景及理":说理的方式

朱英诞以理识为诗的偏爱,强调"诗仿佛本质上是智慧的支柱"②。

---

① [美]庞德:《回顾》,王先霈、王又平主编:《文学理论批评术语汇释》,高等教育出版社2006年版,第258页。

② 朱英诞:《〈盾琴抄〉序》,《朱英诞集》第九卷,长江文艺出版社2018年版,第283页。

作为"思者诗人",他终其一生都追求着思与诗的对话和共融,渴望如海德格尔般重返人类精神诗意的栖居之地。朱英诞所言的"理",并非完全囿于"以理入诗"的宋诗传统,并非完全关涉朱子"有此理,便有此天地"的理论表达。究其缘由,宋诗之"理",关涉着理学思想,借以表征世界的本原旨归;而朱熹之"理",实指玄学、禅宗或理学的相关理论,它是篇章诗句间,不问兴致,一味说理的机言妙语。与此同时,朱英诞以古为新,此"理"是自然人生智慧、哲思的高度提炼,源自对自然造化演进、社会人文规律的观察和体悟。此外,朱英诞的说"理"之法,不同于五四时期白话哲理诗直露的抒发,随意提拎名言警语,而是将情愫和思虑充分洗礼后,借以恰如其分的形式,将深沉、灵动的智慧冲撞人心。

  一方面,朱英诞的说"理"之源,在乎日常生活,山水田园。言筌不在于强索明说,而是感慕于山水妙趣,以传达圆融清雅、空灵淡泊的诗境。正因如此,朱英诞在诗论中多次对陶渊明、谢朓、韦应物一派诗人表达欣羡之情,彰显其诗学旨趣。以陶诗为例,其诗与玄言诗存在鲜明的分野,玄言诗人是将抽象的玄思嵌入诗行之中,引用古代哲人的言论做简短叙说,故理障颇多,往往流于晦涩生硬,毫无余韵体味,难以引起读者的心灵共鸣。陶诗言理,却不见说理字眼,是"拈形而下者,以明形而上者"①的运思之法,如"结庐在人境,而无车马喧""此中有真意,欲辨已忘言"(《饮酒二十首并序》),皆是将形而上的哲理蕴藏在采菊、读书、写诗、饮酒、耕作等形而下的日常生活点滴里,生动鲜活又意在言外。因此,朱英诞取法古典诗歌之精妙,赞赏写景与说理兼备的诗作、诗法,他常常由景及理、景理相惬,抽象的诗思往往赋予在具象的表现之中,尤其是在山水田园间,抒情、写景、说理水乳交融,摇曳生姿。朱英诞从日常生活入手,与万物为友,平等相待,臻于物我交融的诗境,深入自然外物的内在意蕴,在语浅意深间,诗意地传达哲理。诸如《夜来》一诗,诗人以小见大,

---

① 钱锺书:《谈艺录·补录本》,中华书局1983年版,第227—228页。

深沉的梦寐被啁啾的鸟唱打破,忆古思今,人事和宇宙的真谛蕴含在日常点滴里,潜滋暗长。又如《日常生活》一诗,诗人由景悟理,直抒其理,纵情于圆融天然的万物里,不知不觉间忘怀自我,时常流露出徜徉自然乐土的惬意和超然物外、洒脱恣肆的理趣。

另一方面,朱英诞的说"理"之法,在乎匿晦之深,含蓄晦涩。如果说理学家行文的纯粹目的在于阐明"理"的内涵、外延,那么朱英诞作为诗人,需要兼顾艺术形式的表达和审美趣味的凝聚。受西方"客观对应物"理论的影响,朱英诞多暗示、联想,少明喻、直叙,寻找恰如其分的客观对象,以表达情思,传递理趣。因此,诗人依据自身的情感体验寻找客观的对应物——意象,避免情感的冲动损害诗思的完整,实现情感的间接性表达。朱英诞不仅向西方"取火",而且受前贤"熏习",通过对意象的淘洗、选取和升华,使之化作玄思冥想的载体,追求着恰如其分的隐藏含蓄,从而引发读者的智性思考。诚如王维栖止山水,常将飞鸟意象与佛教空观生发联系,妙思精撰间,习禅悟理。飞鸟之喻在佛经里多有记载,灿若繁星,如《严华经》云:"了知诸法性寂灭,如鸟飞空无有迹",又如《法句经》卷上云:"如空中鸟,远逝无碍。"佛法经文引譬连类,取飞鸟于空中自由翱翔一端,以揭示世间诸法缘起生灭等原理。① 由佛法至诗理,引飞鸟为喻,如王维诗云:"飞鸟去不穷,连山复秋色。"(《华子冈》)又如《六祖能禅师碑铭》:"其有犹怀渴鹿之想,尚求飞鸟之迹。"② 此外,苏轼往往将禅思义理融入浅近可感的日常物象,"状物态以明理",冥搜象外的幽妙理趣,臻于浑然天成之境。苏子诗有云:"人生到处知何似?应似飞鸿踏雪泥。泥上偶然留指爪,鸿飞那复计东西。"(《和子由渑池怀旧》)故地重游,由"雪泥鸿爪"隐隐感悟命运的无定之感,追怀前尘往事时的无奈和怅惘。以富有禅机的意象,独抒灵性,表露出别样的诗理。

朱英诞深以为然,熔个人学识和生活经验于一炉,使意象和哲理以

---

① 陈允吉:《王维辋川〈华子冈〉诗与佛家"飞鸟喻"》,《文学遗产》1998年第2期。
② 丁福保笺注,哈磊整理:《坛经》,上海古籍出版社2011年版,第209页。

蕴藉委婉的形式，契合无间。鸟是诗人最为熟识、喜爱的生灵，他常常借鸟之口，述思说理。如在《飞鸟》一诗中，诗人于鸟领悟宇宙、时空的广阔无垠，彰显其对生命、时空、主客的别样思考，最终实现对生命本原的回归与升华。又如在《秋冬之际——为福特临京作》一诗中，诗人感慨死亡之旅是欣然愉悦地重回大地的怀抱，如鸟雀坠地、木叶微脱，一切都是如此自然。诗人从自然之景感悟死与生，由鸟雀的意象，切入人生之理，生死是人难以把握的，因而他借诗意的语言，阐明着老庄的生死哲学，"死生，命也，其有夜旦之常，天也；人之有所不得与，皆物之情也"①。生老病死，乃是自然规律的一环，人不应拘泥于形骸，当与大化同流，于自然造化里寻觅生命的安顿。因此，机智妙悟的宋诗传统、庄禅哲学皆深刻影响了朱英诞的自然山水题材创作，诗人选取自然天地中所钟爱的意象，将平实凡俗的寻常意象化入诗行，以此寄寓诗人对人生、宇宙、历史的经验智慧和诗性趣味。与此同时，诗人以现代之眼，将来源于日常生活中的自然物象，借以跳跃的意识和丰富的想象，凝聚意象，沾染浓厚的智性化色彩。朱英诞另辟蹊径，虽深谙于"少年不识愁滋味，爱上层楼。爱上层楼，为赋新词强说愁"（辛弃疾《丑奴儿》）的喟叹，他却言无愁可感，是"不须盼着暝色如高楼，／花与鸟都正在云游，惟住在愁城里自没有忧愁"（《无愁》）。流光徘徊，花鸟云游，独上高楼，望尽天涯路的诗人，遗世独立。诗人叹息的无愁之愁，是心灵、想象、感受的冲突、矛盾与统一，是现代人怅然若失的人生哲思。至此，诗人以有形寓无形，借具体意象诉诸抽象哲理，使意象具有极强的暗示性，当感觉经验有关的事实一经发生，便能立刻唤起诗人深切的联想与想象，寄意遥深。诚如叶燮《原诗》所言："必有不可言之理，不可述之事，遇之于默会意象之表，而理与事无不灿然于前者也。"② 在晦涩诗风中蕴藏时代的思考，在节制表达中彰显情感的变化，如尝佳酿，如品香茗，深文隐蔚，尽得风流。

---

① 陈鼓应注译：《庄子今注今译》（最新修订重排本），中华书局2019年版，第195页。
② 叶燮：《原诗—瓢诗话 说诗晬语》，人民文学出版社1979年版，第30页。

第三节 飞鸟意象的审美趣味

作为"大时代里的小人物",朱英诞从未真正入世,始终踽踽山水之间,诗意栖居。诗人于大处茫然,于小处敏感,游目骋怀,窥情钻貌。状山水之形,传山水之神,摄意摹象,从容流连于理趣浑然的山水间。诗人悠游静赏碧水花竹,思接古今,长歌怀游,一方面,他融知性诗思于草木虫鱼,以曲涧层峦之致,凝结意象,化用典故;另一方面,他冷淡诗情,以物观物,以内敛节制的观照之法,熔铸平淡清远的诗歌境界。诗人出入传统,问津桃源,将精妍新巧的诗性江南,构成触摸历史的生命凭借,跨越时代的山山水水,纵享自然的流水云舒。

一 智慧幽默的自然理趣

探究诗歌本源,一脉论者主张"诗言志",认为诗乃是人的思致、情绪和意念的体现,是心所念虑的明畅表现;另一脉论者主张"诗言理",认为作诗重在议论说理,赞赏宋诗融汇哲理,水乳交融。正如严羽在《沧浪诗话》中,提到宋诗主议论的特征:"以文字为诗,以才学为诗,以议论为诗。"[①] 何景明在《汉魏诗序》中,言及宋诗长于说理之法,即"宋诗言理"。宋诗善于说理,理趣盎然,那么何为理趣?所谓"理趣",初见于唐代释典,经六朝唐宋发展纯熟,引入诗学范畴。托名王昌龄的《诗中密旨》中提及"诗有三格",强调诗应"理得其趣"。至宋时,以包恢为代表的诗论家,以理趣品诗,臻于纯熟之境,托旨浑然,追求着情趣与知性的会合。至此,朱英诞山水诗与宋代哲理诗的精神相汇通,他将"切实的情感体验和智性哲思蕴含在诗歌的感情观照和形象描写之中"[②],经过主体的静观妙悟,生发出趣味洋溢的智性诗美。

---

① 严羽著,郭绍虞校释:《沧浪诗话校释》,人民文学出版社2005年版,第12页。
② 王泽龙、任旭岚:《朱英诞新诗与宋诗理趣传统》,《学习与探索》2019年第2期。

(一)"理"之现代阐释:智慧的凝聚

古时"理趣"之"理",多取玄学、禅宗或理学之理。诚如钱锺书所言:"唐诗多以丰神情韵擅长,宋诗多以筋骨思理见盛。"① 宋人善于赏"风花雪月",观"天理流行",融理趣之妙入山水之观。在上下四方,古往今来之际,幽微探求;在游历山水,驰骋想象之时,启迪人心。如陆游"山重水复疑无路,柳暗花明又一村"(《游山西村》);苏轼"不识庐山真面目,只缘身在此山中"(《题西林壁》);朱熹"问渠那得清如许,为有源头活水来"(《观书有感》),诸如此类,不胜枚举。朱英诞以古为新,赋予"理"以现代的阐释,即智慧哲思。所言"智慧",既存在自然性的一面,它源自诗人对山川草木、花鸟虫鱼的感知与和思考,又具备社会性的一面,它来自诗歌潜藏的哲学文化背景。因此,朱诗不是一味说理使事,而是将人生或自然现象里具有普遍意义和象征意味的内容高度凝练,透过意象,给人以哲理的启示。

因物寓情,匿情藏理。朱英诞长于哲学思辨,善于体会奇秀自然,触发逸兴智思,激起无穷的深意和回味。诗人感受自然万物的律动,宇宙时空的广袤,喟叹生如浮萍般飘荡:与宏大的宇宙相比,个体何其渺小,小大之辨,欲说而不能,"什么海角的人不是宇宙的中心啊?/我是如此不能宁处于缄默的地位吗,/而且是,正潜心读着古老的书卷?"(《夜读闻雁》)古老的书卷里,先贤的思想闪光,给予诗人无穷的启迪。苏子之叹,震古烁今:"哀吾生之须臾,羡长江之无穷"(《赤壁赋》),然而与自然共适,纵情享受山光水色、清风明月的畅快,便能排遣人生须臾的苦闷。苏轼的乐观豁达、珍惜眼前的人生态度,赋予其诗歌独有的魅力。朱英诞深悟于此:"我走在乡野的大道上,/觉得秋天的风动容;/道旁的野草开花了。/俨然它就是/这宇宙的中心。"(《野趣(二首)》)寓目理自陈,在一片良辰美景中,了悟万籁之妙、人生之乐,忘怀流光。在自然万物里,感受花草树木的荣

---

① 钱锺书:《谈艺录》,商务印书馆2011年版,第7页。

枯规律，时间如流水般逝去，不可逆转。子在川上曰："逝者如斯夫！不舍昼夜。"（《论语·子罕》）朱英诞望古思今，"渴望回到时间的彼岸"（《隐者》），生命悲欢，古今兴亡，历经种种悲欢离合后，便归向静默的大海。亘古以来，人类仅仅是宇宙间的过客，"做一个过客像我走过时间？"（《树》）东晋永和时期，王羲之与其友人集会兰亭，写就《兰亭诗》五首，玄言之诗融会山水之情，其内蕴呈现新变。悠悠宇宙间，造化变迁系之于心，诗人将生死之悟依托于自然，"造真探玄根，涉世若过客"①。若过客般停留一时，何不放浪形骸，在潇洒快意中，体悟自然与心灵的冥合为一。嵇康目送归鸿、心游物外，俯仰自得间纵享游心太玄的风致，传达出与造化相伴的人生境界。朱诗的理趣不仅涉及自然、人生的诸命题，更关乎时代浮沉、世事变迁等社会之感，由眼前之物、身边之事，荡妙理于心胸，秉笔生思，寄诸言外。

由事得理，事理相惬。在人世流转中，感受悲欢离合和生死无常。宋代欧阳修曾坦言人世困顿对诗歌创作的影响，一言以蔽之，曰："穷而后工。"对朱英诞而言，历经战争、疾病、失怙等接二连三的磨难，写诗便成为他得以呼吸，感受自我的生存法门。"美好出艰难"，丰富的痛苦酝酿着厚重的诗情，这并非诗人一己的忧愁困苦，而是由己及人，以更广阔的现实和厚重的历史为背景。首先，朱英诞多作战争之思，战乱无常，国破山河，虽处江湖之远，仍心系天下。他不同于杜甫，常作沉郁顿挫的悲歌，希望以身许国，为明君尽忠，抒发着壮志难酬的喟叹。相反，朱英诞身处动荡的年代，始终向内烛照幽微的心灵世界，求索着个体的生存空间和生命价值。"我不再写一篇诗或散文，/不沉默，也不再讲话；/只静静的那不认识期待的/第一只鸟唱着开第一朵花。"（《战争》）惨痛的死亡，撕裂的人心，多舛而苦难的年代里，诗人是否真的绝笔沉默，不言战争之危呢？因诗人并未亲历战争，破阵杀敌、沙场点兵的现实都离他很遥远，倘若只是拾人牙慧，难免诗思流于浮泛、诗意止于粗浅，沦为毫无根基的陈词滥调。

---

① 王羲之：《兰亭诗》五首，逯钦立辑校：《先秦汉魏晋南北朝诗》（"晋诗"卷十三），中华书局1983年版，第895页。

因此，朱英诞宁愿"无声胜有声"，但他仍不免倾泻出幽微的心曲，将具象的惨淡图景融合抽象的智性思考，表达出现代人对战争的独特反思。其次，朱英诞常作疾病之思，他常年多病，缠绵病榻，不由自嘲为"有病呻吟"。疾病、疼痛、苦难往往给人带来边缘性的创伤体验，以残缺的自我游走于残缺的世界，感知生命的脆弱和有限，进而激发了诗者无限的诗思。所谓"苦痛出诗人"，不是说诗人因压抑、敏感易思，进而作颓废之呻吟，而是说诗人的精神处于紧张的鏖战状态，捕捉闪光，汲取能量，自然而然地唤醒了诗的冲动。"小病是可爱的伴侣"（《秋天的沉默》），因长年累月与疾病为伴，诗人能更为透彻地感知悠悠空尘、忽忽海沤，在现实和理想、个体和时代、智慧和愚昧、言说和沉默等现代的生存困惑里，感受着各种力量的缠绕、碰撞和撕裂。最后，朱英诞又作失恃之思，饱满的诗意因对母亲的思念油然而生。在童年阶段里，母亲的缺席成为朱英诞一生中最为遗憾的往事。于是，在心灵隐秘的角落里，诗人以诗怀母，欲说还休，构筑最为坚实的温情庇护。"女人们若白波之起伏/海洋的潮汐与月亮/又都是往哪里去的呢/而我有一个停步的地方/现实是化城/正如一只沉默的钟/永指着清晨五点上/那里只有花鸟虫鱼/一切都像花鸟虫鱼之升沉。"（《杨柳春风——怀念母亲》）母亲是白波，是更迭、流转的潮汐圆月，是一切自然而然的亘古之物，是死亡之后的新生。同样，现实是化城，是缥缈、迷离的海市蜃楼，真实与虚幻、绝对与相对间，蕴藏着诗人由情及理的智性思考。

（二）"趣"之美学境界：幽默的韵致

"理"凝聚着智慧的思考，而"趣"彰显着幽默的意味。"趣"在中国古典诗论中是一个重要范畴，其含义大略有五种："旨趣、意味；情趣、情致；风致、情态；兴致、兴趣；志趣、趣尚。"[①] 以"趣"论诗的著作更是浩如烟海，苏轼赞赏诗的"趣"意，以奇为宗；袁宏道品鉴诗的"趣"味："趣如山上之色，水中之味，花中之光，女中之

---

① 胡建次：《中国古代文论"趣"范畴研究》，博士学位论文，上海师范大学，2004年。

态……"① 爬梳《文心雕龙》，其中论"趣"之语，多达十数处：或在《体性》一章中，以"风趣刚柔"为例，强调风格趣味；或在《章句》一章中，以"情趣之指归"为妙，强调表情达意；或在《明诗》一章中，以"辞趣一揆"为尚，强调趋向志趣。综上所述，刘勰所言的"趣"意，可表现为在文学意象里，融合诗人的个性、气质，以彰显诗歌的审美趣味。直到严羽将其归纳为"兴趣"二字，以此说明诗歌之"趣"，体现在精妙绝伦而又浑然天成之处，毫无穿凿之迹，似真似虚，形成言有尽而意无穷的诗歌境界。

朱英诞所言诗"趣"，更多来自宋诗，尤其是诚斋体所显现的幽默之致。诗人赞赏杨万里，认为他是"一位罕见的幽默诗人"，"不笑，不足以为诚斋之诗"（《宋诗抄》）。读诚斋之诗，"如兔起鹘落，鸢飞鱼跃之感"②，悠然一乐，怡悦洒脱，其笑的背后潜藏着理趣，"笑的诗之背景是头脑，是思致，是机智"③。杨诚斋常怀一颗赤子之心，善于捕捉自然万物的盎然生趣，以戏谑诙谐的笔调，一一点染，似谈笑风生，一切都是如此活泼泼的。正如《秋山》一诗："乌桕平生老染工，错将铁皂作猩红。小枫一夜偷天酒，却倩孤松掩醉容。"秋意渐浓，乌桕、枫叶本是稀疏常见之景，但在富有童心的诗人眼里，自然洒脱，趣味盎然。朱英诞之所以欣赏杨诚斋的诗，正因其诗珍重自然风光，充满人间烟火之气，以俚为雅。他从不以道貌岸然的理学家口吻格物致知、论古说今，不沾染丝毫"道学"气味，而是注重诗的品格，融情蕴理，妙趣横生。正因如此，与诚斋体有异曲同工之妙的朱诗，虽晦涩艰深，但字里行间童趣、理趣盎然。他视"诗为游戏，而非工作"④，巧思妙语间，启人心智，令人读之会心一笑，耐人寻味。

首先，诗人善用儿童视角来触摸、倾听、感知周遭天地，赋予凡

---

① 袁宏道著，钱伯城笺校：《袁宏道集笺校》，上海古籍出版社1981年版，第463页。
② 朱英诞：《笑与"不笑"》，《朱英诞集》第十卷，长江文艺出版社2018年版，第406页。
③ 朱英诞：《笑与"不笑"》，《朱英诞集》第十卷，长江文艺出版社2018年版，第406页。
④ 朱英诞：《孤立主义（代序）——我对于诗的态度》，《朱英诞集》第八卷，长江文艺出版社2018年版，第168页。

俗的日常意象以诗意的联想、想象，寻觅字句之外的童真，表面之外的韵致，呈现独特的儿童思维。诚如汪曾祺论述何为"儿童视角"，他结合废名之作，坦言道："孩子是不大理智的，他们总是直觉地感受这个世界，去'认同'世界。这些孩子是那样纯净，与世界无欲求，无竞争，他们对此世界是那样充满欢喜，他们最能把握周围环境的颜色、形体、光和影、声音和寂静，最完美地把握住诗。"① 师从废名，潜心学诗的朱英诞，结合原初的童年体验和天真的孩童视角，吟咏着充满童真、童趣的自然山水。如《晓镜》一诗："山鸟是岩石的眼睛，青松是巢住着春风"，诗人童心未泯，将"鸟儿"视为"岩石"的眼睛，赋予意象本身新鲜的视角和无限的深意。再如《牵牛花》："天上有珍奇的鸟语/跌落到草中化作虫声"，诗人如孩童般奇思妙想，啁啾的鸟语跌落在草丛间化作声声虫鸣，活泼烂漫的诗人形象跃然纸上。其次，诗人多用独白、对白等戏剧化的手法。一方面，依循自我言说的独白路径，或是直率议论，诉诸心灵深处，呈现观察世界的独特视角，或是自我争辩，在敏感热烈的思想状态里，传递矛盾又复杂的声音；另一方面，善用彼此交流的对白之法，创设与之对话的抒情主人公，以避免直接吐露心智，尤其是使自然万物会心言说，展现内在情感的丰富层次。在朱诗中，上述技法多有体现，或是内心私语，自说自话；或是与自然为友，畅意互答。"一片雨载来春天/黄昏在大树下徜徉/红墙与蓝天一般长/人都疲倦了，/再没有形与影/独立在春来秋去中/追想着永远的安详/飞鸟啊为什么这么忙。"（《独立》）他如顽皮活泼的小孩，在春日黄昏时分里，树下彷徨无依，觉察人生的疲倦无常，似与飞鸟对话，询问着你为何如此繁忙，你究竟在追寻着什么，但更多是在自我拷问、自我对谈。在《乌鸦》一诗中，诗人将哀音零落巧妙联想为寒鸦共话，低语着何处是吾乡的黯然神伤。最后，诗人在轻松自然的笔调里，构筑可与荒诞、离奇、苦闷的成人世界相对抗的儿童乐园。以儿童的视角洞察社会世相，力图在诗意盎然的感

---

① 汪曾祺：《废名短篇小说集·代序》，湖南文艺出版社1997年版，第4页。

受里，表达重建理想生命体验的追求。身处现代社会，朱英诞细细梳理自然、心灵和自我的关系，在看似诗意枯竭的成人世界里，漫步于拥挤不堪的人潮，耽于枯思默想，展开着他同都市乡村、成人儿童等关系的思索。脱离卑鄙粗陋的躯壳，慧心善察的诗人"把自己融入自然里面去"①，珍视人间的烟火气息，品味鸢飞鱼跃、瓜熟蒂落的自在趣味。至此，朱英诞以聪慧之眼窥探微妙之物，以幽默之心拥怀生命之义，以广博的智慧洞察宇宙间林林总总的关系，以深切的悲哀体察人类中纷纷扰扰的纠葛。他的智慧，是何等深沉的人生态度，是缺憾中的圆满，平凡中的伟大，是一种超越世俗的笑，一种包容悲悯的泪。

二 内敛节制的知性诗思

纵观中西诗史，古代传统诗歌讲求含蓄，西方象征诗派注重暗示，皆追求诗思的内敛与节制。所谓"含蓄"诗风，便是"不着一字，尽得风流"，源自拈花微笑，尽传心法的佛理之言。而所谓"暗示"，如雾里看花、水中望月，使情趣、思致和意象恰相熨帖，追求"含不尽之意见于言外"的境界。朱英诞深以为然，其诗歌风格以"晦涩"为主要特征，他分析"晦涩"之诗主要有三种形式："一是诗的本意原即不易明白，二是诗人故意把诗意弄得不明白，三是诗人的表现力不足。"② 对诗人而言，"晦涩"是性情使然，也是自觉追求。因而，他以意象的凝结、物我的观照之法，曲折婉转地传达知性的诗思。

（一）以古为新：意象的互文与营造

纵观朱英诞丰赡的诗歌意象，其神髓主要来源于古典诗歌。正如废名所说，朱诗是"六朝晚唐诗在新诗里复活"③。回望晚唐，蕴含着浓郁的古典韵致；立足当下，渗透着独特的个人情思。的确，诗人不厌其烦地赏玩唐宋诗篇里的意象，诸如春花、残月、江南、故园、寒雨、斜阳、鸦雀、鸿雁、秋虫等。上述诸旧意象，带着鲜明的旧意蕴、

---

① 朱英诞：《"诗近田野"》，《朱英诞集》第十卷，长江文艺出版社2018年版，第373页。
② 朱英诞：《废名及其诗》，《朱英诞集》第十卷，长江文艺出版社2018年版，第179页。
③ 朱英诞：《冬叶冬花集》，文津出版社1994年版，第4页。

旧气息，积淀着传统文人的共同文化心灵，潜移默化中影响着后人的创作。黄庭坚曾云："自作语最难，老杜作诗退之作文，无一字无来处，盖后人读书少，故谓韩、杜自作此语耳。"① 事实上，传统意象的缀连、组合，凝成诗句、篇章，无不传递着丰富的美学内涵，构成了悠久、开放、多元的诗学宝库。无论是意象的互文，还是意象的营造，朱英诞诗歌的意象呈现着鲜明的个人色彩，钟情于自然，钟情于飞鸟。因此，在继承中国诗歌传统中寄情山水、物我两忘的审美基础上，化古为新，自成一格。他所创作的山水田园诗，不再是传统意义上的借景抒情之作，而是在诗行间蕴藏深远意旨，以传统意象为依托表达对自然宇宙、时代际遇的现实慨叹，借助象征性的意象传达诗人的智性体悟。

首先，诗人善于化用传统意象，或直觅嵌入，或古意新拟，酝酿新鲜情思。他将古典意象直接化入诗行，借典故、词牌、诗文等各类形式纷然呈现，以唤醒古典的情思，会通先贤的哲思。例如在《二月》一诗中，诗人吟咏着："采集了那珍奇的唇形花，青鸟自黎明里飞来。"巧妙化用"青鸟"典故，传说青鸟是为西王母传信的神鸟，李商隐托青鸟诉相思之苦，"蓬山此去无多路，青鸟殷勤为探看"（《无题》）；李璟借青鸟抒伤春之恨，"青鸟不传云外信，丁香空结雨中愁"（《摊破浣溪沙·手卷真珠上玉钩》）。此处，朱英诞一反既往，不吟悲歌，不结愁心，而以呓语询问青鸟，渴望其传递欢欣的消息。散落于诗行间的意象，宛如水中着盐，不着痕迹，在重重叠叠、枝枝丫丫间，呈现出典故的原型和外延，淬炼诗情诗思，令人感到韵味悠长。此外，朱英诞因袭黄庭坚"夺胎换骨""点铁成金"，师法杨万里"以故为新"，"诗家用古人语，而不用其意，最为妙法"②。尤其是在运用传统意象的时候，并不局限于对旧情致的反映，而是与时代的律

---

① 黄庭坚：《答洪驹父书》，陶秋英编选：《宋金元文论选》，人民文学出版社1984年版，第187页。
② 杨万里：《诚斋诗话一卷》，丁福保辑：《历代诗话续编》（上），中华书局1983年版，第141页。

动相融,创造出独具匠心的新韵味。浩如烟海的古典意象,既能复活这些积淀于我们民族记忆深处的文化基因和审美经验,又予人以新颖的阅读感悟。朱英诞爱以杜鹃为诗,古今对话。古人常喟叹道,杜鹃啼鸣,唤君归去,杜鹃花与杜鹃鸟同音同构,为凄苦悲愁的象征。像李白《宣城见杜鹃花》:"蜀国曾闻子规鸟,宣城还见杜鹃花。一叫一回肠一断,三春三月忆三巴。"① 他又常引塞万提斯的名句入诗,新趣盎然,如"'谁能够筑墙垣圈得住杜鹃?'/杜鹃鸟啼着杜鹃花,/美丽的过客,/邂逅,夕阳沉沉"(《抑郁》);"西班牙的囚徒说:'谁能够筑墙垣,/围得住杜鹃?'杜鹃花是杜鹃鸟,三月的春风吹过了"(《散步——题缘女画像》)。杜鹃意象被融入深致的哲思,它是美丽的过客,南来北往也终究是"片刻,然后飞去,从这儿,/不带走,也不留下什么"(《咏树》)。杜鹃是自由的精灵,无拘无束地翱翔天际,它又是美丽的过客,其翔动不息的姿态与文人漂泊无定的体验互动共生。传统意象一经转化,便被诗人赋予了独特的现代意蕴和审美取向。

其次,诗人创设象征意象,抒己之怀,以传达独特的诗性体悟和智性诗思。"飞鸟"意象是诗人创设的核心意象,其特点在于飞翔的姿态,求索的精神。诗人抓住核心,不厌其烦地书写飞鸟,结为诗题,它是生命意识的高度凝合,也是时代气息的突出表征。一方面,飞鸟是诗人本我的象征。意象不再仅仅是抒情的载体,更是体味人生、抒发心智、传达经验的重要载体。梦到江南春,飞鸟徘徊,"谁唱几句古歌,/在冷冷的七弦上(又飞?)/传来江南曲,渊默的/但分明是有雷,有雨。你要到哪儿去?"(《飞鸟》)与心徘徊的飞鸟,流连于江南的梦寐,追寻着遥远的精神家园。又说时代无常,精神苦闷,寂寞的跋涉者难道仅仅是飞鸟?更是上下求索的诗人自身,"天空是飞鸟的家乡吗?/鸟儿,你们也跋涉,/像我在大地上的形滞?"(《飞鸟》)再说以诗还乡,身处都市高楼丛林,心系流水桃花的乡村田园,厌倦都市喧嚣,"射猛虎之白羽/暮霭已经消失了/枝头的鸟/你掠过风和月/

---

① 郁贤皓校注:《李太白全集校注》第七册,凤凰出版社2015年版,第3263页。

你践踏过高大的楼厦/一牛鸣地的间隔/家家门前有流水桃花/留鸟啊为什么徘徊不已？"（《飞鸟》）另一方面，飞鸟是诗人哲思的凝结。将抽象的诗思与具象的表征相结合，借自然的物象、变化的世事，表达幽微的哲思，凝结智性化的诗歌意象。"飞翔吧，过去的鸟，/飞翔吧，未来的鸟。"（《飞鸟》）诗人心神摇荡，化身飞鸟，领悟四季更迭、宇宙无垠，彰显其对生命、时空、主客的别样思考，最终实现对生命本原的回归与升华。无论是意象的互文，还是意象的营造，朱英诞都致力于探索古今互设的意象思维与表达，追求在意象组合中寄托智慧的凝聚，在节制表达中彰显情感的变化，构筑融化古今的知性山水。

（二）以物观物：情感的内省与节制

朱英诞常呼唤新诗独立、冷静的精神气质，在其看来："在中国，要否拒常识即传统与中庸，是很难的。事实证明，要大胆站得住，必须伴随着苛细。在这里，这苛细，我的意思是指哲学的沉思。"[①] 这便意味着，在朱英诞看来，诗人创作的过程并非饱满昂扬之情感喷薄而出的过程，而是要以理性的闸门节制住漫延的情感之流，使之沉淀、提炼，借客观冷静之法彰显诗者独特的审美心理。因此，诗人在具体处理诗歌哲理的艺术表达上，自如游走于古今之间。一方面，在诗思酝酿之时，不动声色，冷淡诗情；另一方面，诗人主张以物观物，澄怀观道，在拈花一笑的圆成境界里，直探宇宙生命的本原之理。

朱英诞赞赏诗情的冷淡，即诗人情感勃发之后，并非马上提笔作诗，而是以冷静客观的态度对待，隐去强烈的主观抒情色彩，放逐冗余的激情。朱英诞欣赏王独清一派，认为其诗意惨淡于动笔之间；再反观新月一派，朱英诞批评其诗情泛滥掩盖了冷静的思考。因此，朱英诞性格潜沉、多思，赞赏华兹华斯的名言："诗起于沉静中所回味得来的情绪"[②]，强调诗情缘起后，仍要虚怀"惨淡"之心。所谓"惨

[①] 朱英诞：《诗与欣赏及其它》，《朱英诞集》第八卷，长江文艺出版社2018年版，第4页。
[②] 转引自朱光潜《诗的主观与客观》，《朱光潜全集》第三卷，安徽教育出版社1987年版，第365页。

淡",意指诗歌创作之前需要一个冷静的思考过程,与外物保持一定的距离观望,待诗思沉淀之后,以矜持克制态度,写就出来。与此同时,朱英诞在艺术构思过程中,仍要保持本心的沉静、虚空,"菩提本无树,明镜亦非台。本来无一物,何处惹尘埃"。① 诗人挣脱身外世务的纷扰,敛声屏气,心无挂碍,飘逸灵动的万物才会自由无拘地浮跃在诗人的心胸里,才能任其自如地捕捉可感可知的意象。胸中廓然无物之时,诗人精妙组织着花草虫鱼、飞禽走兽等自然意象,勾勒出诗人内在的情感流动轨迹,曲折地展现诗人思维的逻辑脉络,以避免情感的直接宣泄,实现"荡元气于笔端,寄妙理于言外"②的空寂境界。

不同于孔子所论"以德观物",将自然山水简单比附,赋予高峻之山、汪洋之水以宽厚博大的人性色彩,感悟"智者乐水,仁者乐山"(《论语·雍也》)之论;也不同于刘勰所言"以情观物",对自然山水审美观照,迁情动思,物我会通,体会"情以物迁,辞以情发"(《文心雕龙·物色》)之言。朱英诞采取的是"以物观物"的说理方式,即诗人主体被隐去,抽象的哲思与具象的表现相弥合,极尽曲折委婉之能事。那么,究竟何谓"以物观物"?"以德""以我""以物"三者的区别体现在何处?究其根本,是观物方式的转变,也暗含着物我关系的变化。所谓"观",据《说文解字》曰:"观,谛视也。"③ 观,意味着仔细地看,观察事物发展状态,把握事物演变规律。作为人类诸多官能感觉之一的视觉,早在先秦时期,便与八卦之象、文学之象相关联。观象取法,创制八卦,"古者包牺氏之王天下也,仰则观象于天,俯则观法于地,观鸟兽之文与地之宜,近取诸身,远取诸物,于是始作八卦,以通神明之德,以类万物之情"④。由此观之,"视"的内涵从视觉意义逐步引申为对自然万物、世间百态的审视和对文学诗材的领悟。北宋时期,理学家邵雍提出了"以物观物"

---

① 丁福保笺注,哈磊整理:《坛经》,上海古籍出版社2011年版,第20页。
② 元好问:《陶然集诗序》,郭绍虞主编:《中国历代文论选》第二册,上海古籍出版社2001年版,第466页。
③ 许慎撰,徐铉校订:《说文解字》,中华书局2013年版,第175页。
④ 黄寿祺、张善文译注:《周易译注》,上海古籍出版社2016年版,第705页。

的认识方法，即认识事物，了悟道理不能全凭一己之见，主观臆断，而应以物观物，正所谓："以物观物，性也；以我观物，情也。"① 王国维将"以物观物"引入诗学，他在观照自然山水的基础上，体察个体与自然的审美感应关系，提出"有我之境，以我观物，故物皆著我之色彩；无我之境，以物观物，故不知何者为我，何者为物"②。所谓"以我观物"，是将主观情感投射到客观物象之上，将"小我"之意置于主体地位，贯穿始终，串联起各类意象的组合，苦吟结思于入木三分处，待人细细推敲言外之意。而所谓"以物观物"，源自老庄哲学，强调心若幽潭，静照忘求。它并非决然拒斥个体的主观情感，而是力求超越小我之情，通往天地之心。一方面，忘怀尘俗的利害、纷争，寡欲清心，方能"遗情舍尘物，贞观丘壑美"（谢灵运《述祖德诗》），呈现"大我"之姿；另一方面，以静处默会的心境，表现自然万象的真实存在，与天地间冥合为一，陶然忘机，臻于"无我之境"。至此，诗人走上"由景及理""景理相惬"的观物之路，以有限传递无限，以内省节制表情达理，营造出物我相融之境，凝结诸如庄周梦蝶"不知周之梦为胡蝶与，胡蝶之梦为周与"③、曾无疑画草虫"不知我之为草虫耶，草虫之为我耶"④ 等佳话。醉心于自然山水间，感悟其奥妙所在，又烛照出主体和客体完美契合，不知何者为我，何者为物的艺术境界。

三　静穆和谐的文人情致

"静穆"产生于一种艺术的感受与领悟，它是一种审美的理想境界，能使人"在微尘中见出大千，在刹那中见出终古"⑤，它是将文人的自然情怀、人生美学与隐逸风气三者相融汇的一种精神情致，以静

---

①　黄寿祺、张善文译注：《周易译注》，上海古籍出版社2016年版，第528页。
②　王国维：《人间词话》，上海古籍出版社2009年版，第5页。
③　陈鼓应注译：《庄子今注今译》（最新修订重排本），中华书局2019年版，第101页。
④　罗大经撰，孙雪霄校点：《鹤林玉露》，上海古籍出版社2012年版，第207页。
⑤　朱光潜：《"谈在卢佛尔宫所得的一个感想"》，《朱光潜全集》第一卷，安徽教育出版社1987年版，第52页。

穆之态调和人生理想。而为文人墨客所称道的陶渊明，始终渴慕着融入自然、感悟美善、远离扰攘，其人其文正是为"静穆"一语赋形的极佳注解。朱光潜曾赞赏陶渊明平和静穆的人生之态，说道："和我们一般人一样，有许多矛盾和冲突；和一切伟大诗人一样，他终于达到调和静穆。我们读他的诗，都欣赏他的'冲澹'，不知道这'冲澹'是从几许辛酸苦闷得来的。"① 历经人世间种种愤懑苦痛，调和物我的冲突，最终归于和谐静穆的状态。至此，其诗文与意趣相映增辉，在天光水色间物我相融，呈现着一丝禅机，一点知性。朱英诞钦慕于前人的理想境界，游心于千载，以古照今，拥怀静穆和谐的文人情致，体味坐看云起的人生况味。

（一）出入传统的诗画情致

古人云："诗是无形画，画是有形诗。"② 无论是诗歌，还是绘画，皆是富有东方美学韵味的艺术形式。自汉朝至宋代，古代诗书绘画的历史源远流长，形成了独具特色的审美风尚和品评体系，尤其是宋代文人致力于融合共生，主张诗画一律的美学思想，从苏子品摩诘诗画之语，可见一斑。那么，诗画两者何以互通共融？中国画家讲究"古画画意不画物"，所看重的并非真山水、真人物，而是融汇于物象之上的情趣和意蕴，所画不在山水，而在心境和气韵。近代著名书画家陈衡恪对比中西书画特点，深以为然："西人之画，目中之画也；中国人之画，意中之画也。"③ 不求形似，但求神似，重在"取意"，诗歌如此，绘画亦然。此外，在古典诗画传统里，文人作山水诗、绘山水画，所追求的无非是心灵与笔墨的浑然相融，人心与自然的合为一体。诚如朱光潜云："一切艺术，无论是诗是画，第一步都须在心中见到一个完整的意象，而这意象必须能表现当时当境的情趣。情趣与意象恰相契合，就是艺术，就是表现，也就是美。"④ 呈露意象，诉诸

---

① 朱光潜：《诗论》，上海古籍出版社2005年版，第184页。
② 郭熙：《林泉高致》，沈子丞编：《历代论画名著汇编》，文物出版社1982年版，第72页。
③ 王克文：《中国画小史》，上海辞书出版社2018年版，第296页。
④ 朱光潜：《诗论》，上海古籍出版社2005年版，第113页。

感官，唤起联想，予人身临其境之感，彰显气韵生动的艺术之美。由此观之，朱英诞的创作始终浸润着古典诗画的传统，从观赏、取材，到立意、摹形，诗画参融，重意取神韵，讲白描、留白技法，进而具有平淡朴讷、悠然淡远的意境之美。

　　从艺术观照的角度看，诗画同讲"近取诸身，远取诸物""遗貌取神"，追求诗境与画境共通互融，相得益彰。宗白华说："俯仰往还，远近取与，是中国哲人的观照法，也是诗人的观照法。而这观照法表现在我们的诗中画中，构成诗画中空间意识的特质。"① 因此，日常点滴最易激发诗性灵感，无论是山川花木，还是鸟唱虫鸣皆在俯仰之间，陶冶性情，供文人施展笔墨，气韵生动。宋代郭熙主张"身即山川而写之"②，纵情山水，亲历亲感，方能有所兴致，有所回味，下笔如有神。由观察及取材，诗与画，皆重"意取"，而非"实写"，强调遗貌取神，神遇而迹化。那么，如何在丹青巧绘、遣笔吟咏间实现意在笔先，笔尽意在的境界？郭熙亦曾指明观照山水之法，即"以林泉之心临之则价高，以骄侈之目临之则价低"③。以林泉之心观山水之景，即是以玄对山水，以物观物。超越俗世之上，排除主观欲念、态度，虚静之心待万物之道，万千山水方能以纯净姿态，映入虚静之心，物我相忘，融为一体。

　　从艺术手法的角度看，诗画技法共通共生。绘画是一门诉诸视觉的艺术，所长在于刻画、临摹，以强烈的艺术感染力，直观地再现景物形象，令人可亲可感。诗歌以语言为媒介，以意象的并列、组织，发挥其暗示性，在读者头脑中唤醒光影色彩的空间印象。朱英诞常将飞花、落松、山风、鸟雀等意象并置、汇入诗行，气韵生动的山水画卷便"如在目前"般徐徐展开。与此同时，倘若一味拘泥于写实，便会折断想象的翅膀，失却韵味。故而极有见地的画家主张以留白促想象，挥毫泼墨时，"故意留下许多空白的虚处，表面看来不见点墨，

---

① 宗白华：《美学散步》，上海人民出版社1999年版，第111页。
② 郭熙：《林泉高致》，沈子丞编：《历代论画名著汇编》，文物出版社1982年版，第67页。
③ 郭熙：《林泉高致》，沈子丞编：《历代论画名著汇编》，文物出版社1982年版，第65页。

实际上那些空白可以代山代水代云代雾，有时甚至可以给人无限见仁见智的想象空间"①。以白描大笔勾勒，以留白平增余味，在一片空白上挥毫泼墨，为皱为纹，虚实掩映间勾勒出物态自然。正如庄子所言："虚室生白"②，以澄澈空明之心，照见纯白虚空中的造化天趣。朱英诞深谙此道，将书画之法融入诗歌，时常借笔墨未至之处，凸显情感的节制和语言的沉默，尽展缥缈灵动的画诗之境。此外，朱英诞感慕晚唐之诗的浓墨重彩，沉醉于这份"晚唐的美丽"，习得书画重色彩的特点，以诗呈画，以善感的心灵去捕捉外在风物的视觉之美。如废名赞赏《红日》一诗的"视觉的盛宴"："读者试想这个归鸦的颜色与那个红日的颜色，这时的天空还是怎样的分明。"③ 将声、形、色的融合，尤其是色彩的分明刻画入微，令人身临其境，恍若画中。文人墨客醉心于流光溢彩的自然景致，运纤巧之笔墨，创造出纤秾清雅皆宜的色相世界。

从艺术境界的角度看，吟诗作画无不追求着"诗中有画，画中有诗"的意境之美，空旷静远，幽美空灵。南宗画"用减"而不"为繁"和神韵诗"不着一字，尽得风流"的韵致相通，皆是妙在笔墨之外。诚如王维之诗，即景抒情，情景交融间，是如水墨般流动、明净的情致，"明月松间照，清泉石上流"（《山居秋暝》）、"人闲桂花落，夜静春山空"（《鸟鸣涧》）、"大漠孤烟直，长河落日圆"（《使至塞上》）无一不是佳作。诗人以敏锐的感觉，细腻的观察，捕捉自然的万千物象，再以巧妙的构图、色彩的对照，唤起读者丰富的联想和想象，于无形间构成一幅幅画面纯净、意象分明的图画，予人形神兼备的审美享受。观山水之画，品山水之诗，徜徉天地间，如入仙境之感，物我相忘，皆是对生命、对自然的深切体悟和赞叹。诚如吉村贞司评点傅抱石的画时谈道："真正的诗意，是对生命，对自然所深刻感受

---

① 蔡庆生：《妙在不明言——朱英诞诗歌欣赏》，《诗评人》2008年总第9期。
② 陈鼓应注译：《庄子今注今译》（最新修订重排本），中华书局2019年版，第130页。
③ 废名：《谈新诗·林庚同朱英诞的诗》，《废名集》第四卷，北京大学出版社2009年版，第1796页。

到的韵律,是生命与自然的源泉的认识,经过提高和洗练,而获得美的律动。"① 运笔墨绘鸢飞鱼跃,师自然举骨气风神,心游万仞间,主观情愫和客观物象交融互渗,默以神会,天就自然。

(二) 走向自然的心性陶冶

自然山水构成朱英诞诗歌创作的重要主题之一,大到宇宙洪荒,小到一花一石,都沟通着诗人的心灵世界,与之和谐共振、感性同一。对自然万物的涵泳与抒怀,不仅体现出朱英诞知性山水的诗学主张,更关涉着以朱英诞为代表的京派文人的文化心理。所谓"京派",主要是指在20世纪30年代活跃于北平文坛的评论家、小说家和诗人等,他们既未正式结社,又未发表宣言,属于一派组织松散的文艺群体。京派文人不仅在文学趣味上异曲同工,显现出古典的情结和传统的涵养,而且在人生态度上不谋而合,愿以文学构筑精神的栖居之地,无不流露出清淡朴讷的文人情致。

20世纪三四十年代,朱英诞、周作人、废名等人因厌弃城市的喧嚣、现世的动荡,转而返归乡野,隐居山林,安于诗书,秉持静默和谐的态度观望世间百态,试图建筑自己闲适、理想的诗歌小园。朱英诞的隐居,虽是时代所迫,也是性格使然。穷山水之趣,品自然之真,追求着于山水钟灵中悠游感悟、陶冶心性的处世之道。朱英诞是如此,京派诸文人莫不如此。诚如废名所言:"自然好比人生的境,中国诗人常把人生的意思寄之于风景。"② 沈从文同样凝神静观,山水花草、飞鸟虫鱼皆融入特殊情趣,创设出独具匠心的自然空间,他说:"对于一切自然景物,到我单独默会它们本身的存在和宇宙微妙关系时,也无一不感受到生命的尊严。"③ 浸浴自然,远离尘世,于战乱里寻牧歌,于动荡里见性情。京派诸人虽寄身于喧嚣繁华的都市,却始终眷恋恬淡古朴的乡土图景,以"乡下人"的身份自居,拥怀着自然的人性观

---

① [日] 吉村贞司:《宇宙的精神,自然的生命——傅抱石的中国画》,傅抱石研究会编:《傅抱石研究文集》,上海书画出版社2009年版,第70页。
② 废名:《悼秋心》,《大公报·"文艺"副刊》1932年第236期。
③ 沈从文:《沈从文全集》(第十二卷),北岳文艺出版社2002年版,第120页。

念。他们认同人性本真淳朴良善,唯有亲近自然、融入自然,才可实现强健而自然的生命跃动,如若沉湎于都市的喧嚣繁华,丑陋不堪的面目便会浮出地表。因此,他们不仅主张归隐田园,推崇山水自然之妙,顺应自然,与自然友爱平等,与万物浑然一体,而且追寻自然人性,率真质朴,见素抱朴,如同陶潜所言:"质性自然,非矫厉所得"(《归去来兮辞(一)并序》)。用诗歌虔诚地描绘着魂牵梦萦的乡土世界,用文学编织一个个清婉细丽的理想世界,禀造化之秀,穷人性之趣,胸中丘壑化为文字,灵犀一点,天衣无缝。因此,京派文人常性情所至,文思泉涌,建构着纯美至善的艺术世界,崇尚人性的本真,呈现出逍遥无拘、自然蓬勃的生命状态。沈从文的湘西、废名的黄梅、师陀的果园城,还有朱英诞的江南,无一不是现代文学史上一道亮丽的精神风景。

诚如周作人所言:"文学不是实录,而是一个梦。"① 借朦胧的语词,筑精巧的梦境,京派文人与陶渊明实现遥遥的精神会通,隐居于文学世界,视山水为知己,独幽自赏,在异曲同工的桃花源境里,拂去俗世之尘。一方面,无论是朱英诞的江南,还是沈从文的边城,皆承袭着"桃花源"的文学传统,如虚幻迷蒙的空中楼阁,沦为难以复归的乌有之乡。真假难辨的桃花源,终成一代又一代隐士难以问津的迷梦,化为寄情隐逸的彼岸许诺。另一方面,"桃源"迷梦所蕴含的隐居避世之义仍延续,但随时代更迭,演绎新变。古之隐士遁入山林,闲居薮泽,是一种进退悠游的人生抉择。它不仅关乎逍遥自适的理想索求,远离政治旋涡,挣脱俗世的羁绊,而且关乎畅游山水的审美指向,卷而怀之,乐享舞雩。避世不仕、摒绝俗务的文人志士,向内俯身缄口,以道自任,向外纵迹山水,独善其身。尚嘉遁,好山水,他们吟诗作画、煮酒谈玄、游宴品琴,无不企慕着超世绝俗的寄怀之风。然而,伴随着20世纪上半期的战火轰鸣,文人们接连遭遇着理想的沦落、信仰的崩塌、自我的缺失和意义的空白,他们不再拥乡以怀乡,现实故土沦陷,精神故土难寻。因此,置身自我缺席的场域,现代隐

---

① 周作人:《谈龙集》,河北教育出版社2002年版,第33页。

者面对飘零无依的乡愁，始终寻求着自我的生存价值和情感维系。诚如詹森所言："诗人已将自己从这个世界移向了或被移向了一个对自然的私密灵视之中，在此他看到被映照出的自我。"[①] 当孤独的个体面对永恒的山水，不仅视山水为知己，为"赏心"，而且为"沉思"，为"内省"，外寻"世外桃源"的归隐，内索"桃源中人"的自我。至此，京派文人在大朴天地间且行且止，欲为动荡不羁的心灵寻求栖息之地，而那或迩或远的山水田园，那无须机心、任情恣意的世外桃源，积淀着一代又一代忘怀山水、得意隐居的文人之心和诗学之旨。

（与张嘉祺合作）

[①] 转引自萧驰《诗与它的山河：中古山水美感的生长》，生活·读书·新知三联书店2018年版，第628页。

第四章　朱英诞诗歌的冲淡诗风

"冲淡",是中国文学中一以贯之的审美原则。据今人张海明论证,冲淡之美大体经历了三个发展阶段:其一,先秦两汉时期,在老庄思想的影响下,冲淡之美表现为一种朴素无文的淡朴之美;其二,魏晋六朝时期,由于"文的自觉"的出现,冲淡之美表现为一种质文相半的清丽之美;其三,晚唐时期,司空图在《二十四诗品》中首次对"冲淡"作出了详细的分析。"冲淡之美"以"淡者屡深""雕琢复朴"的成熟面貌展现在我们的面前,对后世,尤其是宋元时期,产生了极大的影响。[①] 及至现代,"冲淡之美"依然发挥着不小的影响力。如周作人就曾说:"我近来作文极慕平淡自然的景地。"[②] 鲁迅也曾评价过废名的作品是"冲淡为衣"[③]。而与周作人有一定交集、同废名更是亦师亦友的朱英诞也崇尚冲淡之美。他自言:"我敬爱的诗人很多,不止一种类型。但我也有我的偏嗜,这即是陶渊明、王维、韦应物三家而已。"[④] 陶渊明、王维、韦应物三人正是古代冲淡诗美的代表人物。

---

① 张海明:《论冲淡美》,《文学遗产》1988年第2期。
② 周作人:《雨天的书》"序二",《周作人散文全集》第4卷,广西师范大学出版社2000年版,第346页。
③ 鲁迅:《〈中国新文学大系·小说二集〉导言》,蔡元培等著,陈平原导读:《〈中国新文学大系〉导言集》,贵州教育出版社2014年版,第130页。
④ 朱英诞:《谈自己的诗》,《朱英诞集》第八卷,长江文艺出版社2018年版,第152页。

第一节　朱英诞的冲淡诗歌观

冲淡之美是一种节制之美。它要求创作主体的情感或意绪的适度表达。司空图《二十四诗品》云："素处以默，妙机其微。"① "素处以默"，指的就是想要获得冲淡之境的诗人，所应该保持的节制状态。素，是一种无欲无求的淡泊。《老子·第十九章》云："见素抱朴，少私寡欲。"② 默，指的是虚静，静默无为。《庄子·在宥》有言："至道之精，窈窈冥冥，至道之极，昏昏默默。"③ 这意味着创作主体要涵养自己的心性，净化自己的心灵，保持对一切狂躁激烈的感情的节制。唯有如此，创作主体才能够抵达微妙玄远的诗歌境界（"微妙忘机"）。

在朱英诞看来，"情感是有限的"，人的七种感情不论怎么错综复杂，始终是有迹可循的。由此，他反对诗歌中的情感无节制地泛滥，时刻强调抒情的节制，新诗"一旦能够不令情感在暗中支配，那么新诗的艺术将大有得发展"。④ 在《现代诗讲稿》中，他就曾批评旧传的《锁南枝词》有这样直白露骨的句子，"和块黄泥儿捏咱两个，将泥人摔碎，着水儿重和过，再捏一个你，再捏一个我，哥哥身上也有妹妹，妹妹身上也有哥哥"。他斥之为："这是中国人的鬼聪明，缺乏诗的品德。"⑤ 可见，节制是朱英诞诗学观念中的重要内容。以这种"节制"诗观审视现代新诗，那些"直接抒情"的新诗人自然得不到朱英诞的认同。比如，他对卞之琳的早期诗歌评价不高，"诗人卞之琳还是才气的（即抒情的）诗人，这一点与今代的诗人观感不能相容，因为我认为这是开倒车，旧诗人的惯性依旧持着"。⑥ 总之，朱英诞反对诗歌

---

① 司空图著，罗仲鼎、蔡乃中注：《二十四诗品》，浙江古籍出版社2013年版，第7页。
② 刘思禾点校：《老子》，上海古籍出版社2013年版，第40页。
③ 王先谦集解，方勇导读整理：《庄子》，上海古籍出版社2009年版，第106页。
④ 朱英诞：《Sonnet 五章》，《朱英诞集》第十卷，长江文艺出版社2018年版，第88页。
⑤ 朱英诞：《Sonnet 五章》，《朱英诞集》第十卷，长江文艺出版社2018年版，第82页。
⑥ 朱英诞：《汉园集》，《朱英诞集》第十卷，长江文艺出版社2018年版，第213页。

第四章　朱英诞诗歌的冲淡诗风

的直抒胸臆，而更加偏好间接的、曲隐的表达方式。"诗不能是赤裸裸的真，真不是美，美才是真。"①

冲淡诗境的获得应该是与自然相契，而非人力所致。司空图《二十四诗品》对此有过很好的描述："遇之匪深，即之愈稀。"② 这里的"之"都是指代冲淡诗境。"遇"和"即"指的是两种对举的追求冲淡诗境的态度，即"自然遇见"和"人为靠近"。这两句是说，诗人对于冲淡诗境的获得都是自然而然的，并不依赖艰深苦求。假使人为的刻意强求，那么，你越靠近它，它就越发无可捉摸，求近之心，反成疏远之意。"稀"指的就是这种微稀难求的状态。所以，冲淡诗境在创作态度上推崇一种应目会心、着手成春的写作态度。

朱英诞以为，"诗是即兴的"。"即兴"，指的就是诗人写诗应该是一个同诗意的自然相遇的过程，而非为一种矫揉造作的勉强。所以，只要诗意尽了，那诗便不必再写下去，否则就会出现不自然的拼凑，反而导致了诗意的破坏。在《现代诗讲稿》中，他就因此批评新月派，认为他们写诗是"文字的生空硬凑"。而真正令他属意的诗歌还是妙手偶得，宛如天然之作。比如，他就曾如此称赞何植三的《落叶》，"看他一点也不费力气唾手而得这一片落叶成一首口占的小唱，我想这首小诗大约可是七步成章的，'我道是只蝴蝶，原来是片落叶'，难得这样轻易的便抓住了一个天籁"。③ 这里，朱英诞以"天籁"形容诗歌的诗意，正好点明了诗意并非源于人为发明，而是得之于自然，所以，诗人和诗意的相会也就成了"可遇而不可求"。

值得注意的是，在朱英诞的诗学理念中，自然的创作态度常常是与认真的创作态度并提的。比如，他就曾设想以"天真草"和"认真草"来为自己几十年来的诗歌活动做总结，这里所谓的"天真"是等同于自然的。朱英诞之所以要把"自然"与"认真"并提，这是因为

---

① 朱英诞：《什么是诗》，《朱英诞集》第八卷，长江文艺出版社2018年版，第166页。
② 司空图著，罗仲鼎、蔡乃中注：《二十四诗品》，浙江古籍出版社2013年版，第7页。
③ 朱英诞：《知春亭与魔鬼对话——〈酴醾集〉代序》，《朱英诞集》第九卷，长江文艺出版社2018年版，第42页。

这两者有着密切的联系。他曾言:"我写诗是随便的写,写散文就特别矜持:我说随便是按照它最严格的意义说的,但实际上几乎像'自动发生'(spontanéāté 弧)那样,这是因为经过严格训练的,但,有如随心所欲不逾矩,也是很自然的得到的。这或者是平常说的'水到渠成'吧?"① 朱英诞实际上是从创作心理学的角度揭示了"自然"和"认真"的关系:一方面诗人的创作活动犹如诗神突然降临,具有即时发生,不期而至的当下性;另一方面则说明了,当下性的发生有赖于诗人持续、认真的训练,具有长期性、积累性的特点。这二者一体两面,缺一不可。总之,"自然"与"认真"是朱英诞一以贯之的创作态度。

司空图曾以"淡者屡深"来概括冲淡之美的本质特征。这即是说"冲淡之美"要求在平淡的外形之下要潜藏着充实的内容。在深在厚,是冲淡之美富有魅力的原因。正如明代竟陵派文人钟惺所言:"诗之为教,和平冲淡,使人有一唱三叹,深永不尽之趣。"②(《文天瑞诗义序》)朱英诞也指出:"新诗应该是在形式上是简单完全,在内容上是别有天地,可以说是具有无穷的容许。"③ 具体而言,朱英诞对于"诗的内容"的思考或可从以下三个方面考虑。

第一,朱英诞的诗的内容首在能给人生命的愉快。朱英诞曾如此描述自己某次清晨读古诗的体验,"读这种诗就只觉得有愉快,这并不是因为不懂得音乐,或者不会骑马饮酒了乃有所憧憬,而读着诗时便是什么评头论足的诗理文论一概都忘掉了,也忘了那是旧诗,就只令我心花怒放,亦复未妨惆怅是清狂,更加喜悦单纯的诗的生命,简明的说,我'快乐'。"④ 朱英诞为我们揭示了一个妙悟般的阅读体验。这即是说,真正的诗意并非在于如画,要有可望可感的眼前之景,而是一个玄机,一种境界。读者一旦与之相遇,便物我两忘,抛却束缚,

---

① 朱英诞:《从一个考察说起(代后序)》,《朱英诞集》第八卷,长江文艺出版社 2018 年版,第 476 页。
② 钟惺撰,张国光点校:《隐秀轩文》,岳麓书社 1988 年版,第 117 页。
③ 朱英诞:《〈现代〉的一群》,《朱英诞集》第十卷,长江文艺出版社 2018 年版,第 234 页。
④ 朱英诞:《新月(一)》,《朱英诞集》第十卷,长江文艺出版社 2018 年版,第 132 页。

体会到的只是"美",是生命的"愉快"和"舒适"。因而这种诗歌的内容也只能是只可意会不可言传。似有非有,说无非无,既包蕴无穷又玄妙莫测。陶诗有言:"此中有真意,欲辨已忘言。"(《饮酒》)朱英诞也说诗歌"总有一个意思,不过我却忘却了"。① 总之,愉快即诗,诗歌要"相悦以解"。第二,朱英诞的诗的内容还要求新鲜,新鲜意味着诗歌要给读者以"陌生化"的效果。在《现代诗讲稿》中,朱英诞在评价赵景深的《炉火》时,提到一个论诗的标准:"诗如鸟然,不可呆相。"这是因为诗歌最忌讳直白说明,假如诗歌的内容只是简单的叙事描写就变成了呆相的诗歌。赵景深的诗歌好就好在:他写"鼓",却不直言之,而是代之以"不知名的乐器",这就造成了读者思维的延宕。然而,当读者的思绪因此阻滞,开始推敲其内涵的时候,便能发现了其中的巧妙代指,最终获得了新鲜感受。而这种新鲜,也正是现代自由诗的本色,"今年的花不是去年及明年的一朵,然而这两朵又各适其适,这是自由诗,不可无一不可有二"。② 第三,诗的内容应当是真实普遍的。朱英诞曾评价当时诗坛的空气为"多是泛泛的感情",这种"泛泛的感情",就是因为诗人对于生活现实没有真切体验和真实的感受,而只是浮于表面、虚情假意。所以,他虽然对徐志摩多有讥讽之语,但是在他看到徐志摩的《雪花的快乐》,还是要说一句"没有一般诗人的'诗人习气'",从而把这首诗推举为徐志摩最好的诗。一首诗既然是诗人真切的人生体验的生发的话,那么便有了与人同心、引发共鸣的力量,具备了普遍性。朱英诞由此特别激赏废名的《海》,称赞它是真正的新诗,"是诗人个人独到的经验,同时人人能得其传达"。③ 可见,诗歌不仅要发自肺腑,还要感动人心。总之,"愉快即诗""诗意新鲜""真实普遍"这是朱英诞所谓诗的内容,诗歌一旦具备这三点,便可以一唱三叹,百读不厌了。

---

① 朱英诞:《〈采薇集〉序》,《朱英诞集》第八卷,长江文艺出版社2018年版,第96页。
② 朱英诞:《新月(三)》,《朱英诞集》第十卷,长江文艺出版社2018年版,第160页。
③ 朱英诞:《废名及其诗》,《朱英诞集》第十卷,长江文艺出版社2018年版,第180页。

第二节 平常闲适的诗歌题材

冲淡的审美诗歌风格常常具有平常、闲适的特点。高山流水，林泉野趣之所以广受历代冲淡诗家的青睐，正是因为它们最为适宜表现冲淡平和的诗境。冲淡诗家大多超然物外，寄情于风光旖旎的自然山水。陶渊明自言："少无适俗韵，性本爱丘山。"（《归田园居》）王维则喜："行到水穷处，坐看云起时。"（《终南别业》）钱起也说："青山看不厌，流水趣何长。"（《陪考功王员外城东池亭宴》）。这些冲淡诗家纷纷远离了庙堂之高，而处江湖之远。也正是得益于清风朗月、林花春草的江山之助，他们陶然忘机，最终完成了冲淡平和的诗境。明代的王鏊曾在《震泽长语》中如此品评过王维的诗作："摩诘以淳古淡泊之音，写山林间闲适之趣。"① 这其实也道出了"冲淡美"在题材方面偏好山水林泉的特点。

朱英诞也认同"诗近田野，文近庙廊"的文学主张。在他看来，诗歌不应该负载政治内涵，如果要负载政治内涵的话，那就应该去写散文。所以，在对中国古典诗歌资源的指认上，他认为新诗要接续的，是被海外诗人所讥笑的"月明如昼"的特殊雅兴，而不是陆游"此身合是诗人未，细雨骑驴入剑门"这种抒发政治抱负的载道传统。由此，朱英诞的诗歌拒绝了对政治话语的指涉，山水田园、自然野趣成为他的诗歌的主要表现对象。"门前的一条小溪，一株桃花，一株杨柳，杨柳可藏鸟，以及对门的儿女的安居……这一切也无非是在一个乡土里的一首大诗。"②

他或者在小园中静观。他虽不动，但万物皆动：春花秋落，日月更替，飞鸟往复，呈现出一派勃勃生机，"春天的花落在秋天里，/小园里曾翩飞过秋天的月，/任凭鸟儿飞来，/衔一株草，一片花，/一点

---

① 王鏊撰：《震泽长语》，商务印书馆 1937 年版，第 30 页。
② 朱英诞：《读柳柳州后记》，《朱英诞集》第八卷，长江文艺出版社 2018 年版，第 446 页。

泥，一片叶/一个夜或一片雪……"（《小园》）；他或者在山林里行吟，听风吹拂大地，看日影斑驳变动，踩在润湿的泥土上，同自然万物冥合成一，"夏天是一首古诗/午后无人里/野风吹过门外了/它把阳光撕得粉碎/林间又平静又潮湿/我问着自己：/是否宁愿/永远这样的走着"（《散步》）。面对山水田园这种极淡、极静的事物，世俗的烦恼自然被忘却，诗人的感情多趋向平静，变得散淡。在《注我》中，朱英诞如是写道："诗人说，人世是一座病院/啊多么美丽/可爱的寓言！/新晴里我只得出门，走远/对自然觉出如珠玉在前。""人世是一场病院"，这实在是朱英诞在"家国两难"中的心酸人生体验的真情流露。而当人世已变得如此糜烂不堪，诗人便只好把治疗的希望寄托在自然之中。诗人虽然自言"不甚喜雨"，但属于自然气象的雨天依然能够令朱英诞感到宁静愉悦，"每到梅雨季来临/我感到宁静/我称赞我自己/没有劳扰岁月"（《雨天的诗》）。而在《芳草地》中，诗人更是顿感人世的重浊，希望投身于芳草地，以获得人生的解脱，"我渴望着和你在一起，/呼吸着同一的气息，/便如脱却了衣服，/我脱却了生命的重荷，/而在最纯洁的大气里，/延长我们的夏天到秋天"。

  值得注意的是，在朱英诞笔下，城市（北平城）并非是与山水田园相对，引人心浮气躁，汲汲利禄的喧嚣场所。相反，城市是一个特殊的"田野"，诗人"虽城居而有乡居之乐"，"当世界一旦支离粉碎如破镜了，我们可爱的古城该是仅存的一点陆地的影子吧？"[①] 这一方面是因为，在经济中心南移和"五四"退潮之后，北平不复有之前"风风火火"的局面，从而显出了冷清的古意，像是一座芜城；在另一方面则是由于，北平虽然山舒水缓，但毕竟还在号称"神京右臂"的西山的环抱里，且家家户户都有庭院，而院子里也大都种满了树。所以，对于乐山乐水的朱英诞而言，北平并不缺乏生存的空间。这是"一座山尾和平原之间的古老的大城"（《北京的小巷》），一座"阳光

---

① 朱英诞：《〈小园集〉序》，《朱英诞集》第八卷，长江文艺出版社2018年版，第11页。

充足的城,/碧绿的城"(《城中谣》),即使春雨骤临,那只会"于一刹之间,/把大街融化在绝对绝美的/神奇的狂欢里,也是一个/洁净空旷的世界里"(《春雨》)。因此,诗人即使走在《北平大街》上,也感到悠闲自得,安步当车,仿佛"步履如在家室"。较能体现这种城居而有乡居之乐的是他的《过司法部街》:

> 园中疏林又长满树叶,/再没有比这更美丽的夜,/幽囚的人如人的心啊,/但有窗的屋宇就看得见日月之升沉。//此外许多街道有古树多阴,/伸展着枝叶荫着街心,/每一条街巷看得见日月之升沉,/原无须危涕堕心。//只要到这大城就会变得/更好些,本来美丽就更美丽些,/飞机被两朵柳絮引着路,/不见得比那水鸟不更柔和。//我携带着女孩,/像太阳携带着月亮,/黑与白,啊月夜的柔和里,/一些人事缓缓经过心头。

在诗人的心中,这条城市的街道是亲近自然的,因为他目之所望的是庭院深深,疏林密叶,即使是看似与自然分隔的屋宇,却也因为有窗户,可以看到日月之升沉,而并没有完全与自然相隔绝。不仅如此,诗人由此及彼,很快就想到了这座古城的其他街道也是如此与自然相近。由此,诗人虽然身居城市,却体会到了乡居生活中的自然之乐。所以,他说"再没有比这更美丽的夜""只要到这大城就会变得,/更好些,本来美丽就更美丽些"。甚至,自己也是自然的一部分,"我携带着女孩,/像太阳携带着月亮"。于是任何忧虑杂思都变得缓慢,"一些人事缓缓经过心头"。缓慢,意味着冲淡。正如唐代皎然的《诗式》言"以缓慢而为冲淡"。① 总之,对朱英诞而言,北平城并非只是他实际生存的日常空间,而是作为一种特殊的"田野",成为诗人淡泊情志的寄托。

---

① 皎然著,周维德校注:《诗式校注》,浙江古籍出版社1993年版,第10页。

第三节　平易简约的诗歌形式

平易简约可以说是冲淡诗风外在形态上最为显著的特点。冲淡美之所以是一种平淡之美、浅易之美，这与它的外在形式上的平易、简约有着密切的联系。就朱英诞的诗歌而言，其平易简约的外在形式可以从日常的语言、散文的句子以及短篇的体式上分而论之。

首先，在词语的选用上，朱英诞不避常语，大量地把日常语言纳入诗歌的写作中。但是，在具体使用上，朱英诞又十分注意对日常语言进行提炼、加工，"我的意思仿佛说诗总要有诗的文字，这固然不成问题，但诗的文字不一定就在花里胡哨的辞藻，巧言常语都可以入诗，倒是要看诗人怎样用法要紧"。[①] 这在吸收了日常语言鲜活、生动的同时，也很好地避免了日常语言浅俗、直露的缺点。比如在这首《雪》："无叶树开出花儿朵朵／冬来才有的厚意的路啊"中，朱英诞以"无叶树"来称说因天寒而脱落树叶的"秃树"。"无叶"和"秃"二词背后都没有蕴藏着什么历史文化内涵，都只是平实易懂的白话词语。但是，相对直接表意的形容词"秃"而言，朱诗所用的"无叶"一词是由存现动词"无"和名词"叶"组合而成，这就使"无叶"一词具有了与意象（"叶"）相连的特点，从而获得了突出意象本身的效果，极富形象感，诗意的表达也因此变得更为委婉含蓄。朱英诞由此就超越了早期白话诗人过于追求语言的明白易懂而导致诗歌缺少韵味的弊端。此外，朱英诞还把口语词中的语助词如"着""了""呢""呵""啊""吧"等直接入诗，使诗歌语言极具口语化色彩。像"用彩笔描摹吧，／当梦着江南的时候。"（《老屋》）"夜来我听见'落雪'了。／山鸟在哪儿停落呢？"（《幻想》），都有着口语娓娓道来的亲切感。

其次，在诗歌句法上，朱英诞主张打破韵律的束缚，以散文写诗。

[①] 朱英诞：《刘大白的诗》，《朱英诞集》第十卷，长江文艺出版社 2018 年版，第 6 页。

"以散文写诗"是朱英诞坚持一生的诗艺追求和诗艺总结。"待到自己作诗，着手伊始便采用了现代文体，这也就是说：用散文来写诗。……以上寥寥数语，以后的半个世纪的岁月便都是它的注记。"① 而所谓"以散文写诗"，就是用符合现代人思维方式的现代语法来组织诗歌的词语。在中国古典格律诗歌中，各种语法关系相对灵活，具有跳跃性，词语的连接主要依靠语义，因而就缺少散文语法中的逻辑性和细密性。比如："鸡声茅店月，人迹板桥霜。"（温庭筠《商山早行》）"骏马秋风塞北，杏花烟语江南。"（虞集《风入松·寄柯敬仲》）词与词之间的连接完全是依靠读者的想象，虽然富有画面感但并非散文的句子。而真正散文的句子，要求句子的各项语法成分，要根据语法规则组织搭配，不能出现倒置的情况，更不能出现省略句子的核心成分即谓词，直接成句。若以形态论之，现代汉语主要句子形态为主谓句，即主语+谓语（谓语可由动词、形容词或动词短语、形容词短语充当，在少数的几种情况下，名词也可以充当谓词），其他的定语、状语等按需要插入句子。朱英诞很多诗都能体现他以散文写诗的主张。如《寒夜》："一个雪后冷晴的日子，/傍晚五点钟，我归来/独自享有/沉静、炉火和寒冷。"从语法的角度来分析，"一个雪后冷晴的日子""傍晚五点钟"是时间状语置于句首，"我"是句子的主语置于时间状语之后、动词之前，"归来""独自享有"则是两个具有先后关系的动词，顺次排列，置于句中主语之后，"沉静、炉火和寒冷"则是一组并列的宾语，置于句子动词之后。句子的各项语法成分完整不残缺且排列顺序也与人的思维表达习惯相同，读来没有拗口之感，意义流动自然清晰，也无费解之处。

最后，从艺术体裁来说，朱英诞多短诗，而非鸿篇巨制。诗歌篇幅的简短，降低了读者的阅读难度，诗歌也就易于显出质朴平实的风貌。朱英诞除却一首长诗《远水》之外，大部分诗作是短诗。以他在1935年出版的第一本诗集《仙藻集》为例，全集一共31首，除了

---

① 朱英诞：《〈塔影集〉序》，《朱英诞集》第九卷，长江文艺出版社2018年版，第249页。

《海（二）》三节 12 行，《枕上作》单节 11 行之外，剩余的 29 首诗都是不超过 10 行的单节或是双节的短诗。再如朱英诞在 1941—1946 年春所写总题为《夜窗集》的诗稿，共有 692 首，其中诗行在 10 行以上的有 161 首，仅占全集的五分之一左右。朱英诞在诗歌体裁上的特点可见一斑。究其原因，诗歌是语言的精粹，要求以最少的语言表达最为丰富的内涵。诗行的增加，就意味着诗歌内容的扩大。所以，长诗大篇，往往有着比短诗小句更为深广丰厚的内容，要处理好这些内容，诗人不得不苦心经营，认真构思。如杜甫《自京赴奉先县咏怀五百字》全诗分为三个部分，千回百转，沉郁顿挫，极尽构思之能事。而冲淡之诗是得之于自然。诗人应会感兴，来之不可遏，去之不可止，感受之深则多写，感受之浅则少写，不讲经营，但求自然。所以，也只有短章小诗才最为适宜承载这种即兴而来的诗意。胡应麟的《诗薮》也说陶、王、孟、常等冲淡诗家，"宜短章，不宜伹什；宜古选，不宜歌行；宜五言律，不宜七言律"。①

第四节　淡而有味的诗美意蕴

如前所言，冲淡美不只是要求着"淡"，假如只有"淡"的话，那就是寡淡无味，只是一种枯槁，这样的美学形态是毫无生命力可言的。冲淡的实质应该是淡而有味，淡者屡深，于寻常处发现不寻常，在朴实平淡的题材和内容之中寄托深远的情致。正如苏轼论陶诗所谓，"质而实绮，癯而实腴"（《与苏辙书》）、"外枯而中膏，似淡而实美"（《评韩柳诗》）。就朱诗具体创作技法而言，用典使事和超常的词语搭配是朱英诞用以表达丰富诗意的主要技法。

用典使事，是一种浓缩型的叙事抒情方法，在寥寥数字之内就能传递丰富的情韵和旨意。所以，如果典事运用得恰当的话就能够增加

---

① 胡应麟撰：《诗薮》，上海古籍出版社 1958 年版，第 24 页。

诗歌的深度、厚度和力度。在中国古典诗歌中，许多冲淡诗家也擅长运用典事。以陶渊明诗歌为例，陶诗现存一百二十余首，用典的诗作占了相当大的比例。有论者就曾做过统计，发现"陶诗用事，《庄子》最多，共四十九次，《论语》第二，共三十七次，《列子》第三，共二十一次"。① 陶诗名句"采菊东篱下，悠然见南山"（《饮酒》）中的"南山"就是暗用了"商山四皓"的典故②。并且，陶渊明因其人格的高洁，其诗其人，早就成了中国传统文化中的一个典型象征，后代冲淡诗人多写陶、和陶、赞陶来抒发自己的淡泊情怀。再如，王维、孟浩然也常常引用隐逸典故来抒发自己的冲淡情志，"即此羡闲逸，怅然吟式微。"（王维《渭川田家》）、"鹿门月照开烟树，忽到庞公栖隐处"（孟浩然《夜归鹿门歌》）都是善用典故的佳作。

朱英诞也十分重视典事的作用，他曾言："假如我是诗人，我便将禹拜昌言地说，我不但崇拜李商隐，我还想：一定要把'獭祭鱼'法发扬光大，我却一点不为他担惊害怕。"③ 此处所言"獭祭鱼"当然不是指生吞活剥、盲目堆砌、刻意求奇的用典方式，朱英诞真正倾心的用典，还是李商隐诗歌中妥帖和谐、恰到好处的自然用典。在《新诗讲稿》中，他评价林庚诗歌的用典是"来得正好，增加力量"。④ 可见，朱英诞强调的用典是自然而来，是诗人经验才学的自然流露，也是诗歌浑融内容的有机组成，唯其如此，才能给诗歌增加言之不尽的力量。具体到创作实践而言，朱英诞的不少诗歌便是如此"来得正好，增加力量"自然用典的佳作。如这首《秋深的园子》"满载着海棠果和枫叶的/我爱你的一枝荫数国；/秋深了，金风四起，/我喜欢倾听杨柳变鸣禽"。其中的"我喜欢倾听杨柳变鸣禽"很明显是脱胎于谢灵运的"池塘生春草，园柳变鸣禽"（《登池上楼》）。谢灵运原诗是通过自然景物的微妙变化，"春草生""鸣禽变"，来传递出冬去春

---

① 朱自清：《陶诗的深度》，《朱自清书评集》，古吴轩出版社2018年版，第96—97页。
② 详见康保成《试论陶渊明的"四皓"情结》，《中国文化研究》2004年第1期。
③ 朱英诞：《低调（随笔）——〈白小集〉代序》，《朱英诞集》第九卷，长江文艺出版社2018年版，第233页。
④ 朱英诞：《春野与窗》，《朱英诞集》第十卷，长江文艺出版社2018年版，第227页。

第四章 朱英诞诗歌的冲淡诗风

来的节气转变。朱英诞也正是在此意义上使用该诗典，深秋来临，园子里尽显一派秋色，果实满枝，树叶茂密成荫，甚至，连鸟鸣声的种类都发生了变化。面对此情此景，诗人不禁喃喃道："我喜欢倾听杨柳变鸣禽。"这是跨越千年的诗意传递，也是古人和今人诗心的交会。于是，古与今的时间通道和空间界限一下子就被打通，诗歌获得了类似于"原型"的力量，是千万个人在说话，艺术表现力也因此得以增强。

　　超常的词语搭配是朱英诞又一表达丰富诗意的手段。所谓的超常的词语搭配，实际上就是把日常语言进行"陌生化"处理，将看似毫无联系而实际上确有联系的词语组合到一起，从而增加读者的阅读难度，逼迫读者克服日常的惯性思维方式，去追索不合理的词语搭配的合理性，最终获得在日常语言中不能得到的诗意。这是诗人对诗意敏锐感知能力的体现，也是诗歌艺术张力的表征。在中国古典诗歌中，超常的词语搭配其实也不鲜见，所谓的"炼字"其实也是强调语言搭配要独一无二。陶渊明便是一个"炼字"的高手，陶诗"平畴交远风，良苗亦怀新"（《癸卯岁始春怀古田舍·其二》）、"霭霭堂前林，中夏贮清阴"（《和郭主簿·其一》）、"日暮天无云，春风扇微和"（《拟古·其七》）中的"亦""贮""扇"都十分精警，拓展了诗美空间。

　　就朱诗而言，朱英诞诗歌中的超常的词语搭配有三种情况。一是抽象词语和具象词语的搭配，使具体的事物带上了玄妙的特征，神秘的思想则有了可感的状态，由此就形成了一种既模糊又具体的虚实相接、真幻交会的诗歌境界。如这首《茶》："北京的大街，天外黄昏来临，/家家盛开了'四点钟'，/将是你晚间的客人。"盛开本是一个具体的动词，一般用来搭配同样具有具体属性的事物花朵，朱英诞却用来搭配一个抽象的时间名词。而且，这个时间名词居然还能成为客人，这仿佛让时间有了具体的形态，但是读者无法把这种形态更近一步地具体化。这种用法就导致了现实和虚构的语言界限的拆解，语言被迫放弃了对现实的指涉而具有了自指性，诗境也因此得以扩大。这与卞之琳的名句"友人带来了雪意和五点钟"的诗意是一样的。二是有生命词语和无生命词语的搭配，让原本无知无觉的事物有了生气，栩栩如生。这也就是修辞学中的拟人。例如:"残照在废墟上散步,/海风栖止在蜗牛的行迹上,/谁呀大跨步地走路,/不要吵醒美丽的秋睡。"(《残照》)残照居然能像人一样散步,海风并非只是由于气压差导致的客观现象,而是能够有意识地栖止,秋天更是可以睡觉。这些非人的事物都仿佛通灵一般,使人读之亲切可感,形象生动。三是不同感觉的词语的搭配,造成了人的听觉、视觉、嗅觉等不同感觉互相打通、彼此交错,给读者以无限联想。这也就是修辞学中的通感。"鸟儿的歌,像一条河/横在我的眼前了。"(《日出》)中,歌声本来是一种听觉,却用视觉意象"一条河"来描述,甚至还能够横在眼前,听觉和视觉就此并置、腾挪,这就把读者引入了一种神秘的境界。在此之中,读者暂时失去了理性思考的能力,无法分辨究竟是何种感觉在起作用,脑海中只有一种错综复杂的感觉。而这是一种非理性的直感体验,是心与物的直接交会,是言之不尽的味外之旨。总之,朱英诞借抽象词语和具象词语、有生命词语和无生命词语、不同感觉的词语的超常搭配,极大地发挥了语言的弹性与张力,增加了诗歌的密度与厚度。

第五节 朱英诞冲淡诗风与古典诗歌传统

艾略特曾这样论及诗人创作与文学传统的关系,"他的作品中最好的部分,而且最具有个性的部分,也就他的先辈们,最有力表现了他们作品之所以不朽的部分"。[①] 这段话表明了作家的文学创作并非无根之源,若李白诗云"黄河之水天上来"。在作家的审美趣味背后,其实都潜藏着作家所接受的深厚文学传统。"冲淡"之于朱英诞则更不例外,他常称:"我是东方古中国黄河流域文明的现代人。"[②] 朱英

[①] [英] T. S. 艾略特:《艾略特文学论文集》,李赋宁译,人民文学出版社2019年版,第2页。

[②] 朱英诞这一自称遍见于他的散文作品。仅在《朱英诞集》第八卷中,就有《几句"杀风景"的话(代序)》《〈花下集〉题记》《读柳柳州后记》等十余篇出现过这一自称。

第四章 朱英诞诗歌的冲淡诗风

诞是毫不掩饰自己对传统的珍视的。

一是陶渊明超然精神的影响。在中国古典诗歌史上，陶渊明可谓冲淡诗风的代表人物。正如《皋兰课业本原解》所言："此格（指冲淡）陶元亮居其最。"这是因为，冲淡诗风的产生是基于作家洒脱超然的心境。作家唯有保持澄明淡泊，才能与平常闲适的景物发生耦合，写出冲淡的诗来。作为"古今隐逸诗人之宗"，陶渊明的精神气质正是洒脱超然。有不少诗人写诗是在热血沸腾、慷慨激昂无法遏制之际的一吐为快，这也就是所谓的愤怒出诗人。陶渊明却不然，他总是在超然、悠然的心境之下写诗的，他的许多代表作如《归园田居》《归鸟》《饮酒》《杂诗》，都是在这种心境下写出来的，其中自有一股超然的气度和透彻的力量。如《杂诗》第一首："人生无根蒂，飘如陌上尘。分散逐风转，此已非常身。落地为兄弟，何必骨肉亲！得欢当作乐，斗酒聚比邻。盛年不重来，一日难再晨。及时当勉励，岁月不待人。"[①]开头四句陶渊明揭示了人生如尘埃一般缥缈无定的悲剧命运。但点明悲剧并非陶渊明的中心意旨，所以，中间四句就转入了对悲剧因素的消解：不必拘泥于血亲关系，近邻便可如亲兄弟一般"得欢作乐"。最后四句则是更进一步地自勉勉人：人生虽然无定，但是人更应该珍惜时间，抓紧努力。全诗由悲剧起头，却以消解悲剧收尾，展现了陶渊明的澄明通脱的心境。

对出身于书香门第的朱英诞而言，陶渊明是他的"家学"。他从小便看着他父亲捧读着"苏书陶集"；《桃花源记》是他的文学启蒙，他的"窗课"；等他再大一点，他阅读的第一本诗人专集就是《陶渊明集》。并且，同陶渊明一样，朱英诞所处的时代也是一个动荡不安的时代。身处乱世，朱英诞体悟到的是"苟全性命于乱世"的狼狈、是"大时代的小人物"的无奈。于是，在长年阅读体验和相似的时代背景的共同作用下，朱英诞对陶渊明的超然通脱是有着很深的体悟、很强的共鸣的。"我尝想，人生一世也许不过是一个实验而已，而在

[①] 陶渊明著，曹明纲标点：《陶渊明全集》，上海古籍出版社1998年版，第23页。

陶渊明，澹然不生嗔可也。虽生与死都出之游戏地对待……"①朱英诞也确实从陶诗中获得了超脱的能力、淡泊的胸怀。面对人生中诸多不顺，朱英诞总是能素然处之，待之以平常。寻访老友不遇本是一件令人沮丧的事情，在朱英诞这里却是，"当我隔了玻璃窗探视时，/那些旧家具是一些安静的伴侣，/它们似乎一点儿也不寂寞，/于是我平静地回来"（《访废名不遇》）。望见家具的安静，诗人的内心也趋向了平静，心中的寂寞感也就得到了排解。生病原是一场身心的折磨，然而，久居静室休养的朱英诞却不以为苦，反感到"病有病福"，"静室里是黄草的天涯，令人念生活简单之可爱"（《病中的一念》）。朱英诞是如此的坦然，甚至死亡都不会让他惊惧，"死亡是这么美丽"（《西沽春游》），"死，这不过是一个/开始，像美丽的星云"（《过露筋祠》）。死亡等同于"开始"，意味着"美丽"，这就弱化或者说消解了死使鲜活生命走向消亡的悲剧色彩。而当访友不遇、疾病、死亡等诸种人生不顺遂都被超越之后，诗人澄明淡虑，心中也就只剩下了诗。他也像陶渊明一样"常著文章以自娱"，诗歌成为他的"桃源"，他的精神寄托。所以，朱英诞虽然反复地说着："这是我的最后一本小集了"②，但他还是不停地写下去。时间跨越五十年，数量超过三千首。诗歌点缀了朱英诞的一生，是他"生命的四季"。他平生少梦，也不胜杯酌，却言"以梦为诗""以诗为酒"，在诗歌当中，他获得了如梦如醉般的超脱。

二是宋代"冲淡"诗学的影响。宋代的"冲淡"诗学是影响朱英诞冲淡诗风形成的又一古典因素。宋代是冲淡美的鼎盛时期。宋人对冲淡之美的认识大体承袭了晚唐司空图的冲淡诗观，却更进一步地揭示了冲淡美的独特审美价值。在宋人看来，冲淡之美积淀着作家深厚的艺术功力，是艺术创作达到成熟的标志。以对陶渊明的接受为例来

---

① 朱英诞：《跋废名先生所作序论——跋废名先生手稿》，《朱英诞集》第八卷，长江文艺出版社2018年版，第308页。

② 朱英诞的这一想法也是遍见于他的散文作品。仅在《朱英诞集》第八卷中，就有《深巷集》题记（民廿四年冬）《〈楼居集〉序》《"人的剩余"——〈积雪集代序〉》等十余篇出现过这一想法。

第四章 朱英诞诗歌的冲淡诗风

说明宋人对冲淡之美的认识。前代论者对陶渊明的接受多在其人品，而非诗品。比如杜甫就曾说"观其著诗集，颇亦恨枯槁"（《遣兴五首·其三》）。然而，宋人对陶渊明的接受是诗品与人品全方位的认同。在宋人的眼里陶渊明不只是一名"隐逸高士"，更是一名伟大的文学家。钱锺书在《谈艺录》中就曾指出："渊明文名，至宋而极。"[①] 这是因为，宋人发现了陶诗的冲淡并非意味着寡淡无味，而是几经淘洗锤炼，藏巧于拙，化深为浅。南宋词人葛立芬以为："大抵欲造平淡，当自组丽中而来，落其华芬，然后可造平淡之境。"[②] 这段话揭示了这一辩证关系："绚烂"与"冲淡"并非截然对立的关系，"绚烂"其实为"冲淡"之始，只有绚烂之极，才能归于冲淡。这也就是苏轼所说的："大凡为文，当使气象峥嵘，五色绚烂，渐老渐熟，乃造平淡。"[③] 可见，冲淡之美，并非一种不讲文饰的粗糙，而是一种返璞归真的纯熟。由于冲淡美具有如此独特的审美价值，宋人将冲淡之美标举为最高、最难以企及的审美境界。梅尧臣诗言："作诗无古今，唯造平淡难。"（《读邵不疑学士诗卷》）刘克庄也说："平淡，诗之极至，所谓中庸不可能者。"（《宝谟寺丞诗境方公行状》）

朱英诞对由宋人所揭示的冲淡美的审美价值有着深刻的认识。他曾言："我自己倒很怀念一条贯穿于从汴宋到杭宋之间的潜伏的规律：'凡诗须做到众人不爱，可恶处，方为工。'"[④] 这里所谓的"不爱""可恶"的论诗标准，指的是宋诗褪去了唐诗"讲求格律""重视情韵"的特点，从而显露出了"冲淡"的风貌。基于此，他同样把冲淡之美看作诗歌创作的最高境界。朱英诞指出，诗歌是一种语言的艺术，所以，"自然要致力于语言文字，这是诗的先天性；但是，通过语言文字是一种方法；还有另外的第二种方法，那就是致力于如何取消语言文字，弃之为刍狗。致力于它是为了消灭它，而写出

[①] 钱锺书：《谈艺录》，生活·新知·读书三联书店2007年版，第217页。
[②] 葛立芬：《韵语阳秋》，上海古籍出版社1984年版，第6页。
[③] 朱立元主编：《艺术美学辞典》，上海辞书出版社2012年版，第612页。
[④] 朱英诞：《对过去的鸟瞰——我的自白》，《朱英诞集》第九卷，长江文艺出版社2018年版，第14—15页。

诗来"。① 朱英诞这一认识表明，此处所言的两种方法并非两条平行的、都可以通向真正的诗歌的道路，而只是一条道路的两个阶段，取消文字，归于素朴是其中更为高级的阶段。唯其如此，才能写出诗来。这是朱英诞多年写诗经验的总结，也是他以冲淡之美为高的表征。正是出于他对"冲淡"的这种认识，朱英诞后来才近乎自悔少作地说："我想，如果我以后还能写诗。我会写得简单些、质朴些，不会要这么'怪丽'，这样沉醉于浪漫主义的气息里地写着了：我想，这是一定的。"② 朱英诞也确乎是如此实践的。比如，他的第一部诗集名为《无题之秋》，这一"流于怪诞"的诗题。他后来就改成了《仙藻集》，仙藻，菊花的别称，语出于唐代文士李迥秀诗句"仙藻丽秋风"，不论是诗题的内涵，还是诗题的出处都是相对确定，有迹可循。这一转变正是朱英诞对自己早年有过的"怪丽"诗歌活动的修正。

值得注意的是，朱英诞毕竟是生活在东西交会、古典与现代交融历史大背景下的"现代人"，因此，欧风美雨对朱英诞冲淡诗风的影响我们也不可忽略。卢沟桥事变之后，朱英诞对"东方"的一切起了怀疑，于是开始走上了一条"比较的道路"，积极从西方文化中借火。只是，"蚁行磨上，欲西反东"，朱英诞向西学的靠拢最终还是导向了对于东方文化的回归。所以，朱英诞对于西方文化的接受始终是以中国古典传统为根底的。在欧美诗人中，叶芝是朱英诞较为看重的诗人。朱英诞曾明确地表达过，他喜欢叶芝的诗和他的理论。这是因为，叶芝的诗和理论与中国的"冲淡"美学有着异曲同工之妙。比如：叶芝"把诗写得'不诗似的'"的主张，朱英诞就常常将其与宋人的"冲淡"诗学联系到一起。而叶芝所谓的"当举世高唱理由与目的的时候，好的艺术是清净无邪的"，则更是让他想到了中国自古就号称"烟水国""山水窟"，一直有着发达的山水诗传统。可见，立足于中国古典诗歌传统是朱英诞接受外来文学传统的必要前提。

---

① 朱英诞：《〈瑾花集〉代序》，《朱英诞集》第九卷，长江文艺出版社2018年版，第165—166页。
② 朱英诞：《冬天的话》，《朱英诞集》第八卷，长江文艺出版社2018年版，第146页。

要之，不论从诗学理论层面还是从诗歌创作层面，朱英诞都深深地服膺于冲淡之美。而这种对于冲淡之美的服膺，显示出了朱英诞的新诗与中国古典诗学传统的深厚联系。这说明中国古典诗学传统仍旧有着强大的生命力，能够为中国新诗的发展提供源源不断的养分。

（与周功耀合作）

第五章　朱英诞新诗与宋诗理趣传统

中国古典诗歌传统以抒情、言志为主，如《尚书·尧典》道"诗言志，歌咏言"，再如"诗者，吟咏性情也"①。然而，另一种诗歌路向的传统，亦是古已有之，这就是哲理与诗歌结合的哲理诗，它多以生活经验为内容，以断章警句形式存在。这类"以理入诗"，在诗歌中发表议论、讲述道理的哲理诗，作为一种文人诗范式的形成到发展成熟，大概经历了三个阶段：其一，魏晋时期，玄学发达，以阐释老庄和佛教哲理为主要内容的玄言诗蔚然成风；其二，南北朝时期，随着佛教的盛行及译经影响的日益扩大，参禅悟道的道释诗盛行；其三，有宋一代，理学思潮形成。在好理尚辩、格物致知的时代风气影响下，经梅尧臣、欧阳修、王安石、苏轼、黄庭坚等人的大力提倡和实践，古代哲理诗发展至一个高峰，理趣诗成一代之大观，对后世影响深远②。及至现代，"以理入诗"依旧深刻地影响着新诗的建构。强调思想解放与启蒙的"五四"时代，孕育了早期白话诗强烈的理性色彩，朱自清曾总结道："新诗的初期，说理是主调之一。新诗的开创人胡适之先生就提倡以诗说理。"③ 随后以冰心、宗白华等为代表的"小诗体"兴起，寄寓哲思，表达诗人刹那的感兴。继之者还有冯至对"诗情哲理化"的追求，以及20世纪30年代现代派诗人中，卞之琳、废

---

① 严羽著，郭绍虞校释：《沧浪诗话校释》，人民文学出版社1983年版，第26页。
② 阎福玲：《禅宗·理学与宋人理趣诗》，《中州学刊》1995年第6期。
③ 朱自清：《诗与哲理》，《朱自清全集》第2卷，时代文艺出版社2000年版，第701页。

名等创作的更为成熟的"新的智慧诗"①。与此同时,隶属于"废名圈"②的京派代表性诗人朱英诞,在取法中西方诗学传统时,尤重"以理为主"的宋诗,"我尝以为宋诗乃是中国诗的成熟,仿佛宋人写诗是比较冷静,不是那么热忱的样子,诗人们可以细细琢磨地写"③。他在诗歌的田野里,潜心 50 年默默躬行着他的现代智慧诗创作与研究,给我们奉献了 650 多万字的硕果——十卷本《朱英诞集》(长江文艺出版社 2018 年版)。

第一节 宋诗"理趣"内涵与朱英诞现代诗观

宋理趣诗作为古代哲理诗发展的突出代表,有其独特的发生语境、特定的概念意义和别具一格的美学呈现。朱英诞的现代智慧诗创作,以开放的格局与视野,吸纳了中国古典诗学"以理入诗"的传统与西方现代派的知性诗歌资源。其中,强调机智妙悟的宋诗理趣传统,影响着朱英诞"寓理于真"的新诗探寻之路的形成。

一 机智妙悟的宋诗"理趣"内涵

"理趣"一词初见于唐代释典,后由禅学引入诗学,自两宋起专用于评点哲理诗作的哲理意趣与诗学美感④。包恢于《答曾子华论诗》一文中道:"盖古人于诗不苟作,不多作,而或一诗之出,必极天下之至精。状理则理趣浑然,状事则事情昭然,状物则物态宛然。"又如李涂《文章精义》言:"选诗惟陶渊明,唐文惟韩退之,自理趣中

---

① 柯可:《论中国新诗的新途径》,许霆:《中国现代诗歌理论经典》,苏州大学出版社 2008 年版,第 304 页。
② 朱英诞在北大的新诗讲义《现代诗讲稿》中,提及"废名及其 circle"该文主要将程鹤西和沈启无纳入"废名圈"。本书同时参阅了陈均《朱英诞琐记——从〈梅花依旧〉说起》(《新文学史料》2007 年第 4 期)中的观点,即泛指受废名诗论影响的一批诗人。
③ 朱英诞:《〈新杂兴集〉自序》,《朱英诞集》第八卷,长江文艺出版社 2018 年版,第 88 页。
④ 陈文忠:《论理趣——中国古代哲理诗的审美特征》,《文艺研究》1992 年第 3 期。

流出，故浑然天成，无斧凿痕。"

但是何谓"理趣"，古人缺乏确切的说明。"理"，形声字，从玉，里声。本义为治玉，《说文·玉部》："理，治玉也。"引申义为治理、料理，《广雅·释诂三》："理，治也。"《淮南子·时则》："理关市，来商旅。"引申之又有条理、纹理、事情的道理、事物之普遍规律等义①。延及两宋，"理"成了"理学"的核心观念，用以指世界的精神本原。《朱子语类·理气上》："未有天地之先，毕竟也只是理。有此理，便有此天地；若无此理，便亦无天地，无人无物。""理趣"之"理"，古时多取其狭义，一般指玄学之理、禅学之理或理学之理等；而如今多从广义论，也包括一般的道理、哲理。

"趣"，是中国古代另一重要美学范畴，它主要指意趣、风致、兴味、情致等，"鲜活的生趣和蓬勃的生气，确是'趣'的精神所在"②。"趣"是至高的艺术境界，细分下来，有诸多具体内涵与表现形态③，如"生趣""机趣""谐趣""奇趣""天趣""远趣""拙趣""雅趣""禅趣""理趣""情趣"等。"理趣"不仅仅是内在于文学作品中的一种风格与特色，它有时也外化上升成为审美主体的人生追求和处世准则。周裕锴指出，"宋人论'趣'的两种主要走向：一种是追求'谐趣'，探究如何使用'反'与'合'对立统一的艺术辩证法来获得幽默新颖的美学效果；另一种是追求'理趣'，探究如何使人生审美化，使哲学诗意化，力图创造出融化了道德感受、哲学认识的艺术境界。而这两种'趣'之间，又往往有由艺进道，由道返艺的相通"④。

在上述"趣"中，"'理趣'是古典诗学关于哲理诗的最高美学范畴"⑤。阎福玲认为，"理趣诗是哲理智慧与诗趣巧妙结合的产物，是

---

① 《汉语大字典》编辑委员会：《汉语大字典》第2版，长江出版集团、崇文书局、四川出版集团、四川辞书出版社2010年版，第1194页。
② 陈文忠：《论理趣——中国古代哲理诗的审美特征》，《文艺研究》1992年第3期。
③ 李旭：《论"趣"的美学特征和表现形态》，《学习与探索》2000年第4期。
④ 周裕锴：《宋代诗学通论》，上海古籍出版社2007年版，第317—318页。
⑤ 陈文忠：《论理趣——中国古代哲理诗的审美特征》，《文艺研究》1992年第3期。

'赋物以明理'之作"①。陈文忠从创作实际出发，归纳了"理趣"的四个特征：生趣盎然的形象性、即物即理的契合性、审美感悟的直接性、机趣洋溢的智慧性②。在此基础上，我们认为，"理趣"是指哲理诗中，创作主体将独特的情感体验与智性思考蕴含在诗歌感性观照和形象描写之中，再经由审美主体直观妙悟所得的一种生动鲜活、趣味盎然的智性美。最重要的是，情、理、趣只有达到一种和谐的平衡，理融于趣，趣合乎理，情理俱胜，妙合无垠，才能称之为"理趣"。

"唐诗多以丰神情韵擅长，宋诗多以筋骨思理见胜。"③ 理趣诗作为宋诗突出的诗歌品类，它的盛行有着独特的历史语境与文学诉求。宋代处于中国历史上衰弱动荡的封建社会后期，内忧外患不断，不复汉唐以来的雄伟气象，国运的衰颓奠定了宋人文化性格上进取心衰弱和伤感脆弱的基调，诗人多将对外在事功的追求，转而为对内心精神世界的探索。宋代理学的盛行，融合了儒、释、道三家思想，影响了格物致知、辨物明理社会风气的形成。宋代诗人秉承时代所赋予的明心见性的内省态度和睿智静穆的理性精神，上承玄言诗、禅理诗等哲理诗创作，又积极响应韩愈等文人"以文为诗"等文学主张，由此开启了"以理为主"的理趣诗创作的一个新时代。

二 "寓理于真"的朱英诞现代诗学观

1935年，林庚曾在给朱英诞的《仙藻集》作序时，谈到了当时诗坛的现状与危机：自由诗的写作虽已成为风气，但许多人对"自由诗"的理解局限于将形式自由的诗视为自由诗，新瓶装旧酒的现象依然处处可见。如何进一步完善新诗是时代留给当时诗人的任务。在朱英诞所身处的北平诗坛，以废名为代表的部分现代派诗人，积极回望传统，掀起了"晚唐诗热"，废名称其早期新诗为"六朝晚唐诗在新

---

① 阎福玲：《禅宗·理学与宋人理趣诗》，《中州学刊》1995年第6期。
② 陈文忠：《论理趣——中国古代哲理诗的审美特征》，《文艺研究》1992年第3期。
③ 钱锺书：《谈艺录》，商务印书馆2011年版，第7页。

诗里复活也"①。朱英诞不仅师法晚唐，还对宋诗理趣传统青睐有加，"我还有一些偏爱，即以理识为诗"②。受之影响，朱英诞形成了"寓理于真""景理相惬"③的诗学旨趣。

其一，求作"真诗"。"真诗"是朱英诞诗论的核心。中国古典诗论讲究"诗贵真"（陆时雍《诗镜总论》），如刘勰主张"酌奇而不失其贞，玩华而不坠其实"（《文心雕龙·辨骚》），申涵光谓"诗之精者必真。夫真而后可以言美恶"（《聪山诗文集》），袁枚认为"诗难其真也，有性情而后真"（《随园诗话》），等等。南宋理学家、文学批评家包恢也对诗之"真"有专门的理论阐发，与朱英诞的"真诗"观多有暗合之处，两者突出强调了诗歌思想内容、情思体验表现之"真"。包恢认为"真实"是诗的重要品质，它包含情志感发之真，"果无古书则有真诗，故其为诗多自胸中流出，多与真会"（《石屏诗集序》），也囊括践行体验之真，"永嘉赤诚之台雁，古刻会稽之岩壑，钱塘武林之湖山，天下山水之佳处也。非身亲履，目亲见，安能知其真实。若直坐想而卧游，是犹观图画于纸上尔，然真实岂易知者。要必知，仁智合内外，乃不徒得其粗迹形似，当并与精神意趣而得，境触于目，情动于中，或叹或歌，或兴或赋，一取而寓之于诗，则诗亦如之，是曰真实"（《书吴伯成游山诗后》）。

朱英诞强调诗歌对客观世界的观照。新鲜真实是朱英诞诗的本色，也是朱英诞倡导的"真诗"的主要内涵④。朱英诞认为新诗是即兴的，注重把握当下。诗人因为对当下的生活有了鲜活生动的真实感受才写诗，诗是诗人在随兴所至的情境下创作的富有新鲜诗情的诗作。"每一首诗与另一首诗不同正如人事之在明日与今日不同是一样，每首诗的内容与形式虽相似而不相同，这才是真正的自由诗的风格，也就是

---

① 朱英诞：《〈小园集〉序》，《朱英诞集》第一卷，长江文艺出版社2018年版，第208页。
② 朱英诞：《跋——疾苦的药石》，《朱英诞集》第八卷，长江文艺出版社2018年版，第118页。
③ ［日］遍照金刚：《文镜秘府论》，人民文学出版社1975年版，第43—44页。
④ 王泽龙：《论朱英诞的诗》，《文学评论》2017年第6期。

今日新的诗与已往任何别一方面不同的诗的性德。"① 新诗追求诗情的充沛与鲜活，不可像旧诗一样在形式的刻意雕琢中损害诗的内在的新鲜真实的本色。他指出，新鲜真实的真诗是自我体验与普遍人生经验的融汇。诗人认为，传统旧诗普遍较缺乏"我"的存在，即便有，也常常局限在"诗人胸中的一块小天地"；新诗之为新，它还具备旧诗没有的广阔视野与自信气度，由一己之我，表现他人，"诗人个人独到的经验，同时人人能得其传达"②。朱英诞的老师林庚也指出："创作第一要忠实……不过在一种草创时期，为要求诗人们能把全部精神注意在表现的忠实上。"③

其二，"寓理于真"。包恢与朱英诞在看待"真"与"理"、"理"与诗的关系上，既有联系，也有区别。"真"是包恢诗论中诗歌创作中的一种重要艺术准则，也是他在《答傅当可论诗》中极力称赞的"诗家者流，以汪洋淡泊为高"中真实而自然的美学因素。至于"理"，更多的是其理学思想在诗学领域的投射。他虽有谈及"理趣"，强调的却是诗歌创作应浑化无迹，达到自然天成的审美效果，如"盖古人于诗不苟作，不多作，而或一诗之出，必极天下之至精。状理则理趣浑然，状事则事情昭然，状物则物态宛然，有穷智极力之所不能到者，犹造化自然之声也"（《答曾子华论诗》）。朱英诞的"理"，指智慧哲思，他认为智慧是诗的本质与重要内容，"也许诗本质上是智慧的，我们不像抒情诗必须沉睡与沉醉那样依赖韵律，就可以知道，诗用散文来写就好，写出来却并非散文，而是真诗"。④ 他所讨论的"智慧"，是一种植根于社会历史广泛生活的普泛之"理"，"我的诗中实在缺乏什么显著的思想作为背景"⑤，它潜存于诗人智识中的认知与思考，源于其对社会文化以及自然造化本身的长期接受与感悟。"理"

---

① 朱英诞：《废名及其诗》，《朱英诞集》第十卷，长江文艺出版社2018年版，第182页。
② 朱英诞：《废名及其诗》，《朱英诞集》第十卷，长江文艺出版社2018年版，第180页。
③ 朱英诞：《序》，《朱英诞集》第一卷，长江文艺出版社2018年版，第3—4页。
④ 朱英诞：《〈盾琴抄〉序》，《朱英诞集》第九卷，长江文艺出版社2018年版，第283—284页。
⑤ 朱英诞：《Sonnet五章》，《朱英诞集》第八卷，长江文艺出版社2018年版，第89页。

还体现为诗歌的文化性、社会性,"即使是一首薄弱的短诗,也毕竟须有它的哲学思想背景,须有一种文化基础,它必须同时是深厚的与新鲜的,这实在也正是诗的社会性"。① 在"理"与"情"上,朱英诞将"理"置于诗歌本体的关键位置,强调诗歌中理识成分的参与。他认为,"殊不知诗与感情原是两回事情"②,情感充沛并不等于诗意盎然,"我并不以为诗不容许抒情,但我要说我们的时代所经历大概与以往有所不同了,诗仿佛本质上是需要智慧的支柱"③。对"理"的把控失调,将会使文学沦为"理"的奴仆,失去其主体地位和审美功能。他辩证地指出,"我认可诗里要有思想,但是仍然得有诗"④,"由哲学走向文学是一条正道;由文学向哲理走乃是逆行的船"⑤。换言之,只有那种讲究以理节情、智性诗化,将抽象诗思与具象表现相弥合,追求诗意的智慧凝聚,典雅平实而富有"理趣"的新诗,才是朱英诞所肯定的"真诗"。

其三,"景理相惬"。"真诗"求"真",但不等于对客观现实的直观裸露呈现,而是经过艺术化的处理,再现与深化主体从现实中所感悟的真切体验与思考,"形式仿佛是一件衣裳,变形的落叶。很好,诗不能是赤裸裸的真,真不是美,美才是真。如果说这就是神秘,随你说,但是,我说:这就是深化的真实,这就是诗,并不艰深"⑥。正如宋理趣诗或状物说理,或寓理于景,或叙议结合,将抽象的哲理予以生动、具体、形象化的表达。长期浸淫于中西诗学、哲学的朱英诞,颇倾心于关涉自然山水的文学文化传统,选择了"由景及理""景理相惬"的诗学道路。

中国传统的山水文化资源源远流长,朱英诞视中国为传统的"烟水国",从宇宙造化之法习得朴素的哲理,并曾多次在诗论中盛赞陶

---

① 朱英诞:《谈风气(代序)》,《朱英诞集》第九卷,长江文艺出版社2018年版,第464页。
② 朱英诞:《新月(二)》,《朱英诞集》第十卷,长江文艺出版社2018年版,第151页。
③ 朱英诞:《〈盾琴抄〉序》,《朱英诞集》第九卷,长江文艺出版社2018年版,第283页。
④ 朱英诞:《远水》,《朱英诞集》第二卷,长江文艺出版社2018年版,第139—140页。
⑤ 朱英诞:《新月(二)》,《朱英诞集》第十卷,长江文艺出版社2018年版,第157页。
⑥ 朱英诞:《新月(三)》,《朱英诞集》第八卷,长江文艺出版社2018年版,第166页。

渊明诗的恬淡高远、谢朓的清新秀丽、韦应物的高雅闲澹，"'山川钟灵'，本来这是我们非哲学家的哲学，以此为背景，使我很欣羡写景兼说理的那一派系的诗人，其中包括陶、谢，韦苏州"①。不仅如此，宋理趣诗也在山水题材的书写上创造了新高度，它将哲理和诗情、景致、韵味交融在一起，思想更为深广，内涵更为丰赡，意境更加开阔。这类植根于传统文化而属于山水田园诗派系的诗歌创作，潜移默化地影响着朱英诞的诗学旨趣。

朱英诞也积极地向西方"借火"。"约半个世纪以来，我是'美感的自然义'（Aesthetic natu-ralism）的日益趋于迷信的信徒——自然，要包括景物自然与人性自然两者。"②所谓"景物自然"即人所身处的宇宙环境，不过此"景"已非单指自然山水之景，也涵括了人文社会之景，这才足以表现现代人的现代生活与思想情趣；而"人性自然"，是自人文而来、出自人性。诗歌的美感与谐和，便源于这两者的圆融一体。在朱英诞看来，陶渊明的诗歌便是符合这一哲学的代表，因为他以道家哲学为背景的自然观，与天真朴实的人情味完美结合，故"他是先秦以后唯一的一个创造了新哲理的自然派的大诗人"③。

在中西山水自然文化传统的双重影响下，朱英诞也多以写景来说理，创造了一种新的、富含哲理的现代山水田园诗④。朱诗笔下之"景"，是现代人文生活之景与自然山水之景的水乳交融，意在传达对新世界、新气象、新景观的新感官与新思考；它又是现实生活之景与主体心中之景的妙合无垠，进而更多维度地表现现实与心灵之"真"；更重要的，朱诗写"景"并非纯然状山摹水，而是同宋理趣诗一致，将景、情、理进行巧妙圆融，增添诗歌的思想内蕴与审美趣味，写出真实鲜活而有哲学深度的新诗。综上观之，朱英诞在宋理趣诗传统等

---

① 朱英诞：《"诗近田野"》，《朱英诞集》第八卷，长江文艺出版社2018年版，第372页。
② 朱英诞：《〈篸差集〉题记》，《朱英诞集》第九卷，长江文艺出版社2018年版，第46页。
③ 朱英诞：《灯——〈夜窗集〉代序》，《朱英诞集》第九卷，长江文艺出版社2018年版，第49页。
④ 王泽龙：《论朱英诞的诗》，《文学评论》2017年第6期。

的影响下,形成了"寓理于真""景理相惬"的诗学旨趣。

第二节 朱英诞对宋诗理趣的传承

宋代文化突出地表现为理学精神、创新精神、中和追求与内省态度①,宋代理趣诗也正是受此思想文化滋养而生的一种内省型的诗歌,闪烁着宋代文人智慧思想,又渗透着洒脱、超越与谐和之感。朱英诞的现代智慧诗与宋代理趣诗在内在文化理路上具有传承性。

一 平实晦涩的"理趣"特色

理学的发展,孕育了宋人辨物明理、格物致知的理性精神。在实际创作中,宋代诗人常"以小见大","于平凡见深刻",呈现出题材内容的日常化、通俗化与哲理经验的普遍性、一般性,这种理性精神的表现极为平实、自然。"等闲识得东风面,万紫千红总是春"(《春日》)中,朱熹以春暖花开的自然规律,暗喻天下一切现象皆有"义理"。"四顾山光接水光,凭栏十里芰荷香。清风明月无人管,并作南楼一味凉。"(《鄂州南楼书事》)凭栏远眺时,微风轻拂处,黄庭坚也能感悟随缘自适、静观澄明的入禅境界。"横看成岭侧成峰,远近高低各不同。不识庐山真面目,只缘身在此山中。"(《题西林壁》)在日常登高郊游时,苏轼感慨只有从多个角度看问题才能更接近事情的真相。"百啭千声随意移,山花红紫树高低。始知锁向金笼听,不及林间自在啼。"(《画眉鸟》)在赏花观鸟时,欧阳修借画眉鸟的生活窘境,来寄寓自由、本真之可贵的人生真谛。

平实自然也是朱诗的重要特色。他的诗歌题材多叙写个人日常生活,诸如晨昏日落、山峦海天、落雨飞虹、花草古树、小门深巷、纸窗木屋、斗室灯火等寻常意象与景致,尽皆入诗,给人以亲近熟悉之

---

① 周裕锴:《宋代诗学通论》,上海古籍出版社2007年版,第73—74页。

感。其中，与自然造化类题材的诗歌相比，朱英诞在呈现社会历史与人生世相时，其关涉的智慧与趣味，尤为平实、活泼，极具生活的经验智慧与趣味，暗含了诗人在漫漫人生中苦中作乐、内心闲定的智慧、洒脱、幽默精神。比如诗歌《猫》中写道："有洗面的洁癖的爱智的大师，/你是人生哲学的习懒者；/七个高僧的幽灵作伴，/为你祝福。//归来进入你们的众妙之门里/我怀疑如忘却甚么了……/落月如一堆残雪，/夏天的夜也觉严寒。//你奢侈（因为做了母亲吗？唉！）/以宝石来看万物；/但在黑暗里，/你是坚定的守望人。"朱英诞将平日里高冷孤僻的猫，拟人化为一个参透世间奥义的智者，形象地将其呜咽之声视为在诉说惊人的秘密，这样的反差描写调解了生活的平淡，透露了诗人生活中的幽默与智慧。

宋诗的理趣除了彰显为一种探知真理的理性精神，其实还蕴含着诸多非理性因素。它们的存在，增加了读者探知诗中哲理的难度与诗风的晦涩倾向。非理性因素是指人的情感、意志，包括动机、欲望、信念、习惯、本能等，也包括以非逻辑形式出现的幻想、想象、直觉、灵感等，它对人的认知、审美活动，有着激发、调节等作用。作为理趣诗思想基础的宋代文化，正是理性因素与非理性因素的浑融。比如，集儒、释、道思想之大成的理学，"它在本体论上的无限超越性又可作为宗教的终极信仰，成为理性的科学、哲学与非理性的宗教的交汇点"[①]。而作为理学思想资源之一的禅宗，本身即为宗教，"宗教的作用是从非理性的角度满足人类情感和信仰的需求，它不是理性思维的科学和哲学所能取代的"[②]。在理学家中，程朱学说是客观唯心主义，陆王学说是主观唯心主义，并有着十分明显的非理性主义倾向。这些非理性、非理性主义的因素混合着西方哲学、诗学的影响，为朱诗蒙上了一层神秘、晦涩的面纱。

朱诗的晦涩，一是表现在他对想象、幻想、梦境等非理性因素的描写与刻画上。幻想、梦境等是人潜意识中的活动，是对人内心感知

[①] 胡孚琛：《道学通论》，社会科学文献出版社2009年版，第48页。
[②] 胡孚琛：《道学通论》，社会科学文献出版社2009年版，第43页。

与欲望的折射与反映。宋诗中便有诸多借梦抒情言志的作品：梅尧臣《梦登河汉》以梦境反映现实，借天上影射人间，表达对政治现实的批判；欧阳修《梦中作》也通过梦境突破时空概念，来表现郁郁不得志的复杂心理；陆游的记梦诗更是多达百余首。古人写梦，多借写"梦"的艺术形式抒情言志。朱诗也有众多叙梦之作，他常在梦境中寄寓自己美好的期望，如写魂牵梦萦的家乡江南之美景，也将"梦"作为审美的对象，叙写各式各样的"梦"。《花间》通过化用庄周梦蝶的典故，以似真似幻的梦境描写，延续了对"物化"等命题的探索："那夏天蝴蝶的飞动/梦是凝装而来临了/一只自蓝天中飞下/陶醉于白日梦里//如此轻轻的呼吸啊/一只翩飞向花间去/我凝视/万物不静。"

　　晦涩之二表现在诗歌常常透露着非理性主义思想，如不可知论。不可知论作为一种认识论，认为人的能力不能超出感觉经验或现象的范围，不能认识事物的本质及发展规律。"如""像""仿佛""好似""不辨认"等模糊字词在朱诗中出现的频率非常高，这类语词表达反映了诗人对现实生活难以准确把握的生存观感，比如《古老的钟鸣》描述了个体迷失于时间与存在而孤独落寞的现代体验，"古老的鸣钟低吼/响于无言的时刻/又无言地敲着/仿佛在敲宇宙的门……/一道虹消失在刹那的疏忽里/我将不能分辨/什么时候梦梦/什么时候清醒"；《不可知的时候》则如同松尾芭蕉的《古池》，更渗透着"不可言说"的禅意，"静寂之华贵里，/秋天的阳光仪态万方啊。/果实完全红了的时候，/也是青天最高的时候，/人们再没有话讲，/欣欣向荣，/果儿落在静水中，/那可是一个不可知的时候。"

二　静观内省的诗思倾向

　　宋诗理趣内蕴着宋代知识分子静观内省型的文化人格结构。"宋代士人由维系社会政治秩序的群体自觉产生出来的忧患意识与人生悲凉所导致的对个体生命的珍视奇妙地结合在一起，形成一种特殊的文化心理结构，即由外向内，由动返静，于主体心灵的静观自省中寻求化解由外在社会政治动荡所造成的痛苦忧患，构成一种入世而超世的内在超越模式。"① 他们的生命结构,在"进"与"退"之间,形成了一种良好的契洽与平衡,使他们既能勇于承担时代历史责任,又能静心于构筑自己的精神园地。故宋代的隐逸诗中,于静谧安逸中能透出一种通达超越的心境,正如魏野《书友人屋壁》所书:"达人轻禄位,居处傍林泉。洗砚鱼吞墨,烹茶鹤避烟。闲惟歌圣代,老不恨流年。静想闲来者,还应我最偏。"

纵观朱英诞的生活与创作,他的文化心理结构与宋人这种尚"静"的超越哲学是一脉相承的。朱英诞作为近些年来被重新发掘的现代重要诗人,曾一度在诗歌史上"消失":他数十年如一日、静心潜默地在新诗的园地笔耕不辍,却在新中国成立以后便不再公开发表作品。政治时局、文学风尚以及出版发表环境的改变,自是直接的外部原因;而从诗人自身来讲,朱英诞所长期濡染的,倡导随缘自适、寻求解脱与归隐的禅悦情趣,强调浩然正气、清旷胸襟的理学道德人格追求与倾向于表现个体化"自我"的现代主义诗学等,都会合成一种思想底片,潜移默化地促使朱英诞形成了一种理性、内敛、平和的文化性格。诗人这种尚"静"的心性投射到文本中,正对应着他在系列诗作中所塑造的那位长居北平"芜城"的"深巷中的思想者""习静者"的抒情主人公形象,以及于静穆中渗透着智慧与超越的诗歌主题世界。

"静"可以是一种生活方式,朱英诞在《咏鹭鸶——赠废名》中呈现了"隐者"生活的简单朴实与内心的坚定丰富:"鹭鸶鸟站在水中央/多么安详,黄昏笼罩着隐者,/但它突然张开它的网,/捕捉到鱼,于是它飞入天空,/衔着那闪光的银亮的刀,/如一位最坚强的马士的侠客。/独游人是最不懂得寂寞的。"

"静"也可以是宇宙的一种存在方式。古典诗歌中言及宇宙时空的变化,多呈现为对其春秋代序、沧海桑田之巨变的感慨与超越,朱英诞在表现传统的宇宙观之外,还描绘了另一种宇宙的存在观感——

---

① 张毅:《宋代文学思想史》,中华书局2016年版,第350页。

时间不变、空间不移，一切有如静止，如《夜（二）》："日来白云缓缓/凝定的蓝天如梦/如有着垂垂的/夜之帷幔。"这种静止是由诗人安静平淡的北平"芜城"生活体验，而生发出的对宇宙、社会生活发展的反思，再现了诗人心中的宇宙存在，丰富了诗歌的表现力。

"静"还可以是获得智慧的途径，即讲求于"静"中隔绝外物，从而感知内心本体与智慧。《柳发》一诗写道："柳发/使我缅想：/一匹烈马，/春风的暴力——/没有人感觉恐怖。//和平里，/万物是能动的；/静中有春意。/再没有人说我是隐者。"其中，朱英诞为"静中有春意"作注为：程颢语，见《二程语录》。所谓"静中有春意"，是儒家静中觉物、皆有春意，与程颢《秋日偶成》一诗中"万物静观皆自得"的化用，意指从"静"的境界中感悟真知。这与佛家的戒、定、慧三无漏学以禅定为中心，后证得"般若"智慧①有一致之处，正如朱英诞常提到的"盖不知《华严》以慧为定也。然静中时有春意，乃不觉为之一颔"②，所谓修行，应次第修习戒、定、慧，即需培育品德，令自己保持平静，如此以便进一步提升智慧。

三 "中和"辩证的理想指归

中国古代文化自古讲究和谐圆融之精神，佛学讲中观，道学谈中道，儒家论中庸，集儒、释、道之大成的理学同样主张中和之道，如《礼记·中庸》所谓"喜怒哀乐之未发，谓之中；发而皆中节，谓之和。中也者，天下之大本也。和也者，天下之达道也"。程颢《易说》也道："中和，若只于人分上言之，则喜怒哀乐未发既发之谓也。若致中和，则是达天理，便见得天尊地卑、万物化育之道，只是致知也。"宋代心性学盛行，使时人多修养践行中和、平易之人格，"投射在诗学上，则要求诗歌流露性情的中和（思无邪、遁世无闷）、表达过程的中和（自然、简易、含蓄）、表达结果的中和（平淡、有余）

---

① 蔡钊：《道教美学探索：内丹与中国器乐艺术研究》，四川大学出版社2014年版，第44页。
② 朱英诞：《〈白小录〉后序》，《朱英诞集》第九卷，长江文艺出版社2018年版，第17页。

以及品鉴的中和（无邪之思、平易、涵泳）"①。这从宋人对陶渊明其人其诗的推崇中可见一斑，在他们看来，陶诗是内在道德精神修养境界的外化，是仁者浑然与物同体的境界。向往儒家学说的朱英诞，也常感叹，"在我们古代，我最敬爱的诗人是陶渊明；陶诗是不能学步的"②。

中和的哲学不仅促使朱英诞形成冷静执中的性格、以理节情的平淡诗风，也影响着他在诗歌内容上对和谐境界的追求。朱英诞在《李长吉评传》中，提到李商隐诗中有一种海天境界，并进而在诗中加以借鉴发挥。他将"天""海""梦"等重要意象纳入诗中，塑造了物我两忘、亦真亦幻、天人合一、圆融和谐的海天境界。"梦里的花开了/乃去对着静水照着/海的梦乃在池水中/烟静静的升上天空//梦沉在水似终不曾捞出/冬天里惟水仙青得独好/轻于梦与烟的痴想/遂也化作此花而长在水石里吗"；《海的梦（二）》中诗人对"梦""海""池水""天空"等的描写恍惚迷离、朦胧奇丽，物与物之间，意识（梦）与存在之间没有明确的界限，却圆融无碍地关联着，透露出一种和谐、阔大与静穆；《池荷》也同样传达了人与景的和谐、物与物的和谐："暗香浮动如风之过空，/仿佛飞蛾之于茧，/梦欲破空而行；每夜/我泅着而永远没有岸……/在海的净土里我种着天。//暗香浮动如风之过空，/玻璃和水是一色的，/一杯里具有波涛的秋味，/袅袅于夕阳里的小船，圆形的风帆，/来吧，来吧，勿远千里。"

中和思想还影响着辩证思维在诗歌中的运用。杨万里《过松源晨炊漆公店六首》之五，可以从矛盾无时不有、无时不在，应辩证对待人生的起伏的角度来理解："莫言下岭便无难，赚得行人空喜欢。正入万山圈子里，一山放过一山拦。"朱诗中也有对辩证思维的广泛运用，比如诗歌中有大量成对出现的、在意义上形成对比的矛盾意象和表述方式，如大与小、近与远、白昼与夜晚、深秋与盛夏、北平与江南，或"望明日阴暗如月"（《大乘巷夜谈》）；"继续的静穆却轻轻如夜也如昼"（《枕上》）；等等。尽管如此，诗人的用意并不在于突出矛

---

① 杨挺：《宋代心性中和诗学研究》，四川出版社集团、巴蜀书社2008年版，第9页。
② 朱英诞：《〈深巷集〉后记》，《朱英诞集》第八卷，长江文艺出版社2018年版，第264页。

盾双方的对立,而是将之调和成一种可以和谐并存的存在状态。例如时辰与季节的次序交替,可通过时间的轮回建立一个可转化的节点,而空间的差异也能通过"镜子"的反射而发生转化:《荷风》一诗里,水与天空虽在空间上存在对立,但在镜面反射之下能呈现出鱼在天空漂游的美景,"鱼乃水之花,/不是不能移植;/但是你是将开在天外?"在这种中庸、平和的辩证法思想指导下,诗人温和的诗笔写出了知性的通透与思辨。

第三节 与古为新的宋诗艺术传统化用

朱英诞认为:"诗之需要技巧正如人间之需要经验世故。因此,无一字无来历之说,以及用典,隶事,说理甚至于议论乃均有重新认识的必要,脱胎换骨,点铁成金,或者如吴橘渡淮而枳,这是古典作风的正当的使用。"① 朱英诞大胆地采用了"以文为诗"、"以才学为诗"、"以俗为雅"、崇尚平淡美等艺术传统,并加以创新,最终创造了极具个人特色的现代智慧诗。

一 "以文为诗"与"新诗散文化"

赵翼《瓯北诗话》曾言:"以文为诗,自昌黎始;至东坡益大放厥词,别开生面,成一代之大观。"宋诗议论化、散文化格调,以中唐韩愈"以文为诗"导乎先路,后经梅尧臣、苏舜钦、欧阳修等人的开路,王安石、王令等的拓展,再由苏轼与黄庭坚的发扬光大而最终完成②。所谓"以文为诗",是指在诗歌创作中突破近体诗的种种束缚,忽视平仄、音韵等严苛的格律要求,以形式较为自由的散文之字法、句法、章法入诗,并以议论直陈感受的艺术创作手法。它客观上丰富了诗歌的表现手法,扩大了诗歌的表现内容,同时其议论化的倾

---

① 朱英诞:《远水》,《朱英诞集》第二卷,长江文艺出版社 2018 年版,第 140 页。
② 朱靖华:《略说宋诗议论化理趣化》,《中国人民大学学报》1994 年第 6 期。

向，对宋人"以议论为诗"①，即在诗中大发议论，阐发道理的诗学旨趣产生了深远影响。如《於潜僧绿筠轩》一诗写道："宁可食无肉，不可居无竹。无肉令人瘦，无竹令人俗。人瘦尚可肥，俗士不可医。旁人笑此言，似高还似痴。若对此君仍大嚼，世间那有扬州鹤？"该诗打破了格律的限制，使用了"宁……不可""尚……不""若……那"等关联词，直接发表议论与见解，逻辑清晰，意脉连贯，是"以议论为诗"的重要体现。

倡导"以文为诗""以议论为诗"，暗含了对说理的要求，即需要诗歌像散文那样注重逻辑、意脉的明了清晰，这促成了诗形的散文化倾向。在新诗发展上，废名与朱英诞也对"新诗散文化"颇为留意与支持。废名指出，"新诗要别于旧诗而能成立，一定要这个内容是诗的，其文字则要是散文的"②。朱英诞认为，"也许诗本质上是智慧的，我们不像抒情诗必须沉睡与沉醉那样依赖韵律，就可以知道，诗用散文来写就好，写出来却并非散文，而是真诗"③。他还指出了"新诗散文化"与"以文为诗"的区别，前者对诗歌形式有着更彻底的革命性，"我们的诗的散文化，那是与'以文为诗'不雷同的，'以文为诗'是'押韵之文'，'诗的散文化'是扬弃韵律的诗"④。朱英诞所认可的自由诗、真诗，应该"用普通散文写，不借重韵律，诗行字数不整齐，不协韵，不作整齐的行数的分节，等等"⑤。

在具体行文中，朱英诞结合多种方式说理议论，或把意象与议论相结合，或开门见山、直抒胸臆，采用疑问、反问、"对话体"等形式，达成良好的说理效果。"不知道我是主人还是客人，/这是春天来临还是我造访；/鸟儿啄着古城的心，/心旌摇摇，唉，任凭……//任凭你笑语，/我不和呓梦者问答，整个的午后我听着跫音，/古庭院里

---

① 严羽著，郭绍虞校释：《沧浪诗话校释》，人民文学出版社1983年版，第26页。
② 冯文炳：《谈新诗》，人民文学出版社1984年版，第232页。
③ 朱英诞：《〈盾琴抄〉序》，《朱英诞集》第九卷，长江文艺出版社2018年版，第283—284页。
④ 朱英诞：《〈道旁集〉后序》，《朱英诞集》第八卷，长江文艺出版社2018年版，第532页。
⑤ 朱英诞：《寻觅》，《朱英诞集》第九卷，长江文艺出版社2018年版，第423页。

杨柳变鸣禽。"诗人在《闻啄木声》中，一开始便连抛一实一虚两重疑问，迁居北京多年的"我"，是主是客？这季节的变化，是春天向"我"走来，还是"我"向新的一岁走去？这如此富含辩证法思想的提问，表达"我"对人的存在，对于自然造化、历史发展存在的意义与价值的双向思考。

又如《三株树》中，诗人借寄生在悬峰上三棵树之间的互相对话，展示不同的选择对人生命运的影响。《模糊——书斋一夕》则通过拟人化的手法，让书斋的文房四宝开口讲话，以"他者"的视角来回观他们与书斋主人的日常琐碎生活，充满着生活的谐趣。诗歌最末升华道："寂静如春的屋宇，/今夜忽然喧哗起来，/这些声音既非主人，/也不是客人。"在浩瀚宇宙之中，存在即合理，万事万物皆为沧海之一粟，没有主次尊卑，没有高低上下，事物的存在都可以成为宇宙的中心与主角，泛现着宇宙的真理与规律。

二 "以才学为诗"与典故运用

"以才学为诗"，语出《沧浪诗话·诗辩》："近代诸公乃以奇特解会，遂以文字为诗，以才学为诗，以议论为诗。"它强调将才学知识融入诗歌创作，发挥了宋诗的人文优势，同时亦能中和因"以议论为诗"造成的文体松散。"以才学为诗"的前提是要求诗人有丰富的生活体验与较高的人文修养。赵翼《瓯北诗话》评苏轼诗"胸中书卷繁富，又足以供其左抽右旋，无不如意"。清人叶燮评："如苏轼之诗，其境界皆开辟古今之所未有，天地万物，嬉笑怒骂，无不鼓舞于笔端，而适如其意之所欲出，此韩愈之一大变也，而盛极矣。"王安石也在《答曾子固书》中谈道："故某自百家诸子之书，至于《难经》《素问》《本药》诸小说，无所不读；农夫、女工，无所不问。"

典故是凝聚着深厚历史文化内涵和哲理性美感内涵的艺术符号。典故的使用，是"以才学入诗"的重要表现。欧阳修的"北雁来时岁欲昏，私书归梦杳难分。井桐叶落池荷尽，一夜西窗雨不闻"，便妙用李商隐《夜雨寄北》"何当共剪西窗烛，却话巴山夜雨时"，含蓄地

第五章 朱英诞新诗与宋诗理趣传统

抒发了作者对亲人的思念与离别的怅惘。

朱英诞同样惯于用典使事,其用典范围广涉古今中外,既包括花草虫鱼、自然山水、名胜古迹,也涵纳经史子集、释道仙怪、传闻逸事,无一不信手拈来、自由入诗。《寄南游客子》中"古代的诗人,你们艰难/我们更艰难;/春天已经来了,冬天还没有过去",通过反用雪莱的"冬天来了,春天还会远吗"(《西风颂》),传递了诗人内心之焦虑苦闷。朱英诞据艾略特《荒原》仿写的长诗《远水》,更是广泛用典的例证。该诗包罗了大量的中外民间传说、神话故事与歌谣杂谈等,譬如孟姜女哭长城,丁令威化鹤归辽,大禹治水三过家门而不入,哪吒析肉还母、析骨还父,等等,但诗人之意趣并不在于猎奇,而是从俗文学中提炼出人类共通的情感与生活体验,阐发自己的哲思,增强诗歌的表现力。

值得一提的是朱英诞不仅用典,也长于活用典故。苏轼主张"诗须要有为而作,用事当以故为新,以俗为雅"。黄庭坚也提倡"点铁成金"和"夺胎换骨"法,其实质归根结底为一种艺术的创新精神。朱英诞极为推崇创新的作用,他曾评论道:"我读陆游诗,所得无多,惟每有反'习气'之句,最值得敬重。"[①]杨万里开创了具有活、新、趣、灵等特色的"诚斋体",朱英诞赞叹道,"诚斋活用'故纸',令人耳目一新;不但足能'与古为新'(刘勰语),而且能够使之富有新义"[②]。朱诗中对典故的活用比比皆是。例如,古有夸父逐日之典,人们或赞夸父敢于挑战自我与造化,或批评夸父不自量力,不按规律办事,而《太阳的追逐》中反用典故,大胆地诘问太阳:"太阳老是追逐着人/做什么!"如此便调换了主客体,置换了诗歌主题,争论焦点也从对人的个性能力的评判,变成了时不我待的喟叹。《草》同样化用了白居易在《赋得古原草送别》的描写,但诗歌立意不再是歌咏野草生命力之"韧",而是写出了小草比青天远山更动人心魄的生命力与感染力,给人以深刻启发:"离离原上草啊/雨后是更碧绿了/抵一

---

① 朱英诞:《题记二》,《朱英诞集》第八卷,长江文艺出版社2018年版,第91页。
② 朱英诞:《传统与创新》,《朱英诞集》第十卷,长江文艺出版社2018年版,第351页。

片青天/远过于隐隐的青山。"

三 平淡真淳与雅淡深幽

平淡的美学范畴自古有之，到了宋代又有了新的发展。梅尧臣有云："作诗无古今，唯造平淡难。"（《读邵不疑学士诗卷杜挺之忽来因出示之且伏高致辄书一时之语以奉呈》）苏轼谓："凡文字，少小时须令气象峥嵘，彩色绚烂，渐老渐熟，乃造平淡。"（《与侄书》）包恢也谈及"诗家者流，以汪洋淡泊为高"（《答傅当可论诗》）。宋诗学的平淡植根于宋代独特的思想文化背景，有着新的复杂含义。它并非指平庸寡淡，毫无诗味，而是一种大道至简、返璞归真并深蕴着矛盾的张力的美学境界。平淡在宋诗的题材、语言与风格等方面，表现为在雅与俗、工巧与拙朴、华丽与枯淡等矛盾对立的因素中寻找一种超越性的张力美[1]。朱英诞极慕这种"豪华落尽见真淳"的平淡美。他对平淡诗美的认识，与他的"真诗"观紧密相连，并在诗歌的题材选择与语言组织方面表现突出。

第一，朱诗的平淡表现在诗歌题材内容上的日常化。一方面，朱英诞认为平淡应以真实生活为支撑，平淡是"真诗"的题中之义。"……懂得了真实生活以及真实的诗，并试使生活与诗融合在一起，像孟浩然就是，其结果是一句'襄阳属浩然'，平实无奇，然而这正是中国的真诗。"[2] 因此，朱英诞力求题材选取的日常化、生活化，并通过"以俗为雅"的艺术处理，反映真实生活的鲜活平实，传达朴实真切的哲理。所谓"以俗为雅"，在宋诗中主要体现为对俗人、俗事、俗物等题材的开拓，以及将方言土语等引入诗歌语言。苏轼便在《被酒独行，遍至子云、威、徽、先觉四黎之舍（其一）》一诗中引"牛粪"入诗："半醒半醉问诸黎，竹刺藤梢步步迷。但寻牛矢觅归路，家在牛栏西复西。"全诗非但没有显得鄙陋粗俗，反而传达了极为真

---

[1] 王顺娣：《宋代诗学平淡理论研究》，四川出版集团、巴蜀书社2009年版，第70页。
[2] 朱英诞：《低调（随笔）——〈白小录〉代序》，《朱英诞集》第九卷，长江文艺出版社2018年版，第227页。

实的生活体验,也表现了诗人虽身处逆境依然旷达的哲理。朱诗也多选用深巷、墙垣、刍狗、米粒、红柴、乌鸦、野鸭、苍蝇、瓦雀等世俗事物入诗,这些意象一经诗人进行意象的智性化处理后,便"化俗为雅",尽显生活情趣。如《清华园午鸡》中的"鸡"本是家禽俗物,诗人却视之为"鸡犬相闻"的桃花源的象征,"任凭脂粉的香味飘摇……/倾听午鸡诉幽怀像到了桃源"。由此,凡俗意象得以雅化,诗歌境界也随之提高。

另一方面,朱英诞认为平淡需要文化的蓄积,他以孟浩然、韦苏州等的诗作举例指出,"中国有一种雅淡的、境界很高的诗,这是一种文化深厚的表现"①。诗歌中文化、才学的汇入,为主体的抒情、言志、说理提供了坚实的文化基础,使诗歌充满渊雅富赡的人文美,从而具有"典雅""高雅"的美学倾向。朱诗中,"镜""月""海""荷""灯""花"等一类事物,较之于苍蝇、瓦雀等,其本身就有丰富的文化意蕴,为读者提供了解读的多维性、多重性,以达到了言约义丰的效果。比如"荷""莲"寓意着洁净无染,"月"既指佛教的自性圆满空净,可象征亲人团圆,还可以指代思乡之情,等等。"镜"是朱诗中意义十分丰富的一个文化思想载体。《井畔》中的"镜"是对平静水面的一般比喻,"一个孩子走来/俯视,一个苹果急的落入/这无人抚摸的镜。/经过了一大阵茫然,/才知道他有着最温柔的心"。在《镜》里,它是"我"另一重灵魂、意识,"镜是我的分身术/那古代的幽灵跳舞/我冷眼旁观环视了一周/没有一个我不认识的"。而在《夜车余音》中,"镜"则是"我"用来确证自己的"他者","我沿着的河流上,钟声也干涸了,/而我有着时间作为我的镜子"。概言之,也正是取材上这一俗一雅的融合超越中,使朱诗在内容上于平淡中见波澜,于简单中见深刻。

第二,平淡在朱诗语言上表现之一为口语化的生活语言与典雅精致的书面语的结合,从而形成一种艺术的张力。朱英诞将生活化的口

---

① 朱英诞:《黄河之"闷"——〈禹草集〉序》,《朱英诞集》第九卷,长江文艺出版社2018年版,第336页。

语、方言俚语等语词经简要提纯后纳入诗歌，同时遵循现代汉语的语法规范，注意意脉通顺、行文连贯，他的诗语具有鲜活真实、浅白易懂的一面；同时，朱诗也注重修辞，常使用文雅、书面化的词句，使诗歌具有典雅的文化气息。《老屋的住客》便实现了这两种语言风格的浑融。该诗虚构了主人家中几册书卷进行对话的场景，一方面可以直观感受语言的直白简洁、如话家常，如"汉宫秋说：病了或者更适宜，／他太用功了，我们相识了二十年，／你看，他还在想写那些《出塞》"，又如"李长吉说：'好友病倒了；／近年来他已不那么健谈'"；另一方面这些口语化的现代白话中，还掺杂着些"雅言"，如"杨诚斋说：你们任凭他写吧，／这个小黄河的渡者，那只露笑靥的水莲，／我最了解他／但深沉的根啊伸入到淤泥……"其中"那只露笑靥的水莲""深沉的根"便是极为书面化的文学表达。

另外，通过采用超常的词汇搭配原则，使日常语言"陌生化"，同样能用以中和白话语言的朴实寡淡，从而增添语言的诗味与趣味。一类是将抽象词与具象词的结合，它既可使诗歌产生"陌生化"的美感，也可以增加诗歌思想的厚度与深度。例如"雨是如此深深的了／声音颜色流去"（《秋雨》），"声音"与"颜色"本是抽象的事物，而诗人以"流去"来形容，似乎人们对环境的观感，都随雨水的冲刷而渐渐流逝，如此的搭配反衬出了主体内心世界的宁静。还有一类是将在逻辑语义上本不能互相修饰限定的词语搭配在一起。"这太肉感的雪／手掌接着一片／不听它落上大地吗／钟声鱼贯而来"（《春雪》）中，"肉感"一般是用于形容人、皮肤、动物体态等给人的一种触感或视觉感受。诗歌中用形容有生命事物的"肉感"来搭配无生命的"雪"，则拟人化地描绘了雪下得大与饱满，给人以勃勃生机之感。总之，散文化、口语化的诗歌语言使朱诗鲜活真实、平白易懂，"雅语"的使用，与超常的词汇搭配方式则增添了诗歌的雅致与深意。

朱英诞的现代知性诗歌，不同于废名以禅宗精神为内核，表现为矛盾的语词组合、意象的大幅度跳跃和更替的禅宗式顿悟的现代智慧诗歌，也异于卞之琳抽离个人情感，客观冷静，而更具现代哲理思辨性的智慧诗歌。朱英诞的创作，以"寓理于真""景理相惬"为诗学旨趣，极具宋学中和辩证、静观内省特色，从而输出为一种清新雅淡、隽永深幽的现代诗歌美学。宋诗的发展，是一条批判地继承传统而又在创新中实现超越的探索之路，朱英诞的现代智慧诗创作，也正是在宋诗理趣传统基础上的与古为新，这为新诗的发展提供了一条可资借鉴的道路。正如朱英诞所说："即使只站在艺术家的立场上说，也没有诗是单纯的，诗就建筑在他的丰饶，错综，伸缩性的价值上。这个现代诗尤其是使得诗逐渐成功为最综合的艺术了。"[1] 新诗创作，只有做到对中西古今资源的博观约取，融合互涉，才会别立新宗。

（与任旭岚合作）

---

[1] 朱英诞：《远水》，《朱英诞集》第二卷，长江文艺出版社2018年版，第141—142页。

第六章　朱英诞山水诗与唐宋山水诗的精神会通

山水诗贯穿中国古代诗歌发展史,它萌芽于《诗经》、《楚辞》、汉赋,形成于魏晋,至唐宋到达艺术高峰。朱英诞是20世纪三四十年代京派诗人中的代表性诗人之一,也是中国现代山水诗歌创作的代表性诗人。谢冕曾评价他:"学贯中西,艺通今古,诗文灿烂。"① 朱英诞对中国古代山水诗素有关注,他说山水诗"源远流长,上溯陶、谢,旁及储光羲,有泉一线,下开隐逸之士以及诗画同源的广阔,但有时是泛滥无归,这些都是很清楚的"②。他也注意到现代山水诗:"在我们当代,它还如水就湿地触及新人(例如宗白华、闻一多——尤其是孟浩然,他曾有专文论及)的地步。"③ 朱英诞深受古代山水诗影响,经笔者统计,他在近半个世纪的诗歌生涯中共计创作山水诗1300多首。他还编订多部诗集,并从古代山水诗句中选用字词为其命名,如从李迥秀"霁云开就日,仙藻丽秋风"中取"仙藻集",从王安石"春风取花去,酬我以清阴"取"花下集",从范成大"草草鱼梁枕水低,匆匆小驻濯涟漪"取"枕水集",从庄子"空门来风,桐乳致巢"取"桐乳集",等等。他的山水诗继承传统,又化古为新,

---

① 谢冕:《暮年诗赋动江关——纪念诗人朱英诞》,《兰州大学学报》(社会科学版)2018年第5期。
② 朱英诞:《从W.B叶芝说起——〈篸差集〉代序》,《朱英诞集》第九卷,长江文艺出版社2018年版,第57页。
③ 朱英诞:《从W.B叶芝说起——〈篸差集〉代序》,《朱英诞集》第九卷,长江文艺出版社2018年版,第57页。

体现出一位现代诗人与唐宋山水诗精神的自觉会通。

多位学者已关注到朱英诞的山水创作。有学者看到他诗歌中古典与现代交织的风味,称其为"古典的现代田园诗"①,其实朱英诞描写农事的田园诗并不多,较多的是表达对自然景物喜爱的山水诗。陈子善对其诗给予高度评价,"他的许多诗,表面上是写春风秋雨,花木田园,这些原本是中国历代诗人咏颂的对象,但因诗的内里真切抒发现代人的复杂的情感,故而呈现出既继承又创新的前卫姿态"②,"如果说朱英诞是中国现代山水田园诗的杰出代表,绝非过誉"③。

第一节 回归自然的心灵舒放

中国古代诗歌传统建立在"自然"基础之上。起初,自然景物在诗歌中处于陪衬地位,不具备独立的审美价值,晋宋之交山水诗取代玄言诗登上诗坛,如刘勰所言:"宋初文咏,体有因革,庄老告退,而山水方滋。"④ 自然景物一跃成为诗歌主体,唐宋时期几乎无诗人不写山水诗。

一 意象世界:人与自然的融合

唐宋山水诗沉浸于自然世界之中,苍凉烟雨、壮阔山水、鱼跃鸢飞、荒寺夜月、桃花流水举目皆是,诗人通过回归自然获得心灵的慰藉与美的享受。山水书写不仅仅是个体对自然的向往,更是唐宋文人普遍的一种精神情结。朱英诞赞同晚明王季重所说的"诗近田野,文

---

① 眉睫:《发掘诗人朱英诞》,见朱英诞著,朱纹、武冀平选编《朱英诞诗文选:弥斋散文·无春斋诗》,学苑出版社2013年版,第311页。
② 陈子善:《序》,见朱英诞著,朱纹、武冀平选编《朱英诞诗文选:弥斋散文·无春斋诗》,学苑出版社2013年版,第2页。
③ 陈子善:《一座诗的丰碑——为〈朱英诞集〉问世而作》,《兰州大学学报》(社会科学版)2018年第5期。
④ 刘勰:《文心雕龙》,上海古籍出版社2010年版,第12页。

近庙廊"，一生钟情山水，沉浸自然。他很重视山水诗，认为"它的文化上的位置，我们应该清醒地对待，也只有这样，我们才可以承认我们的民族过去是'诗的民族'"。① 在这种传统的影响下，他深切表白："诗夹着田野的气息，如春云而夏雨，秋风而冬雪，点缀了我的一生，生命的四季。"②

　　回归自然是朱英诞与唐宋山水诗人共同的精神追求，他们不仅描绘自然世界的山水花鸟，也通过自然意象表现个人理想、进行人生思索，赋予意象以丰富的内涵。朱英诞结合个体诗思从唐宋山水意象中进行择取，多凭借鸟、荷、月等意象通向回归自然之径。唐宋诗人通过鸟这一意象表达自我匡扶社稷的志向与渴望超越尘俗的自由。如杜甫："干戈少暇日，真骨老崖嶂。为君除狡兔，会是翻鞲上。"（《杨监又出画鹰十二扇》）再如刘禹锡《乌衣巷》中的燕意象与命运、历史相关，诗人在宏观世界中思考关于时空的哲学命题。朱英诞也有："二十世纪的梦寐，／很相像，／于任何别一个世纪／它是过去或未来的巢。／／飞翔吧，过去的鸟，／飞翔吧，未来的鸟。"（《飞鸟》）他立于20世纪，在生命的迷茫中将目光投向高飞之鸟，看着鸟儿衔着诗人对未来的企盼自由翱翔。现实世界无法实现理想的抱负，现实人生无法穿越时空的阻隔，那么自然世界给他们创造梦想的空间，诗人们通过鸟意象为自身构筑精神园地，使诗思奔向更绵长广阔的时空。

　　唐宋诗人也常用荷、月意象来表达自身的精神追求与人生之思，荷、月蕴含人生的清浊、虚实等问题。莲因"出淤泥而不染，濯清涟而不妖"成为洁净人格的象征，月喻指佛性清净与人生虚幻，如："虚无色可取，皎洁意难传。若向空心了，长如影正圆。"（皎然《水月》）此外常与荷、月密切联系的还有镜、灯。镜有明净鉴照之意，如"凉月如眉挂柳湾，越中山色镜中看"（戴叔伦《兰溪棹歌》）。佛

---

① 朱英诞：《从 W.B 叶芝说起——〈篸差集〉代序》，《朱英诞集》第九卷，长江文艺出版社 2018 年版，第 58 页。

② 朱英诞：《〈新绿集〉与〈白小录〉合跋》，《朱英诞集》第八卷，长江文艺出版社 2018 年版，第 412 页。

第六章 朱英诞山水诗与唐宋山水诗的精神会通

家常把灯作为禅心的象征，寓意心灵烛照一切，如"师亲指归路，月挂一轮灯"（寒山《诗三百三首》）。朱英诞也常用这些意象，他将"荷""月"喻为"灯""镜"，如："荷花是一盏奇妙的灯，／它只照着自己的影"（《荷》），"月亮是美幻的镜，／仿佛是美好的梦"（《一九六三年七月一日晚对月夜深有雷雨》）。这几种意象蕴含着诗人与哲人对人生虚实的思考，这些思索也赋予山水风景以智慧的灵性。山水意象成为诗人表达理想、凝集思想的中介，体现他们回归自然的精神追求，诗人也借此陶醉于山水花鸟之中。

正如唐宋山水诗人各有特色一样，朱英诞的诗歌也有独立而鲜明的特点。受到五四启蒙思潮的影响，朱英诞强调诗歌主体之"我"。他通过主体来投射山水的多种姿态，同时又将自身置于自然界，主体诗思与自然规律相应和，完成人与自然的诗意交会。"有时候我发现：／我的右臂是垂柳，／而左臂是那芦中的风；／我的左眼是一只飞鸟，／我的右眼是一串葡萄；／我的心是充足的阳光，／我的鼻子是花香氤氲如云，／我的耳朵是岩石间的雕像，／我的眉毛是草叶，／我的双腿被雕塑成功／奔驰的马如龙。"（《恍惚》）诗人将自我物化，除自然景物之外，"我"也成为诗歌意象之一，获得空灵自在的生命形态，这与"明月松间照，清泉石上流"（王维《山居秋暝》）物我同一的状态有些相似。但在朱诗中，"我"是被突出的，他特别强调主体"我"与客体"你"，如"你变作一个瘦弱的儿童了，／惊讶我曾倒在那大地上，／如一件暗杀案，／啊迷途的鸟！"（《登高作》）"悲哀的，温柔的鸟儿，／你永远徘徊着吗？／悲哀的鸟儿，／多思的鸟儿。"（《海鸥》）虽说唐宋山水诗有"有我之境"，但仅是"物皆著我之色彩"，相较现代诗，它较少使用理性思考本体的存在。而朱英诞则突出个体，不愿让自我完全消融于自然之中，在山水之中葆有个体的理性诗思。

二 以诗还乡：城市与乡村的对照

隐士文化是中国古代文化的一部分，它"历经数千年，大致可分为春秋战国奠基期、魏晋南北朝成熟期、唐宋鼎盛期、元明清衍变期"①。从叔齐、伯夷，到陶渊明、谢灵运，再到柳宗元、寒山，隐居逐渐成为文人表达心志的行为。唐代孟浩然、王维、李白以隐求仕，白居易通过"中隐"免除饥寒，躲避纷争，宋代苏轼游西湖"未成小隐成中隐"，范成大"中隐堂前人意好"，此外还有"禄隐""酒隐""半隐"等。诗人在隐居环境中书写山水，使山水诗成为隐士文化成熟期的艺术结晶。在此风气下，他们以否定态度书写城市，表达对乡村田园的向往与追求，如白居易诗《题元十八溪亭（亭在庐山东南五老峰下）》有："怪君不喜仕，又不游州里。今日到幽居，了然知所以。宿君石溪亭，潺湲声满耳。饮君螺杯酒，醉卧不能起。见君五老峰，益悔居城市。"北宋时期随着坊市结构的改变与夜禁制度的松弛，城市化发展迅速，但忧心的诗人对城市化进程非常警觉，如张俞《蚕妇》："昨日入城市，归来泪满襟。遍身罗绮者，不是养蚕人。"苏轼也有"老人八十余，不识城市娱。造物偶遗漏，同侪尽丘墟。平生不渡江，水北有幽居。手插荔枝子，合抱三百株"（《和陶归园田居六首·其四》）。乡村的纯净和安宁，与城市的复杂和喧闹成为对立的两面，唐宋诗人在乡村中寻找心灵的归属与精神的栖息。

19 世纪中期以来，随着现代化进程的加快，以自然环境、人的异化、工具思维为代价的社会发展引发人们思考。这种城市化要比宋代的城市化程度更深，影响更大。朱英诞一生居于城市，又恰逢急剧变革的历史时期，他对城市的书写有自己的视角。他笔下的城市是"不夜城"："完全是灰色的墙垣/遮栏在眼前（夜来，/他们消失了）而脚步/遂永无休止//但只有高耸的广告牌/点缀着虚无的天和海/那些星辰更高了，吸烟的女郎；/它们是一些虚无主义者。"（《不夜城》）城市相对农村是"不夜"的，但这灯火斑斓有些恐怖，灰色的墙垣、永无休止的脚步、五光十色的广告牌、吸烟的女郎……星辰去哪了？只剩下空虚的外壳。都市的"白昼里也颓废如夜"（《都市小景》），这种颓废、恐惧、空虚感受不就如同张俞的"昨日入城市，归来泪满襟"

---

① 章尚正：《中国山水文学研究》，学林出版社 1997 年版，第 28 页。

吗？他们都对城市的繁华与欲望保持警惕，对乡村的宁静与纯真充满渴求。这种文化心理是由农耕文化影响长期积淀而成，乡村寓意返璞归真的淳朴，城市则代表追求名利的浮华，古代诗人在官场受挫后归向自然，以求内心慰藉。朱英诞则从自然中寻求平静："当我对着人时，我被束缚着/而对着天空，如释重负"（《岭头》），从而"避人如逃寇"①。

同样渴求乡村、警惕城市，唐宋山水诗人返归乡村感受自然，诗歌是乡村美景的一种呈现方式。而朱英诞因居于城市，选择在诗歌中构筑精神家园，在他看来诗歌就是乡下，其山水诗充满"以诗还乡"的向往。"贪噬的城市酷嗜和平，/只有死亡会把我还给乡村？"（《幻灭的诗》）一个"还"字已表明诗人的态度。可他不在乡村，"我是这样爱乡下，/平静的乡下仍怀有古昔月色；/然而要居住在这里来，/却必须等到死去之后，亲人们！"（《扫墓》）既然无法去往乡村，那就利用想象在诗歌中构建乡村美景，通往心中自然之径。他强调要将诗作为乡下："如果现代都市文明里不复有淳朴的善良存在，那么，至少我愿意诗是我的乡下。"② 作为"大时代的小人物"，他在诗歌中搭建山水自然之景，创造一方宁谧自由之地，使"小人物"拥有自在广阔的生活空间。"历史像流水逝去，/哲学像山果堕落；/惟有你，诗啊，/让城市化作农村。"（《诗》）朱英诞充分地发挥了诗歌之用，诗歌是想象的艺术，它以诗人的精神向往为导向，创造个体想象的生活空间。只有在诗歌里，他才能短暂逃避城市，抓住乡村的影子，并用文字的形式赋予乡村以诗意。乡村承载诗人对自然的向往，诗便是承载手段，山水诗成为独属于诗人的至乐天地。此时，诗不仅是诗，也是诗人的还乡之途。

三　归于自然：生与死的超越

"未知生，焉知死？"（《论语·先进》）孔子的一句话几乎抹去死

---

① 朱英诞：《重读〈列子〉寓言有感——〈烂柯集〉代序》，《朱英诞集》第九卷，长江文艺出版社2018年版，第266页。

② 朱英诞：《一场小喜剧》，《朱英诞集》第八卷，长江文艺出版社2018年版，第28页。

的地位。道家看到生死乃自然现象,但道家不愿"尽人事",选择与自然合一,达到死生齐一的境界。"死,无君于上,无臣于下;亦无四时之事,从然以天地为春秋,虽南面王乐,不能过也。"(《庄子·至乐》)甚至趋于妻死鼓盆而歌的乐死境界。这种哲学思想渗透到唐宋山水诗中,无论是月的阴晴圆缺,还是季节的春夏秋冬,都是大自然生生不息的一部分。诗人在山水间忘却死生、获得至乐,沉醉于悠闲自在、欢快欣然的精神境界。如杜甫"野润烟光薄,沙暄日色迟。客愁全为减,舍此复何之?"(《后游》)自然涵养了诗人乐生的思想,山水诗也就成为这种生命观的物质载体,两者相辅相成。朱英诞称赞杜甫:"你是那窗的坚强的爱者/在一个诗人的功力上说/我赞美你的极端的冷静/像蜥蜴,它是绿色的蛰居人"(《窗——杜甫赞》),将杜甫比作"极端的冷静"的"蜥蜴",赞赏杜甫于国破家亡时的沉着。唐代山水诗的生命态度不自怜自艾,而是"会当凌绝顶,一览众山小"(杜甫《望岳》)的豪情,"且就洞庭赊月色,将船买酒白云边"(李白《陪族叔刑部侍郎晔及中书贾舍人至游洞庭五首·其二》)的潇洒,"客散酒醒深夜后,更持红烛赏残花"(李商隐《花下醉》)的乐观。

　　唐代诗人的生活方式及其山水诗所呈现的生命气度,影响了朱英诞对生死的态度与书写生命的方式。他将这种洒脱超然的生死观念附于诗文中,其山水诗呈现乐观向上的生命观。"啊,大地的爱者,/斑斓的蝴蝶飞舞起来。/我走到水边静听微响,/于是你啊,也许正在想:/是否已经开始了春天。"(《挽歌辞》)这是诗人对墓中人所说,告诉墓中人春天已经来临,以温柔奇妙的方式呈现出对逝者的关怀。《挽歌(一)》写道:"让花儿朵朵阴覆着你长眠,/辛辣的春天里盼着蝴蝶翩飞。"《挽歌(三)》写道:"一切在你都变成了仙乐,/从此却再也没有了凄苦的夜。"逝者有自然之景的陪伴,一切都变成了仙乐,这是何等美妙的存在方式。"没有一丝儿感伤(死亡是一场小病,/与读诗的时刻相像)/但有泪要流落到大地上"(《迟疑》),死亡虽要落泪,但没有感伤,生病时"我还得忍耐,/也还得马上快乐起来"(《人体之秋》)。他的诗里没有死亡的骇怖,对之不逃避、不恐惧，勇敢乐观地面对疾病。对于生，朱英诞接受庄子"保生全身"的主张，"如果有人劝说我不要去安命，那可确实是无知之徒了。读枕边书，难得有此一枕之安"。① 对于死，他在《泠泠七弦（遗嘱试作）》中写道："最好是科学地对待死亡"，并作注："生命的否定，实质上已包含在生命本身之中；死也是生命的重要因素，一切事物都在其自身的存在中间又包含着否定他们自身存在的因素。"② 死亡只是生命的一部分，"当人们死去，你毋须悲哀，／人是活在人们的心里的；／挽歌是可以唱的，你就唱吧，／既然死是那么美好"（《拟挽歌辞》）。这与庄子妻死鼓盆而歌的生死观相似。朱诗呈现出向死而生的乐生心态，没有死的悲惨与荒凉，他理性地思考死亡，又感性地赞美死亡。

朱英诞还探究了死亡之后的世界，他说："你不觉识死亡不过是一场睡眠，／（你饮过一杯千日醉？）／春天总会归来，在草叶上摇摆，／朝阳总归会回来，果实累累，／从我们的心上回来，仿佛／自五岳遨游归来。"（《无知吟》）死亡不是结束，它意味着新的生成，诗人尝试在自然世界的发展进程中探究关于生命和人生的答案。这是一种永不停止、永不放弃、永不绝望的生命哲学。自然物如此顽强，甚至不会受死亡的束缚，它们凭借微弱但倔强的努力，使生命不断延续。"我不过是一只冻僵了的雀鸟，／从树上坠落下来，就这样自由自在地，／任其自然而然地埋掉吧。埋掉吧。／这样，我死了我身边的这一棵／树，将依旧生长，布叶，着花，年复一年。"（《挽歌诗》）朱英诞将死亡看作万物生长进程中的一部分，不是终点，而是中间站。这种蓬勃的生命力不仅存在于自然世界中，也存在于人世，生命超越了死亡的虚无，使人获得生存的意义。就像鲁迅笔下那位不断前行的"过客"，朱英诞山水诗不畏生死的生命观念投射于自然世界："落叶落在

---

① 朱英诞：《我的命运的象征（补）——〈人烟集〉后序》，《朱英诞集》第八卷，长江文艺出版社2018年版，第370页。
② 朱英诞：《泠泠七弦（遗嘱试作）》，《朱英诞集》第九卷，长江文艺出版社2018年版，第85页。

大地上很好看，/仿佛是一座美丽的坟墓。"(《秋坟小唱》)在这里行将就木之物却充满着无限美感，因为死亡亦是新生，正如"落红不是无情物，化作春泥更护花"。万物生于自然，超越生死，生命绵延不断，永向新生。

第二节 生存境遇的寄兴书写

相比欢愉性经历，创伤性经历更能激发创作冲动，有更高的审美价值，如韩愈所说："和平之音淡薄，而愁思之声要妙；欢愉之辞难工，而穷苦之言易好。"(《荆潭唱和诗序》) 朱英诞与其所熟习的谢灵运、杜甫、李贺、白居易、韦应物都多病多思，他们都将苦闷寄托于山水书写。疾病、失恃、战争是朱英诞的生存境遇，也是诗人山水诗创作的主要动因。

一 疾病与生命之思

"疾病提供了一种非常规的观照世界的视角，给人们带来一种全新的生命体验，激发了许多作家的创作灵感，成为人类创作活动的一种潜在诱因。"① 苏珊·桑塔格在《疾病的隐喻》中谈到疾病与文学创作的关系，"结核病是一种时间病；它加速了生命，照亮了生命，使生命超凡脱俗"。② 古往今来，许多文学创作者疾病缠身，山水诗人谢灵运便是其一。因为患病，他处于出世与退隐的矛盾中，时常思考生命的存在，其诗将生命之理、苦闷之情、自然之景合为一体，达到情、景、理的融合，如"池塘生春草，园柳变鸣禽"。唐宋时期众多诗人也遭遇病痛，如朱英诞喜欢范成大即是因为："石湖诗之所以常置案头者，并不是因为他位高而又能发展了田园诗，也是知道石湖是一个

---

① 张堂会：《逾越医学疾病范畴的文学想象——中国当代文学艾滋叙事的多元文化建构》，《南通大学学报》(社会科学版) 2020 年第 3 期。
② [美] 苏珊·桑塔格：《疾病的隐喻》，程巍译，上海译文出版社 2003 年版，第 14 页。

多病的诗人，岂企望同病相怜欤？"① 病痛加强诗人对生死的感知，赋予诗人触摸世界微尘、体悟自然变化的能力。唐宋山水诗中有"古冢"意象，它是诗人对生死感悟的自然投射。晚唐诗人曹松有《古冢》一诗："代远已难问，累累次古城。民田侵不尽，客路踏还平。作穴蛇分蛰，依冈鹿绕行。唯应风雨夕，鬼火出林明。"他不仅描述古冢与人类世界的关系，也将其与自然世界联系，祛除对死亡的直观感受，烘托荒凉静穆的氛围，将生死之思融于自然世界之中。再如李贺，作为多病早逝的诗人，其诗多用"鬼""血""死""泣"等字，山水诗也如此，如《感讽五首·其三》有："月午树立影，一山惟白晓。漆炬迎新人，幽圹萤扰扰。"月夜失去朦胧优美的意境，变得鬼气森森，他将疾病之感投入自然欣赏之中，使读者能从景色中感到死的凄凉与恐惧。朱英诞为李贺写挽歌："你撷取了生命的精华/（并不是春天的姿媚）/其余的便都抛弃了/我把那些叫做浪费……你的宁静高出了肉体/那蓝天，正当秋深的夜/拥抱着四海和桑田/而永恒的蓝天高于一切。"（《蓝天——李贺赞》）疾病让李贺拥有超越"肉体"的"宁静"，仿佛在"永恒的蓝天"中拥抱"四海和桑田"。

与这些"同病相怜"的唐宋诗人一样，朱英诞一生疾病缠身，多灾多难。六七岁患淋巴腺肿大，十岁开刀却未痊愈。在南开中学因淋巴腺结核病休学，二十岁病愈。因先天性胆道狭窄，三十五岁患急性肝炎，长年累月服用中草药，四十八岁被诊断为肝管阻塞。六十岁左右，患脉管炎，落下右腿大筋萎缩的病根，走路微跛。此外一直有高血压和慢性支气管病，六十八岁左右日益严重，1983年，七十岁的诗人病逝。朱英诞常在散文中写到"因病几殆"这四字，但疾病也给予了诗人灵感："我写诗百分之九十九是在北京一隅的事，百分之百是病中之事，我尝以为我的诗歌可以譬作药草之华。"②其实"病中'瞬间起灭'的思想，似乎恰好对应于'诗'经验发生的

---

① 朱英诞：《梅花依旧——一个"大时代的小人物"的自传》，《朱英诞集》第九卷，长江文艺出版社2018年版，第539页。
② 朱英诞：《自题诗草》，《朱英诞集》第九卷，长江文艺出版社2018年版，第366页。

独特性"①。疾病带来浓厚的诗意:"但愿我的小病日日推广,/像肥沃的田土和细水长流,/以致我能够终身落在病中:/那些美好的思想是多么爱人,/使得人们永矢不忘。在病后,它们永远是新鲜的,/正如每日的花束由小园里折来。"(《过露筋祠》)诗人甚至希望疾病能长久留存于身体,以使思想保持新鲜。疾病让诗人回归自身处境,关注日常生活的细枝末节,以己之感体察外物。因此他并不厌恶疾病,"小病像冬眠,/蜷卧在一颗星的指环里,/轻轻的穿过梦境"(《小病》)。"小病教我以温暖/我不数那过窗的落叶/但一片又一片的落下来/一片是绿色的/黄色,又是一片了/又一片是微红的/我不数,轻轻闭目/什么时候了,三星在户"(《小病(一)》),他观察每一片细小的落叶,透露出敬畏生命的情怀。

朱英诞并未止步于疾病视角中的自然书写,他进一步感知到身处自然中的病躯。疾病加深诗人对自然客体的感悟,被感知的客体也显现出主体的状态,诗人从自然万物中看到身体的形貌,身体同自然一起进入了创作的美学场域。《病中的一念》有:"午后树木多阴,/白昼很长而且坦裸得如神仙的智慧了,/但天的彼岸在哪里呢?/静室里是黄草的天涯,/令人念生活简单之可爱;/几时血肉化作清冷的水流去,/任骨骼作天外的奇峰:/种种过去都无丝毫之实感啊。"这是诗人的病中所思,他躺在房室中,望着多阴树木,思考天的彼岸,将身体器官想象为自然之物,血肉化为流水,骨骼化作奇峰,以身体的姿态感受自然,或以自然的视角观察身体。他多次在诗歌中将身体与自然物相联系,将身体比作水:"肉体将化为一湾碧水,/没有源头/无目的的流吧,/围绕着坟墓的圆周。"(《病中呻吟》)比作雪:"晴天属于卧病的人,/但四肢疲如一片残雪。"(《卧病》)将自然物拟作人:"乍冷的日子里雪花冻红了,/枫叶如温柔的小手摊开。"(《秋深》)唐宋山水诗也有诗人以病躯观自然,如崔道融《梅花》:"横笛和愁听,斜枝倚病看。朔风如解意,容易莫摧残。"与此相比,朱英诞山

---

① 姜涛:《"病中的诗"及其他——周作人眼中的新诗》,见姜涛《巴枯宁的手》,北京大学出版社2010年版,第164页。

第六章　朱英诞山水诗与唐宋山水诗的精神会通

水诗的疾病书写对身体的感知更为真切，重视山水诗中被自然物遮蔽的主体身份。他不仅在诗歌中突出"我"的存在，以病躯观自然，更能将自我融于自然，甚至赋予自然以主体的身体形式，"我"即自然，自然即"我"，从中体验个体与自然的生命之思。

二　失恃与感物之情

母爱是文学中至关重要的主题，唐宋诗歌多有对母爱的歌颂，如李白《豫章行》、李商隐《送母回乡》、陈去疾《西上辞母坟》、王安石《将母》等，对崇尚儒家伦理道德的民族来说，儒学与诗密不可分，①怀母诗成为文化传统。除了写人世间的母爱，有些诗人注意到自然世界中的母爱，如杜甫《绝句漫兴九首·其七》："糁径杨花铺白毡，点溪荷叶叠青钱。笋根雉子无人见，沙上凫雏傍母眠。""凫雏傍母眠"描述凫雏依偎着母亲的温暖场景。白居易《鸟》："谁道群生性命微，一般骨肉一般皮。劝君莫打枝头鸟，子在巢中望母归。"从鸟儿间的母爱出发劝告人莫打枝头鸟，自然世界的母爱使山水诗更有人性。朱英诞有较多怀母诗，他九岁丧母，对母亲的思念与怀母的伤痛延续了一生，《梅花依旧》中写道："今年届古稀，好声犹在耳边，并无任何种的风吹可以吹去。"②母亲的声音历经岁月绵延，依然未曾衰减。"房中放为你爱吃的水果/心头放着歌儿/然而，年轻的母亲/永远年轻的母亲/你为什么永远在徘徊。"（《杨柳春风——怀念母亲》）母亲永远停驻于"年轻"时，迫切的呼唤如水滴入大海，杳无音讯。"当风吹着草叶的时候/我想往访您，/母亲。我想抓住您的衣襟，依旧/像儿时。"（《怀念母亲》）丧母的悲痛、怀母的忧伤带给诗人一生的创伤体验，他沉浸于山水自然，试图从中弥补因母亲离去造成的缺憾。

与唐宋山水诗仅表达自然世界的母爱不同，朱英诞将怀母情感与对自然复杂的生命感受融为一体。唐宋时期表达母爱的诗歌主题较为

---

① 金春峰：《论儒学与诗的发展流变》，《湖南大学学报》（社会科学版）2021年第1期。
② 朱英诞：《梅花依旧——一个"大时代的小人物"的自传》，《朱英诞集》第九卷，长江文艺出版社2018年版，第541页。

明确——母爱,无论是人世间的母爱还是自然界的母爱,都专注于对"母爱"的抒发,较少旁逸斜出。而朱英诞的怀母诗既表达对母亲的想念,又传达出丰富的山水情感。"明月照在我脸上/母亲啊是我的镜/我看梦/仿佛照着一池春水。"(《追念早逝的母亲》)诗句运用多种意象:"明月""母亲""镜""春水",将怀母之情、自然之味、哲理之思融为一体,呈现出较复杂的诗思。诗人怀念母亲的方式,是将其融于自然万物中。如果说上述还属于怀母诗的范畴,那么以下完全是山水诗,如写母亲摘来的花枝:"那是年轻的母亲摘来插瓶的花枝,/它们的阴影很小而小得有趣;/午后的房中充满了新鲜和温柔,/阳光抚摸着垂遮着的帐幔。"(《午后睡起》)诗人在描绘自然景物时提到母亲,但主体仍是自然世界。他写一次"春游":"我喜欢小船,摇篮;沿着驼岗/我喜欢碧绿的河流,母亲至上:/当我上岸的时候钟声弥漫/桃花,杨柳,黄土,波浪!"(《西沽春游》)诗人在河流与母亲之间作比较,得出"母亲至上"的结论,但读者并不会因此忽视、贬低河流,反而会觉得可与"母亲"比较的"河流"更加温柔。在日常可见的自然景物中,他时常提到母亲,每一枝花、每一条河、每一只鸟都可有与母亲联系的方式,这样的书写使怀母诗增添自然的灵动,山水诗充满温暖的人情。

三 战争与和平之歌

由于朝代更替、外族入侵,唐宋诗人有大量战争书写,形成边塞诗的壮丽景观。如山水诗人也写边塞诗,边塞诗人也不乏山水诗佳作。岑参《白雪歌送武判官归京》在塞外送别、雪中送客之中描写西域飞雪的壮丽景象,《走马川行奉送出师西征》描绘边塞狂风乱作、严寒交加的气候。高适《塞上听吹笛》、王之涣《凉州词》都是边塞风景佳作,诗人用粗犷的笔调勾勒山川轮廓,为山水诗增添别样的艺术魅力,它不仅可以"小桥流水",还可以"大漠孤烟","骨骼"坚硬、气势磅礴。至宋,"靖康之变"使大宋王朝一蹶不振,偏安东南,"国家不幸诗家幸",国土分裂,山河破碎,为山水诗提供了新的题材。

第六章　朱英诞山水诗与唐宋山水诗的精神会通

正如朱光潜所说，"社会动荡愈剧烈的时期往往也是山水诗愈抬头的时期"①。陈与义、刘子翚开创山水诗的新境界，如陈与义《牡丹》："一自胡尘入汉关，十年伊洛路漫漫。青墩溪畔龙钟客，独立东风看牡丹。"金人的入侵使洛阳路漫漫，牡丹也不再雍容华贵，而是"老态龙钟"。再如刘子翚《山寺见牡丹》："倦游曾向洛阳城，几见芳菲照眼新。载酒屡穿卿相圃，傍花时值绮罗人。十年客路惊华发，回首中原隔战尘。今日寻芳意萧索，山房数朵弄残春。"战争过后，原先"芳菲照眼新"，如今"数朵弄残春"。南宋时期山水诗整体格调倾向凄凉哀伤、荒寒孤寂。

朱英诞生于1913年，逝于1983年，这期间中国经历了前所未有之大变局，但诗人也因沉浸于一方小屋，书写山水庭院被评论家所诟病，钦鸿曾评价朱英诞："在风雷激荡的革命年代，作为一个诗人，自外于人民的斗争，闭门研究自己的诗艺，苦心经营山水田园之诗，终究是个缺憾。"② 但朱英诞诗中并非没有战争书写，与疾病、失恃同样，战争也是诗人的一大创伤体验。他讨厌战争："我讨厌/战争；大旱的天空平静，/像一枚鸡卵平静地躺在窠里；/汲水的女孩，绿匆匆……"（《杨柳》）他期待和平："当黎明消失的时候/月亮冷如一掬残雪了/鸡鸣告我以远方/战争有了和平的消息。"（《鸡鸣》）思考战争与和平的精义："离开屋宇/披一肩旷野的风/默诵着战争的精义/沉思着和平的解说。"（《重荷》）可见朱英诞书写战争不是拿起大刀长矛嘶吼，他的诗没有马革裹尸与鲜血淋漓，没有激情的怒吼或垂死的哀号，有的是冷如残雪的月亮与旷野吹来的风。较唐代边塞诗人笔下的山水描写，这类诗歌更贴近宋代山水诗的风格趣味，冷静沉思、内敛节制。再如《魔术的箫》："初月照耀着松动的土壤，/蚓笛发出不很扰人的色彩和音响，/自花间如自远方，呜咽的，/魔术的箫吹遍乌江。//淡黄的夜来香突然绽开，啊顷刻花！/号角又吹向声空，音符零落……/祝福啊，那边尘和战云弥漫，/你的大大的幸运来自其间，啊过客。"这是作者

---

① 朱光潜：《山水诗与自然美》，《文学评论》1960年第6期。
② 钦鸿：《朱英诞和他的新诗》，《辽宁教育学院学报》（社会科学版）1988年第4期。

回想几十年的"战况",从"公战"到"私斗",不免悲从中来而作的诗歌。诗歌意象从月、土壤、蚓笛、箫,到夜来香,然后才是号角、战云,诗人是这其中的过客,从战火纷飞的年代走来,可谓"大大的幸运"。诗人对纷乱的世事进行冷静思考,从身边自然入手,经过多重意象的步步筛选,抵达吹向天空的号角,这是智性思维的酝酿,是新鲜诗情的畅想。

相比宋代与战争相关的山水诗歌,朱英诞的描绘更有距离感,他不直接讲述身处战争的个体,而是拉开距离,通过第三视角书写战争。他将战争比作鸟儿,而不是描写战争下的鸟儿:"战争,飞渡海的鸟儿,/我们应该学学网开三面;/啊幸福! 幸福终于会来,/只怕说'和平已久'。"(《未来的寂寞》)他拉开时间距离,思考战争与和平的关系:"三十年是一只一叶之小舟,/在烽烟和旗帜之间漂浮,/它航得缓慢啊,/可是只有一会工夫……回想我深居的一生,/查看这美丽的大地——/像是谛听战争的春风,/或是和平的叹息。"(《回想》)"战争的春风""和平的叹息",多么讽刺,期待的和平迟迟未到,只能化为声声叹息。于是诗人做出选择:"生在动乱的岁月里,/我的心享受着和平,/这是我需要的,/啊,北京,我的老保姆!"(《和平的城(和象贤)》)经历多年提心吊胆的生活,如果说有什么可以成为诗人心灵的庇护,那一定是笔下的诗歌与身边的山水自然。吴晓东认为:"日本侵略者的高压统治和严密的文网制度使得沦陷区诗人们无法直面现实……求生存已经成为几乎每个诗人都面临的最迫切的问题。这使朝不保夕的诗人们空前强烈地体验到生存的个体性。"[1] 他指出沦陷区的"现代派"诗作是"与'大地的气息'相异的温室里'诗人的吟哦'与'沉重的独语'"[2],朱英诞的山水诗一定程度上属于这种"独语"。他写战争,但不痴迷战争,不使战争成为意识形态的宣传或道

---

[1] 吴晓东:《沦陷区的沉重独语》,见王泽龙、程继龙编《追寻隐没的诗神——朱英诞诗歌研究文选(上)》,(台湾)花木兰文化出版社2015年版,第52页。
[2] 吴晓东:《沦陷区的沉重独语》,见王泽龙、程继龙编《追寻隐没的诗神——朱英诞诗歌研究文选(上)》,(台湾)花木兰文化出版社2015年版,第52页。

德的附庸，也并未让战争限制诗人的想象力。他在自然空间与诗歌世界中，安放对战争与人生的领悟。

第三节　心灵驰骋的广阔世界

"想象"赋予诗歌以活力，孟浩然云："想像若在眼，周流空复情。"（《陪张丞相祠紫盖山途经玉泉寺》）这一"想像"即刘勰所说的"思理为妙，神与物游"（《文心雕龙·神思》）。李贺一生未到过巫山，却发挥奇想，加以楚襄王梦遇神女之事，写出《巫山高》："碧丛丛，高插天，大江翻澜神曳烟。楚魂寻梦风飔然，晓风飞雨生苔钱。"李白以发令者的身份让自然为我所用："太白与我语，为我开天关。愿乘冷风去，直出浮云间。"（《登太白峰》）李商隐一生颠沛，常梦归家与婚恋，诗歌呈现出"我是梦中传彩笔""十年长梦采华芝"的梦中世界。朱英诞1932年来到北京，之后仅1946年与1948年短期到过外地，他说："我写诗百分之九十九是在北京一隅的事。"① 朱英诞重视想象，他一生未到过江南，却将其作为故乡；平生较少做梦，却常以梦构造诗篇；常住于北京小巷，其诗却有海天之景。现实不能束缚诗思，正如他常引用的诗句："谁能够筑墙垣，围得住杜鹃？"②

一　想象的江南故乡

江南自古以来便是文人墨客的向往之地，"吴酒一杯春竹叶，吴娃双舞醉芙蓉"（白居易《忆江南》）、"春水碧于天，画船听雨眠"（韦庄《菩萨蛮》）、"千里莺啼绿映红，水村山郭酒旗风"（杜牧《江南春》）……江南在古诗中随处可见。江南早已非单纯的地理位置，它凭借富庶安逸的经济环境与温润感性的诗性精神，成为历代文人墨客的情感皈依，成为令人遐想的"文学的江南"。江南湿润的雨季、

---

① 朱英诞：《自题诗草》，《朱英诞集》第九卷，长江文艺出版社2018年版，第366页。
② 朱英诞：《刻印纪略》，《朱英诞集》第八卷，长江文艺出版社2018年版，第285页。

精致的亭台、代表富庶的丝织带来的自由与美的精神,给予无数文人充满激情的向往,"江南"逐渐成了一种文化心理与品格。受古诗词熏陶的朱英诞接受了这种江南风味,他笔下的江南如红得天衣无缝的花:"江南的花/红得如天衣无缝"(《花坛》);如音乐般浮过马耳的风:"小溪流水呜咽,/江南的风春天吹来,/我是忧郁的:城市里的/音乐浮过马耳"(《雨》);如中古之飘带的虹:"雨后的虹以外淡淡的风与霞的夏晚/若中古之飘带忆恋着江南的绿水边/晚天不带情意又现出病青的颜色来/在一个黄昏里另一番雨声的暂停前。"(《虹以外》)这些如诗如画的山水美景,是江南情结在现代诗歌中的畅快表达,映现的是一种现代文人精神品格的倔强生存之态。

　　朱英诞笔下的山水江南仿佛披上了一份幻美的滤镜,诗歌极少梅雨的烦闷与离别的惆怅,看不到"江南春尽离肠断,苹满汀州人未归"(寇准《江南春》)的伤感。即使写江南的霉也毫无烦闷情绪:"北国里怀念着江南,/我感到霉味的窒息,/树叶和寒鸦翩飞,/月亮是一块鹅卵石。"(《断续的风》)诗中虽出现"窒息"二字,但读至"月亮是一块鹅卵石",仍然令人颇感清新。朱英诞的江南书写其实都是想象书写,他祖居江西婺源、湖北武昌,家谱在江苏如皋刻印成书,寄籍北京宛平。他1913年生于天津,家在河北首善里,在此居住19年,后迁至北京。天津才是朱英诞有迹可循的故乡,但相较天津,他对江南之地的怀念更加迫切,文学的江南与家族的历史深深吸引着他的目光,但江南始终仅处于想象之中,"我的乡愁是混茫的,广漠的乡愁。烟波浩渺,如在目前,然而又非常辽远"。① 通往江南的现实之路不可至,那么就于诗中去往江南,"灯光有一些烟草味了/寒冷依旧拂动过客的衣裳/也拂动了虫鸟的翅膀/游子,江南是我的故乡"(《春夜》),甚至梦境都披上了江南之衣:"我睡,我醒,/六十天的春深的日子呵,/饱看了草飞草长日出日落。/哎,怎能不多梦呢,/我的故乡在江南?"(《多梦的春天》)

---

① 朱英诞:《写于和平的春天》,见朱英诞著,朱纹、武冀平选编《朱英诞诗文选:弥斋散文·无春斋诗》,学苑出版社2013年版,第23页。

第六章 朱英诞山水诗与唐宋山水诗的精神会通

诗人此时处于20世纪30年代，个人的力量在时代洪流面前微乎其微，他唱不出郭沫若式的激昂旋律，寻不到定位自我的稳定位置，在现实与想象之间、在传统与现代之间徘徊不定。作为地域漂泊的异乡人，精神漂泊的寻游者，哪里才是他可安定的居所？此时以游子的身份眺望江南成为依稀可以触摸的方式，他暂避于梦想的"桃花源"中寻得一夕安枕，现实的隔膜被心灵的巡游所打破。江南，这个未曾到过的乌有之乡，成为一个漂泊者的心理定位，一个巡游者的精神抚慰。他创造一方诗意空间，安放江南的小桥流水与草长莺飞，故乡与异地得到调和，想象寻到安身的居所。于朱英诞而言，江南是一个地理的、文学的、故乡的多位合体。他乘着想象之风，在江南故乡遨游，"落花在他自己的影子里安眠／故乡不可见，／却在蓝天丽日之下／推敲着星月的门"（《怀江南江北故乡》）。

二　白日梦的清吟空间

"梦"在日常生活与文学创作中占一席之地，科学地说梦只是大脑在睡眠时的活动。但在科学还未探索梦境的年代，梦是人类探索自我与世界的途径。中国文学中的梦境如楚襄王梦神女、庄周梦蝶、玉茗堂四梦等，诗人在梦中思乡怀人、观景怀古，完成现实中难以触及的愿望，以梦作诗毫无拘束，恣意纵横。李白梦观美景："我欲因之梦吴越，一夜飞度镜湖月。""霓为衣兮风为马，云之君兮纷纷而来下。"（《梦游天姥吟留别》）元稹梦中思人："山水万重书断绝，念君怜我梦相闻。"（《酬乐天频梦微之》）刘禹锡以梦归乡："逆旅乡梦频，春风客心碎。"（《早春赠别赵居士还江左，时长卿下第归嵩阳旧居》）陆游于梦忧国："夜阑卧听风吹雨，铁马冰河入梦来。"（《十一月四日风雨大作》）诗人以梦为马，在真与幻的情境中、在现实与文学的交界处，纵情驰骋。

朱英诞也以梦归乡、以梦思母、以梦观景。他写过从未到过的江南之梦："你羡慕谁的行止呢／游子：你总是说／江南是春天的梦"（《游子界说》）；永难忘记的怀母之梦："青天老是蜷卧着，／我也轻轻入梦／

夜的深处是母亲/梦乃若轻舟触岸而醒"(《追念早逝的母亲》);深处其中的自然之梦:"夜来我梦见与虎为伴,/我们在深山大泽里闲散着,/它哺乳着野花,我照着潭水,/那颓倒的镜做着什么梦呢?"(《秋天的梦》)朱英诞还对梦精细描绘,如梦的颜色:"蜜金的梦寐是家家的/每一座美丽的小窗前/飘拂过香味胜似芳草"(《夜景》);梦的行为:"我梦想着/梦环绕我如一团野火"(《静夜》)、"七月的夜与清晨联袂,/梦则留恋着人寰";将梦比作自然物,"深夏的梦是海上的风,/让星天做我们的罗盘,热情做帆"(《七月》)。更特别的是除了写自身之梦,他还写自然之梦,海的梦:"梦里的花开了/乃去对着静水照着/海的梦乃在池水中/烟静静地升上天空"(《海的梦(二)》);瓦雀的梦:"阳光将托足在瓦雀的梦里,/我走到篱下看寒冷的花盛开"(《玉泉山塔影》);鱼的梦:"风的花朵落在水上,/鱼的梦寐沉入天空"(《涟漪》)。诗人不只记录梦境,不仅描写梦的状态,也能感知自然物的梦境,这拓宽了梦的边界,也拓宽了山水自然的边界,奔向更大的白日梦的空间。

朱英诞向来少梦:"我是少梦的人","其一,过家门而不入,门内棕榈二株,藤萝花自上垂垂而下。门如一幅画。其一,我站里山谷中望月。此外就只是些乱梦也随时忘掉了。"[①] 作为少梦的诗人,却以梦构筑诗篇,可以说是"痴人说梦"了。他"喜欢在夏日昼长时耽于寂寞地写着,似乎得以同时享有'清吟杂梦寐'的景光。我没有午梦的需求,却常时在人们遗弃的白日里,独自一人跑到园林中做我的白日梦"。[②] 朱英诞曾将作诗喻为游戏,在动乱年代,他只能以游戏与梦境来逃离生活的枷锁。梦境中有一个坚不可摧的、玄秘深奥的、纷繁阔大的世界,它几乎无所不有、无所不在,使诗人在令人窒息的生活中划出了狭窄而永恒的缝隙。朱英诞诗歌的"梦"就是这样的缝隙,它那么小,只属于诗人一人,但又那么大,属于时代中的另类书写。

[①] 朱英诞:《关于梦——代序》,《朱英诞集》第八卷,长江文艺出版社2018年版,第104页。
[②] 朱英诞:《我是怎样写诗的——答汤铭问》,《朱英诞集》第九卷,长江文艺出版社2018年版,第493页。

同时这种梦的书写也是对心理缺失的文学补偿,他常引用秦观的"醉卧古藤阴下,了不知南北"(《好事近·梦中作》)。生活在战争频仍的年代,早年丧母、远离江南故乡,诗人只能通过梦境奔向自由,"醉卧古藤阴下"成为他最合适的选择。然而作为一个爱自然的诗人,他的梦充满山水情调,甚至"梦"就是自然,看似沉醉于梦中,实则是游乎四海之外。

三 海天之景伴哲思

海在空间与时间中无限绵延,它或平静安宁或波澜壮阔,承载着诗人凝望的沉思与征服的激情。天与海交相呼应,共同鸣奏出自然之曲。张若虚"春江潮水连海平,海上明月共潮生",展现海天相映、动静皆具的海景;李白"君不见黄河之水天上来,奔流到海不复回",用高远的天与壮阔的海表现人对自然界征服的决心;苏轼被派杭州期间作"雨过潮平江海碧,电光时掣紫金蛇"(《望海楼晚景》),碧色的海与紫色的电光相交,气势迅猛,用色出彩。李商隐擅写海天之景,他写的神话,涉及瑶池、银河、天宫等,打造诗歌的"海天境界",如"阆苑有书多附鹤,女床无树不栖鸾。星沉海底当窗见,雨过河源隔座看"(《碧城三首·其一》)。仙子用仙鹤传送书信,而人类只能"当窗见""隔座看"。这些在唐宋山水诗中非常难得。中国文明是"黄色文明",我们熟悉土地与河流,但对海洋经验则比较匮乏。朱英诞觉察到:"玉溪生诗中有一种海天境界,似乎比他的无题、咏史之类更值得注意。"[①] 读李诗如于海里泛舟:"当我幻想那一座长桥/一朝随水飘去如虹之消失/像你的孤舟,那时候//到大海里的一夜/并不为以捕鱼为业/只想看看那灯塔在哪里。"(《万物之灵——李商隐赞》)与李商隐一样,朱英诞的诗中也有一种海天境界。

朱英诞少时居于天津,秦皇岛的海:"正如一个冬眠的人,/那藏青的和少许灰白的船儿,/像一些仙景,却被你弃置着。"(《归来》)

[①] 朱英诞:《李商隐笔下的武则天(随笔)》,《朱英诞集》第九卷,长江文艺出版社2018年版,第301页。

"美丽是又清晰又朦胧，/一只天鹅在天边飞过，/我要航过天的好望角，/它比海更幽深，更辽阔！"（《海天私语》）天倒映在海面上，海与天相互对映。"但也有一个大缺憾，那就是乘月观海了。年少时不准夜出，于是我所写的海，连上下四旁都不是，了无神秘。"① 他充分调动想象力，将海天期待蔓延在诗歌中。海与天无边无际，思绪信马由缰，纵情驰骋，他常能通过身边景物联想到海天之景，通过天上落下的雨："雨落在我家落花的窗前/也落在海上吗/海鸥是奇妙的船/南国马儿不践踏芳草"（《风雨如晦》）；通过高悬于天空的月："月光清白而温柔/赤足走过夜之阴凉/影子消失在海里了/小树赤裸而辉煌"（《月色》）；通过空中吹来的风："寒冷的风由远而近，/梦携来泥土的香味；/有风自南，来自海上，/风啊，吹来了，徐徐地消逝。"（《枕上》）这些日常的自然景物仿佛一座桥梁，成为想象沟通海天的媒介。但是朱英诞未曾亲自乘船出海，未曾亲身感受浪涛的击打，他的海天之诗缺少"万里昆仑谁凿破，无边波浪拍天来"（王安石《狼山观海》）的力量与动感。相反，诗人在想象之中建造了一片高远无边的天与平静开阔的海，海里蕴藏的是无法命名的智慧与哲思。

朱英诞赋予海多种象征。"我仿佛是那码头，只管卸货，/背后是一片神秘的海，/每一棵树有着美丽的负载；/今天有上帝从我心经过。"（《侵晨》）"我"是码头，"海"是"我"于日常劳作之外的内心世界，是所思所想，是智慧的浩大空间。再如"我浸在午梦如海里，/海，是甚么的阴影呢？"（《小伏满月作》）午梦如海，这一比喻突出海的朦胧浑茫之境，是一片未知与神秘的领域。再如"如果是那天风海雨的寂静，/那么航吧，航吧，小小的夜航船，/以船的时间作罗盘。要不要月亮作帆？"此诗名为"深闺"，深闺为何有夜航船？它以时间作罗盘，以月亮作帆，将要航去何方？船是媒介，它沟通深闺与外界，载着诗人航向一片无边无际的自由之境。朱英诞笔下的海既有现实的海天描绘，也有通过日常自然物的媒介对海天之景的想象，

---

① 朱英诞：《梅花依旧——一个"大时代的小人物"的自传》，《朱英诞集》第八卷，长江文艺出版社 2018 年版，第 545 页。

第六章　朱英诞山水诗与唐宋山水诗的精神会通

这些在唐宋诗人笔下并不缺少。但朱英诞的海意象不是佛家所说的人间难以脱离的苦海，如苏轼的"沧海寄余生"，蕴含着佛家关于人世的智慧，但他与古为新，运用象征，赋予海天之景以丰富的哲思。关于海的书写是讲"每个人的孤独个体，深渊的体验，对自由的向往，对未知和神秘的探索"。① 朱诗即是如此。海与天是如此广阔与深厚，仿佛藏着世间所有的神秘，给诗人充分的想象空间，使诗人以此为依托来思考世界与人生。朱英诞将生命体验融于海，海是人类的智慧空间，它深邃博大，又变化万千，它表面平静，又暗藏凶险，充满着不可思议的魅力，呈现出浑茫又自由的境界，囊括一切可说与不可说。诗人选择海意象来容纳哲思，既是对唐宋自然意象的精心发现，又是对佛家智慧的有效创造，同时也是个人创作的独特经验。

每位诗人都难以逃避传统的影响，"他的作品中，不仅最好的部分，就是最个人的部分也就是他前辈诗人最足以使他们永垂不朽的地方"。② 诗人从传统中汲取经验，又以个人的诗才重塑传统，王维的禅意、李白的浪漫恣意、杜甫的民族忧虑、杨万里的幽默欢笑……这些都构成了山水诗的多种形态。朱英诞山水诗与唐宋山水诗在精神境界上相通相应，诗歌体现出回归自然之态与乐观向上的生命意识，江南情结与海天向往是诗人共同的心灵追求。朱英诞面向传统，但不为传统所拘，他将个人遭际、时代精神与新诗特质融于诗歌，呈现出境遇与自然交融、主体与客体交织、想象与梦境驰骋的智性山水。他的现代山水诗构成了现代诗歌史上一道独特的风景。

（与薛雅心合作）

---

① 张桃洲等：《海与诗，岛屿上的诗歌对话》，《江南诗》2019年第4期。
② ［英］T. S. 艾略特：《传统与个人才能（1917）》，见赵毅衡编选《"新批评"文集》，卞之琳译，中国社会科学出版社1988年版，第25页。

第七章 朱英诞山水诗与唐宋山水诗的艺术传统

唐宋山水诗可以说是中国古代山水诗的艺术高峰,影响了中国现代山水诗的艺术形态,朱英诞即是受益者。谢冕曾评价他:"学贯中西,艺通今古,诗文灿烂。"① 朱英诞是20世纪三四十年代京派诗人群中具有代表性的诗人,他在近半个世纪的诗歌生涯中仅创作的现代山水诗就有1300多首,"他对大自然观察之精微,感受之敏锐,非其它新诗人可比。日月星辰,春夏秋冬,晨昏寒暑,在朱英诞笔下,都是诗,都可赋予人格,赋予新的生命"。"如果说朱英诞是中国现代山水田园诗的杰出代表,绝非过誉。"② 他从唐宋山水诗中汲取艺术养料,同时不拘于传统诗艺,在欧风美雨的时代环境中吸收西方象征主义,"开拓了中国山水田园诗的新境界,赋予了中国山水田园诗现代审美意味,创造了一批20世纪中国山水田园诗的经典之作"。③

第一节 化用典故:与古为新的诗艺探索

典故是诗文等所引用的古书中的故事或词句,用典是创作者自古

---

① 谢冕:《暮年诗赋动江关——纪念诗人朱英诞》,《兰州大学学报》(社会科学版)2018年第5期。
② 陈子善:《一座诗的丰碑——为〈朱英诞集〉问世而作》,《兰州大学学报》(社会科学版)2018年第5期。
③ 王泽龙:《论朱英诞的诗》,《文学评论》2017年第6期。

第七章 朱英诞山水诗与唐宋山水诗的艺术传统

以来作文的重要法则，如刘勰所言："事类者，盖文章之外，据事以类义，援古以证今者也。"（《文心雕龙·事类》）唐宋时期用典大为流行，李白、李商隐、杨万里等皆用典，黄庭坚还提出"夺胎换骨"与"点铁成金"之法，使有限的语言生出无限新意。但用典也遭非议，严羽曾言："用字必有来历，押韵必有出处，读之反覆终篇，不知着到何在。"① 李商隐曾因善用典被视为"獭祭鱼"，"唐李商隐为文，多检阅书史，鳞次堆集，左右时谓'獭祭鱼'"。② 獭捕到鱼后将其排列于水边，此种行为颇像祭祀，诗人用典便与此相像。五四时期胡适提出的"八事"之一便是"不用典"，其实，他反对的是滥用典故，认为"其工者偶一用之，未为不可"③ 诗人流沙河指出"五四新诗，六十年来，不是用典成瘾，出了问题，而是用得太少，不敢大胆调动古人的积极性"。④ 朱英诞则大胆用典："我不但崇拜李商隐，我还想：一定要把'獭祭鱼'法发扬光大"⑤，"我们的诗应该是用典和白描交错，结合而成之，而一概排斥用典，那就犹之乎永远由它是一片草田"⑥。他"与古为新"，更新传统，赋予典故新的生气与活力。

一 唐宋诗句典故的化用

唐宋山水诗名句众多，流传久远，它们在文学长河中经过层层筛选成为经典。后世诗人引经典诗句入诗，通过新奇的想象力与卓越的创造性，让古老的诗句焕发出不凡的文学魅力。朱英诞引用精练的唐宋诗句入山水诗，赋予其新的诗歌意境。他引宋代张镃的"无月无灯夜自明，模糊何啻瓦沟平"（《记雪》）入诗："拿一束花枝当火把/丢掉它，丢掉它/春天的风暖得醉人了/无月无灯夜自明"（《春昼》），原

---

① 严羽著，郭绍虞校释：《沧浪诗话校释》，人民文学出版社1983年版，第26页。
② 王大鹏等编选：《中国历代诗话选》（二），岳麓书社1985年版，第486页。
③ 胡适：《文学改良刍议》，《新青年》1917年第2卷第5期。
④ 流沙河：《十二象》，生活·读书·新知三联书店1987年版，第162页。
⑤ 朱英诞：《低调（随笔）——〈白小录〉代序》，《朱英诞集》第九卷，长江文艺出版社2018年版，第233页。
⑥ 朱英诞：《银迹——〈盾琴抄〉代序》，《朱英诞集》第九卷，长江文艺出版社2018年版，第261页。

句是雪夜之景，朱英诞却让花枝照亮春夜，它的颜色与姿态瞬间让漆黑的夜晚摇曳出光的影子，暖风带来如光般醉人的温暖。他还将炼字之法用于现代山水诗，以最经济的方式汲取唐宋诗句的精华。如引用李贺描绘儿童的"骨重神寒天庙器，一双瞳人剪秋水"（《唐儿歌》）入诗，使梅花成为"骨重神寒的归人，/她更娇美，/比起十五女来"（《古梅（一）》）。"骨重神寒"不就是梅花凌寒不屈的傲人风姿吗？它将梅花的风致与气韵表现出来，精神与美感同在。朱英诞借鉴李商隐诗句"深夜月当花"（《春宵自遣》）作诗："夜来临，我有着我的茂密的树林；/我爱今宵的月当头，/无所谓地谛听着鬼拍手。"（《街头望西山口占》）关于"当"字，他"尝欲与废名居士论之而未果"①，可见诗人的炼字之功。诗人抬头，正对着今宵的月，然这已足以，此即诗人闲适淡然的人生态度。他的山水诗因为有唐宋诗句典故的点缀，其景物描绘更出彩，意境氛围更浓郁。

　　除直接引用诗句外，朱英诞还将唐宋诗句改为白话诗，改变原本的语言组织方式与主旨意境，使传统山水诗句呈现现代风貌。他将唐人陆畅诗句"天人宁许巧，剪水作花飞"（《惊雪》）改为"梦寐与醒觉之间无限浩淼，/是谁呀能够剪水成花，/并且飞舞起来？"（《夜思》）相较原句，此白话诗句对话性更强，更具说话的调子，更能带动读者的思绪。将"今夜偏知春气暖，虫声新透绿窗纱"（刘方平《月夜》）改为"夜是暖暖的，春天像那微绿的小虫/暗暗地爬窗间"（《春夜》）。古诗常因篇幅限制须用极其精练的语言刻画场景，现代诗则可以用散文的语言扩充诗歌篇幅，以容纳更多诗意。在原句中，虫声从窗外透进，白话诗句则将春天喻为小虫，再用"爬"的动作让春天的到来充满动感，画面感更强。散文的形式毫不毁损诗的内容，这就是"内容是'真诗'，形式是散文的"②。将李贺的"雄鸡一唱天下白"（《致酒行》）改为"人间隐隐一声鸡/蓦地唱出红日来/更分明了/四方的眼色//归鸦若有远方的逃避/红日乃茫然而没落了/一个黯然的

---

① 朱英诞：《街头望西山口占》，《朱英诞集》第五卷，长江文艺出版社2018年版，第340页。
② 朱英诞：《附记》，《朱英诞集》第八卷，长江文艺出版社2018年版，第232页。

第七章　朱英诞山水诗与唐宋山水诗的艺术传统

追求/谁将成梦呢"(《红日》)。李诗称赞少年的凌云壮志,气势高劲、铿锵有力,不在于景的描绘。朱英诞将诗歌画面大加铺陈,从清晨红日初升写到傍晚红日没落,填充"雄鸡一唱"的自然之景,景象更为饱满。他还在这山水诗句中透露出时代思考,"逃避""茫然""没落""黯然"等词体现现代诗思,这是作为"大时代的小人物"在30年代的自我感触,正如废名所说"是厌世诗人的美丽,严肃得很"①。这样的用典也有助于塑造"一个在众多历史文本交织下的、具有多义性的'自我'形象"②。朱英诞的山水诗大胆引唐宋经典诗句入诗,或对其进行现代化用,不仅使现代山水诗充满古典风味,也使所引的唐宋诗句景象与境界都为之一新。

二　唐宋人事典故的化用

人事典故是由事件凝聚而成的"有意味的形式",朱英诞山水诗运用这种具备艺术感染力的符号,借神话传说中的人物来塑造景物。唐宋诗人也多用人物典故,但由于时代不同,诗人运用典故的侧重点也不同。如夸父典故,宋代诗人刘子寰有:"碧松枝下青瑶石。举头看、长空湛湛,淡琉璃色。上界星辰多官府,夸父忙鞭日月。任兔走、乌飞超忽。"(《贺新郎·登玉田峰》)诗人将夸父视为精神伟毅的时间之神,仿佛是夸父不停鞭打日月,才得以斗转星移。通过这一人物形象,诗人感慨时光流逝之快,宇宙茫茫之大。朱英诞的山水诗常现夸父:"绝艳的海棠树啊,/你的阴凉却没有颜色:/太阳显得多无能!/树阴里凉风拂过,/午梦中的河水活活;/那么,让落红流去吧,/夸父是会感到寂寞的吗?"(《树阴(二)》)朱诗将"夸父"具有的历史气息与人格特征一同赋予海棠,他不局限于赞扬夸父的品格,也会追问夸父是否感到寂寞?他未将英雄颂扬为单一化的面孔,而是在山水诗中探讨英雄作为个体所具备的困境,这反过来也让读者对山水自然有更深层的体悟,寂寞的也是凉风拂过的海棠树。朱英诞将符号化形象

---

① 朱英诞:《〈螺舟集〉序》,《朱英诞集》第八卷,长江文艺出版社2018年版,第351页。
② 杨柳:《论现代派新诗的用典革新》,《江汉学术》2020年第4期。

看作有血肉的人物，使山水自然充满历史感与人文情怀。再如鲛人、弄珠人的典故，"鲛人"典故出自《搜神记》："南海之外，有鲛人，水居如鱼，不废织绩。其眼泣则能出珠。"① 如苏轼诗："唤起谪仙泉洒面，倒倾鲛室泻琼瑰"（《有美堂暴雨》）通过鲛人房屋倾倒体现暴雨之大。"弄珠人"典故出自《列仙传》："郑交甫常游汉江，见二女，皆丽服华装，佩两明珠，大如鸡卵。"② 如王适诗："不知春色早，疑是弄珠人。"（《江滨梅》）在汉水之地忆及弄珠人，梅花疑经弄珠人之手绽放。朱英诞有诗："鲛人以月光纺织着海啸/绿色的风涛之下/弄潮儿是弄珠人/什么时候月亮升起/灯窗是梦寐的篱笆/智慧的气思来自何方/令人心感到暗凉/茴香开了红色的花朵"（《四月雨》）。诗人运用神话传说中的人物为自然编织一身奇幻之衣，仿佛这雨乃神人所赐，如入仙境。与前两首相比，朱诗多了一份智性，在四月雨中企盼月亮升起，透过"梦寐的篱笆"感受到"智慧的气思"，同时又不折损其山水韵味。

　　朱英诞还选用故事情节入山水诗，赋予山水自然以故事性，但典故并未因晦涩损伤自然之美。如"饮马，投钱"典故，它出自"安陵清者有项仲仙，饮马渭水，每投三钱"。③ 宋代王十朋有诗："日汲卧龙水，屡赖担夫肩。所取都几斛，深惭未投钱"（《题卧龙山观音泉呈行可元章》）表泉水之恩，宋代徐似道有诗："昔人呼为饮马泉，至今饮者谁投钱"（《马桥秋月》）表时间流逝。朱英诞有"初晴的时候，/青空露自乌云的洞窟里；/有人来到泉水边，/饮马（不致投钱）。"（《塞下》）诗歌括号中的内容即在提醒读者注意此典故，而在典故之外，也挥洒出一幅自然风景画，毫无功利与名望，人与自然相互交融。他还有诗："云散的天空里，/一个虹的穹门无人出入，/月是饮马的清泉，/坐落在千年前的十里外。"（《雨》）诗人运用故事情节典故，却着重于描绘自然画面，"月是饮马的清泉"，此比喻引发读者无限联

---

① 邹憬译注：《搜神记译注》，上海三联书店2018年版，第225页。
② 冯梦龙评纂，孙大鹏点校：《太平广记钞》（第一册），崇文书局2019年版，第130页。
③ 徐坚：《初学记》（第一册），中华书局1962年版，第135页。

第七章 朱英诞山水诗与唐宋山水诗的艺术传统

想。再如舒姑泉典故,皎然有诗:"莫向舒姑泉口泊,此中呜咽为伤情。"(《送僧游宣州》)朱英诞有:"据说／泉水是女子的化身／要为你奏一点音乐吗／一阵落花风吹了起来。"(《落花风》)他在注释中详细介绍此典:"宣城盖山有舒姑泉,俗传有舒氏女与父析薪。女坐泉处,忽牵不动。父遽去家,及其至,其地唯见清泉湛然。其母曰,其女好音乐,乃作弦歌,泉乃涌流。"① 即使不知此典,读朱英诞此诗也毫无障碍,而理解皎然诗则较为困难。原因在于朱英诞将故事情节置入山水诗,并非是为讲故事、表情意,而是为了更好地塑造山水自然之景。诗句在现代语言与历史情境中穿梭,呈现出清新自然、自由新鲜的品质。

三 唐宋山水意象的更新

意象是诗人主观情志与客观物象的结合,有些意象因其着力之深,在数百年的历史积淀中被反复引用,便成为典故,比如"枯藤""杜鹃""采菊"意象。这时"诗人的经验层面同古人的经验层面(古典意境)因用典而叠合而交融"②,谱奏出穿越时空的诗歌之音。流沙河还曾提出"典象"一说,"诗用文字造象,自有象趣蕴涵其中。读者可以从字面意义去领会象趣。如果所用文字,除了字面意义而外,还隐藏着典故,这个典故又达到了造象水平……便是典象了"。③ 这一典象便是含有典故的意象,朱英诞经常运用这种意象:"催花开的羯鼓被击打着,／乌鸦是阳光的鸟而飞起来,／把荒凉的重山从梦中唤醒,／当祭罢鳄鱼的时候。"(《遁形》)此诗中"羯鼓""乌鸦""鳄鱼"意象皆是典故,"羯鼓"用"羯鼓催花"之典,"乌鸦"用"太阳鸟"之典,"鳄鱼"用"獭祭鱼"之典,这些意象隐含典故,带来思辨之趣。朱英诞山水诗常用"乌鸦"意象,它并非常见的"梁园日暮乱飞鸦,极目萧条三两家"(岑参《山房春事》)的凄凉颓败之意,而选用

---

① 朱英诞:《远水》,《朱英诞集》第二卷,长江文艺出版社2018年版,第163页。
② 流沙河:《十二象》,生活·读书·新知三联书店1987年版,第167页。
③ 流沙河:《十二象》,生活·读书·新知三联书店1987年版,第156—157页。

"一日方至，一日方出，皆载于鸟"（《山海经·大荒东经》）的"太阳鸟"典故，是"湘烟刷翠湘山斜，东方日出飞神鸦"（温庭筠《蒋侯神歌》）的高贵绚烂之姿。这是诗人唱给乌鸦的赞歌，它是唤醒重山的"阳光的鸟"，"受着恶毒的诅咒，/你却忠实于太阳"（《咏乌鸦》），"每天你从太阳里飞出，/一天过去了，又飞回太阳，/忧郁的鸟，你安慰着/多少朝朝暮暮的人啊！"（《咏乌鸦》）诗思新鲜，抒情畅快，令人眼前一亮。朱英诞精心择取意象的寓意，将新鲜的诗思融于常见的山水意象，给读者带来陌生化的体验。

朱英诞还能为常见意象带来陌生化效果，如月亮意象，与唐宋诗人以月传思乡之情不同，朱英诞刻画的月是热烈野性的："淡红月从树后升起/像一团野火"（《初月》）、"月亮燃烧着/在那幽林后面雾游移"（《日蚀》）、"在那屋顶和天的斜坡外，/月的疟疾又发作了"（《无题》）。月如烈日下的枯草般疯狂，带着燃烧的热情与生命的跃动，与唐宋咏月典故迥然不同，展现诗人特有的现代心绪。就这样"在不断运用、转述的过程中，典故的意义总是不断被创作者分化、加工、综合、变异，呈现出日趋丰富与复杂的指向"。①朱英诞还为生僻意象做注，以使读者关注到此意象的典故特征。如："秋深的风，/老虎的眼睛；/分不清你是骚扰或平静，/但我走远去，远去。//那儿是斑斓的宁静的秋天；/疾病是人与自然的婚筵，像漩涡？/东方白日的淡泊，悠闲、疏懒，/却是它做得更多，更多。"（《秋冬之际》）他为"老虎的眼睛"做注"见李白诗"②，李白有诗"欲往泾溪不辞远，龙门蹙波虎眼转"（《泾溪东亭寄郑少府谔》）。"虎眼转"实乃水波含光旋转之意，刘禹锡也有"汴水东流虎眼纹"（《浪淘沙》）。此典故既能让有文学积累的读者联想起李白游览东亭所见之景："白鹭行时散飞去，又如雪点青山云"，又能带给普通读者以思索联想的妙趣，而且朱诗还从"老虎的眼睛"中透露出关于生命的启示："疾病是人与自然的婚筵，像漩涡？"充满智性思考。朱英诞为山水意象暗含典故，为其

---

① 潘万木：《汉语典故的文化阐释》，华中科技大学出版社2014年版，第54页。
② 朱英诞：《远水》，《朱英诞集》第四卷，长江文艺出版社2018年版，第416页。

增添新鲜诗思，这些典故在山水之景中"似有若无"，如不懂典故也不会折损诗趣，而懂得典故则可以获得"两次投影"①，领会典故的象外之趣。

朱英诞说："诗本身不是一个小天地，正如说伞是'圆盖'，连续浑成，它可以加入宇宙创造之中，也可以独立有一个王国了。"②他将唐宋诗句、人事、意象典故融于山水诗，创造自己的山水王国，使历史感与现代情韵交织，画面与意境焕然一新。其山水诗意蕴远超于山水自然的风景描写，包含对历史的关切，对生命的思考，意境深远绵长、隐晦深厚。

第二节 出入象征：中西融合的诗境体验

20世纪三四十年代，中国新诗较广泛地受到了西方象征主义诗歌影响，朱英诞也赶上了这阵"西风"。他说："十年间我对于诗的风趣约四变，本来我确甚喜晚唐诗，六朝便有些不敢高攀，及至由现代的语文作基调而转入欧风美雨里去，于是方向乃大限定。最初我欣赏济慈（J. Keats），其次是狄更荪（E. Dickinson），此女即卡尔浮登所说的'温柔得像猫叫'者是也。最后是 T. S. Eliot，此位诗人看似神通，却极其有正味，给我的影响最大，也最深。"③朱英诞不固守传统，也不抛弃传统，他以唐宋诗学为基础，从象征主义处汲取营养，融合传统与现代诗艺于山水诗歌。

一 "物我相谐"与情景"契合"的境界

唐宋山水诗人以赤子之心观物，将自然景物作为有生命的存在，认为个体存在应与宇宙存在同一。王夫之云："情景名为二，而实不

---

① 流沙河：《十二象》，生活·读书·新知三联书店1987年版，第157页。
② 朱英诞：《〈现代〉的一群》，《朱英诞集》第十卷，长江文艺出版社2018年版，第234页。
③ 朱英诞：《〈逆水船〉序》，《朱英诞集》第八卷，长江文艺出版社2018年版，第51页。

可离。神与诗者，妙合无垠。巧者则有情中景，景中情。"① 王国维云："昔人论诗词，有景语、情语之别，不知一切景语皆情语也。"② 在山水之作中，情景不可分离，诗人所感与自然所呈相谐，景是蕴情之景，情是含景之情。如杜甫的"一重一掩吾肺腑，山鸟山花吾友于"（《岳麓山道林二寺行》），山鸟山花乃诗人之友，人不是自然的主宰，与万物没有隔阂和淡漠。再如朱英诞夸赞"人烟寒橘柚，秋色老梧桐"（李白《秋登宣城谢朓北楼》）"使人类自然如此美好的得到谐调"③。唐宋山水诗人放弃人在自然面前的理性与骄傲，追求物我和谐之境，正与西方象征主义的"契合"观念相似。波德莱尔曾作一诗《Correspondances》，梁宗岱将其译为"契合"，它是象征主义诗学的核心范畴。象征主义强调人的精神世界与外界山水自然的交互感应。诗人"成为高度灵敏的感受器，感受世界的多变和内心的奥秘"④，仿佛可以与世界融洽无间。唐宋山水诗的"物我相谐"与象征主义的"契合"在人与自然的关系上相通，强调诗人与万物一体，人与自然和谐共存。如朱英诞所说："我们主客之间谁也不打算征服谁，没有敌对的必要。有时候，我们甚至主客不分。"⑤ 更或者："山山水水是主人。"（《后夜游词》）

朱英诞接受物我相谐的观念，进入一草一木构筑的诗意世界之中："我是风景的一部分，/我是自然的一部分。"（《平凡人写的平凡的诗（一）》）自然世界在他笔下充满生命力："风掬着把花洒下/红红白白的，大地的文章"（《鸠唤雨》），赋予风以人的动态，又将落雪喻为大地的文章，留下一幅幻美的落花之景。他将自然万物当作客人："对任何事物我要尽心，/尤其是客人，我应有礼貌，/对那些草木虫鱼鸟兽。"

---

① 王夫之：《船山全书 15》，岳麓书社 2011 年版，第 824 页。
② 王国维著，周锡山编校：《人间词话汇编汇校汇评》，上海三联书店 2013 年版，第 328 页。
③ 朱英诞：《我的命运的象征（补）——〈人烟集〉后序》，《朱英诞集》第八卷，长江文艺出版社 2018 年版，第 370 页。
④ 王泽龙、程继龙：《朱英诞与法国象征主义诗歌》，《外国文学研究》2013 年第 5 期。
⑤ 朱英诞：《知春亭与魔鬼对话——〈酴醾集〉代序》，《朱英诞集》第八卷，长江文艺出版社 2018 年版，第 42 页。

（《我是一个没有了痛苦的人》）"我"与自然不分高低贵贱，甚至自然高于"我"，"我"应对它们"有礼貌"。他将自身完全沉浸在自然世界之中："浅睡时夜如静水盈盈的/荷花呈献，共我浮沉/想起是天罗地网/虫鱼鸟兽，我在其中"（《夜（一）》），由此达到物我两忘的境界："浓香来自深山大泽，/自有花鸟围绕舞蹈；/你是谁，你是什么？——/物我两忘。"（《老人和诗》）诗人甚至变成"一株孤独的树/孑身站在大草原的边缘上"[①]，自我完全与自然同一，达到在无边的自然世界中驰骋的自由境界。这是"中国诗人在山水中至高的精神体验，是一种冥契，即在感应山水时倏然体验到与宇宙终极性的合一状态"[②]。

不仅诗人融入万物，宇宙万物也主动融入诗人的生存空间。唐宋山水诗能"引吸无穷空时于自我，网罗山川大地于门户"[③]，在天地之间寻找人与自然的和谐的生存方式，如"隔窗云雾生衣上，卷幔山泉入镜中"（王维《敕借岐王九成宫避暑应教》）、"江山重复争供眼，风雨纵横乱入楼"（陆游《南定楼遇急雨》），自然世界与诗人毫无间隙，山泉入我镜、风雨入我楼。因此这些人造景观也成为山水诗中的常客，如"窗""户""庭""舟"等，自然通过这些中介与诗人心灵相通。朱英诞有诗："那月亮的金色的花瓣/落在我家的清寒的窗前"（《夜思》）、"温暖的白昼蜜蜂飞来，/把那蜜金色的阳光涂在我窗前"（《喜悦》）、"黄叶树的阴凉做岛屿，做小舟，/把阳光的广场交给大海"（《灯下之母》）、"我爱月圆是一面晦暗的镜，/它仿佛是卧室里悬着的灯"（《西楼的一夜》）。这些山水书写将月亮与太阳移入诗人的居所，大千世界的蓬勃之姿通过一户一牖被诗人所窥；阴凉的叶子更能变作小舟，载着诗人奔向大海；圆月如镜又如灯，进入私人小屋。他的山水诗中，诗人进入世界的怀抱，万物也如空气般涌入诗人的身体，两

[①] 朱英诞：《我是〈摇篮〉》，《朱英诞集》第一卷，长江文艺出版社2018年版，第385页。
[②] 萧驰：《诗与它的山河：中古山水美感的生长》，生活·读书·新知三联书店2018年版，第630页。
[③] 宗白华：《艺境》，商务印书馆2011年版，第253页。

相契合，形成"天地入胸臆"（孟郊《赠郑夫子鲂》）的和谐姿态。

二 "意在言外"与"暗示"的手法

唐宋诗学讲究意在言外，在诗句中留下空白以使读者揣摩与领悟，皎然云："但见情性，不睹文字。"（《诗式》）司空图云："不着一字，尽得风流。"（《二十四诗品·含蓄》）唐宋山水诗重视语言的"不尽之意"，传达所述之事隐含的言外之意，达到"言有尽而意无穷"的艺术效果。如王维诗句"明月松间照，清泉石上流"（《山居秋暝》），仅用白描手法罗列景物，却蕴含深厚的禅意，呈现宇宙万物的自在状态。这正是梅尧臣所言："状难写之景如在目前，含不尽之意见于言外。"（《六一诗话》）意在言外也是象征主义技法之一，被称为"暗示"。象征主义诗学在艺术上以"明白"为忌，提倡陌生化效果，破坏传统的语言规范。马拉美说："直陈其事，这就等于取消了诗歌四分之三的趣味，这种趣味原是要一点一点儿去领会它的。暗示，才是我们的理想。"[①] 朱英诞就曾发现马拉美所言的"'名词是破坏的，暗示是建设。'这很相当于我们中国人说出的：'但有声情，更无文字。'"[②] 唐宋诗学的"意在言外"与象征主义的"暗示"都认为诗歌不必穷尽景物之形态，而要传递言外的潜藏之意。

"意在言外"与"暗示"的手法某种程度上使诗歌运思跳跃、意蕴深邃。朱英诞山水诗在意象的选择与组合上充满神秘色彩，词汇运用与诗句排列也常呈现不同常规的陌生化特点，这与唐宋山水诗的禅思及象征主义的暗示性都有关系。唐宋时期以禅作诗、以禅论诗盛行。严羽在《沧浪诗话》中提出"论诗如论禅""大抵禅道惟在妙悟，诗道亦在妙悟"。"妙悟"是一种非理性、非逻辑的思维方式，带着神秘主义倾向。山水诗人通过"妙悟"将遐想与深思融入诗句，使诗歌如禅般含蓄隐晦，读者如果仅进行理性思辨就无法完全领悟诗中奥妙。

---

① [法]马拉美：《谈文学运动》，黄晋凯等主编：《象征主义·意象派》，中国人民大学出版社1989年版，第42页。
② 朱英诞：《春雨斋集》，《朱英诞集》第八卷，长江文艺出版社2018年版，第31页。

第七章 朱英诞山水诗与唐宋山水诗的艺术传统

例如王维诗句"山路元无雨，空翠湿人衣"（《山中》）无雨如何湿衣？需要读者进行妙悟式的联想，从而领悟到言外之意。象征主义认为"在诗歌中应该永远存在着难解之谜"①，用隐微复杂的语言表达晦涩的诗思，它"保持了事物本身的神秘属性"②。朱英诞翻译艾略特的诗论："诗人应该学识渊博，要意内言外，要间接，才得控御文字，或错置字句，以就命意的轨道。"③ 他学习艾略特的方式，用"客观对应物"暗示幽深与抽象的思维："表达情绪于艺术形式的唯一方法即是去找一个客观的互关物；即一串对象，多数可作为此特殊情绪的程式的事件之情境与连锁。"④ 朱英诞选择多种"客观对应物""间接"地"暗示"情绪与诗思，将自身"妙悟"所得融于自然世界之中，因此诗歌显现出神秘主义色彩。

比如《荷》：

在百花里，/惟有你，荷花像灯，/一朵温润的灯光，/白昼安静如夜。//荷花是一盏奇妙的灯，/它只照着自己的影；/我欣喜我的夜里没有梦，/如云的荷叶暗凉如海上了。

此诗极富"暗示"意味，诗名为"荷"，诗中"荷""灯""夜""影""海"等多个意象并置，带动读者进入禅意空间。这里的荷花意象不是"接天莲叶无穷碧，映日荷花别样红"（杨万里《晓出净慈寺送林子方》）那般生机盎然、绚烂生动。诗人将荷花喻为灯，在白昼照着自己的影子，这就赋予它以智慧的哲思，运用象征笔法与禅宗意象，将"荷"看作智慧、圣洁的象征，如灯一般指引心灵的旅程。荷花照着自己的影，实则是诗人在追求智慧的过程中鉴照自身。此类比喻还有如"荷花是最美丽的灯火，/荷叶是最可爱的古镜"（《梦中的

---

① ［法］马拉美：《谈文学运动》，黄晋凯等主编：《象征主义·意象派》，中国人民大学出版社1989年版，第40页。
② 吴晓东：《象征主义与中国现代文学》，安徽教育出版社2000年版，第51页。
③ 朱英诞：《春雨斋集》，《朱英诞集》第十卷，长江文艺出版社2018年版，第637页。
④ 朱英诞：《春雨斋集》，《朱英诞集》第十卷，长江文艺出版社2018年版，第635页。

天空》)。"海"意象则指向更加广博自在的空间,它混沌深厚、变化万千,如智慧一般深不可测。全诗自然世界与玄想之思融合,不直接陈述思想内容,意象组合神秘又朦胧,这是象征主义的"暗示"之功,也是唐宋诗词"意在言外"的"不尽之意"。赏析此类诗歌如同解谜,需要读者有一定的知识积累与妙悟的能力,能体会简单且跳跃的语言中传达的言外之意。

三 "不限声律"与"自然的音乐"

初唐孔颖达云:"诗是乐之心,乐为诗之声,故诗乐同其功也。"(《毛诗正义》)近体诗讲究格律,格律可以带来音乐之美,一些优秀的山水诗人能在格律规则内创造出音义浑融的诗句,充分调动山水之乐,创造和谐优美的有声画卷。如朱英诞认为杜牧诗句"青山隐隐水迢迢"(《寄扬州韩绰判官》)的"节拍"之"方便"。[①] 再如王维诗"飒飒秋雨中,浅浅石溜泻。跳波自相溅,白鹭惊复下"(《栾家濑》)。在格律规则之外,还用拟声词将秋雨与溪水的声音表现出来,"跳波""惊复下"可听到白鹭振翅之音,将视觉与听觉融汇,极具音乐美。但"音乐"与"声韵"不同,朱英诞赞同清代潘德舆所言:"诗与乐相为表里,是一是二。李西涯以诗为六艺之乐,是专于声韵求诗,而使诗与乐混者也。夫诗为乐心,而诗实非乐;若于作诗时须求乐声,则以末汩本,而心不一,必至字字句句,平仄清浊,亦相依仿,而诗化为词矣。"(《养一斋诗话》)朱英诞认为诗歌格律并不特别重要,他曾评价陈子昂《登幽州台歌》,不讲究韵律,但仍能读来"如有韵之一样亲切"[②],认为作诗应如宋代邵雍所言:"不限声律,不沿爱恶,不立固必,不希声誉。"(《击壤集自序》)诗歌的音乐不在格律,而来自"情思粹美、音义浑融带来的整体审美感受"[③],所以他批评新月派的诗:"我最不喜欢的还是他们的格律或音乐性,其实音乐

---

① 朱英诞:《春雨斋集》,《朱英诞集》第八卷,长江文艺出版社2018年版,第9页。
② 朱英诞:《春雨斋集》,《朱英诞集》第八卷,长江文艺出版社2018年版,第10页。
③ 王泽龙、程继龙:《朱英诞与法国象征主义诗歌》,《外国文学研究》2013年第5期。

第七章　朱英诞山水诗与唐宋山水诗的艺术传统

性这本来是一个不得已的假借，而且很显明的是着重在音乐性的而不在音乐。"① 朱英诞的现代山水诗要打破以固定声律为约定俗成的审美范式，通过白话的散文句式建构诗歌自然的音乐节奏，如其所言："'诗的散文化'是扬弃韵律的诗。"②

现代山水诗的语言仅扬弃韵律是不够的，还需要根据内在情韵与山水之音，构建具备音乐性的诗语。"音乐性"是象征主义理论的重要问题，瓦雷里认为纯诗"是想把诗歌的实质与其它东西确定分开使之孑然独立，它是一种近于音乐的'幻想'的存在"③。作为一种形式的"音乐性"指的是"由艺术特征所营造的意象氛围和审美境界"。④朱英诞所说的音乐性便与象征主义的音乐性相关，作诗要凭借诗思体验，追求整体的审美感受与内在情韵，追求"自然的音乐"⑤ 与"心灵的耳朵"⑥。他引用德国表现派诗人勃伦纳尔的话："诗不是给眼看的，是给耳听的，是给内在的耳听的。"⑦ 所以诗可以用散文句式写，但诗不是散文，无节制的散文化倾向会导致诗形的松弛和诗情的泛滥，应在散文化句式中融入音乐性。这种音乐性应是自然而然的，要求诗歌符合白话的正常节奏，如朱英诞所说"吟诵自由诗，自然不是有什么调子的，而是像普通说话那样自然而然的念"⑧。山水世界入诗也可以表现诗歌的音乐性，因为自然世界的律动可以发出音乐的声响，穆木天就发现，"浓雾中若听见若听不见的远远的声音，夕暮里若飘动若不动的淡淡光线"⑨，诗人将自然景物的自然之音与读者阅读的自然节奏相结合，显现现代山水诗独特的音乐性。

---

① 朱英诞：《新月（一）》，《朱英诞集》第十卷，长江文艺出版社2018年版，第138页。
② 朱英诞：《〈道旁集〉后序》，《朱英诞集》第八卷，长江文艺出版社2018年版，第532页。
③ 吴晓东：《象征主义与中国现代文学》，安徽教育出版社2000年版，第44页。
④ 杨经建：《"音乐"与"纯诗"：存在主义诗学上的建构与升华——兼论中国早期象征诗派与法国象征主义诗潮的通约性》，《暨南学报》（哲学社会科学版）2013年第4期。
⑤ 朱英诞：《新月（一）》，《朱英诞集》第十卷，长江文艺出版社2018年版，第138页。
⑥ 朱英诞：《新月（一）》，《朱英诞集》第十卷，长江文艺出版社2018年版，第138页。
⑦ 朱英诞：《新月（一）》，《朱英诞集》第十卷，长江文艺出版社2018年版，第138页。
⑧ 朱英诞：《关于自由诗的吟诵》，《朱英诞集》第八卷，长江文艺出版社2018年版，第79页。
⑨ 穆木天：《谭诗——寄沫若的一封信》，《创造月刊》1926年第1卷第1期。

朱英诞将"不限声律"的散文化句式与"自然的音乐"节奏相结合，发现自然世界中存在的音乐之声，创作声韵和谐的现代山水。如《飞鸟》：

> 这宇宙的徘徊。/看风景的人，/一块空白。//我在写诗，这时候？/这时候，你在归航？//二十世纪的梦寐，/很相像，/于任何别一个世纪，/它是过去或未来的巢。//飞翔吧，过去的鸟，/飞翔吧，未来的鸟。//不仅是对称般完好的，/它们的翅膀驰想着，/天空是森林的窗，/花朵是岩石的门墙。//不仅像我们不可捉摸的/无恙的/它们飞过我们的呼唤，/像梦寐一样。//书籍是一面窗，/关好，/傍晚的鸟儿飞过，/衔一根红色的草。

整首诗句式长短交错，阅读节奏急缓交织，没有陈规格律，完全按照诗情来组织音乐般的诗句，探索现代山水诗的音乐之声。全诗共7段，每段行数为3-2-4-2-4-4-4，整体来看较为和谐。一些较长的段落，如第3段每行字数为7-3-8-9，字数差异较大，不讲究声韵的绝对统一，有着散文式的语调。他还善于用逗号切割朗读的气息，用问号塑造语调的抑扬，如"我在写诗，这时候？/这时候，你在归航？"诗人在散文式诗语中又极力保持音乐感，诗句尾字多处押韵，"徊""白"押韵，"航""像""窗""墙""样"押韵，"鸟""好""过""草"押韵，这些韵脚都是开口音，发音时几乎不受阻碍，准确地传达鸟儿在空中自由翱翔的状态。为使整诗在昂扬的情绪中有所缓解，诗人也选用助词作为诗句尾字，如"吧""的""着"，使语气不至于太过急促，如音乐中既有高音嘹亮，又有低吟浅唱。从诗歌内容上，我们可以看到一幅流动的、转折的画面，诗人由大入手，从"宇宙"到"看风景的人"，再细细描绘风景："鸟"从虚有的"过去"飞到"未来"，视线从实有的"天空"向下移动到"森林""花朵""岩石""书籍"，再抬高望向鸟儿，寻找视觉定位"衔一根红色的草"，完成从"宇宙"到"衔草"的历程。俯仰生姿、处处流连，由虚到实、由高向低、由远向近,再趋于平远,形成一个节奏化的、音乐般的行动。诗人身处风景之中,与自然共同谱写宇宙之音。

第三节　融合理趣:知性典雅的语言风格

唐代王昌龄将"理趣"运用到文学创作上,他在《诗中密旨》中提出"诗有三得":"一曰得趣。二曰得理。三曰得势。得趣一。谓理得其趣,咏物如合砌,为之上也。诗曰'五里徘徊鹤,三声断绝猿。如何俱失路,相对泣离樽'是也。得理二。谓诗首末确语,不失其理,此谓之中也。诗曰'世胄蹑高位,英俊沉下僚'是也。"① 他认为趣为上,理为中,强调"理得其趣"。宋代流行以理趣论诗,包恢云:"状理则理趣浑然,状事则事情昭然,状物则物态宛然。"(《答曾子华论诗》)朱英诞吸收理趣诗学,创造了富有哲理,又新鲜生动的诗歌语言。

一　"理"与知性

"理"原指处理玉石的方式,《说文解字》有"治玉也,从玉里声"。魏晋时期"理"逐渐应用于文学批评,如曹丕评孔融"理不胜辞"(《典论·论文》)。"以理入诗"经过魏晋玄言诗、南北朝道释诗,到宋代哲理诗发展至一个高峰。宋代程朱理学认为"理"先于天地而存在,加之社会动荡、国运衰颓,士人由向外追求功名转为向内探索自身,形成好礼尚辩、格物穷理、致知力行的时代风气,在此风气下,"宋诗多以筋骨思理见盛"。② 朱英诞于宋诗中学习以理入山水诗的方式,以自然物象之貌现人生宇宙之理,其诗呈现晦涩的诗智与内省的诗思。他说:"我尝以为宋诗乃是中国诗的成熟。"③ 并多次表

---

① 王昌龄著,胡问涛、罗琴校注:《王昌龄集编年校注》,巴蜀书社2000年版,第356页。
② 钱锺书:《谈艺录》,商务印书馆2011年版,第7页。
③ 朱英诞:《新杂兴集〈自序〉》,《朱英诞集》第八卷,长江文艺出版社2018年版,第88页。

达对"理识"的重视,"我不主张诗特别需要陶醉的效用,我倒是愿望重'理识'的"①,"我很欣羡写景兼说理的那一派系的诗人,其中包括陶、谢、韦苏州"②。他希望诗歌能传达某种智慧,认为"诗仿佛本质上是需要智慧的支柱"③,其山水诗将理识融入诗歌,因此知性的诗思是朱英诞诗歌的鲜明特色。

朱英诞山水诗与宋代山水诗都通过自然物象来探索时空之理与哲学辩证法,借"风花雪月"观"天理流行"。首先从自然万物生长中悟得空间之理与时间之思。朱英诞有"全宇宙在一朵花红上回旋"(《车窗》),"我爱这一盏雪后的青灯/赞颂它是宇宙的雏形"(《宇宙》),小大之辩由此生出。陆游也有"江楼百尺倚高寒,上尽危梯宇宙宽"(《江楼夜望》)。朱英诞还从自然变化的规律中领悟生死有时的时间观念:"你不觉识死亡不过是一场睡眠,/(你饮过一杯千日醉?)/春天总归会回来,在草叶上摇摆,/朝阳总归会回来,果实累累,/从我们的心上回来,仿佛/自五岳遨游归来。"(《无知吟》)诗人从年复一年的更新中体悟生命的进程,用死而复生的自然来勉励自己。这与"花前把酒花前醉,醉把花枝仍自歌。花见白头人莫笑,白头人见好花多"(邵雍《南园赏花》)何其相似!其次从自然中领悟哲学辩证法。朱英诞有"我的窗外是一片蓝天,/天空啊是一面窗。//蓝天映照在积雨里,/大地是一片天空"(《断句》)。窗外是天,天空是窗,天空与积水相映,大地由此变为天空。诗歌通过意象的罗列、交换、对映,在简单的自然世界下蕴含辩证哲理。王安石也有"州桥踏月想山椒,回首哀湍未觉遥。今夜重闻旧呜咽,却看山月话州桥"(《州桥》)。此诗作于王安石晚年退居金陵期间,展现两个时间:昔日与今夜,两个地点:汴京州桥与金陵山椒。从回忆入手,虚实相接,融汇时空的交错变化。

---

① 朱英诞:《关于自由诗的吟诵》,《朱英诞集》第八卷,长江文艺出版社2018年版,第80页。
② 朱英诞:《关于白香山二三事——纪念李再云先生(二)》,《朱英诞集》第八卷,长江文艺出版社2018年版,第372页。
③ 朱英诞:《〈盾琴抄〉序》,《朱英诞集》第九卷,长江文艺出版社2018年版,第283页。

第七章　朱英诞山水诗与唐宋山水诗的艺术传统

朱英诞山水诗之理与宋代山水诗有不同之处，宋代山水诗在自然中体察事理物情，读者大多可以通过明确的诗句进行领悟。陈文忠曾指出中国古代哲理诗的"理趣"特征之一是"审美感悟的直接性"："诗中之理并不是间接叩动我们的理解之门，而是直接地、虽然不一定十分清晰地诉诸我们的感觉和想象之堂奥。"[①] 如苏轼"横看成岭侧成峰，远近高低各不同。不识庐山真面目，只缘身在此山中。"（《题西林壁》）前两句描绘庐山的峰峦起伏之貌，后两句直接总结出人们因所处地位不同，看问题具有片面性的哲理，这种以景说理的表达方式是较为清晰的，读者可以从多个角度获得哲理启示。朱诗的知性诗思中较少可操作性的事理，他融合佛教的一些非理性因素入诗，加之比喻、联想、用典等手法，诗歌较为复杂深奥，其审美感悟是间接获得的，读者很难理解其中深意。他认为"我们得首先不可意太俗，或太熟。诗通不了俗，也用不着通俗，通俗自有其正路，诗却必须是较深远"。[②] 如"星空的筵宴已经散去，/静意如一头金鱼游来"（《春天》），这句诗有本体、喻体、比喻词，但是本体、喻体没有明确的联系，超越日常经验。但鱼游于水中是如此安静自由，不就是静意袭来最恰当的表达吗？再如"镜的神秘，荷叶暗示着/光明，而今夜里才完全/明白了。许多香水的瓶/陈列着山和水，山和水"（《十五夜》），此诗思维极具跳跃性、非理性，语句衔接缺少明显逻辑，主题不突出，意象指示不明确。因"镜""荷"是佛家常用意象，从中可以悟出一些佛意，读来颇觉隐晦，这种晦涩的知性与唐宋山水诗相异。

二　"趣"与新鲜

"趣"在宋代是诗歌批评的重要维度，苏轼认为"诗以奇趣为宗，反常合道为趣"（惠洪《冷斋夜话》），在他的影响下，"趣"成为宋诗风尚。杨万里诗歌发挥"趣"味，被称为"诚斋体"，其诗不拘守固有法度，大量采用俚俗语言，充满幽默、诙谐、风趣的诗意。试看

[①] 陈文忠：《论理趣——中国古代哲理诗的审美特征》，《文艺研究》1992年第3期。
[②] 朱英诞：《〈新月〉（二）》，《朱英诞集》第十卷，长江文艺出版社2018年版，第158页。

杨万里醉酒抒月:"老夫渴急月更急,酒落杯中月先入。领取青天并入来,和月和天都蘸湿。天既爱酒自古传,月不解饮真浪言。举杯将月一口吞,举头见月犹在天。"(《重九后二日同徐克章登万花川谷月下传觞》)诗人不仅写醉人,更写醉月,两相呼应,趣味盎然。朱英诞欣赏杨万里:"我尝说,杨诚斋在诗人中的位置是非常特别的,虽说他与'理学'有很深的瓜葛,同时他又是我们的唯一的一位'幽默'诗人。"①杨诗的"幽默"给朱英诞以启示:"我还有一些偏爱,即以理识为诗;可是一方面我又不肯割舍一般的富有诗趣的词章。"②在"趣"的影响下,朱英诞赞赏诗思"新鲜"的诗句,他认为新诗可以有三种,其一便是"空气新鲜的,没有任何习气或惯性"③。这一"新鲜""仿佛是像春天的草木的萌芽、微风的浮动,新月初升、乳鸦破晓"④,蕴含清新脱俗的诗情。

朱英诞山水诗用童真视角观察自然界,诗歌意象呈现日常化态势。他发现杨万里诗歌中儿童大量入诗的情况,"诚斋发现了儿童生活的美——'闲看儿童捉柳花';他浇花,浇洒蕉叶,'儿童误认两声来!'这是何等的有情趣!"⑤朱英诞山水诗也从孩童视角看世界:"瓦雀在天际闲步,/它的影儿跃上我案头,/让阳光传语啊,/我即将与乔木同样生了根。"(《瓦雀》)阳光将瓦雀之语通过影子传到诗人案头,孩童般的幻想尤为可贵。通过童年体验与童真视角,山水自然有着属于儿童的纯真与感性,读之觉得天真烂漫、抱朴含真。朱英诞山水诗还呈现日常化态势,把生活中不为人注意的自然事物写得生趣盎然。朱自清说:"惊心触目的生活里固然有诗,平淡的日常生活里也有诗。"⑥中国 20 世纪的历史进程固然"惊心触目",但并非所有诗人都着重书

---

① 朱英诞:《从杨诚斋说到战后——〈解缆集〉代序》,《朱英诞集》第八卷,长江文艺出版社 2018 年版,第 576 页。
② 朱英诞:《跋——疾苦的药石》,《朱英诞集》第八卷,长江文艺出版社 2018 年版,第 118 页。
③ 朱英诞:《〈现代〉的一群》,《朱英诞集》第十卷,长江文艺出版社 2018 年版,第 240 页。
④ 朱英诞:《〈新绿集〉后序》,《朱英诞集》第八卷,长江文艺出版社 2018 年版,第 315 页。
⑤ 朱英诞:《"不薄今人"》,《朱英诞集》第十卷,长江文艺出版社 2018 年版,第 390 页。
⑥ 朱自清:《新诗杂话》,岳麓书社 2011 年版,第 13 页。

写时代，朱英诞在日常普通的自然世界里发现诗味，这与杨万里相似。杨诗中常出现不起眼的事物，如："童子柳阴眠正着，一牛吃过柳阴西。"（《桑茶坑道中》）朱诗引入各种自然景物，不仅写普通的山水花鸟，还写蚊子："窥视我穿越一段风/水边的紫薇花照紫微星/你的战争于傍晚凯旋/一篇美丽的蚊子的故事。"（《蚊蚋》）蚊子是"美丽的"，像战士一样"凯旋"，诗思新鲜独特。

朱英诞山水诗还运用戏剧化手法为诗歌增添趣味。戏剧性与"戏剧"相关，戏剧是一种综合性的舞台表演艺术，包含对白、情节、动作、冲突、场景等要素。宋诗从戏剧中借鉴手法构造诗歌趣味，黄庭坚云："作诗正如作杂剧，初时布置，临了须打诨，方是出场。"（《王直方诗话》引）吕本中也指出："东坡长句，波澜浩大，变化不测，如作杂剧，打猛诨入，却打猛诨出也。"（《童蒙诗训》）打诨是"戏曲演出时，演员（多是丑角）即兴说些可笑的话逗乐儿"[①]，将诗歌当作杂剧来写，重视的便是语言的趣味性，这与严肃的诗思形成矛盾的张力，可以将常规题目翻出新意。如苏轼诗"重重叠叠上瑶台，几度呼童扫不开。刚被太阳收拾去，却教明月送将来"（《花影》）写出花影摇曳的诗意姿态、呼童扫影的戏剧场景、日月变换的时间流逝，诗思与诗趣浑融一体。朱英诞关注到以戏剧手法入诗，其诗《海棠》有"偶然，我得以凝思着了，/我是这样不会讲故事，/并且这样缺乏戏剧的方式：/而我却不感到凄其？"他还在一诗《驼铃》后注："我今后还想用这个写一篇仍是戏剧形式的诗。"[②] 朱英诞不仅重视诗歌语言之趣，也将戏剧的场景性、矛盾性、对话性等因素引入诗歌，呈现诗思戏剧化与对话戏剧化，将诗意的语言与复杂的情节融合，形成新鲜的短小诗剧。诗思戏剧化表现为诗歌呈现的矛盾冲突，如《三株树》，此诗描绘寄生在悬峰上的三株树，它们分别诉说自己的愿望，随即一个樵子走来，砍下了一株，留着另外两株继续生长。诗歌展现出多个

[①] 中国社会科学院语言研究所词典编辑室编：《现代汉语词典》第6版，商务印书馆2012年版，第234页。

[②] 朱英诞：《驼铃》，《朱英诞集》第四卷，长江文艺出版社2018年版，第505页。

角色的心理变化，内容丰满复杂，矛盾的张力让诗歌可读性更强，如看戏剧一般新鲜。对话也是朱诗主要的戏剧化手法，诗人让自然物开口说话，或将自然拟作人，与之交流。在《飞鸟》《蟋蟀》《乌鸦》中，诗人与其对话；在《秋蝇》中，诗人虚拟"死神"，使其与秋蝇对话；在《散步》中与自己午后对话。诗歌不仅是诗人独语，更是自然万物的众声喧哗。诗人带动读者一起沉浸于他创作的戏剧场景中，饱览一幕幕自然与人的趣味生活。

三 "平淡"与雅致

晚唐司空图将"冲淡"列为"二十四诗品"之一，确定"淡"的积极的审美意义，如"浓尽必枯，淡者屡深"（《二十四诗品·绮丽》），"神出古异，淡不可收"（《二十四诗品·清奇》），"落花无言，人淡如菊"（《二十四诗品·典雅》）。这一美学风格在宋代发展成熟。梅尧臣视平淡为极高的艺术范畴："作诗无古今，唯造平淡难。"（《读邵不疑学士诗卷》）他欣赏林逋："其顺物玩情为之诗，则平淡邃美，读之令人忘百事也。其辞主乎静正，不主乎刺讥，然后知趣尚博远，寄适于诗尔。"（《林和靖先生诗集序》）苏轼将"平淡"美学阐发得更加透彻，"大凡为文，当使气象峥嵘，五色绚烂，渐老渐熟，乃造平淡"（《周紫芝《竹坡诗话》）。"所贵乎枯淡者，谓其外枯而中膏，似淡而实美。"（《评韩柳诗》）如韩愈的："新年都未有芳华，二月初惊见草芽。白雪却嫌春色晚，故穿庭树作飞花。"（《春雪》）即是"似淡而实美"的例子，句法简易，却有大巧，平淡而有深韵。平淡并非寡而无味，而是一种大道至简、返璞归真并深蕴矛盾与张力的美学境界，是精心锤炼而无人为痕迹、极工极巧而臻于天成的理想境界。

朱英诞崇尚"平淡"："诗作要造平淡的境地（包括'平淡之极，乃有波澜'之说）要算是属于很高的范畴了吧？"[①] "像孟浩然就是，

[①] 朱英诞：《经验（代跋）》，《朱英诞集》第八卷，长江文艺出版社2018年版，第492页。

第七章 朱英诞山水诗与唐宋山水诗的艺术传统

其结果是一句'襄阳属浩然',平淡无奇,然而这正是中国的真诗。"[①] 他接受"平淡"美学,通过丰厚的文化积累,将普通的生活场景用相对温和的语言呈现出来,没有激情的诉说与过度的夸张,但又巧妙地利用一些技巧,如修辞手法、文言句式、欧化语法,使"平淡"并不"平常",显得典雅精致。他写北京的风:"古城的风吹着窗前的树,/花生和柿子丰收的冬天,/风啊栖止在古屋的灯光上,栖止在深夜的炉火旁边。"(《古城的风》)"风"像鸟一样"栖止",栖止在"灯光上"与"炉火旁边",拟人与想象使山水诗语迥异于日常用语。写北京的夏夜:"古城里平原与黄昏/夏天里一点的秋风/在花枝的摇摆未停里/一瞬已天明。"(《夏夜》)"一瞬已天明"是文言句式,充分发挥文言短小精练的特点,"在花枝的摇摆未停里"是欧化语法,放置此处有陌生化效果。诗句的组合排列使主语不知是黄昏还是秋风,使读者感受到"秋风"吹着"摇摆未停"的"花枝""一瞬已天明"的闲适。

朱英诞还将口语化的生活语言融入深厚的诗思中,使其与雅致的书面语结合,形成艺术张力。如《秋雨》:"'喂,午安,午安……/'那黄昏是黎明的镜,/'这午后也是一面吗,/'沉睡的人?/'我穿过你的蓬蒿,/'没有发出沙沙声响,/'像那阳光的金亮?/'我踏过你的青苔,/'轻轻得还不成为你严密的理想?/'喂,醒啊,醒呵!……/'是啊,你的木门是这么沉重,/'我推了又推,敲了又敲。'……"这是诗人模拟花斑鸟所言,诗句口语与书面语掺杂,"午安""醒啊"的问候语,附加感叹、疑问的语气,充满灵动的气息;中间大量采用书面语,加之比喻、拟人的手法,语言风趣生动。再如:"比天上的银河还飘渺,/青青的小溪/是你的梦吗,古老的槐树?/秋天来了是安息的时候。/月亮将堕入你的池水里。"(《古槐》)在典雅的语言中,掺杂一句口语"是你的梦吗,古老的槐树?"仿佛诗人与友人交谈,这句口语拉近了人与自然的距离,为山水描写增添生活气息。朱诗语言在典雅精致的书面语与生动有趣的口语的交织下,在深

---

① 朱英诞:《我钦佩陆游的解诗——有关工艺美术的珍贵逸话》,《朱英诞集》第八卷,长江文艺出版社2018年版,第227页。

刻的智慧与新鲜的诗思的融合下，于日常生活中弹奏出充满诗意与情趣的诗歌乐章。不像王维的清澈空明、孟浩然的清丽疏朗，也不像陆游的悲壮雄阔、杨万里的敏捷入俗，朱英诞山水诗既有唐代山水的精美灵性、宋代山水的平淡雅致，又融合现代情韵，形成知性新鲜的现代山水诗。

　　山水诗作为中国古代重要的诗歌类型，蕴含丰厚的文化底蕴，唐宋时期山水诗达到极高的艺术水准。在20世纪初的新诗发生期，传统山水诗随着语言变革与中西文化交会，呈现与传统勾连、又在现代中跋涉的力量。朱英诞自觉融合传统与现代，与古为新，探索创作现代山水诗的有效路径，在古今中外诗艺的交融互涉中，完成了中国山水诗的一次新变。

（与薛雅心合作）

第八章 朱英诞旧体诗的题材特色与文化心理

由于特殊的时代和个人原因,朱英诞诗名较少为学术界所关注。笔耕一生的朱英诞创作新诗3000余首,旧体诗1300多首,还著有诗论、诗剧、古代文学研究著作若干。近几年来,朱英诞新诗与朱英诞诗歌研究文章,开始陆续问世。相对于新诗而言,朱英诞的旧体诗及其研究完全是一片未开垦过的处女地。朱英诞的旧体诗未曾公开发表,我们受朱英诞家属的委托,整理朱英诞的全部遗稿。

朱英诞晚年开始大量作旧体诗。朱英诞在《谈诗》中说道"笔者本人于未写新诗以前即曾写过旧诗",但是那些旧诗并没有保留下来,无从考据。朱英诞大量旧体诗的创作时间为1958年及以后。朱英诞夫人陈萃芬说,因机缘巧合,"1958年,北京市教育局请他带领部分教师到故宫博物院整理明清档案,地点就在故宫南三所,那里古木参天,环境幽静,虽然每日与尘封的历史档案为伍,但是心情很舒畅,闲暇时不由得彼此唱和起来,实在是工作后的消遣而已"①。从1958年到1983年的25年间,朱英诞共留下了800余首旧体诗,共计11册,其中前10册由他本人亲自编订,最后1册由他的遗孀陈萃芬女士将其散诗编订而成。旧体诗集分别为:《风满楼诗·甲稿》《风满楼诗·乙稿》《风满楼诗·丙稿》《风满楼诗·己酉》《风满楼诗·己酉冬作》《病后杂咏》《无正味斋近体诗抄》《病起庵诗》《梅花老屋诗》《旧体

---

① 陈萃芬:《风满楼诗·序》,载《朱英诞集》第六卷,长江文艺出版社2018年版,第1页。

诗稿》《风满楼诗·集外诗》，新近又有部分旧体诗手稿被发现。朱英诞的隐没和"文化大革命"时期的"幸运"规避（朱英诞由于种种原因，没有陷入"文化大革命"的直接劫难中）成就了他的旧体诗创作。旧体诗是朱英诞文学创作的重要组成部分，由于它具有私密性，且不以发表为目的，就更为真实地记录了朱英诞晚年时期的心路历程，有利于我们更全面地了解朱英诞。作为20世纪旧体诗的一部分，朱英诞旧体诗的个案研究能够丰富我们对20世纪旧体诗的认识。

第一节 朱英诞旧体诗的题材特色

一 题材的日常化

朱英诞以"山雨欲来风满楼"描述大时代之状貌，又在《自序》中说"家君有句云'声中风满楼'，这乃是我的室名和书名的来源"①，因此，其旧体诗集取名为《风满楼诗》。诗人善于从日常生活和自然景物中取材，甚少涉及社会生活中宏大题材。正如他自己所说"不禁冒昧的举起双手，表示赞成写日常生活的诗，并且我要倡议恢复具备雅正轨范的古老的抒情诗的常规"。②

朱英诞旧体诗，就题材而言，主要分为写景抒情、怀古咏物、即事感怀、寄赠酬唱等几类，与中国传统诗歌的题材别无二致。有思乡的，如《忆武昌故宅》《乡愁》《忆武昌城中故园》等；有感怀的，如《感旧》《怀明清档案馆同仁》《病中有所思》等；有写景的，如《夜雪绝句》《暮雨》《游山》等。虽然朱诗的传统味道较浓郁，但是古典诗歌的"教化"功能在他的诗中几乎无迹可寻。他的诗既没有古哲圣贤般的不忘天下的大道理，也没有劝善惩恶或者歌功颂德的附会，品读朱诗如同一个老人在山舒水缓的北京城中话家常，叙平生。诗人在

---

① 朱英诞：《风满楼诗·自序》，《朱英诞集》第六卷，长江文艺出版社2018年版，第1页。
② 朱英诞：《恢复抒情诗的常规——〈晓珠集〉代序》，《朱英诞集》第九卷，长江文艺出版社2018年版，第374页。

自传《梅花依旧》中戏称自己是"大时代的小人物",他用"诸葛亮的半句'苟全性命于乱世'"①来概括自己的一生。"国家不幸诗家幸,赋到沧桑句便工",在风雨摇曳的大时代里,诗人躲进了自己的书斋,"结束了那些纠缠不清的相倚的祸福"②,反而在自我的世界中怡然自得,故此得以全其志向。诗人在寂寞的"小园"里,在北京的"深巷"中,在海淀乡居里,闭门读史,埋头作诗,几乎与时代无涉,在自己的园地里默默耕耘。

朱英诞晚年"奇迹般"地与"文化大革命""失之交臂",生活没有太多的波澜起伏,每日伏案写作、读书。作诗(包括新诗和旧体诗)已经成了他生活的重要部分,所见所感都能入诗,身边的细微琐事、内心的感悟、朋友的闲聊都成为入诗的题材,但无庸俗低劣之感,反倒表现出诗人独特的文人品质和审美意趣:

题森然先生所赐近作《雄鹰展翅图》

杜鹃香哢越岩墙,风外鸡啼海上桑;
曾抚涧松望山月,我知愧怍作鹰扬!

朱英诞与我国著名的史学家与美术理论家王森然教授于60年代结识,并结下了深厚的友谊,常常酬赠诗歌,互赠诗画。1982年,朱英诞病危住院,已89岁高龄的王森然教授绘制了一幅《雄鹰展翅图》赠给朱英诞,以此鼓励诗人与病魔抗争。这首诗因王森然赠图而作,在病房中住了整整50天的诗人得此一图,欢喜万分,当日夜深不寐,暗中摸索草成一绝。③虽以得图有感、惠谢朋友的琐事而作诗,却写得颇为雅致。前两句看似写景,实则暗含了诗人的诗歌观念和特定心境。朱英诞对塞万提斯"谁能够筑墙垣,围得住杜鹃"的观点颇为赞

---

① 朱英诞:《梅花依旧——一个"大时代的小人物"的自传》,《朱英诞集》第九卷,长江文艺出版社2018年版,第539页。
② 朱英诞:《〈桐乳集〉跋》,《朱英诞集》第八卷,长江文艺出版社2018年版,第483页。
③ 朱英诞:《梅花依旧——一个"大时代的小人物"的自传》,《朱英诞集》第九卷,长江文艺出版社2018年版,第572页。

同，再高的"岩墙"也阻隔不了花香四溢以及婉转动听的鸟啼。沈启无在40年代曾携朱诗去日本，得到日本文学世家、诗人崛口先生的赏识，诗中"海上"暗指日本，将诗人在国内不受重视的境况和海外进行了对比。①而后笔锋一转，由实景转入虚写，想象梦中之景，"抚涧松""望山月"都曾是梦中的美好憧憬，尾句又从梦境回到眼前，年过古稀的诗人，体弱多病，漫漫一生却又无所作为，此情此景，诗人心中五味杂陈，才有了"愧怍作鹰扬"的无奈和抑郁之情绪。诗中涧松、山月、鹰扬即为画中之景，一旦入诗，成为风致高雅的意象，琐屑凡俗的日常之事获得了诗意的升华。

朱英诞旧体诗取材的日常生活化可以说是宋诗"以俗为雅"的审美经验的现代回响。宋代文学是中国文学由雅向俗发展的转折点。有学者言："宋元以后的中国文学，正是在通俗化与典雅化之间'拉锯战'式的文化张力中发展演变的。"②综观朱英诞以日常生活为题材的旧体诗，秉承着"以俗为雅"的审美传统，却没有落入庸俗化的窠臼，在内容上远离政治，以民情伦常、世俗人生贴近生活，呈现出俗中见雅，甚至是反俗为雅的独特品质。

朱英诞旧体诗"以俗为雅"的表现形态与诗中多清新高雅的意象的运用分不开。他擅用碧玉、流霞、孤云、花雨、白鹤、碧空、晓风残月、野园、青灯、海日、琴等意象入诗，以此营造清新脱俗的境界，且尤其喜爱梅花，如寒梅、梅根、梅格、梅红、山梅、黄梅、早梅的运用都表现了诗人对高洁雅致之物的由衷热爱以及诗人对高尚品格的追求。

朱诗并没有流于日常生活的表面，而是深入日常，升华出生命感悟和精神情趣。《海淀村居杂诗》《绷儿教师问故字答后偶作》《斋居纪趣》《再咏雨来散》虽以驱鸟、鬼趣、闻蚊、过家家等世俗的普遍

---

① 朱英诞在《梅花依旧——一个"大时代的小人物"的自传》中提到过"风外鸡啼海上桑"的背景。

② 郭英德：《雅与俗的扭结——明清传奇戏曲语言风格的变迁》，《北京师范大学学报》（社会科学版）1998年第2期。

生活入诗,却意在表达诗人对生活与生命的感悟,在"俗"中涵蕴了高逸的情操和质朴的人生追求。有学者评价宋诗:"宋人思想的现实,眼光的沉潜,心思的内敛使得他们更关注身边的细节,于俗中求雅,即通过对日常生活、平常事物的精心打造体现一种高雅脱俗的情趣。"① 我们以此来评价朱英诞也颇为恰当。

纵观诗人一生,在烽火连天的抗战岁月里,在如火如荼的新中国建设中,在人人自危的"文化大革命"时期,朱英诞没有去战斗、抗争、呐喊,他甘心于自己的"诗意"里,做了一个时代的"美丽的沉默"者,在诗中葆有一颗赤子之心。诗人在《我赞成日常生活的诗》中说:"诗重大而词轻微,我以为人们的日常生活总不能一天廿四小时,甚至成年累月都处于激变当中。诗的命运,或者正是将由生活本身决定;若然'冷淡生活'这一个雅号确实名副其实的了。"

二 题材的个人化

朱英诞旧体诗体现出一种内敛性,即自我心灵书写与个人世界回归,诗中所关注的往往是相对于大时代而言的小家:自我、亲人、朋友。他的旧体诗以尊重个人经验为前提,写了大量的思乡、咏病、怀人之作,读这些诗时,读者往往能体味到陶潜的冲淡平和、苏轼的旷达洒脱、杨诚斋的谐俗俚趣:

怀如皋柘树园
柘园如梦复如昙,水绘人知不待探。
文史兴衰今仍昔,送君江北向江南。

怀武昌皂角园
皂角园里碧云楼,卷破书香任淹留。
黄鹤飞时歌小住,梅花深处写无忧。
三千里远叹多病,四十年长梦昔游。
鹦鹉能言人默默,只余形影听鸱鸺。

---

① 张立荣:《北宋前期七言律诗研究》,博士学位论文,南京师范大学,2006年,第75页。

乡愁是诗人反复吟咏的主题之一。朱英诞始作旧诗时已渐渐步入老年，加之身体的多病，因此多作怀旧之作，情致哀怨，婉转动人。在旧诗中首先表现为对故园的怀念。漂泊一生，始终以游子身份寄籍北京，从未踏进故里。在诗人自己看来，从某种程度上连游子都算不上，算是自伤之词了，足以窥见诗人的悲伤！现实生活中无法回归故里，只能在午夜梦回时相见。朱英诞的思乡之作往往是通过现实之景与梦回故乡进行对比，一实一虚，虚实结合，梦境的美好更加衬托现实的无可奈何。像《采枸杞》《怀旧居》《重阳》《怀武昌故园》《寄远》《乡情二首》等皆为诗人沉郁的思乡之作。

朱英诞旧体诗的个人化题材还表现为对朋友、老师、文坛先辈的怀念。如《忆苦雨老人》《怀柳亚子先生》《怀老舍四首》《怀道蕴先生》等，或重温当年往事，或展现他们的人格魅力，情真意切。其中以怀念废名和鲁迅的诗作最多。人们开始了解朱英诞诗名，恐怕是与废名的《〈小园集〉序》和《林庚同朱英诞的新诗》有关。他与废名交往密切，谈诗、选诗，废名甚至称朱英诞为"新相知"，而朱英诞从废名那里获得了诗的"真知"。《再怀废名》曰：

或云禅喜入禅林，我道先生是尾生。
不觅黄石沿水去，渡桥桥竟作船行。

诗后在自注里交代了两人的交往趣事。这首七绝用谐谑的口吻将坐禅悟道的废名比作尾生，把冯、朱两人的深厚情谊写得妙趣横生。又如《怀废名作》写得哀婉动人。朱英诞写废名的诗作还有《题嵇康集校注因怀废名》《怀废名（在长春）》《赠废名》《相思》《夜雪朝乃日出有寄》《月夜闻杜鹃（怀废名）》等。

朱英诞与鲁迅并无交往，甚至从未谋面，但是他在诗文中多次表达了对鲁迅的敬意和怀念。写鲁迅的诗有《无题——鲁迅先生〈半夏小集〉后作》《题且介亭诗稿》《题鲁迅杂文》《和鲁迅先生诗》《戏题两地书——鲁迅先生忌辰作》《过鲁迅故居》等，都带有明显的怀旧与感伤情绪。《鲁迅素描四首》对鲁迅的刻画：

> 冷脸复横眉，迅翁出越国。
> 少年偶多思，便假以辞色。
> ——其一
> 晚爱珂惠支，编订出一手。
> 抚童日於菟，严父兼慈母。
> ——其二
> 迅翁居沪上，怀新并感旧。
> 临终忆太炎，学风开战斗。
> ——其三
> 凤兮朝耶嘲，百鸟围剿之。
> 扶桑多畸人，爱之索其诗。
> ——其四

　　诗中巧妙地化用了鲁迅诗歌中的词语，如"横眉""於菟""扶桑""畸人"等，并用短短几十字概括了鲁迅的一生，颇见功力。晚年朱英诞病魔缠身，经受着肝、胆、心脏、哮喘、血压等身体器官方面多种疾病的折磨，却也因病得闲，写诗起于病中，寂寞人外，独宿斗室，"那时生病，回想起来，确有一种幸福之感，虽不甚明显，但也有诗为证。俄罗斯古谚有云'病有病福'，则是有力的旁证也"[①]。朱英诞旧体诗中以"病"为题的诗如《病后》《病后杂咏》《病中作》《卧病》《病中有所思》《病中戏作四季诗》等，多抒发对生老病死的感慨，或直接描写病中之光景，或因病有感而发，有的哀婉动人，有的沉郁落寞，有的似乐实哀。

　　朱英诞旧体诗题材的个人化倾向使得其诗所描述的生活空间都相对狭窄，再加之蟋蟀、热带鱼、草、杭扇等细碎凡俗的物事，虽然在

[①] 朱英诞：《病中答客问（代序）》，《朱英诞集》第九卷，长江文艺出版社2018年版，第390页。

诗歌意境和审美价值上不够宏大壮阔，却有一种内敛、质实之美。朱英诞自道："诗，像春云夏雨，秋风冬雪，点缀了我的一生。"① 在诗人作旧诗的二十五年间，如"一个人坐在柳荫的石间面对澄湖，眼望天际"，"垂钓着"，最终"满载而归"②。

三 题材的自然化

以自然入诗，是朱英诞旧体诗题材的另一个显著特色。在八百余首旧体诗中，大都涉及对自然的描绘，或是借景抒情，或是托物言志，或是赞颂自然，小到一花一草、一树一石，大到四季变更、宇宙星辰，无一不成为朱英诞反复吟唱的对象。在关注自然、描绘山水的过程中，他常常忘却了凡俗世界的嗔念贪痴，自然成为他生活与生命的一部分。如《野园小住》：

高秋郁彼名迎客，小住何须塔下吟。
素即染缁辞沐浴，水流云在一登临。

1961 年，诗人与朋友作客温泉，同窗共砚，戏呼之为"野园"，既有古而小、可远观的迎客松，又有刻印四擘窠大字曰"水流云在"的卧石高峰，还有与松临对的高塔，风景怡人，诗人称"当窗日对，不觉寂寞之尽消"。诗人在《知春亭谈艺——序》中说道："诗有两种，一种美感的反应是：自景物或环境自然而来，例如四候之感于诗，以及非哲学家的哲学、山川钟灵或者我们之号称烟水国之类。一种是自人文而来。但人文实自人性自然出，故二者又是相通相能的。不相通都是因为人们甚至自己跟自己过不去而造成的，他们相不起来，于'和解'不能相说以解，而枝蔓难图，纠纷自愈来愈大。"这一诗歌观

---

① 朱英诞：《枯淡小识——〈疏林集〉代序》，《朱英诞集》第八卷，长江文艺出版社 2018 年版，第 374 页。
② 朱英诞：《病中答客问——〈然疑草〉代跋》，《朱英诞集》第八卷，长江文艺出版社 2018 年版，第 494 页。

第八章 朱英诞旧体诗的题材特色与文化心理

点暗合了中国传统文化的审美趣味。中国传统诗歌,对自然特别钟爱,主要表现为对自然的相知相应,"诗人或听蟋蟀鸣岁,感光阴之逝(《秦风·蟋蟀》);或睹鸟儿入林,伤夫君之未归(《秦风·晨风》);或因风中飘叶,兴男女之依恋(《郑风·萚兮》);或观星天灿烂,叹人世之谐美(《唐风·绸缪》)"①。在文人笔下,自然不再是纯然的外在客体,它既有着客观的自然属性,又被赋予了人本意义。"遵四时以叹逝,瞻万物而思纷;悲落叶于劲秋,喜柔条于芳春。心懔懔以怀霜,志眇眇而临云"②表现人与自然的感性同一,心灵世界与自然世界的对应,即人总能在外在物界中找到与心灵相凝合的物象,或者从自然物象中获得生命的感悟。自然,尤其是人与自然物象的相通映照、感应联系成为中国诗歌(古今)中最为突出的特点。在朱英诞的笔下,花草虫鱼、春夏秋冬、山川溪谷、江河湖海无不入诗,这些丰富的自然物象与诗人的世界相通相成、相亲相近。以"春"为例,诗人以春为题的诗歌就有《送春》《春知》《感春捡视儿时所画牡丹中堂有感》《春阴》《春鸟》《伤春》《北京暮春》《春月》《春雪》《春宜》《春来》等。诗人55岁时所作《入夜闻笛》诗曰:

> 远空犹悸路灯红,月上初闻竹管声。
> 时或看茶知老病,几曾立说失新晴。
> 生还儿女半天下,浪语江湖一笛横。
> 待到榴花苔绿日,愿将短梦换长明。

诗后附有补记:"丙午年间纹绮纯均外出串联,绮纯行止几半个中国,曰生还,盖当归时笑谑之语也,车祸频传,尝亦悬念。"月上闻笛之景引起了思念之情,挂念在远方还未归家的儿女,榴花苔绿之日寄予了诗人深切的期望,唯愿平安静好。情景交融,自然外物与主观情感相融相依,可谓"景语皆情语"也。

---

① 王泽龙:《中国现代诗歌意象论》,中国社会科学出版社2008年版,第165页。
② 陆机著,张怀瑾译注:《文赋译注》,北京出版社1984年版,第20页。

朱英诞也曾感叹过："我们中国号称'烟水国'，人也有'烟霞癖'，写诗讲究得'江山助'；诗也以'山水诗'为大宗……民族感情完整的浸沉于'山川钟秀'的说法里！似乎把它视为我们的一种非常的哲学背景也无不可。"① 诗人颇为赞同中国传统文化中崇尚自然的观念，民族文化心理和审美趣味在朱英诞这里得到了很好的传承。

朱英诞写诗的缘由之一可以归因于自然的直接启发，对自然进行有意识的效法。如他自己所述："最初的五年我写的两本小集自然是只有两个湫隘的题目：童年与故乡。童年时我也有过夜游的经验，应该是有的可写的；不幸我又有另一种可以叫作特殊的感伤吧，这后面把我引入到一条迷迭香的路上去了。我还记得长天小影在田野里遨游，遇到暴风雨的事，我们在密林中玩弄变色虫，捕蝉，捕麻雀，捉蟋蟀，进而到篱笆里去偷瓜，甚至戏弄蛇……雨，也不怕，一会儿就又是晴空万里，青青无极了，然后跑到如蓝色交响而又如梦的小溪里去洗澡，洗衣裳、鞋袜，一会儿就晒干了。"② 在朱英诞旧体诗中，不少诗作涉及对于童年野游的怀念，如《野趣（儿时杂事）四首》。现选其一："蝌蚪变蛙号/云蒸看蚁廛/微洼扬子漫/略徇丑枝逃。"整首诗都充满着童真和童趣。自然为诗人提供了素材和精神内质，年少时的野游、深巷的白昼等与朱英诞的精神特质建立起特殊的关系，就如《易传·系辞》所说的"仰则观象于天，俯则观法于地"，诗人在心理上和精神上都与自然有着相通感和认同感。热爱自然、崇尚自由的诗人在山水之中找到了契合，尘世的纷扰、晚年的病痛、儿女的远游、时代的压抑所带来的抑郁和悲痛，在自然的陶冶和洗涤下得以缓和。

综观朱英诞的旧体诗词，以日常生活与大自然为题材的闲适诗几乎占据了半壁江山。春花秋月、花鸟虫鱼无不入诗，体现出超脱淡远、乐观旷达的心境，颇有陶渊明"悠然见南山"的怡然自得之

---

① 朱英诞：《知春亭谈艺——代序》，《朱英诞集》第九卷，长江文艺出版社2018年版，第68页。

② 朱英诞：《为什么我不能作写景诗（代序）——兼怀废名先生》，《朱英诞集》第九卷，长江文艺出版社2018年版，第8页。

貌和精神志趣。其将生活与诗歌融合为一，这也是朱英诞追求的"真诗"品格。

第二节 朱英诞旧体诗的文化心理

一 传统之"惑"

师从新文学家废名、林庚的朱英诞，一方面接受"五四"思想文化的熏陶；另一方面又为传统所浸染，戏称自己为"兼爱派"，且以东方古中国黄河流域文明的现代人自居，传统与现代同时在他身上生长着，纠缠着。他不喜欢甚至不赞同"新""旧"诗歌的简单划分。他说："我们不反对一般的旧一如我们不反对牛顿的苹果，我们欣赏新诗（诗的）乃在它不是旧诗（散文的）的狗尾巴花儿。"[①] 朱英诞与同时代许多自由主义知识分子一样处于深深的文化焦虑中，徘徊在新与旧之间。

朱英诞总结自己的文学道路为"先今后古"的路线，认为比先古后今要好（并非绝对化）：先接受了科学的熏陶和洗礼再回过头来补足古籍。这也是他为什么能够理智、辩证地对待传统与现代的原因之一。然而他对旧体诗的态度含糊而矛盾：以为旧诗的本质是"昏睡"与"沉酒"[②]，却又不反对作旧诗，[③] 反复强调"很爱旧诗，普遍的爱"，其过程"完全是个享受"[④]。这与鲁迅、郭沫若、闻一多等新文学家的观点颇为相似，他们不提倡作旧诗，却不免"打打边鼓，凑些热闹"[⑤]。众多新文学家在中晚年时潜心于旧体诗词的创作，甚至不写

---

① 朱英诞：《废名及其诗》，《朱英诞集》第十卷，长江文艺出版社2018年版，第183页。
② 朱英诞：《从玉谿生说起》，《朱英诞集》第九卷，长江文艺出版社2018年版，第271页。
③ 朱英诞：《吊"五四"古战场文——〈深巷集〉代序》，《朱英诞集》第八卷，长江文艺出版社2018年版，第247页。
④ 朱英诞：《略记几项微末的事——答友好十问》，《朱英诞集》第九卷，长江文艺出版社2018年版，第505页。
⑤ 鲁迅：《集外集·序言》，《鲁迅全集》第7卷，人民文学出版社1981年版，第4页。

新诗而专作旧诗,传统的审美趣味、文化精神与现代的科学素养、审美追求融合在一起,在他们的诗作当中,既体现了现代个性色彩,又有着传统文人的精神特质与审美趣味,形成了中国现当代文学史上一个奇异的景观。用钱理群的话来概括他们的心态较为恰当:"旧体诗的定型化的形式与特定的情感方式之间已经建立了相对稳定的密切联系;现代人,特别是现代文人(知识分子)的情感(心理)的复杂、曲折的发展,使得他们在某一时期,某一特定情境下,也会进入与旧诗词相对应的那种'情感圈'内,这时候采用旧体诗的形式,如聂绀弩所说,'就成为"身不由己"的选择(当然,前提是作者具备写旧诗的修养)'。"①

朱英诞说:"我以为,我们写诗只不过是一种竞技,试试用我们现代的语言文字能不能把我们的时代社会的一切,表现得可以与古昔媲美;并且,如果能,古今就可以连成一片,像流水一般不可切断。这样的流水,这样的历史与现实,就是活水,活的人类历史。此外,我们再也没有权利对古往今来怨天尤人了!不成功,我们只能怪自己。"② 诗人笔耕不辍,在晚年努力实践着新体诗与现代旧体诗的双重实验。朱英诞的旧体诗创作大致分为三个阶段:"戊戌之秋,于故宫博物院明清档案馆,偶有唱和,始留稿。辛丑、壬寅间,常在温泉小住,乃多为诗。丙午既过,丁未病中,时复哀吟,得已而不但不已,且下笔不能自休矣。"③ 故宫博物院环境清幽,心情舒畅,闲暇时不免彼此唱和,此为其作旧诗的诱因之一。20世纪五六十年代掀起了一场旧体诗词的浪潮。1958年,毛泽东与梅白谈诗道:"旧体诗词源远流长,不仅像我这样的老年人喜欢,而且像你这样的中年人也喜欢。我冒叫一声,旧体诗词要发展,要改革,一万年也打不倒。因为这种东西,最能反映中华民族和中国人民的特性和风尚,可以兴观群怨嘛,

---

① 钱理群:《一个有待开拓的研究领域——〈20世纪诗词选〉序》,《安顺师专学报》(社会科学版)1998年第1期。
② 朱英诞:《病中答客问——〈然疑草〉代跋》,《朱英诞集》第八卷,长江文艺出版社2018年版,第494页。
③ 朱英诞:《〈风满楼诗〉自序》,《朱英诞集》第六卷,长江文艺出版社2018年版,第1页。

怨而不伤,温柔敦厚嘛。"① 毛泽东对旧体诗的主张极大地促进了五六十年代旧体诗词的发展,而且他本人的创作在当代旧体诗词的发展过程中扮演了先锋角色。朱英诞对毛泽东素有崇敬之情,在1949年《古城的风·序》中写道:"我初次清晰地直接地听到了毛泽东主席的声音,听到一片鼓舞人心的声音,那雄浑的声音乃是一株巨大的'声音树'。于是我被最浓厚的树荫笼罩着了,那声音所涵容的情思覆盖着我了。"朱英诞创作旧体诗与时代的影响是分不开的。

传统的影响深刻地渗透到朱英诞的诗歌创作中。相对于他的新诗而言,旧体诗对传统的借鉴并非潜滋暗长的呈现,他与传统的联系未曾割断过。他的父亲精通旧诗词格律,儿时作诗就有"神童"之称,祖母也喜爱古代诗词。他曾回忆道:"我的祖母善于诵诗;我还记得在一个夏日的大雨天里,被我们要求不过,就倚枕背诵了《长恨歌》,这在祖母自己,恐怕也是难得看见的愉乐吧?歌声与窗外树声、风雨声相应和,令人感到莫大的快活!我之不敢小视"旧诗"(我也不喜欢这个名词),大约也是与这一件事有甚深切的关系的。"② 深厚的家学传统使他自小就与中国古典文学结下了不解之缘,"读诗史,于屈、陶、二谢、虞信、李、杜、温、李,乃至元、白以及历代诸大名家,我无不敬爱至极!但人性难免有其偏至,自觉对山谷、放翁,特感亲切;幼时经名师指教,书法山谷,据说很有点意思,故终生不改"③,"我读陶诗最早,尚是儿时事。常时看到家君披览一本大书,默默诵读着,样子很是神秘!犹之乎偷桃窃药,偶得翻阅,似乎很多是易晓之句,窃阅而易晓,我的幼稚的心灵该是何等喜悦,可想而知了!但是那时殊不得而知:这就是苏书陶集。事实上,这样,在读《桃花源记》以前,我对陶诗的爱敬,真正像草儿一样,是'不见其长,日有所增',不过,要真正的弄通陶诗,那还是要待到很久很久以后才略

---

① 梅白:《在毛泽东身边的日子里》,《春秋》1988年第4期。
② 朱英诞:《关于白香山二三事——纪念李再云先生(二)》,《朱英诞集》第八卷,长江文艺出版社2018年版,第371页。
③ 朱英诞:《梅花依旧——一个"大时代的小人物"的自传》,《朱英诞集》第九卷,长江文艺出版社2018年版,第540页。

得真知的"①。早年诵读古诗、阅览古书的经历和体验，为其日后的旧体诗创作播下了种子。

朱英诞身上有着与生俱来的传统文士风度，传统生活构成了他日常生活的重要部分，擅书法、喜印章、爱京剧，尤其喜欢取斋名、笔名②，唱曲、操二黄无不在行。朱英诞不是第一代新文学家，但是深受传统文化的影响，与鲁迅、郭沫若、周作人、朱自清、俞平伯等"五四"一代新文学家相似。李泽厚在《中国现代思想史论》"二十世纪中国（大陆）文艺一瞥"一章中说，五四一代知识分子，"已经在政治上、思想上接受了西方的自由、民主和个人主义，但他们的心态并不是西方近现代的个体主义，而仍是自屈原开始的中国传统的承续，在中国这一代近现代意义的知识分子身上所体现的，倒正是士大夫传统光芒的最后耀照"③。这段话同样也适用于朱英诞。

二 隐逸情怀

中国隐逸文化由来已久。关于"隐逸"的记载最早见于《周易》："天下有山，遁。君子以远小人，不恶而严。"④ 也就是说，君子为了远离小人而隐居于山中。而隐逸之主体，并非人人都能成为"隐士"，其首要条件即"士"——"须含贞养素，文以艺业"⑤，否则与山野之民、樵夫在山并无差别。我们认为"隐逸"至少包含三个层次的含义：一是与世俗社会权力的集中代表即统治集团的疏离；二是与世俗社会普遍形态即流行生活（生存）方式的疏离；三是与世俗公共集体的疏离。总的来说就是一种脱离主流社会生活的"另类"生活方式。千百年来，隐逸几乎与自由、高洁、个性画上了等号，在隐遁消极避

---

① 朱英诞：《几个古往的诗人——〈磨蚁集〉代序》，《朱英诞集》第八卷，长江文艺出版社 2018 年版，第 363 页。
② 《冬叶冬花集》后附录了一篇《朱英诞笔名一览》。朱英诞的《刻印十记》《刻印纪略》等文章都记录了他自己的别号、室名。
③ 李泽厚：《中国现代思想史论》，东方出版社 1987 年版，第 211 页。
④ 冯国超译注：《周易》，商务印书馆 2009 年版，第 246 页。
⑤ 李延寿：《百衲本南史·隐逸》第 65 卷，国家图书馆出版社 2014 年版，第 75 页。

世的背后，隐者往往能够保全志向、全其心志，获得人格尊严。

　　"隐逸"作为一种独特的文化现象，与儒家、道家思想均有着千丝万缕的关系。在历史文化的演变过程中，儒、道两家都形成了自己的隐逸思想，并对后世的思想文化领域产生了广泛而深远的影响。一些学人认为"隐逸"思想是道家所特有的，其实不然。虽然儒家思想主要是以"仁"为核心，其实，从孔、孟等儒家代表人物的言行学说理论当中，我们不难发现"隐逸"思想。最具代表性的恐怕还是孔子所言："笃信好学，守死善道，危邦不入，乱邦不居。天下有道则见，无道则隐。邦有道，贫且贱焉，耻也；邦无道，富且贵焉，耻也。"可谓对"修身、齐家、治国、平天下"的补充。儒家倡导积极入世的处世之道，提倡"士志于道"，而"天下有道则见，无道则隐"的观点表面上似乎违背了儒家入世之道，其实，它只是一种退而求其次、明哲保身的权变之策，以待时机，谋求"天下有道"时而再度行道入世。隐逸更多的是作为一种手段，"邦有道，则仕；邦无道，则可卷而怀之"在于劝导士人疏离于污浊官场、乱世暴政，维护士人的独立清醒意识，同时充实自我，表层的消极避世意识却包含了积极进取的意味，如孟子所言："穷则独善其身，达则兼济天下。"

　　道家的"隐逸"思想与儒家有着本质的区别，基于不同的出发点，相较于儒家对"有道则见，无道则隐"的"道"的维护和弘扬，道家讲求"无为"，追求个体的绝对自由，重视生命，顺应自然，道家的"隐逸"以真正的避世为目的，不为凡世功名利禄所绊，以求达到"无为"和"逍遥"的境界。"隐逸"对于道家而言，更具彻底性和非功利性，其思想本身就基于这种超然物外的核心要求，无须等到"天下无道"时才选择隐逸之路。如果说儒家的隐逸呈现的是一种无奈愤懑之举，恐怕遁隐山林的隐士逸民并非真正能全其心志，怡然自足。道家的"隐逸"思想不仅为隐士创设了一条无欲无求的自然无为的隐士之路，而且提供了避祸求全的方法，为了获得生命个体的自由，保全个人的本性，提倡一种"贵己"和"为我"的核心的思想，虽然道家的"为我"被后世所诟病，但具有浓郁的隐逸情怀，对后世有着深远的影响。

儒、道的"隐逸"在出发点和核心思想方面虽然有所不同,但是在一定的条件和环境下,能够相互转化。陶渊明、诸葛亮、嵇康等人正好体现了这种互补性。躬耕陇亩的孔明先生曾言"苟全性命于乱世,不求闻达于诸侯",隐居于南阳,日出而作,日落而息,后经刘备的"三顾茅庐",出山入仕,成就了一番伟业。似乎更符合儒家的审时以待,谋求"有道"之日的再度出仕,然而诸葛亮的隐士之路并非以之而简而观之,他淡然处世,避世自保,与道家之隐逸思想也相通相成。陶渊明是儒道"隐逸"思想的集大成者,在儒家教育的熏陶下,他也曾积极入世,满怀抱负,有过"少年壮且厉,抚剑独行游"的壮志豪情,可是世态沧桑,官场黑暗,腐朽成风,正直廉洁的诗人注定落败,29岁出仕做官直至41岁归隐山林,陶潜自我感叹道"误落尘网中,一去三十年","天下无道"致使诗人被迫放弃"进德修业"的儒家情怀,转入"采菊东南下,悠然见南山"的空悠境界。以辞彭泽令为界,诗人最终在纯朴自然的田园生活中找到了超然物外的真谛和返璞归真的乐趣,不以复出为目的,不求蓄养以待时机,在与自然万物的相生相容中达到了道家的达观境界。

朱英诞可谓现代诗人中一位"隐逸写作"的诗人。陈均在《〈仙藻集·小园集——朱英诞诗集〉编订说明》一文中称朱英诞为"毛时代的隐逸诗人",把他的写作方式归为"隐逸写作"一类,可以说恰当地概括了诗人朱英诞的人生观念和生存方法。关于朱英诞的隐逸情怀,也是学界深究诗人诗名埋没的原因之一。诗人生于传统官宦之家,曾祖父、祖父曾任过知府、道台、同知,他从小就深受儒家思想的影响,且对儒家思想并无过激的批判和否定,甚至颇为赞赏:"约在二十年前,那时我刚刚写了四、五年诗,曾经写过一篇小序,大意是说,我所觉亲切的乃是古代黄河流域文明。我的确钦佩我们的古圣先贤的'王道'之说,所以对于古代儒家(特别是中国最懂得诗和教育的人物之一孔子)颇觉向往。后来之爱陶渊明也正是因为他懂得儒家。"[①]

---

① 朱英诞:《〈小题集〉序》,《朱英诞集》第八卷,长江文艺出版社2018年版,第75页。

诗人心中曾有着积极入世、大济苍生之志，但由于体弱多病，休学在家期间对文学产生了深厚的兴趣，希望借用缪斯之笔实现自己的理想："我的诗，若然，殆类似药草之华欤？"①在自传中，朱英诞提到了自己曾计划到日本学习印刷术，但是由于卢沟桥事变的发生而未能成行②。不难想象，青年时期的朱英诞既有着传统儒家的入世情怀，同时作为在五四新文化运动熏陶下成长起来的一代有志青年，又崇尚民主、科学，追求自由，反对包办婚姻③。他非常欣赏同时代希腊作家D. Cahtanake的一句话，"对真理的热情是30年代青年诗人与作家中最有才能的份子特征"，常常感叹"没有赶上那火烈烈而风发发的局面的五四的岁月"④。在内忧外患中成长，又体弱多病的朱英诞深深体会到了百无一用是书生的无奈。

朱英诞从北大去职后，离开新诗讲坛，逐渐由儒家的入世进取转向了隐逸避居，不仅体现在生活方式上，而且精神状态和生命感悟皆有了极大改变。诗人几十年来一直居于北京的深巷中，养病之余，每日唯有读书写作，不问政治，不谈国事，不看重身外之物，不受功名富贵的诱惑，崇尚淡泊宁静、知足知止的境界，向往自由自在、身心自适的状态。在他的笔下，字里行间无不流露出"寂寞人外"的况味，与政治无涉，却常常在春花秋月的赏玩过程中体味着对生命的感悟，谈诗，谈文学，古今中外、神魔鬼怪、天上人间无所不有。徜徉在自己的园地里，或晴日遥望西北峰峦，或沉浸在秋高气清的北京一隅。

究其隐居避世的原因，大概有以下几点。首先，社会现实使然。20世纪三四十年代的中国处于动荡的大变动中，诗人的文学道路也并

---

① 朱英诞的多篇散文中都出现了这句话，如《〈深巷集〉题记——纪念写诗四十年》《〈残月集〉序》《〈仙藻集〉后序——纪念写诗四十年》等。
② 朱英诞：《梅花依旧——一个"大时代的小人物"的自传》，《朱英诞集》第九卷，长江文艺出版社2018年版，第561页。
③ 朱英诞：《梅花依旧——一个"大时代的小人物"的自传》，《朱英诞集》第九卷，长江文艺出版社2018年版，第558页。
④ 朱英诞：《梅花依旧——一个"大时代的小人物"的自传》，《朱英诞集》第九卷，长江文艺出版社2018年版，第573页。

不顺畅,"从习诗到讲诗,作为一位诗人,朱英诞实际上形成了自己的'文学场',但随即被时代所覆灭"①,与时代的几次错位使诗人几乎被湮没在文学史当中。对社会的失望,对前途的迷茫,使朱英诞渐入隐逸之道,他毅然结束了对功利人生的追求,走上了归隐之路,"天下无道"成为朱英诞避世的直接诱因。朱英诞经历了抗日战争、解放战争、"文化大革命",却得以保全自身免遭罹难,在某种层面,要归功于避祸求全的道家意识。诗人常常引用俄罗斯的谚语"病有病福",多次提到"福祸相倚"的思想,这种"为我"的避祸意识不仅是一种自然哲学,更是一种困境哲学,使得身处危境的诗人能够知足自省,保持精神上和人格上的独立。为避"诗祸",朱英诞安于寂寞,就连他的老师林庚后来"在见面中也没有再听到他谈起自己的诗作",竟"以为他已无心于此了"②。其次,心性使然。朱英诞为人耿介,不善交道,不与人交恶。在战火纷飞的年代里奔波迁徙,不仅没有中断读书写作的习惯,反而促使他走上了偏离主流意识形态的生存之道,面对愈加激烈的社会政治冲突,朱英诞采取了退避的姿态。诗人虽然接受现代文化思想的洗礼,向往自由平等,但内心深处仍无法摆脱传统文化的诱惑,"直到我长大、读书,才有力量推翻'野孩子'论,幽默诗人王季重说,文近庙廊,诗近田野;——我想我们在蔬园中偷瓜,越篱逃逸的野趣,非诗而何?'骨重神寒天庙器',你能够偷盗吗?你只好去叩头礼拜吧!又尝见尉缭子残文:'野物不为牺牲,杂不为通儒',我觉语极名贵,我宁愿作'野物',——可以说,这要算是在我特别尊重隐逸之士之前,最初获得的'消极'的启发了"③。心态的闲适优雅是诗人的本性表现,对隐逸避世的欣赏甚至留恋使得他不自觉地走上了隐士之路,在这样一个大时代里,诗人躲进了书斋,乐于做一个不问政治的自由人。他自嘲说:"一生只

---

① 陈均:《朱英诞琐记——从〈梅花依旧〉说起》,《新文学史料》2007年第4期。
② 林庚:《朱英诞诗选书后》,转引自朱英诞《冬叶冬花集》,文津出版社1994年版,第323页。
③ 朱英诞:《梅花依旧——一个"大时代的小人物"的自传》,《朱英诞集》第九卷,长江文艺出版社2018年版,第549页。

采用了诸葛亮的半句,苟全性命于乱世'。"①《梅花依旧——一个"大时代的小人物"的自传》中有这样一段话:"中国人都懂政治,而深懂政治的人是不问政治的隐士,他不闻不问。他深知闻问,他就得不到自由了。"朱英诞不是完全不懂政治,不是不关心政治,只是他深知闻问的代价——失去自由。至此,隐逸思想也成为朱英诞处于乱世中得以全其志向的内在动力,成为自我拯救的精神动力。

朱英诞十分喜爱和钦佩元代诗人倪瓒,多次在文章中褒赞他,尤其最为喜欢倪瓒所著的《谢仲野诗序》,甚至不吝笔墨再三提及,如"我极爱倪云林的《谢仲野诗序》一篇小文,因为这仿佛正是我梦想着写而写不成的,就是因为有同嗜的缘故"②。引录一段倪瓒《谢仲野诗序》如下:

诗亡而为骚,至汉为五言,吟咏得性情之正者,其惟渊明乎?韦、柳冲淡萧散,皆得陶之旨趣,下此则王摩诘矣。何则?富丽穷苦之词易工,幽深闲远之语难造。至若李、杜、韩、苏,固已炬煌,出入今古,逾前而绝后,校其情性有正始之遗风,则间然矣。

倪瓒,元代画家、诗人,家境富裕,曾富甲一方,后家道落败,从元至正十三年开始了隐士生涯,他主张"任其真而不乖其守",认为"自成天籁之音"为诗歌的最高境界,推崇"冲淡萧散""幽深闲远"的意境,道家崇尚自然的思想在他的诗画中都得到了充分的体现。倪瓒的心性思想、意趣追求对朱英诞产生的影响,我们从他的旧体诗中就可知一二。如:

故宫博物院文华殿观倪云林画展

幽篁疏淡石枯干,独树能奇屋半残。

---

① 朱英诞:《梅花依旧——一个"大时代的小人物"的自传》,《朱英诞集》第九卷,长江文艺出版社2018年版,第575页。
② 朱英诞:《谈自己的诗》,《朱英诞集》第八卷,长江文艺出版社2018年版,第152页。

拈出东坡婉约语，人间美好出艰难。
题倪瓒
不惟天地无花着，画里无人亦可人。
千载知音尊庾信，蹄轮幸草宥云林。
远山一抹远应淡，紫栗成团紫复新。
葱甚犹能题六棵，淡黄纸上影如神。

朱英诞在倪瓒的诗画中发现了与他精神体格的相通之处，可谓"知音千载继云林"。"远山一抹远应淡……淡黄纸上影如神"四句描写的是倪瓒高超的画技，体现了画中所透露出的古淡、萧散、清疏的风格，而此恰恰是朱英诞诗歌所追求的。朱诗中，多为日常生活的细琐之事、幽远娴静的自然风光，散发着淡淡的清幽和宁静，这种平和的心态和怡然的心境，往往能创造出更丰厚、更内敛、更具生命力的诗境。

五四落潮后，一批现代文人逐渐走向了隐退之路，主要代表人物有周作人、林语堂、废名、俞平伯等人。阿英在《俞平伯小品序》中曾经给这个流派取名为"田园诗人派"，认为"周作人的小品文，在中国新文学运动中，是成了一个很有权威的流派。这流派的形成，不是由于作品形式上'冲淡平和'的一致性，而是思想上的一个倾向。那是必然的，在新旧势力对立到尖锐的时候，就是正式地走向肉搏的时候，有一些人，虽也希求光明，但怕看见血腥，不得不退而追寻另一条安全的路。这是周作人与鲁迅思想所以后来分裂了的原因，也是周作人一派的小品文获得生存的基本的道理"[1]。后有论者直接把这一流派称为"隐逸派"[2]。

20世纪三四十年代，朱英诞与废名、林庚、沈启无、周作人等人

---

[1] 阿英：《俞平伯小品序》，《无花的蔷薇——现代十六家小品》，河北人民出版社1991年版，第29页。
[2] 许海丽、宋益乔：《中国现代文学史上的独特存在——"隐逸派"》，《山东社会科学》2012年第8期。

来往甚密，于 1941 年至 1942 年期间，接任废名在北大文学院讲授新诗一年。依陈均概括，在北平沦陷时期基本上形成了与废名在诗歌主张和实践上相近或者受其影响的"废名圈"①，诗人朱英诞是其中的重要成员之一。综观朱英诞的诗文，不难发现与周作人、废名等人的文学观念一脉相承的内蕴，他们都是在对社会现实失望后转而追求传统理想、崇尚自我性灵，躲进书斋、山林，试图做一个不问世事的现代古人，创作了很多"以自我为中心，以闲适为格调"的诗文，呈现出冲淡平和、幽静闲适的风貌。

尽管他们都逐渐采取了退隐的姿态，但是朱英诞的隐逸有着与众不同的独特魅力。李贽将隐逸归为三类，即时隐、身隐、身心俱隐②。周作人的隐则归于因时而退的"时隐"，他是一个集"绅士"与"流氓"于一身的复杂体，从早期的斗士走向了隐逸，在十字街头建造着自己的塔，在自己的园地里吃茶论酒。他曾这样说道："我在十字街头久混，到底还没有入他们的帮，挤在市民中间，有点不舒服，也有点危险（怕被他们挤坏我的眼镜），所以最好还是坐在角楼上，喝过两斤黄酒，望着马路吆喝几声，以出胸中闷声，不高兴时便关上楼窗，临写自己的《九成宫》，多么自由而且写意。"③ 周作人的隐逸是典型的儒、道互补的权变之策，即使在"十字街头的塔"中避世而居的周作人，也时常被心底儒家救世意识和知识分子以天下为己任的责任意识所激起，偶尔呐喊几句。朱英诞却不然，在他的身上几乎从未出现过金刚怒目的一面，他不是战士，也不以启蒙者的身份自居。朱英诞的一生几乎从未真正"入世"，一直处于"隐居"和"半隐居"状态，可谓现代文学史上的一位"身心俱隐"者。

其实，诗人第一次真正归隐大概是 1943 年春夏之交，以事避处海

---

① 陈均：《废名圈、晚唐诗及另类现代性——从朱英诞谈中国新诗中的"传统与现代"》，《新诗评论》2007 年第 2 辑。

② 李贽：《隐者说》，张建业主编：《李贽文集》第 1 卷，社会科学文献出版社 2000 年版，第 71 页。

③ 周作人：《十字街头的塔》，《自己的园地·雨天的书》，人民文学出版社 1988 年版，第 271 页。

淀乡居。1957年以后，诗人大部分时间是在家养病，每日除了写诗、致力于古典文学研究外，别无他事。朱英诞有取室名的嗜好，曾经把室名命名为"遂隐草堂"，并作注解："遂隐者，江左人作如是呼，见《禽经》。"①而且他十分喜爱塞万提斯的一句话："谁能够筑墙垣，围得住杜鹃?"②朱英诞以教书为生，未涉足政界，不以谋求高官厚禄为人生目的，却因时代、个人身体状况，退隐而居，以恬淡闲静的心态看待自己及大千世界。周作人之隐"闲"中带"涩"，在悠然闲逸中总有着淡淡的"涩味"，正如他自己所说："闲逸亦只是我的理想而已。"废名以"禅""禅趣"赋予了隐逸别样的韵味，在"拈花微笑"的禅境中流露出远离喧嚣与热闹的宁静。而朱英诞之隐最为彻底，在花草虫鱼、春花秋月的日常琐碎中体现着诗人随缘任运的旷达和萧散。

隐逸思想在朱英诞的个人性格、处世态度，甚至"真"与"淡"的美学理想方面都深深地打上了烙印。"隐士"之路不仅是时代的选择，更是朱英诞自我性格和情感上的选择，体现了朱英诞独特的处世方式。

三 平常心是道

汉魏以来，佛教开始了中国化的历程，而禅宗"因主张用禅定概括佛教的全部修习而得名；又因该宗以'传佛心印'自称，以觉悟众生本有之佛性为目的"③，成为独具中国特色的佛教宗派。中国传统诗歌与佛禅思想相互影响、相互渗透，"诗与禅都需敏锐的内心体验，都重视启示和象喻，都追求言外之意，这使它们有互相沟通的可能"④。金人元好问有诗曰："诗为禅客添花锦，禅是诗家切玉刀。"李白、王维、白居易、苏轼、陆游、李贽等人就深受佛禅影响，文人骚

---

① 朱英诞：《刻印纪略》，《朱英诞集》第八卷，长江文艺出版社2018年版，第285页。
② 朱英诞：《南北与新旧——〈磨蚁集〉代序》，《朱英诞集》第九卷，长江文艺出版社2018年版，第420页。
③ 赖永海：《佛道诗禅——中国佛教文化论》，中国青年出版社1990年版，第49页。
④ 袁行霈：《诗与禅》，《中国诗歌艺术研究》，北京大学出版社1996年版，第128页。

第八章 朱英诞旧体诗的题材特色与文化心理

客谈禅、参禅渐成风气，引诗论禅，援禅入诗，写下了众多富含禅理、禅趣的诗歌，有些更是成为流传千古的佳作，如王维《鹿鸣》《鸟鸣涧》，柳宗元《江雪》，等等。随着诗歌的发展，禅诗之说被逐渐化为诗歌理论中重要的组成部分。

深谙传统文化心理的诗人朱英诞不但深受隐逸思想的影响，在他旧体诗中，不少诗歌也颇具禅宗意味和禅思意趣。他笔下的自然山水，一花一叶、一草一树常常显露出物我交融、活泼生动的生命意识，呈现一种"触目皆菩提"的审美境界。

朱英诞少年时开始接触佛经。他说："使我心眼开张的实是佛典。我还记得我是十三四岁时，最初接触佛典是作为文学课程来读的，念到'净土浮华'真如踏上了一个新的天地，和现实里春天踏青时，在桃花、杨柳、碧水、黄土间的风光大不一样，虽然那也是东方古国的事物，却反是'意新理悭'，读之便如着了魔的一般！"[①] 由此可见，佛经给了他第一次文学上愉悦的享受。

废名曾公开称自己是"大乘佛教徒"，废名的诗呈现出空灵、淡泊的风格，深深地打上了"禅"的烙印。废名的诗充满了禅理、禅趣，"以冲淡为衣，意境大都幽静、清远而空濛"[②]，"有禅家与道人的风味"[③]。作为"废名圈"的重要成员之一，朱英诞的旧体诗也恰恰体现了禅与日常生活的圆融之境。在一定程度上，朱诗中的佛禅之境恐怕也受到废名潜移默化的影响，呈现出亦禅亦俗的意趣。朱英诞诗中有多首怀废名之作，从其中我们可见一二。如：

雍和宫西仓

苍然松柏院，木末系黄昏。
风雨常侵蚀，禅房幸默存。
三人无主客，一语破尘樊。

---

① 朱英诞：《序》(《紫竹林》)，《朱英诞集》第九卷，长江文艺出版社2018年版，第419页。
② 王泽龙：《废名的诗与禅》，《江汉论坛》1993年第6期。
③ 朱光潜：《文学杂志·编辑后记》，《文学杂志》1937年6月。

卅载索居者，目光驴背论。

再怀废名
或云禅喜入禅林，我道先生是尾生。
不觅黄石沿水去，渡桥桥竟作船行。

怀道蕴先生
黄梅旧是传衣处，何苦菩提树下行。
松瘦不堪归去好，西仓话别太僧生。

卢沟桥事变不久，废名先生去职后借住在雍和宫西仓后院一个僻静的禅房（即他少年时同学行脚僧寂照的住处），后来寂照邀请朱英诞往返清谈（邀请的明信片中称朱为"慧心学者"），才有了三人之间的谈诗、谈禅、论道。从《雍和宫西仓》《再怀废名》中可知，朱英诞不但熟知废名倾心于禅学之道，更是持一种接受、理解的态度。朱英诞虽没有濡染禅修的家庭氛围，也没有系统研究过佛禅思想，旧体诗中不以谈禅论道见长，甚少清新空灵的山林禅意景物，而是于日常生活中处处见禅，又呈现人间烟火的况味，这是他不同于废名的地方。如：

寒江山月映炊烟，天日清灵俯仰间。（《示人》）
日常人迹疏知病，时或跫音屡破禅。（《客去》）
白蜜疏无怨，应嘲赋屋禅。（《饮蜂王浆》）
未凋绿发从人羡，颇觉维摩示意长。（《壬寅浴佛后二日五十自庆二首》）
深巷犹存名再换，小园未废法三行。（《感旧》）

朱诗中的禅思、禅意更多地以任运随缘的韵味表现出来。朱英诞也多感慨生老病死、生离死别之世俗人情，如："三千里远叹多病，四十年长梦昔游"（《怀武昌皂角园》）；"时或看茶知老病，几曾立说失新晴"（《入夜闻笛》）；"愧我但知梅格在，江南江北梦中归"（《题我母残诗》);"常记梦中安乐处,满床明月听啾啾"(《乡愁》);"人烟桔柚寒星白,秋色梧桐老凤丹"(《我来》)。月夜、雪后、青灯、黄昏、柘园、落花都融入了诗人伤春悲秋、世事无常的无限伤感。然而,朱诗又在平俗浅易之中再现"平常心是道"的禅境,消解了俗世的烦忧和焦虑,获得身心的自适和精神的自由。

禅宗自然适意的人生哲学和随缘任运的生活情趣,积淀为诗人的审美智慧,内化为一种审美心理。朱英诞将禅与日常生活统一起来,颇符合南禅所提倡的"法元在世间,于世出世间"① 主张,并非即心即佛、绝缘绝世、修心即佛,人间与山林无差别,重要的是任运随缘。由此观其诗,不难发现,朱诗中的自然风物多为日常化、琐碎化、世俗化的家常俚俗,如:"主客心安驱逸乐,长空梦外正发荣"(《雨夜谈心》);"笙歌鼎沸雨中过,一枕之安寤寐多。海上马鸣风过耳,鸠槃荼苦月如梭"(《山妻絮语嘲之》)。看似平淡,却无不充盈着人间烟火的况味;看似择用无度,却于凡俗中体现着"平常心是道"的精神。

何为"平常心"？依据洪州禅初马祖道一之观点,即"无造作、无是非、无取舍、无断常、无凡无圣"②。朱诗的创作恰恰秉承了这一理念,在常俗中处处见"禅",处处见"心",将"色空相即""五蕴皆空"的佛禅思想还原于凡俗世界,赋予了诗歌想象的空间和无尽的智慧,具有了别样的美学特征。如:

壬寅浴佛后二日五十自庆二首

其一

四十九年吟落叶,春来又是水风凉。

种鱼抚女平生志,说道传经三径荒。

海内闲田无多少,窗前明月尽微茫。

---

① 《六祖大师法宝坛经》,《大正原版大藏经》(第48册),第351页。
② 马祖道一:《江西马祖道一禅师语录》,转引自吴明贤、李天道编《唐人的诗歌理论》,巴蜀书社2006年版。

>未凋绿发从人羡,颇觉维摩示意长。
>其二
>暮春三月莫吟诗,知命知非何所知。
>闭目儿嬉游昨日,纵观世事着残棋。
>文章大块今讽刺,白雪阳春古解颐。
>儿女灯前频错唤,无须案答我为谁。

从诗题可知,朱英诞颇为信奉佛教,其在浴佛二日后写下了这首自庆五十的诗歌。此时诗人已届老年,回首往事,犹如昨日之事近在眼前,平生之志为"种鱼抚女""说经传道",虽然一生坎坷多病,生活不如意,人生不得志,而诗歌以"未凋绿发从人羡,颇觉维摩示意长""儿女灯前频唤错,无须案答我为谁"作结,体现了诗人淡然、豁达的人生态度。正如诗人在诗后序中所说:"予年方过四十即退休林下,其后自甲午迄今又十年间,时在病中,觉'病有病福',俄罗斯之古谚语与佛说俱感亲切也。"朱英诞自此通过对禅宗的独特理解达到了自我超越,以自我调侃和自解自嘲的平常心走向了疏朗乐观,践行着诗与佛的融合。

朱诗常以佛理、禅语入诗,"小乘""鸠槃荼""佛,以睡为食""佛说""三行"等佛家习语多次出现在诗歌或自注中。废名与朱英诞二人诗歌中皆有佛禅思想,都将禅宗与人生思考融会贯通,呈现出自由空灵而又充满生机的禅趣特色。然而,二者又有质的区别。佛禅,在废名的诗中是一种对宇宙人生的心灵感悟,空蒙虚无,追求澄清甚至超凡脱俗的境界,却又时时表现出难以摆脱逃避的悲哀、痛苦心境,同时也呈现一种"还俗"的倾向,却又不同于朱英诞诗中的"俗"——"平常心是道"。朱诗将佛禅融入常俗之境,呈现自然通脱的状态,倾向于在市井庭院中达到任运随缘的物我和谐之志,主要以传统诗歌中借景抒情、融情于景、以我观物等表现手法来展开,选取了浅易平俗的日常意象,于凡俗生活中寻得禅悦之情,表现了自适恣意、疏朗豁然的人生态度。

第三节 现代知识分子的个性抒写

一 "现代"个人的抒写

作为一个在西方现代思想文化熏陶下成长起来的诗人，朱英诞晚年作了大量的旧体诗，看似矛盾，但他借用这种旧形式表达了现代人的现代思绪、感情和认知，自由、科学、民主等现代性价值观成为诗人旧体诗中的重要内容和思想来源。朱英诞深受传统文化的影响，同时也广泛涉猎西方文学。他曾经将中西哲学进行了比较："不大清楚是否有那么一种叫作东方哲学的东西。我们倒确实共有一个黄河流域文明的很固定的哲理精神。西欧哲学细，中国哲学深；西欧完整，中国丰富；西欧雅正，中国特异。它们并无实质的差别，不同者在品格；以花为喻，西欧如桃李，中国是梅花。以酒为喻，欧洲是强烈的白兰地，我们是醇厚的茅台。"① 其实，从朱英诞的诗文中我们不难发现他对外国文学的喜爱。在《〈深巷集〉后记》中，他说："我年轻时，最初受过一点泰戈尔的影响；后来是莫斯理，但不在诗，而是工艺美术。后来是夏芝和哈代。"诗人虽说"在外国文学上"，自己"没有专爱"②，"以态度论，我最爱哈代了！他对他的短诗是那么在乎，几乎分不清楚是天真还是认真了！而我自己则又异于是，我是又在乎又不在乎"③。朱英诞多次在文中提及哈代、塞万提斯、劳伦斯、歌德等西方文学大家，甚至将西方文学中的典故、人物形象入诗，有《泰戈尔诗意》《偶阅沃尔夫说部用破睡魔阅罢殊觉快意》等。在《壬寅岁暮回暖》一诗中，诗人于诗后自注曰："罗素有《赞闲》一书，予拜读甚晚，见有所同，觉至可喜。至于基夫特，则全然不晓。习懒，尝用

---

① 朱英诞：《〈深巷集〉后记》，《朱英诞集》第八卷，长江文艺出版社2018年版，第265页。
② 朱英诞：《梅花依旧——一个"大时代的小人物"的自传》，《朱英诞集》第九卷，长江文艺出版社2018年版，第558页。
③ 朱英诞：《〈深巷集〉后记》，《朱英诞集》第八卷，长江文艺出版社2018年版，第265页。

题斋，后废。盖二字是画家典也。"将罗素之"赞闲"入诗，巧然成篇。又如：

莎翁诗意

天生爱俪儿，阳光之触须。
蝶舞花树下，梦也不须驱。

朱英诞读莎翁作品而慨然成诗，"梦也不须驱"一句则是由法国马拉美的驱梦诗而来，朱英诞酷喜之，从而引用进来，使之具有了新意。

在朱诗中，其思想内涵、风格品质富含现代特质，从诗歌语言、诗歌节奏、诗歌意象、诗歌思维、诗歌格律等方面都形成了与传统诗歌相异之处，不仅进行了大胆的创化，比如格律、用典、平仄、修辞、意象等，而且将外来词汇、外国典故入诗，虽遵循传统诗词的格律，却不死板套用。

朱英诞被称为"生活在现代中之古人"①，旧体诗的创作更是古色古香，仍不时流露出现代情绪，并刻下了或深或浅的时代烙印，赋予了旧体诗一个"新"的或称之为"现代"的诗歌内涵。一个现代人的灵魂，包含着自我解救的努力、价值分裂的自嘲、古老的生命忧惧，包含着悲苦而不失真切、迷茫却仍要挣扎向前的灵魂体验。朱英诞作为一个现代人，借用传统诗歌的形式，将"现代"个体的精神面貌展露无遗。虽然在传统的主调下，"现代"只是调色板，但这种现代思绪和现代情怀使得朱诗更加质朴动情，也成为其区别于传统诗歌的要素之一。

相较于现当代学者诗人的旧体诗，朱英诞作为一个"美丽的沉默者"，较少透显出时代的气息。我们从他的旧体诗中极少能看到直接描写民族、国家、大众的作品，大都以侧面抒写为主，只有经过细细揣摩和鉴赏，才能品评到深藏于其中的现代情思。如：

---

① 陈均：《〈仙藻集·小园集——朱英诞诗集〉编订说明》，见《仙藻集·小园集——朱英诞诗集》，（台北）秀威资讯科技股份有限公司2011年版，第1页。

第八章　朱英诞旧体诗的题材特色与文化心理

谢友人赠悬崖菊二首
其一
龙牵骏烈不胜垂，马掌须浇一掬宜。
啧啧悬崖名物好，和陶岂必醉东篱。
其二
奇香产自海东头，欲赌身轻不自由。
记取三唐须勒马，人间哪得酒消忧。

诗人由友人所赠的产于日本的悬崖菊作诗。其一状其形和色，自菊联想到"采菊东篱下"的陶渊明，进而抒其志——"和陶岂必醉东篱"，朱英诞酷喜陶潜的诗文，深受他的影响，为人处世都颇有陶潜风范，尾句写出了诗人对陶渊明的认同，且不拘泥于方式、方法，认为羡慕、崇尚陶氏不一定要随其隐居于南山，聊醉于东篱下，表现了朱英诞放任旷达的随性情怀。其二看似写菊，实为抒发诗人自己的人生感慨，诗人在诗后附有自注："吴梅邨词：摘花高处赌身轻。悬崖菊，日本产。卢沟桥事变前予拟东渡学印刷术，未果，尝以为生平憾事。然日人喜饮酒而多酗，甚可厌。顷闻军国主义复兴，为之不欢累日。"又由菊联想到其产地，而当时日本军国主义复兴，侵略中国，人民正处于水深火热之中，此时的诗人未必有闲情逸致专情于自己的园地，于国于家，他既有着传统知识分子的家国意识，又有着现代人的忧患和个体承担意识。"欲赌身轻不自由"，"人间哪得酒消忧"，正是在这种背景下诗人所发出的感叹，包含着对当年日本侵略行为的抗议，更是对自由的期盼和追寻。

在《风满楼诗》中，我们仍能找出一些与当时的政治时事相关的旧体诗，如《嘲莫斯科边界声明二首》《再嘲莫斯科声明三首》等，都以当时捉得空降特务而引发的一系列政治事件及声明入诗，嘲讽之余也摆明了诗人的态度立场。"文革"对于当代中国人来说是一场挥之不去的噩梦，这场当代史上的浩劫至今仍让中国人心有余悸。而作为现当代诗人学者的朱英诞却安然度过，未曾受过批判改造，在文学史上恐怕也是一个奇迹。在其现存的诗文中，几乎没有正面描述过"文革"，甚至很难找出其对这一历史事件的只言片语。但从《悼林巧稚大夫有序》《闻苹白先生扫街》等诗中，我们也能揣摩出他的隐秘态度。于《悼》诗中，诗人不仅表达了对林巧稚女士的同情和怀念，更多的是对时代的愤懑和不满："只限学术赖见闻，'不闻问'里听信信！《天对》或能对《天问》，柳州哪得继屈原。"我们从诗后自注中就可见一斑："林巧稚女士曾以，不问政治，主张罹几祸，然'不问''绝不等于''不闻不问'，究其实罪在何人，亦不问何知者也。"对于林大夫遭受的不公平和莫须有的罪名，诗人的愤怒和不平溢于言表，字里行间透露出对这个时代的深深失望却又无可奈何之感。相似的题材还有《闻苹白先生扫街》：

七月红旗飘细雨，初伏绿树蕴和风。
文章政事厥途一，一代清才勉强中。

诗题中的苹白先生即俞平伯，朱英诞听闻俞平伯先生被批判而扫街，愤然之余作诗一首，将俞之生平重要事件入诗。

朱英诞将独立坚毅的现代个性注入其旧体诗创作中，使之成为异于传统诗歌的重要质素之一。在传统诗歌中，人从来就不是独立的个体，也未曾取得过独立的地位，屈原、陶渊明、王维、李白等特立独行、恃才傲物的诗人都不例外。离骚者，犹离忧也，此忧，忧的是家国天下，忧的是王之不聪、不辨；隐于南山下的陶渊明，并非从一开始就淡然于世，在官场与山林之间几经徘徊，于50多岁才真正做到"采菊东篱下"。朱诗又有着别于现当代诗人的特质，他的独立坚毅也不同于鲁迅、郭沫若、聂绀弩等现当代文人。在鲁迅不多的旧体诗中，为我们勾画了一个孤独的战斗者——"寄意寒星荃不察，我以我血荐轩辕"，"横眉冷对千夫指，俯首甘为孺子牛"，"竦听荒鸡偏阒寂，起看星斗正阑干"。朱英诞的独立个性是建立在自我基础上的，他的自由、他的孤寂、他的忧时伤身、他的闲适悲苦构成了朱氏最为圆融的

第八章 朱英诞旧体诗的题材特色与文化心理

个人世界。可以说，朱诗中所体现出的现代学者的个性意识既是对传统精神人格的隔代呼应，又有着现代精神内核。且看：

我来

　　我来何事素衣鲜，四十年前尚目前。
　　破镜西山环枕臂，黄昏古寺耸吟肩。
　　人烟桔柚寒星白，秋色梧桐老凤丹。
　　断水未闻流水去，枕边书在眼常酸。

我欲

　　我欲从之两安石，支持儿辈戍边行。
　　输君一着还应恨，垢面蓬头过一生。

《我来》《我欲》两诗足见诗人的精神概貌：于人生老境之时，回望之余，且悲且痛，且嘲且讽。二诗化用了李白的《秋登宣城谢朓北楼》"人烟寒橘柚，秋色老梧桐"，抒发了对颓唐暮年的伤感，然又以"输君一着还应恨，垢面蓬头过一生"，从反面传达出诗人倔强、真切、可爱的灵魂，荡去一身的愁绪，颇有苏东坡"一蓑烟雨任平生"的旷达情怀。

朱诗中所体现的现代个性亦有别于现代学人的现代情怀和现代情绪，譬如周作人、废名等人。周作人的诗文中更多的是对自我中心、闲适格调的"小园"的追寻，朱英诞则少了那份揶揄、挣扎和紧张，其诗显示出一种和缓圆融之美。他们二人都曾作过自寿自庆诗，从中我们可窥探出不同风格。周作人于1934年发表在《人世间》半月刊的创刊号上的《五十自寿诗》在当时的文坛上引起了极大反响，蔡元培、胡适、钱玄同等人都有和诗，可谓文坛一大盛事。"显然，周作人'五十自寿诗'引发出来的，是中国一代自由主义知识分子对于自我内心的一次审视：有无可奈何的自嘲，有故作闲适下的悲哀，不堪回首的叹息，拼命向前的挣扎。"[①] 周诗始终沉浸在借自嘲而故作轻松

[①] 钱理群：《周作人传》，北京十月文艺出版社1990年版，第375页。

闲适却又不得的悲苦矛盾之中，其内心深处的苦涩和讽世之意就如鬼魅般摆脱不去。孙志军称其为"现代灵魂的紧张"①，这一说法恰好概括了周作人在入世与出世间的挣扎与迷茫，以及对生命的忧惧、对自我的解救。朱英诞在 50 岁生日之时也曾作诗自庆，忆往昔——"四十九年吟落叶""闭目儿嬉游昨日"，尽管诗人因病才过四十即已赋闲，但他甚觉"病有病福"，认为"种鱼抚女"乃是平生之志，虽偶有淡淡愁绪，却仍能保持一种淡然处之的态度，"纵观世事着残棋"。于乱世之中，诗人始终以超然的姿势冷眼看世界，而其诗又尽显生活之情趣，其二尾联中刻画了一个粗枝大叶、憨厚可爱的父亲形象，以"无须答案我为谁"作结，既有着庄子的逍遥无名之状，又体现了现代人的独立之境。周诗讲究趣味、闲适，却往往闲而不适，在"拈花微笑"的表面下，诗人深陷于矛盾之中无法自拔。朱诗中纵然有彷徨、无奈、愁闷、哀伤，却总被诗人在自然之境中于不经意之间消融殆尽，在自己的小园里、深巷中且歌且行，保持了现代自由主义知识分子较为完整的人格。

二 体察心灵世界的自在自得

朱英诞的旧体诗更多的是对"自我"及生命本体的关注，往往是从主观心灵、主观情感来观照这个客观存在的世界，体现了对自我个体的重视，更是对生命意义和价值的肯定，从而得以体察心灵世界的自在自得。诗人曾道："予向有三自三生杂说，三自者，自然，自我，自由；三生者，生存，生活，生命。"② 其旧体诗正如诗人自己所言，以生命为主体，在旧诗的世界中为它创造了一个完整的世界，保持了最为真实的自我，在亦悲亦喜的生活中得享心灵的自在自得。

细细赏味朱诗，我们不难发现诗人在较大程度上受到了京派文化传统的影响，诗中多表现个体的生命情怀和生命体验——爱、美、自

---

① 孙志军:《现代旧体诗的文化认同与写作空间》，博士学位论文，华中师范大学，2004 年，第 97 页。

② 朱英诞:《风满楼集·对客》，《朱英诞集》第六卷，长江文艺出版社 2018 年版，第 152 页。

由，有着强烈的个体生命色彩，呈现出向传统回归的审美倾向，同时也灌注了现代精神特质，其中尤以周作人的文学理念中"人的文学""自己的园地"等观念影响最为深刻。

周作人通过《人的文学》《平民的文学》等一系列文章提出了"人的文学"的口号，即"文学是人性的"，"文学是人类的，也是个人的，却不是种族的，国家的，乡土及家族的"①。他试图通过"人的文学"来提倡人们对"人"的个体的重视，尊重个人的欲求和尊严。另外，他又在第一个选集《自己的园地》中提出"文艺只是自己的表现"，旗帜鲜明地标识了个人主义，以自己的兴趣为起点，耕种自己的园地。而朱英诞旧体诗恰恰就以个人世界为中心，他的喜怒哀乐、情思愁绪都成为抒写的对象，诗人在自己的小园中怡然自得。朱英诞于1936年所作的第二本诗集取名为《小园集》，"三十六年前，那时我刚刚写了四年诗，为第二本小集名曰'小园集'，从此我有了'自己的园地'"②。"小园"意指诗的王国、文学的世界。朱英诞曾作此解释："我在北京度过的30年间，移居过四次，而五个居处是都够不上称作一个小园的，于是我就渴望的幻想我的诗的局面是一座小园了。"③诗人希冀在自己的小园里论诗作画，谈天说地。在其旧体诗集中，他不仅以"小园"直接作为诗题，如《小园玉簪》《小园种树五株顿多幽致率成绝句》《小园桃花盛开》等，也将"小园"作为诗歌咏怀或描写的对象："十八年来如磨蚁，小园一日换颓垣"（《短垣葺成》），"小园依旧乌屋在，残缺书文自不宜"（《题乌屋书目》），"倦眼休看梦，小园蝶乱飞"（《午梦觉中庭闲步》）。小园对于朱英诞而言，是宜居之地，是人间清昼的深巷，恐怕更多的还是给他带来精神慰藉和精神园地的文学世界。在自我的小园中尽情挥洒，尽情咏叹他的江南故里，他的乡愁离绪，他的北京深巷。如：

---

① 周作人：《艺术与生活·新文学的要求》，河北教育出版社2002年版，第22页。
② 朱英诞：《小记》，《朱英诞集》第八卷，长江文艺出版社2018年版，第167页。
③ 朱英诞：《小序》，《朱英诞集》第八卷，长江文艺出版社2018年版，第142页。

感旧
——午梦醒枕上作

秋风朝夕拂愁城,诗为无言始发生。
深巷犹存名再换,小园未废法三行。
可怜弃疾书插架,不羡安石棋落枰。
枕上沉吟类喝马,何晦獭祭赖寒檠。

朱英诞在午梦初醒之时,诗兴即起而作《感旧》一首。秋风渐起,诗人在小园深巷中以诗为马,生活颇为自闲,却又有着剪不断、理还乱的丝丝愁绪,沉浸于个人的世界中,体味着喜怒哀乐。

(与伍娇丽合作)

第九章　朱英诞旧体诗的形式特征

朱英诞的旧体诗在形式方面既遵循古典诗歌的范式，又不满足于传统的老路子，诗人在"旧形式的诱惑"下加入了自我的创化和革新，使旧体诗能更好地适应现代社会，表达现代情感。正如鲁迅在1930年的"旧形式"讨论中所言，"近来有一句常谈，是'旧瓶不能装新酒'，这其实是不确的。旧瓶可以装新酒，新瓶也可以装旧酒"[1]，"旧形式是采取，必有所删除，既有删除，必有所增益，这结果是新形式的出现，也就是变革"[2]。

在清末"诗界革命"中，梁启超提出了新的设想："欲为诗界之哥伦布玛赛郎，不可不备三长：第一要新意境，第二要新语句，而又须以古人之风格入之，然后成其为诗。"[3] 这可谓一种理想，希冀将传统与现代完美地融合在一起：通过新语句的融入，既不改变传统之风格、韵律，又能创造出新的意境。

朱英诞作为一位现代诗人，他的旧体诗不论是意象、节奏、词语等都与传统旧体诗有了许多不同之处。朱诗在形式方面自觉将传统与现代结合，对旧体诗的形式革新做了自觉的探索。

---

[1] 鲁迅：《准风月谈·重三感旧》，《鲁迅全集》第5卷，人民文学出版社1980年版，第325页。
[2] 鲁迅：《论"旧形式的采用"》，《鲁迅全集》第6卷，人民文学出版社1980年版，第24页。
[3] 梁启超：《夏威夷游记》，《饮冰室合集》第7册，中华书局1989年版，第189页。

第一节　声韵的继承和创化

以近体诗为代表的传统诗歌形式特征主要体现在平仄、押韵、对仗等格律要素方面。在现当代旧体诗词的发展历程中，语言、格律、风格方面较之于古代旧体诗都有了很大的变化，现代人在格律形式上并不拘泥于传统。作为诗词格律研究的专家，王力主张合理适度地解放诗律。他在《诗词格律》中就说道："今天我们如果也写律诗，就不必拘泥于古人的诗韵。"①

一　声韵活用

朱英诞没有专门论及旧体诗的声韵问题，但是从他的新诗观念中足可窥斑见豹。他说，"如果自由诗相当于'古风'，那么，有'近律'诗，也是应有的好事"②，"我常觉得，我们的诗就像唐人之有古风，虽然它也讲韵律。——这是不必看重的，讲求与反对都是太看重"③。从中可以看出朱英诞对于格律秉持着较为宽容和通达的态度，较之于废名的彻底和绝对，他显得更为和缓与辩证。平仄作为律诗中最为重要的因素之一，它根据传统的"四声"——平声、上声、去声、入声来区分。近体诗在平仄上有一定的规则，即相间、相对、相粘，避免孤平，经过千百年的发展和完善，已经有了一套严格的规则。朱英诞旧体诗在遵循平仄的基础上并不一味恪守。在朱英诞旧体诗中，既体现了对古典诗歌的继承，又不失借鉴和创新。现举《雍和宫西仓》为例：

---

① 王力：《诗词格律》，中华书局2009年版，第29页。
② 朱英诞：《题记三》，《朱英诞集》第八卷，长江文艺出版社2018年版，第92页。
③ 朱英诞：《序——病中答客问》，《朱英诞集》第八卷，长江文艺出版社2018年版，第12页。

苍然松柏院，木末系黄昏。｜｜｜——，——｜｜
风雨常侵蚀，禅房幸默存。——｜｜—，—｜— —｜
三人无主客，一语破尘樊。｜｜｜——，——｜｜
卅载索居者，目光驴背论。｜——｜｜，｜｜｜ —｜

  这首五言律诗的平仄基本上符合平仄相对，却不受其束缚，不因固守平仄规则而损害诗意。尾联中"卅"与"目"都为仄声，在原则上违反了"粘对"的规则，另外，"卅载索居者"一句也出现了孤平的现象。观于此，朱英诞作旧诗时考虑得更多的是诗意的表达而非平仄之矩，譬如有不因词害意而不拘平仄的，"广陵散岂太平引""皂角园里碧云楼"等；有引谚语和民谣入诗而不拘平仄的，"病有病福""春困春愁牛借力"等；或将数字、人名、地名、物象入诗而不拘泥平仄的，"三十年间谈寂寂""神农种药圣贤事""五十三后丙丁愁"等。总的来说，朱英诞能将继承、创新较好地运用于诗歌的平仄规则之中。

  韵作为诗词格律中的要素之一，"诗人在诗词中用韵，叫做押韵"①。综观中国古典诗词，几乎没有不用韵的，押韵既可以使诗词读起来朗朗上口，增强音乐效果，产生回环之美，更有利于整体的和谐。近体诗中用韵较为严格，而现当代旧体诗词家突破了樊篱，不因拘泥古韵格式而损害诗意的表达，鲁迅、郭沫若、毛泽东等现当代诗词大家都很讲究声韵，运用也较严谨，但都没有固守古人的诗韵，而是有所创新和改革。近体诗中一般首句才能用邻韵，而今人大都对邻韵通押的问题持宽容的态度。王力认为只要朗诵起来和谐，首句或者其他句子用邻韵都无可厚非②，毛泽东《长征》《人民解放军占领南京》，鲁迅《无题》等旧体诗都属于邻韵通押的典型例子。

  朱英诞在声韵学上颇为精通，其作诗遵守了自古以来的用韵格式，如《甘苦》：

---

① 王力：《诗词格律》，中华书局2009年版，第1页。
② 王力：《诗词格律》，中华书局2009年版，第29页。

> 半生甘苦是诗篇,脱手弹丸须佩弦。
> 闭目得之张目失,低眉后而扫眉先。
> 后来居上闲习嫩,先入为君健是仙。
> 风雨鸡鸣闻蛩喜,诗情一似足音颠。

其中"篇""弦""先""仙""颠"都属于一先韵,一韵到底,使诗歌充满音乐美感。另外,《春知》《看云作戏》等诗都严格遵循了用韵规则。但是,朱英诞旧诗中也不乏邻韵通押的现象。且看《戏演唐俟诗(答客谓)》:

> 不为棋超怜慕子,情痴自昔称英雄。
> 将同徒宅哀彭泽,可取谈资效触龙。
> 白日心思过柳下,黄昏鲸韵落寰中。
> 权决忍性非仁性,志在移风别古风。

诗中"雄""风""中"三字属一东韵,而"龙"属于二冬韵。又如《泪——读袁枚马嵬绝句作》:

> 泪湿高花辞最真,诗家妙理句中魂。
> 长生殿上唯私语,老树村头有至冤。
> 容我歌之斑竹雨,凭谁画作点山云。
> 银河何夕浓于酒,一滴轻垂恨更深。

"真"属十一真韵,"云"属十二文韵,"魂""冤"属十三元韵,"深"属于下平声的十一侵韵。

另外,在对仗方面,朱诗中有工对,也有宽对、流水对,在运用时更为自由,且时常为了更好地表达诗意、表现意境,摆脱对仗的束缚。总之,朱英诞旧体诗在声韵上不率由旧章,旧瓶装新酒,在继承借鉴传统的基础上又有自己的创新和发展。

二 叠字的运用

在中国传统诗歌中，叠字历来受到诗人的喜爱和重视。自《诗经》始，叠字就已经成为诗歌中常用常见的修辞手法，如"关关雎鸠，在河之洲""昔我往矣，杨柳依依。今我来思，雨雪霏霏"等都巧妙地运用了叠字的技巧。犹以《古诗十九首》中的"青青河畔草，郁郁园中柳。盈盈楼上女，皎皎当窗牖。娥娥粉红妆，纤纤出素手"和李清照《声声慢》中的"寻寻觅觅，冷冷清清，凄凄惨惨戚戚"为最，连用叠字，抑扬顿挫且又朗朗上口，使诗文生动形象，从某种程度上论之，甚至是因为叠字的运用而点石成金，成为千古名句。虽然叠字用得恰到好处能使诗文增色不少，但巧妙使用叠字并非易事，就如宋人所云："诗下双字极难，须使七言五言之间除去五字三字之外，精神兴致，全见于两言，方为工妙。"① 朱英诞在旧体诗中喜用叠字，据我们的不完全统计，其诗中有一百余处使用了叠字，如"漠漠""寂寂""青青"，不仅能够渲染气氛，增加音乐美，更能准确地表情达意。

朱英诞运用叠字来描摹自然之声物，使之富含音韵美，甚至能够再现当时的情貌。如《挽歌》中的"鸠鸣唤妇风应应/雨响霖铃夜更更"，用"应应"来模拟风声，渲染了一种悲怆凄凉的氛围；《再赋游仙诗》中的"欣欣草木觉萌动/诗是灵泉滴滴涓"，"滴滴"不仅模拟声音，清脆悦耳，还让人产生一种愉悦的感觉。另外，如"深巷有花听叫卖/虹穹鲜丽雨潺潺""十国春秋征默默/八方风雨鼓填填""边城虎虎大风生/陋巷家家小院深""竹篱花豆雨萧萧/邻壑何尝碍碧霄"等，都巧用叠字，增强了诗歌的音乐美和节奏美。刘勰就对叠字在描物状景方面的作用给予了高度的评价，他在《文心雕龙·物色》中说："故'灼灼'状桃花之鲜，'依依'尽杨柳之貌，'杲杲'为日出之容，'漉漉'拟雨雪之状，'喈喈'逐黄鸟之声，'嘤嘤'学草虫之

---

① 叶梦得著，何文焕辑：《石林诗话》，《历代诗话》，中华书局1983年版，第411页。

韵……以少总多,情貌无遗矣。虽复思经千载,将何易夺?"① 如《追忆明清档案馆时戏语》"林下于今壑已专/田田莲叶欲连天",我们熟知《江南》中"江南可采莲,莲叶何田田","田田"一般是用来形容莲叶很密的样子,朱英诞沿用了古代传统诗歌中的叠字,使得莲叶之繁密如现眼前,也从形象上取其近似,"田田"恰似那一张张的荷叶。又如"暗水落花星历历/野塘桥坏雨濛濛","历历"把繁星数量之多及其闪烁不定的样子表现出来,而"濛濛"描绘了天气的糟糕,阴雨绵绵,从而体现玄奘西行之路的艰险多难。叠字的运用能使诗歌在形式上工整匀称,又能做到错落有致。《谢子忱连日来访》"风风雨雨时为客/叶叶枝枝每载歌"将叠字连用,造就回环往复效果,在反复吟咏中细品诗人的情感,别有韵味。

第二节 朱英诞旧体诗的审美特质

朱英诞旧体诗看似平淡无奇,然细细品味后,就如看似平静如镜的湖水,或荡起一圈圈的涟漪,或湖底暗流涌动。朱英诞旧体诗呈现出独特的审美特质,在审美风格上表现为平淡与涩味、闲适与感伤的交织。

一 平淡与涩味

朱英诞旧体诗取材于日常生活、凡俗世界,语言朴实真挚,呈现出平淡的美。同时,朱诗在表达上蕴藉含蓄,讲究感情的节制。诗人对传统文学的温柔敦厚之美深为认同,在表现平淡美的背后,仍有着淡淡的苦涩,不论是对日常琐事的描写还是对江南故园的追忆,这些凡俗琐碎甚至自嘲风趣的背后,总是时隐时现着诗人的无奈,他借旧体诗表现着自己的隐曲情怀。

---

① 刘勰著,范文澜注:《文心雕龙注》,人民文学出版社1958年版,第693页。

第九章 朱英诞旧体诗的形式特征

诗人曾多次表达过他对平淡蕴藉风格的追求和向往。他在《〈我春草〉题记》中曾说：

> 我最佩服戴东原注屈原赋，在自序中给屈子的一字之褒曰"纯"，这差不多可以说也就说尽了中国诗人的特色和品格。自然还有另外一种"纯粹"的诗，如韦应物的诗。但无论哪一种"纯"，我自觉都是珠玉在落，相形之下，我们就只是"杂"而已。不过我却无畏于这种杂，我想，我们必须经历艰难困苦的格。

朱英诞还在《几个故往的诗人——〈磨蚁集〉代序》中提到："总之，他们的诗，文章之美，灵肉一致；似乎晚唐与东晋的诗与人的风格都是属于很高的艺术范畴的；其质与文并不下于那些最著名的苦吟之流。其后，我也更爱唐之韦苏州，宋之姜白石，私意乃实甚单简，他们的诗（及词）写得那么雅淡，那么干净。或问：何谓干净？亦简单的答曰'人烟寒橘柚，秋色老梧桐'是也。"平淡的诗风在朱英诞的旧体诗中得到了充分展现。平淡之美内在于审美主体平和、淡泊的人生态度，又在于审美客体的纯净自然，审美主体与客体的有机结合，使朱诗呈现出一种物我合一、简朴自然的特质。诗人久居北京深巷，且自称为"深巷者"，"深巷"在他的诗文中经常出现，不仅特指寄籍北京的旧刑部街，更是朱英诞人生态度的体现，甚至是他人生道路的选择。朱英诞与古代隐士不同，他不是因为仕途不顺或者为了明哲保身而归隐，以待他日入世；他不依附任何政治权势，而是甘于寂寞，"在小门深巷，春到芳草，人间清昼"的深巷里坚持读书、创作，保持着人格的独立和精神的自由。他久病缠身，却认为"病有病福"，以作诗为乐，虽然多次与时代错失，以致诗名埋没，却得以保全自身，全其心志，始终保持着自由独立和闲适自在的状态，虽不时慨叹生老病死、人生苦短，却总能以平和简易观照之。《温泉小住村口望晚霞赠杏岩老人二首》写诗人在秋天傍晚时看到漫天的晚霞，希望借杏岩老人的画笔将多变的秋色留下："山色如云日三变，直须吟画莫吟诗。"《燕南园访林静希先生》则是朱英诞拜访老师林庚所作，全诗只见景不见人，景语即情语，借幽雅的环境刻画出一位喜静、儒雅、清高的林庚先生，诗中流露出朱英诞对这位亦师亦友的前辈的尊敬和感激。

朱英诞常沉醉于北京的秋高气清中，于幽静的小园深巷里，怡然自得，以作诗读书为乐，寄情山水，或以野游为趣，或借诗唱和赠答，颇具陶潜风范。但在清闲安逸的背后，朱英诞在其旧体诗中流露出对现实的无可奈何、世事的不可捉摸的愁闷，于此，朱诗在平淡冲和之中总有些许的涩味。他在《最初的五年（〈仙藻集〉后序）——纪念写诗四十年》中写道：

> 在回忆的况味里，我的心情总不大好，写诗也不过是消愁解闷而已。这类可以说是旧式的，但是正当的愁情，最初还并不明确，愈到后来就愈渐扩散张大，终于形成一具怪网，虽三面俱开，自己也觉得很像是鸟兽之徒耳。总之，我在这里住下来，深感吊古战场并不及惜春的感情为重——春去也，飞红万点愁如海。

朱英诞自身多病且处于动乱的年代，终其一生都未曾真正实现过自己的理想——希冀借由诗歌创作聊解愁情，自称为"大时代的小人物"，既有避世隐遁之意，又体现了为时代、社会所挫败的无力之感。在以乡愁为题的诗中，朱英诞将平淡与苦涩融合得最为贴切，用简淡纯朴之语绘山绘水、绘人绘情，于一片宁静美好之景中缓缓流出淡淡哀伤，总有一些挥之不去的苦涩意味。如《乡情二首》：

> 江南数纸慰乡情，老眼模糊尚可青。
> 传赋难能从向秀，只知游唤向山林。
>
> 乡思无那度晨昏，一片秋风蟋蟀鸣。
> 仙藻是君君莫问，不疑篱落伴渊明。

记忆中的故乡美如画,温煦的秋风中山林长青,蟋蟀的鸣叫声婉转动听,诗人沉浸在无限的乡思中,如今只能借由"江南数纸"来聊以慰藉,稍稍缓解,一喜一忧,喜中有忧,更是借喜衬忧,最终不免忧从中来,散发出浓浓的孤独寂寞的意味。看似冲淡,然细细品味,才能知其中之苦味。

二 闲适与感伤

朱英诞始作旧体诗于一个万马齐喑的时代,虽然他只愿做一个不问政治的隐士,以超然姿态置身事外,但谁也不可能超越自己的时代,他不愿妥协,唯有躲进书斋,借用缪斯之笔排遣心中的郁郁之情。

闲适,既为诗歌题材,又是一种诗歌风格。"闲"与"适"都有闲散安逸、从容淡雅之意,"闲适诗"作为一种确切的诗歌题材始于白居易,他曾用"讽喻""闲适""感伤""杂律"来分类概括自己的诗歌,而陶潜则为集大成者。历代文人学者也对"闲适"有着不同的界定,譬如司空图所言:"惟性所宅,真取不羁。控物自富,与率为期。筑室松下,脱帽看诗。但知旦暮,不辨何时。倘然适意,岂必有为。若其天放,如是得之。"① 他以"疏野"作为诗歌二十四品中的一种,"闲适"与"疏野"其实并无区别,都有随性淡然、无拘无束、悠然闲雅的特征。朱英诞之于闲适,是隐于深巷、遁于自己园地的怡然自得,以淡然的心态与自然、人事、生活形成一种和谐、融洽的关系。就如诗人在《村居醉吟》中所叙:

> 市隐昔为燃海犀,村居今失入云梯。
> 吟边月上惊牛斗,梦里风吹乱鸦啼。
> 四野花香归路引,一窗竹影醉人题。
> 识途老马应伏枥,莫道诗成锦障泥。

---

① 司空图著,郭绍虞集解:《诗品集解》,人民文学出版社1981年版,第28页。

这首七言律诗描绘了一幅村居野趣图，生机盎然，别有一番乡间田园趣味，抒发了诗人的审美情趣和生活态度：安贫乐道，于自然山水中自得其乐，对田园深巷中的宁静生活有着无限向往和享受。诗人以一种淡然闲适的生活态度对待生活，对待人生，与它们形成了和谐融洽的关系。

处于大时代下的朱英诞，欲隐而不能隐，虽避世而居，避世而处，埋头于自己的文学世界中，但是作为一个兼传统与现代于一身的诗人学者，他身上有着现代学者的独立品质。诗人以淡然闲逸处世，亦不能摆脱时代的影响，闲适平淡之余偶尔流露出淡淡的感伤。如《题汤传楹湘中草》：

荒荒斋里度青春，玉女金童慰语真。
因病得闲闲有味，咏贫则哲哲将湮。
诗家百谷同园小，才子西堂共砚新。
卅首五言诗律好，湘中幸草以人存。

观其一生，恐怕确实是在"荒荒斋"里度过的，虽有儿女相伴左右，聊以慰藉，也因病得福，以享闲适时光，看似轻松，却掩不住淡淡哀愁。朱英诞自号朱青榆，曾因隔墙的青榆被伐而作诗《隔墙青榆伐去》，诗曰：

桑榆自号作青榆，伐木丁丁可愈愚。
早质人天常默默，难齐物论尽区区。
槎枒四干逢柯斧，孑孓一身守朽株。
爱树何曾留片影，极哀浓荫一枝需。

且看下面这段文字："偏僻这第四处的小园，有一棵青榆可记，尝以为别号焉。这棵榆树的确有点不平常，它不止一根树干，故极挺拔颀长而悦目，它一点也不像别的、一根巨干的榆树那么头重而又臃肿。我住在它的荫下既久,很有相依为命之感。"① 诗中看似为青榆被伐而哀伤,却怎知诗人由树及人,从树的命运联想到了自己,"孑孓一身守朽株"何曾不是诗人对生命和人生的深沉哀痛。

其实,就朱英诞旧体诗的整体情况而言,处处都附着苦与乐,既有着冲淡闲适的人生乐趣和旷达豁朗的人生态度,又有着抹不去、化不开的淡淡哀愁,两者相得益彰。而冲淡、闲适仍是朱英诞旧体诗的整体基调,即底色,如《除草闻鹰鸣口占》《谢黄小同赠藏砖》《闲眺玉泉山》《催妆》《国子监古柏下》《深居》《无题》《斋居纪趣》等诗都以简淡冲和见长,从古意盎然的北平到深巷悠扬的卖花声,从作诗题画的闲适生活到魂牵梦萦的江南故里,我们总能在字里行间感受到诗人淡泊旷达的人格襟怀,在纯净自然的风物中体会到人淡如菊的性情。而涩味与感伤也随之左右,表面的闲适下往往暗流涌动,然而并不浓烈,丝丝缕缕,却也剪不断、理不清。在朱诗中包含淡淡的感伤和苦涩之味的诗歌可以列出一长串,譬如《说梦》《感旧》《深夜》《病后杂咏》《深居》等。闲适与感伤的风格在朱诗中缠绕纠结,互相依存,正因为此,朱诗富含了丰满而复杂的情感与张力之美。

(与伍娇丽合作)

---

① 朱英诞:《记青榆补》,《朱英诞集》第八卷,长江文艺出版社2018年版,第116页。

第十章　朱英诞与法国象征主义诗歌

百年新诗的演变，离不开与西方诗歌的互动关系，在这一历史过程中，法国象征主义诗歌扮演了重要角色。30 年代前期，新诗被全面笼罩在法国象征主义诗歌的氛围下，"对中国现代主义诗潮影响最大的就是象征主义诗潮，几乎中国现代主义诗人中没有一个不与象征主义诗歌发生联系"①。活跃于三四十年代北平诗坛的新诗人朱英诞（1913—1983），在持续而深入的写作中，直接或间接地与象征主义诗歌保持了密切的关系。一方面，象征主义的时代语境从深层制约了朱英诞诗歌道路的选择，也为他的诗艺成长提供了肥沃的现实土壤；另一方面，"废名圈"②诗人的创作、评论、翻译共同构成了朱英诞接受法国象征主义诗歌的"小语境"，圈内同人间相摩激荡，形成浓厚的风气，直接促成了朱英诞走向法国象征主义。不只如此，朱英诞很早就发现"新文学由来是受海外的启迪"③，主动将法国象征主义诗歌纳入自己的视野，长期倾心于波德莱尔、马拉美和瓦雷里的人格、诗论、诗艺、诗学，阅读涵泳，吸收转化，增进对诗歌的理解，支援自己的实际创作。

---

① 王泽龙：《中国现代主义诗歌与西方象征主义诗歌》，《中国现代主义诗潮论》，华中师范大学出版社 1995 年版，第 284 页。
② 朱英诞在"诗抄"一文中提出这一概念，参见废名、朱英诞《新诗讲稿》，北京大学出版社 2008 年版，第 291 页。陈均进一步界定了这一概念，认为"废名圈"成员主要为程鹤西、沈启无、朱英诞、黄雨及一批受废名、朱英诞影响的诗人。其中大多数诗人特别是林庚、沈宝基、黄雨深受法国象征主义诗歌影响。见陈均《废名圈、晚唐诗及另类现代性——从朱英诞谈中国新诗中的"传统与现代"》，《新诗评论》2007 年第 2 辑。
③ 朱英诞：《现代诗讲稿》，《朱英诞集》第十卷，长江文艺出版社 2018 年版，第 75 页。

第十章 朱英诞与法国象征主义诗歌

第一节 心物感应：重新感知世界

诗歌源于对世界的重新感知。"心物感应"是象征主义诗歌在心理、认知层面上的一个根本原则。有感于近代以来世界越来越遭到功利主义和科技主义的威胁，波德莱尔从斯威登堡和早期浪漫主义诗人那里，扬弃神秘说和泛神论，提出"感应"说。《恶之花》中"感应"一诗形象地传达了他的"感应"说，自然是一个类似于"神殿"或"象征的森林"的"活体"，"一切，形式，运动，数，颜色，芳香，在精神上如同在自然上，都是有意味的，相互的，交流的，应和的"[1]。作为在世的存在者，诗人必须成为"充满激情的洞观者"[2]，刻苦锻炼自己的心灵，不仅要感知"现存之物"，而且要感知"可能之物"[3]，努力使自己成为高度灵敏的感受器，感受世界的多变和内心的奥秘。感受的方法有两种，其一是"通感"，声音有形体，色彩有温度，香味有质感，感官相互贯通，共同分享事物散发出的光影声色，直至榨出梦幻般的"诗意"，形成感官的盛宴。其二是想象，仅有感官体验是不够的，还应运用想象力，想象力是一种高级的智力，具有神奇的魔力，能使诗人见所未见，闻所未闻，获得事物的新形象，超越现实的单调粗俗。在象征主义诗人那里，万物和心灵处于亦此亦彼、交互混生的状态，既无纯客观之物，也无纯主观之心，诗人的义务就是捕捉出神和梦幻状态中心灵所起的微妙波动，抓住一个个转瞬即逝的诗意片刻。

那么，朱英诞又如何呢？作为五四后成长起来的一代，置身于日益"现代的"中国，朱英诞并没有单向度地拥抱现代工具理性，他的趣味常常出现游移和偏离，他的精神结构是复杂的。他对于诗有不同

---

[1] 黄晋凯等主编：《象征主义·意象派》，中国人民大学出版社1989年版，第19页。
[2] 黄晋凯等主编：《象征主义·意象派》，中国人民大学出版社1989年版，第11页。
[3] 黄晋凯等主编：《象征主义·意象派》，中国人民大学出版社1989年版，第25页。

于一般的期许,驳斥了 30 年代中期曾一度流行的"新诗无用论",他说,"艺术在根本上多少有些高贵性",诗能促进"精神文化的进步","虽然时至皮肉都须仰仗钢铁之今日——'非诗化时代'","诗人虽然在写诗的时候好像'浪费光阴'或像'忧郁的出世者',其实真诗人莫不是用欣赏态度写出美感的——拿这传达给一般人正是想使一般人也能抱着欣赏的态度,转而去领略或感受生机的妙趣,使人觉出人生并不只如一部呆板的机器之无味,乃能立定脚跟好好的活下去"[①]。朱英诞敏感地觉识到,古典已如慢慢黯淡下去的夕光,而逐渐耸出地表的"现代"也是不无问题的,庸俗化了的"唯物论"和"实用论"使人沦落到牛马的地步,以机器生产为代表的工业文明渗透到了人的血肉之中,在粗粝的"现实"面前,诗成为稀有资源。原有的英雄史诗、田园牧歌和风雅颂,都被机器的轰鸣和汽车的尖叫淹没了。"现代"加于慧心灵性的诗人的是感官的钝化、粗糙,是各种固定的理念、主义,诗人再也不能慢下节奏,悠悠地过一种"心灵的生活"了。朱英诞经常感到苦闷、焦虑,在三四十年代日益现代的北平,他时时觉得湫隘,他躲进书斋,过起了纸阁芦帘、花草盈阶的生活,用艺术的方式精心营造自我的"诗意世界"。

营造"第二现实",需要"诗的思维术"和精湛的技艺。"通感"之于朱英诞,是对感官价值的重新确认。耳闻,目睹,口舌能尝味,手足可以触摸质感,这些乃是诗歌发生的来源,具有某种根性的价值。面对事物,立足当下,调动感官资源,长久地注视、细心地倾听、整体地感受,将事物从凡俗的处境中挖掘出来,给予全面的感官抚摸,即用"全感官"接触"全事物",让事物的秘密在诗人面前敞开,使诗人进入事物间晦暗不明的关系体系中。朱英诞意识到,中国古典诗歌的衰落,就是因为从先秦到唐代,诗意化的审美方式、感物方式形成格套,越来越忽略诗歌之于人首先是一种"感官的开发",以至于越来越缺乏创造性,一读便腐气逼人。朱英诞推崇的古典诗人,大都

[①] 朱英诞:《诗之有用论》,《朱英诞集》第八卷,长江文艺出版社 2018 年版,第 2—3 页。

是不拘格套，别开生面的异类，他一生挚爱中唐诗人李贺，将其艺术精神概括为"苦吟精神"，"他不为习气所束缚"[1]，什么都亲自体验一番、苦心经营，直到自铸伟辞。在这一点上，新诗也面临着相似的问题，初期白话诗说理过重，诗思庸常琐屑，很大原因在于没有合理地利用感官，"缺乏情思体验"[2]。他批评陆志韦的"亲密"，"待到白云消，/我们羽化了"为"敷衍"，脱离当下的感官体验，写作时顺手滑下去而难以完成整首诗的意义。他赞美俞平伯《燕子新词》"音色意境又都何其朴实深广"，抓住春燕飞跃的真实情境并写下来，脱却古意，"清真质直"[3]。朱英诞在新诗中区分出"感情的感觉"和"感官的感觉"[4]，认为"感情是有限的，感觉是无穷的"[5]，感觉是感情之母。感官的感觉具有源发性，更真实，更新鲜，它可以酝酿成感情的感觉，后者是前者的集合与升华。因此相应地在新诗中区分出两条道路，"一条是宽阔的，即用芜杂生硬的语言草创出陶陶孟夏草木莽莽的境界，什么都是乱七八糟的，然而什么都具有生气虎虎，生命丰富；一条是精微的……不相信任何只言片语已经被前修调整得最适当，什么都得自己的手惨淡经营一回"[6]。朱英诞认为，从"感觉"出发，可以医治新诗诗意稀薄的症结，摆脱旧诗的气味，走出一条康庄大道。朱英诞的大量诗作是对感官印象的捕捉和酝酿，"走在走熟的路上/只有着颜色感/微雨告我以/花已经盛开着了"（《秋风》），"鸟鸣于一片远风间/风挂在她的红嘴上/高树的花枝开向梦窗/昨晚暝色入楼来"（《西沽村晨》），"你我相互搀扶着花草的香味/往返，在这林中小径上，/那崎岖不平的香味/令时刻超越了准确性"（《无题》）。诗人的感官得到了精细的锻炼，可以感受到最朦胧的色彩，听到最缥缈的声音，嗅到最细微的气味。感官强化到极端，就有"身体主义"的意味，即

---

[1] 朱英诞：《李长吉评传》，《朱英诞集》第十卷，长江文艺出版社2018年版，第268页。
[2] 废名、朱英诞：《新诗讲稿》，北京大学出版社2008年版，第149页。
[3] 废名、朱英诞：《新诗讲稿》，北京大学出版社2008年版，第162—167页。
[4] 废名、朱英诞：《新诗讲稿》，北京大学出版社2008年版，第154页。
[5] 废名、朱英诞：《新诗讲稿》，北京大学出版社2008年版，第281页。
[6] 废名、朱英诞：《新诗讲稿》，北京大学出版社2008年版，第157页。

以身体作为诗意发生的来源,又将其作为诗意表达的最终目的,"身体"既是抒写者,又是被抒写者。波德莱尔在某种程度上是一个"身体主义"诗人,有将感官体验强化到极端的倾向,例如《雨止》:"当我们相遇的时候,/我们相视而笑;/肉体是如此纯洁、凉爽,/像那些洁白的石头。"把在北方秋雨中的清凉体验用"肉体"的感觉传达出来。在朱英诞的诗中经常能见到这样奇异的抒写,例如他经常把月比作一团白肉,把花朵看作伸出大地的手掌,在李贺的诗中读出身体和心灵的双重病痛[①]。这是新诗中极富现代性的苗头。

法国象征主义诗人倡导的"想象",教给了朱英诞另一种感知力。如果说感官体验是摒弃一切成见,直接契入事物的当下,那么想象则是这种当下契入之后的飞跃和提升,它在感官所难以到达的层面上,形成全新的形象,完成对事物的诗意把握。粗略分析,想象在朱英诞这里有三重境界。第一重境界是,当感官长久地作用于事物,当这种凝神观照达到一定程度、越过量和质的临界点,就自然地离形得似,跃升到一种想象的情境中。这种想象,并没有摆脱心和物混沌纠缠的关联,由感官带来的事物形象,自然而然地沾染着个性心灵的色彩。朱光潜先生的"移情说"很能解释这种现象:"凝神观照之际,心中只有一个完整的孤立的意象,无比较,无分析,无旁涉,结果常致物我由两忘而同一,我的情趣与物的意态遂往复交流,不知不觉之中人情与物理互相渗透。"[②]当然,这里不仅只有"凝神观照",还有"凝神谛听""凝神感触"等。例如"野望":"临野的窗里独自久坐/白云悠悠驰过原上/天空是如此平旷而又高高的/垂挂着远处的村庄与阡陌//窗上的图案展开/傍晚枯坐者伏到窗上来/楼下常有似远来的香/花的梦升起有如定情",此诗和波德莱尔的散文诗"窗户"、马拉美的诗歌"窗户"形成一个互文性的文本系列。"窗户"同时关涉室内室外、内心外界两重空间,波德莱尔善于透过窗玻璃或者暗淡的灯光让目光

[①] 朱英诞说:"长吉的'病骨'无疑是双重的,既是精神上的,也是肉体上的。"参见朱英诞《李长吉评传》,《朱英诞集》第十卷,长江文艺出版社2018年版,第266页。

[②] 朱光潜:《诗论》,上海古籍出版社2001年版,第44页。

第十章 朱英诞与法国象征主义诗歌

游离出去，不仅看到屋顶上一个女人的皱纹、动作，还能"看到"她的传说，生命的苦痛；马拉美的"病人"透过明净的窗玻璃看到太阳、蔚蓝的天空，更"看到"纯粹而永恒的天堂幻象。这些无不是用内在的耳目体验到现实中难以看到的事物。朱英诞同样是在"出神"凝望中，产生出一种诗意的"变形"，由感官生发的想象进入虚灵之境，将并非实存的事物安排进诗的结构中，这个时候，已经不必拘泥于真实与否了，正如马拉美所言"文学的存在是在一种真实存在的以外的存在"①。第二重境界是，从梦幻状态出发，驱驰想象的神力，进行天马行空般的幻想。这是一种极为自由的境界，内心进行自在而灵动的活动，超越事物的现实关系，不拘泥于任何名理的限制，无所不往，无所不在。这时，一个特殊的梦幻时刻开启，新鲜饱满的形象源源不断地涌现，从眼前之物直到宇宙星云，思维毫无顾忌地在形象的语词上跳跃飞奔，最终的意义也变得松散了，诗歌成为自由幻想、愉悦身心的思维游戏。这是一种活跃的诗思，心物的交流互动达到巅峰时刻。例如《夜景》一诗，从"心中的幻觉飞跃的时候"出发，投入北平夏夜的星空中去，那里有璀璨的"建筑"，联想到"天上的街市"，接下来因虚就实，幻想这一"街市"里"蜜金的梦寐是家家的"，每一个绮窗前都缭绕着胜似芳草的香气，再将视点转向天河，将其想象为"屈原的故乡的泽畔"，思维一直驱驰开去，在历史、神话、宇宙、内心的各种空间内徜徉。马拉美说有两种"神圣状态"，一种是固有的、实在的；另一种是"热烈的，以相互呼应的形态所进行的挥发性的脱化，这些形态现在已近乎思想，同时它使文字失色，意象俯首"②。这确实是一种"挥发性脱化"，事物的形象散发出思想的气味，不断地脱开先前的母体，向下一个形象自发衍生。在第三重境界里，内心的冲荡和形象的奔跃越过了交感曲线的波峰，逐渐向静

---

① 马拉美："孤独"，《马拉美诗全集》，葛雷、梁栋译，浙江文艺出版社1997年版，第226页。
② 马拉美："孤独"，《马拉美诗全集》，葛雷、梁栋译，浙江文艺出版社1997年版，第263页。

穆平和的状态过渡。这时，内心尽管还荡漾着涟漪，事物虽然还流溢着光彩，但已不同于一味地向外扩散了，逐渐内倾，诗意主要的生发点不在主体恢宏的气度和灼热的强度，而在心物交感的匀质、和谐，理性慢慢地渗入，形象之间的关系越来越倾向于精微、完善，这时产生的是一种"怡情"的、引人沉思的诗歌。朱英诞在同人沈启无的诗歌中印证了这一重境界，他说："启无先生近年来也是逐渐离开了声音颜色的空灵的讲求，而极其有正味的进入诗的正法眼藏。"① 所谓"诗的正法眼藏"，从感知角度看，正是诗的情感、思想和形象进入平和静穆的和谐状态，光英朗练，音色寂寥，一切无过无不及，恰到好处。由这种方式生成的诗，在朱英诞作品中占很大比重。例如《习静》："一块石头投入水中/像一句誓言/涟漪展示我以无极/海上的鸟还在飞复着吗//无边的风，花木不动/无边的安详，那甜蜜的/人声也隐隐的直到不复听见/静意如一片阴凉"，"一石击破水中天"，"涟漪"在不知所处的水天中层层荡漾开去，直达于"无极"——某种具有终极意味的存在，思绪远逝，想到终年飞行不倦的鸟儿，此刻，自我好像与万物冥合为一了，跨节稍作停顿之后，主体又渐渐复苏，感受到清风无边，花木静立如有所待，世界和内心同时感受到一种神性的安详，精神愉悦的同时，感官也处于一种特有的平和而敏感的状态，声音甜蜜，静意阴凉。"静"的四种情景——"绝对的静"，"静中有动"（静大于动），"动中有静"（动大于静）和"绝对的动"往复过渡。和冲荡流动的"狂想"不同，这种静穆的沉思，很有明净的造型感。

法国象征主义"心物感应"的感知模式锻炼了朱英诞的感官和想象力，使他获得了重新感知世界的法门，为诗歌的发生提供了新的来源，使他的写作得以建立在个人体验的坚实基础上。这又在一定程度上抵抗了现代文明的侵蚀，调适了自我与世界的关系，实现了诗意的栖居。

---

① 朱英诞：《〈水边集〉序》，《朱英诞集》第八卷，长江文艺出版社2018年版，第37页。

第二节　暗示：寻找有效的表达方式

诗性体验需要与之相适应的表达方式，表达在象征主义者那里，成为一个需要被开发的艺术问题。象征主义诗人早就厌倦已有的诗歌表达方式了，"浪漫派作家们几乎只关心听从心灵的冲动而行事"[①]，降低了表达的难度，忽略了形式的重要作用，巴纳斯派追求表面的严谨牺牲了隐约灵动的魅幻之美。波德莱尔有一种"表达一切"的雄心，同时他认为，朦胧和隐晦是世界本有的面目，"感应"就是欲明而不明、将开而未开的状态，所以就应相应地"带着不可缺少的隐晦表达出隐晦的、被朦胧地显示出来的东西"[②]，表达的精确是诗人必备的能力，所以朦胧即精确。马拉美说："直陈其事，这就等于取消了诗歌四分之三的趣味"，"在诗歌中应该永远存在着难解之谜，文学的目的在于召唤事物"[③]，诗歌本是一种发现，不在于告诉人们关于事物的一般常识，而应该用个人化的语言将事物的秘密从侧面慢慢地展示出来，犹如变魔术。瓦雷里认同这种制造谜语般的表达方式，《海滨墓园》的开头即是一个典例，完全不同于"大海啊，自由的元素"式的直白抒写，把对大海的印象编织进一系列形象中，没有风浪的海面变成"平静的屋顶"，片片白帆变成"白鸽荡漾"；"我"并没有出场，但是显示出一种从墓园松荫后"看"的视角，大海这个流光溢彩的"液体""悸动而闪亮"；用"公正的中午"侧写白热的太阳，这是一种"抽象的形象"；"永远重新开始"凝练地概括出大海永不静止的本质。避免直接说出表达对象，从不同侧面一点一点地展示出事物的形象，进入事物的细节，使深度抒写成为可能，这是法国象征主义诗人在现代诗学上的重大贡献。

[①] [法]瓦莱里：《文艺杂谈》，段映虹译，百花文艺出版社2002年版，第152页。
[②] 黄晋凯主编：《象征主义·意象派》，中国人民大学出版社1989年版，第18页。
[③] 黄晋凯主编：《象征主义·意象派》，中国人民大学出版社1989年版，第40页。

查德威克论述象征主义诗人时，反复提到意象在表达中的重要作用，象征主义诗歌多用意象的叠加、组合来传达诗意、制造气氛，意象"实际上就是客观对应物"，是一种意味深长的"象征符号"①。躲在世界背后，将意象这种同时跨越事物和精神双重因素的对应符号调到前台以制造各种艺术效果的方法，在中国现代主义诗潮中产生了深远的影响，引发了表达方式的变革。前线批评家李健吾很早就意识到意象的重要性，他说："对于好些人，特别是反对音乐成分的诗人，意象是他们的首务"，"内在的繁复要求繁复的表现"，意象可以担负这一任务②。孙玉石认为戴望舒、卞之琳等象征主义诗人"更加自觉与自如地'化古融今'，沟通中外，将以'意象'创造为审美核心，以'朦胧'隐藏为传达方式的现代主义诗歌，推进到了一个诗艺探索的全新阶段"③。意象是在语义基础上加工而成的具备意与象二重性的符号单位，诗人的"意"，情绪、经验和智慧都要与一定的物象、表象相契合，参与到诗歌中去。"意"是无形的、流动的，"象"的表象性克服了语言符号的直传性，二者相合造成意象的多义、朦胧的效果。象征主义的微妙、神秘特别适合意象艺术的本性。朱英诞将意象发展为居于主体地位的表达媒介，他创作高峰期的诗作，几乎都是"意象抒情诗"，这种间接传达、与物徘徊的方式特别适合于他在纸上创造虚幻的诗意世界。在朱英诞诗中，表达方式隐曲、暗示的特点集中体现在意象创造的玄想性、组合的非线性上。

马拉美和瓦雷里在玄想性和智慧性方面继承了波德莱尔的衣钵，受此启发，朱英诞在三四十年代的新诗领域内，借助意象思维将玄想性开掘到一个全新的高度。从异域盗取玄想的资源，使他获得了反观中国诗歌的新视点，这些反过来又滋养了他诗歌的玄想气质，或是在某种神秘的精神氛围中走进日常生活的片段，或是在凡俗事物中忽然

---

① [英]查尔斯·查德威克：《象征主义》，郭洋生译，花山文艺出版社1989年版，第14—16页。
② 李健吾：《咀华集·咀华二集》，人民文学出版社2007年版，第78页。
③ 孙玉石主编：《导言》，《中国新诗总系》第2卷，人民文学出版社2009年版，第3页。

第十章 朱英诞与法国象征主义诗歌

若有所思，或是在亦真亦幻的想象性空间里雕空镂虚，翻造出玲珑的七宝楼台。"玄想"之"玄"，即在心物感应中凝成意象时，智性逐渐渗透进来，抑制了情感的扩张，使意象带上了哲理的意味，而这种哲理，并不是一般意义上或现成的哲学概念或观点，是个人内心一时的飘忽之思，是对世界和自我的一种灵光乍现的领悟，新鲜、短暂，带着思想源发时的野性，是一种"准哲学"。意象携手这些"思想的碎片"，以灵动的身影徘徊在表达的过程中，改变着表达的风貌。意象组合的非线性特征也有力地彰显着象征主义表达的暗示性。非线性实际上是"时间的空间化"，即意象在诗思中的展开和在文本中的分布打破了时间的先后顺序，既然诗是"人生微妙的刹那"，那么"刹那"就是诗意开启的一个特殊时刻，过去、当下和未来消失了，线性时间被打破了，在时间的某一个点上侧身而入，旁逸开去，进而云集大量的意象，就像垂直的星空云集了无数的星座，共同酝酿一片诗意的光辉。时间的空间化解放了时间的单一、狭窄，将全感官和全思维带来的大量信息置放了进来，实现了诗歌以最经济的语言表达最丰富的意思的艺术原则，从而为更从容地、艺术化地处理多量的意象和意象群提供了机会。意象按照感性经验和个性化的玄思体验聚集到一起，突破习俗，出现蕴含新鲜诗意的强合、碰撞，而且一个意象或者一个意象群完成之后，另一个意象群往往是无端地发兴，从一个空间又突然地言说开去，这样诗思曲线就呈现出一个个有意味的拐点、留白。结尾往往并不是有力的收束和强烈的升华，而是插入另外的意象"另言他物"，悬置、甚至消解前文的意义，引领读者到另外的空间去旅行。这样，诗思架构不像现代城市几何形的楼房街区，而是恢复了流水般的韵致，自由东西，随意流转。这和废名熔感性、幻想、禅思于一炉的"另类现代性"诗思一脉相承，很明显是借助新诗这一开发潜力巨大的文体，试图撕裂日益封闭、固化的现代理性思维。《睡眠》一诗最能体现表达上的特点。"睡眠是精美的屋宇／我悲愁于／不能去到另一个世界／即使仅窥探一下／像睡莲把头面钻到水上／哎，这样也不行……／当我醒来，我重新认识着／这冰雪的早晨／阳光辉煌而莹晶。"诗始于清晨梦醒时分的出神状态。开首一个"是"字引导的判断句，消泯了睡梦与清醒、幻觉与现实之间的界限，用"精美的屋宇"这一意象涵盖了大量的信息，梦中璀璨华美近于天堂建筑的北平星空，一个神奇的空间，但又没有说透。接下来踟蹰在将醒未醒的临界面上，化身睡莲将头钻出水面，"悲愁"的感叹透露出一点不能自由出入诗意世界的遗憾，既是对消逝之物的追缅，又是深刻的存在之思。末尾将诗思拉向窗外的现实，隐约展示出窗外冰雪朝阳的辉煌景象。三个主导意象将玄幻的情思展示得委婉多姿。诗思忽然灵光乍现，进入一个胜境，留下无尽韵味，遂开启另一重空间，布下蛛丝马迹，再宕开一笔，闪转腾挪，神龙见首不见尾，极尽含蓄流转之妙。

象征主义诗人在审美体验上迈入了"现代"，而体验的"现代"又带动了表达的现代，表达记录、导引着体验，二者形成张力饱满的良性互动。朱英诞向马拉美等人取法，正视新诗的处境，将意象提升到表达的核心地位，在意象塑造和玄想思维之间找到了内在的接合点，以强烈的实验精神阻断意象的线性排列，更艺术化地安排意象，从而革新了新诗的表达习惯，使其灵活多变，可以更自由地表达现代人的感觉和心性。

第三节 "真诗"："纯诗"激活的新诗本体意识

法国象征主义诗人发展出一种"纯诗"观念。受爱伦·坡"为诗而诗"观念的影响，波德莱尔认为"诗歌除了自身之外没有其它目的"，诗歌的本质仅仅是"人类对一种最高的美的向往"[①]，他在观念中开始了诗歌的纯化之旅。波德莱尔开启了一个丰富的源头，后继者马拉美将"纯诗"提上一个新的高度，他"企图用纯粹语言来表现纯粹观念。所谓纯粹观念，指事物的纯净状态，即清除了世俗意义的一

---

① 黄晋凯主编：《象征主义·意象派》，中国人民大学出版社1989年版，第4—6页。

种超然的、自足的观念世界"①。"纯诗论"完成于瓦雷里,后来在西方诗界产生深远影响。瓦雷里扩大了"纯"的范围,诗歌必须有纯粹观念、纯粹情感,还要有纯粹形式和纯粹语言,纯诗就是一个不可企及但是必须为之不懈努力的理想。"纯粹情感"既是滤掉了杂质的特殊情感,又是再造的全新情感;"纯粹形式"是一个无懈可击的,具有独立价值的整体性结构,它决定诗歌的情感和思想;滤去"日常语言"词义含混、语法粗糙的弊端,取消其"及物性",将其改造成音义重新结合,具有私人性质的语言。"纯诗"要能像印象派音乐一样在人心中引起朦胧的情感、梦幻的色彩。到此,诗歌的所有因素都趋向绝对,"纯诗"正是一种"绝对的诗"②。

"纯诗"激发朱英诞萌生了一种带有先锋色彩的"真诗"观念。读了早期出身于象征主义阵营的马克斯·雅各布（Max Jacob,1876—1944）的"在寻觅真诗的路上",朱英诞开始思索:"什么叫做'真诗'?"③他从情感、语言文字、音乐性方面探索"真诗"。新诗写作的范围虽然是广阔的,但随意下笔写来的并不一定等于诗,他说:"我所珍惜的是纯粹的情感。"这种"纯粹"一方面体现在对情感领域的选择,不是任何时间任何地方产生的情感都符合标准,只有那些属于"精神生活",可以"把真实生活变化为更真实的生活"④的情感才能进入诗。而真正的精神生活应该是洁净而雅致的,朱英诞认为,诗人患有精神的"洁癖"是一种美好的情操。另一方面,诗歌不是浪漫主义的情感宣泄,是一种艺术,艺术意味着人工的参与,所以就需要用诗的原则和方法对情感进行加工,只有经过艺术化了的情感才有美感,才有永久的价值,可以进入诗歌中去。"化炼"成为一个重要步骤。只有这样,才会"一首诗有一首诗特殊的生命"⑤。不管什么情感物事

---

① 陈本益：《西方纯诗论考论》,《中山大学学报》2012年第6期。
② 黄晋凯主编：《象征主义·意象派》,中国人民大学出版社1989年版,第67页。
③ 朱英诞：《读贺方回诗后——序》,《朱英诞集》第九卷,长江文艺出版社2018年版,第218页。
④ 朱英诞：《一场小喜剧》,《朱英诞集》第八卷,长江文艺出版社2018年版,第28页。
⑤ 废名、朱英诞：《新诗讲稿》,北京大学出版社2008年版,第262页。

都进入诗歌,会导致诗歌的杂芜,这是难以忍受的,朱英诞一直为新诗的品质不纯,不能进入中国诗歌的雅正传统而焦虑不已。在诗歌的语言文字方面,朱英诞继承了胡适、废名新诗须发挥散文语言优长的主张,认为"自由诗是散文诗,散文诗是新诗的美德"①。他看重散文语言文字的自由特性给新诗带来的解放,但并不意味着他忽略了诗与散文的界限,他明确说:"一、诗须用散文来写,二、逐步严格的区分诗与散文的不同领域。"② 经过一定阶段的尝试,积累足够的经验之后,必须找到新诗"不同的领域"。散文的词汇、句法释放了韵文的拘束,有利于自由地表情达意,容易与复杂曲折的现代思维形成同构,这既是由新诗内在的自由品质决定的,又是由五四之后汉语由古典文言到现代白话再到成熟的现代汉语的历史进程所规定的,诗歌和语言是相互借用、相互提升的关系,所以这一处境是难以逾越的,必须有一个历史的实践过程。同时,诗歌对它所扎根的语言负有改造提升的天然义务,而且从诗歌本身的审美要求出发,需要找到区别于散文的身份标识和内在品质,所以在更高的层次上对诗歌提出要求是理所当然的。晚年朱英诞总结写诗的经验说:"(写诗)自然要致力于语言文字,这是诗的先天性;但是,通过语言文字是一种方法;还有另外的第二种方法,那就致力于如何取消语言文字,弃之为刍狗。致力于它是为了消灭它,而写出诗来。"③ 在更广阔的意义上开凿、提升语言,冲破语言的牢笼,达于无言之大美的至境,是他一生所汲汲追求的,这也汇通了马拉美、瓦雷里"纯粹语言"的构想。朱英诞对"音乐性"的考虑,同样显得比较辩证。他借助清代诗文家潘德舆的诗话阐明自己对音乐性的看法,"'诗与乐相为表里,是一是二。李西涯以诗为六艺之乐,是专于声韵求诗,而使诗与乐混者也。夫诗为乐心,而诗实非乐,若于作诗时便求乐声,则以末泊本,而心不一,必至字字句句,平仄清浊,亦相依仿,而诗化为词矣。岂同时人服西涯诗独具

---

① 废名、朱英诞:《新诗讲稿》,北京大学出版社2008年版,第233页。
② 朱英诞:《〈浅水集〉序》,《朱英诞集》第九卷,长江文艺出版社2018年版,第88页。
③ 朱英诞:《〈槿花集〉代序》,《朱英诞集》第九卷,长江文艺出版社2018年版,第166页。

宫声，西涯遂即以诗为乐乎？'我以为大体说来，这比法国瓦勒理（即瓦雷里）的理论更为简明扼要，就说它是探骊得珠也未为不可吧？这也和我们有韦苏州诗，似乎比西欧的'醇诗'更其大雅是一样的"①。古人的说法印证了朱英诞的思考，"专于声韵求诗"会混淆诗与乐的关系，"音乐性"来源于情思粹美、音义浑融带来的整体性审美感受，而不来自外在的平仄押韵等细节。他批评新月派"仅谈声音的铿锵"是"误解了音乐性"②。马拉美、瓦雷里打破亚历山大体的陈规，按照诗思体验的实际自由地增删音步，灵活地押韵，正是为了取得整体上的音乐性，朱英诞在这一点正视汉语的特殊性，扬长避短，择要取舍，是很有见地的。

将视野放宽一点，可以看到，自诞生直到当下，新诗一直处于一种变动不居的状态中，一直在再造中，对新诗人而言，仅埋头去写是不够的，如果对新诗有抱负，自觉对它负有一种使命，必须触及它的本体，只有对这种不在场的，尚未定型的深层因素有所触动，有所塑造，才能真正推动新诗的变革。朱英诞萌生的"真诗"观念，是一种深刻的本体意识，显示了他的远见和抱负，他和同时代的废名、戴望舒等人一样，以独特的路径，触动了这一深层因素，提升了新诗的外在范式和内在品质。

"真诗"的理想固然美好，然而，在新诗实践中，朱英诞却始终体会到一种矛盾的纠缠，他说："约半个世纪间，我一直徘徊在保守和激进之间度过的。"③ 新诗所向往的文质彬彬的美，难以靠一味地"纯化"来实现，"我尝以为我们现代人做诗，似乎只能是相当于古昔的'杂诗'之类"。在一个变动不居的时代，诗歌不能与现代精神绝缘，诗歌的"杂"，是不可迈过的历史阶段，"杂"之中蕴含着新诗发展的多种可能性。诗歌情感固然是"纯粹的情感"，但不可无视纷繁异质的现代经验，唯其如此，才能有可能做到诗情充实饱满，"今日

---

① 朱英诞：《附记》，《朱英诞集》第八卷，长江文艺出版社2018年版，第233页。
② 废名、朱英诞：《新诗讲稿》，北京大学出版社2008年版，第247页。
③ 朱英诞：《〈仙掌集〉序》，《朱英诞集》第九卷，长江文艺出版社2018年版，第506页。

之新诗，应该像一个璞，不能是一个玉器"①，虽有待打磨，但成色充足。"诗的文字"固然应该简约、整饬，但"文字"的表现力更为重要，文字的表现力寓于创生不久的现代汉语的细密曲折中，切不可削足适履。诗的形式固然应该完整浑成，但人为统一的格律化有悖于内容和形式的辩证法。这是朱英诞一生坚守的艺术立场，既不可违背历史条件，也不应忘记新诗源于自由、归于自由的最终宗旨。只有本着"苦吟精神"孤独地探索，才能创造出名副其实、尽善尽美的"真诗"。

（与程继龙合作）

---

① 废名、朱英诞：《新诗讲稿》，北京大学出版社2008年版，第154页。

第十一章 朱英诞新诗理论探究

京派文人圈的重要成员朱英诞是文学史上一个颇为奇特的存在。朱英诞一生创作有三千余首新诗，1300多首现代旧体诗，若干古代诗人传记及诗剧，等等。在新诗理论方面，诗人也有大量著述。除了继废名在北大课堂的新诗讲义外，还有不少发表于当时文艺杂志的诗论文章与大量尚未公开出版的序跋手稿，数量在820多篇，近60万字。但纵观各类文学史，有关这位诗人的记载寥寥可数。诗人与时代环境之间的屡次错位，加上自身创作未能形成完整的论述体系，导致他没有获得与同时代诗人同等的关注度。但在其论著中，诗人对诗歌本质、新诗观念和诗歌形式、新诗资源等诗歌重要问题都有独到的探究。近些年来对朱英诞诗歌的研究产生了一批成果，而在朱英诞诗论上的研究几乎还是空白。本文在对朱英诞新诗理论作较全面的整理与梳理基础上，侧重探究朱英诞有关新诗本质特征的论述与新诗的语体特征的主张等，凸显朱英诞在中国古代诗歌传统诗学中注入的现代诗学元素。

第一节 以自然之笔道出真实情感的真诗

朱英诞将诗视为"讲究气韵"的中国艺术，指出诗人只有"勉强懂得了真实生活以及真实的诗，并试使生活与诗融合在一起"，才能创作出"中国的真诗"①。从中体现出朱英诞新诗主张的两个基本特

---

① 朱英诞：《低调——〈白小录〉代序》，《朱英诞集》第九卷，长江文艺出版社2018年版，第227页。

征：其一，诗人须投入真实的社会生活，并提炼出自身独特的生活经历与情绪灵感；其二，应以"平平常常的文字写出其不平常的素质"①。真诗讲求诗意的自然达成，这意味诗的本质是"无题"，或者说先有诗而没有题。写诗是偶然得之，诗是自然而然地"写"出来，而不是"作"出来的。故新诗可以定义为自由的"真诗"："新诗应该是在形式上是简单完全，在内容上是别有天地，可以说是具有无穷的容许。诗本身不是一个小天地，正如说伞是'圆盖'，连续浑成，它可以加入于宇宙创造之中，也可以独立一个王国了。"② 新诗既扎根于生活的沃土，就可向外涵盖一切社会现象，向内辐射至深幽微妙的内心世界。新诗人的任务即是要以不矫揉、不刻意的自然之笔，道出自然流淌的个体真实情感。

一 新鲜的本色

朱英诞将"新鲜"归结为新诗的本色，"我们欣赏新诗（诗的）乃在它不是旧诗（散文的）的狗尾巴花儿"，"因为诗是新的，故可以自由的写下去，因为诗须是'诗'的，故又觉在诗国里是'中庸不可能'的极端的作下去"③。新诗是即兴的，它注重把握当下，强调今日之感与昨日的不同。诗人因对当下的生活有了鲜活生动的诗意，才要去写诗。就新诗自身而言，它是个性化的诗思在不同语境下生成的产物。判断一首诗是不是新诗的标准，取决于诗人能否在随兴所至的情境下创作出别具一格的、富含新鲜诗情的诗作。

那么何为符合新鲜标准的"真诗"呢？首先，"真诗"宜于表现广泛的新内容。新诗与以往诗歌不能同日而语，它应蕴含独立于旧诗及其他文学形式之外的情感体验与诗歌精神。朱英诞将诗的发展概括为以下几个阶段：

---

① 废名、朱英诞：《新诗讲稿》，北京大学出版社2008年版，第196页。
② 废名、朱英诞：《新诗讲稿》，北京大学出版社2008年版，第386页。
③ 废名、朱英诞：《新诗讲稿》，北京大学出版社2008年版，第210页。

用中文（及语）写中国诗—旧诗（之大体）及其联类之赋词曲。——过去。

用中文（及语）写外国诗—新诗（之大体）——现在。

用中文（及语）写"诗"——将来。用中文（及语）写古今中外的人类有通性的情景事理。

用中文（及语）写古今中外的现在过去及未来有通性的艺术环境。①

在朱英诞看来，写诗是一种竞技活动，目的是考察诗人能否用现代的语言文字把现有时代表现得可与古昔相媲美，"如果能，古今就可以联成一片，像流水一般不可切断。这样的流水，这样的历史与现实，就是活水，活的人类历史"②。将新诗的题材扩大到社会乃至宇宙的普遍意义的探寻。虽然有意识地强调新旧之间的本质性差异，但和诸多初期新诗人一味摒弃旧诗的态度不同，朱英诞更多地将注意力投射在如何锻造诗歌本身的诗性美，而非新旧之间孰优孰劣的口诛笔伐上。这使他长期坚持要打通古今壁垒的主张，并试图从古诗传统中借鉴吸收到可为新诗所用的构建元素。

其次，"真诗"宜于表现独特的新诗质。传统旧诗里普遍缺乏"我"的存在，即便有，也往往局限于"诗人胸中的一块小天地"。而新诗之所以为新，"不但与古为新，且是将来的现在"③，它具备旧诗没有的广阔视野与自信气度。由此显现出二者在心态上的高下之分：新诗不仅要有诗人个体主体性意识的参与，而且须由小"我"的视角传达实现大"我"普遍意义的共鸣。以"海"这一意象为例，旧诗里有"海上生明月，天涯共此时""天际识归舟，云中辨江树"等名句，但其中的斯景斯情多是在诗人内心独自生成、抒发、消弭的过程。诗

---

① 废名、朱英诞：《新诗讲稿》，北京大学出版社2008年版，第267页。
② 朱英诞：《病中答客问——〈然疑草〉代跋》，《朱英诞集》第八卷，长江文艺出版社2018年版，第494页。
③ 废名、朱英诞：《新诗讲稿》，北京大学出版社2008年版，第278页。

人既只关注自身,就不用考虑与外界及他人的情感交互与对接关系,"结果是人人能写,摇笔即来,有没有创作性姑且不谈,而那样的诗是可以换了散文可以写得更好的"①。而废名的《海》《掐花》乃是"真正的新诗",因为诗人表现的是"诗人个人独到的经验,同时人人能得其传达"②,"你的海"也可以是他的海,我的海,我们的海。诗人以自身经验感受得之,以个性化的方式表达出来又能被读者得以多样化地接受。

再次,"真诗"宜于表现个性化的新诗情。个体独特的情感经验正是新诗的品格,"每一首诗与另一首诗不同,正如人事之在明日与今日不同是一样,首首诗的内容与形式虽相似而不同,这才是真正的自由诗的风格,也就是今日新的诗与已往任何别一方面不同的诗的性德"③。朱英诞尤为强调独特个性对诗歌审美的重要性:"因为新诗要有普遍性是其一,也还要诗自己是自有其来由的。"④他赞美沈从文的《薄暮》:"一块绸子,灰灰的天/贴了小的'亮圆';/白纸样剪成的'亮圆'!"把月宫写得像"一个悲哀的玩具"。诗歌在这里因诗人独特的审美被赋予了虎虎生气。此外,与对词句的过分倚重和雕琢相比,诗歌富于生命力的诗情更为重要。朱英诞作此比方:"今日之新诗,应该像一个璞,不能是一个玉器"⑤,作诗的过程恰如猎人射箭,要用力得当且一矢中的。诗人须注重诗情的充沛与鲜活,切忌因过分追求手法的巧妙或形式上的革新掩盖了诗意本身之匠心。傅斯年《咱们一伙儿》被批评为"光荣太露",就是因为诗的担荷太重导致诗神弱不胜衣,最终失却了诗的情韵。

故"真诗"要达到"真"的诗学宗旨,需要诗人以全新的变革视角为彼时新诗园地开辟一股新鲜空气,并通过身体力行的实践培养出新诗富于气骨的艺术生命力。为此朱英诞提出了以下范式:一是不可

---

① 废名、朱英诞:《新诗讲稿》,北京大学出版社2008年版,第278页。
② 废名、朱英诞:《新诗讲稿》,北京大学出版社2008年版,第278页。
③ 废名、朱英诞:《新诗讲稿》,北京大学出版社2008年版,第279页。
④ 废名、朱英诞:《新诗讲稿》,北京大学出版社2008年版,第141页。
⑤ 废名、朱英诞:《新诗讲稿》,北京大学出版社2008年版,第154页。

多得的，属于静思独造；二是空气新鲜的，没有任何习气或惯性；三是诗人自己的影子，自由去抒情，不管别人的"是非"①。具体来说，一种是诗人拒绝模拟他人，努力开拓出的富于独特个性的诗；另一种是诗人随兴所至，诗情与灵感刹那碰触所得的佳作。以上两类兼顾圆满诗意及自由表达，可谓达到了诗的浑融境界。但这要求诗人在诗情和语感上具有高度的契合能力，因而并不容易实现。故朱英诞退而求其次，将质与文的要求一分为二，在诗质上追求不同于散文的、具有新鲜质感的诗；在形式上"乃是写得好，这是一种工夫或工具之美"②，诗人若凭借语言文字的纯熟之美，以修辞立其诚来弥补诗情的不足，且不至于矫枉过正走入形式的误区，也能成为新诗的典范。

二 纯杂兼收的诗艺

朱英诞的"真诗"概念，是相对刘半农的"假诗"论断而来的。刘半农指出，新诗发展之初，诗人一方面要跟旧诗进行决裂式的抗争；另一方面要面临众多不同道路的抉择，难免会误入歧途而走向"假诗"的世界。除了一味追求句法形式的工整外，新诗在抒写性情上大多也走错了方向，以致"弄得诗不像诗，偈不像偈；诸如此类，无非是不真二字在那里捣鬼"③。所谓"真诗"，乃是"无不以文章微婉，春秋之旨为标准"④。新诗人既要能坚持自身诗的纯正品质，同时也需以广阔的视野与胸襟来促成新诗的多元化发展。

朱英诞从两个方面来展开对纯诗的思考：一是从诗的整体情绪与构思表达来说，纯诗的好处在其能将深厚的文化融入浅显易懂的表达之中，取得一种浑融一体的效果。如李商隐《乐游原》读起来令人愉快，并非因梁宗岱所言的"纯诗的音乐性"在起作用（因为读者读它时甚至可以忘了这是旧诗），而是诗人的情绪在诗中得到了完整的体

---

① 废名、朱英诞：《新诗讲稿》，北京大学出版社2008年版，第320页。
② 废名、朱英诞：《新诗讲稿》，北京大学出版社2008年版，第296页。
③ 刘半农：《诗与小说精神上之革新》，转引自废名、朱英诞《新诗讲稿》，北京大学出版社2008年版，第65页。
④ 朱英诞：《〈多默斋诗〉序》，《朱英诞集》第八卷，长江文艺出版社2018年版，第256页。

现。二是从诗歌境界的营造而言,纯诗善于营造一种雅淡清浅的澄明之美。朱英诞深喜这种富有朝气而"含蓄的坦白与赤裸之诗风,也深信这是我们古代'诗人'的复活,即是说这些温柔敦厚的青年人确是诗人的正宗"①。五四以来的白话新诗给人以平实明净的印象,可谓之"纯",关键在于"那种清新刚健,而又质直古茂、而言之有物的精神"②。

朱英诞将纯诗理解为一种"托旨冲淡"而表现在外又"琢之使无痕迹"的妙有所得,将其看作一种诗艺方式加以借鉴。而非如象征主义诗人梁宗岱等那样,视之为一种完成新诗自我救赎的灵药:"在中国诗里无所谓'象征',即使有相当的字样,如'兴',那也只是诗的表现或修辞里的方法之一,既无须有意立论,它也原无自觉的运用",我们只需"在内容方面接受情趣的伸缩性,平饶性,在外形上追求与其内容相互一致的,完美的自圆其说"③。可见朱英诞提倡纯诗的目的并不是关注音乐和色彩在新诗中是否缺席,或单纯推翻已有的新诗传统后建立起自身的新理论,而是吸收古诗和西方诗歌传统中的养分为树立新诗的理性精神所用,继而回到他重建"真诗"的道路上来。这种冷静的态度与前期诗人不同,究其原因在于,至30年代,新诗已获得了较为独立的发展形式与话语权力,诗人因而能够更加从容地探索未来发展的路径。

同时朱英诞也意识到,在新诗初步的探索过程中,过分地追求纯诗化对其发展并无裨益。"我们的诗才不过刚刚出土,正处于新绿的萌芽状态,然则杂尚难求,于纯乎何有?"④ 新诗更需要"杂糅"式的多元与多样化开拓。"杂"首先体现在诗歌的内容与选材范围上。明代竟陵派主张"诗近田野,文近庙廊",即是说诗歌在取材上来自民

---

① 废名、朱英诞:《新诗讲稿》,北京大学出版社2008年版,第229页。
② 朱英诞:《关于新诗的几句心里话》,《朱英诞集》第八卷,长江文艺出版社2018年版,第74页。
③ 朱英诞:《谈象征诗——兼答吕浦凡君》,《朱英诞集》第八卷,长江文艺出版社2018年版,第29页。
④ 朱英诞:《〈沉香集〉序》,《朱英诞集》第八卷,长江文艺出版社2018年版,第514页。

间生活，在写法上要营造一种平易自然的风格以便传诵。朱英诞借鉴此观点，提出了"杂诗"的概念："诗亦野物，迹近于杂。"① 像"愿得化为红绶带，许教双凤一时衔"这样的诗，如果从内容取材来看，是无法被纳入纯诗的美感范畴的，但颇具风趣之美。新诗也是如此，若在取材上一味地去探寻纯净深幽的审美境界，往往会缩小诗歌创作的范围而遗漏那些本可入诗的事物。诗人应具备驳杂的创作与选材视角，"即养成一种信笔涂写的精神也是绝无妨碍的"，因为"表面上看是芜杂，其实正是新诗的生命力的表现"②。

其次，"杂"要求杂糅各家特色，以其所长促成诗歌风格的多样性。"对于一首诗的问题全不在用什么手段写的是什么东西之目的与怎样写出诗之目的的效果。形式其实只是风格之一种，我们怎么能统人人的风格完全相同呢？"③ 在评价李金发和林庚的诗时，朱英诞认为二人的诗都是新的。不同在于前者是"海外的新"，取法于西方现代诗；后者是"中国的新"，根基还是古典传统。两者虽在创作风格和写法上各有偏重，但都能带有诗人自身见地使之富于诗的意趣。对新诗杂的特性朱英诞打此比方：诗如果是土壤，外来影响就是一条通行的路。新诗本身"实是未必是国粹的诗，是国粹的诗的思路所不能海涵的别的东西；中国新诗对中国旧诗正如海外新诗对中国旧诗，诗国里正无处不可以撑船也。"④ 而新诗自身的发展特性使之具备将中西方传统联合构成某种同构关系的可能性。故诗人在寻求新诗的发展路径时，对各种文体风格及形式的借鉴尝试都是可行的。若以一种风格限制乃至否定其他，无疑会使新诗的道路日益狭隘和单一化。

三 有节制的自由

朱英诞曾表示"赞成写日常生活的诗，并且我要倡议恢复具备雅

---

① 朱英诞：《〈沉香集〉序》，《朱英诞集》第八卷，长江文艺出版社2018年版，第514页。
② 废名、朱英诞：《新诗讲稿》，北京大学出版社2008年版，第267页。
③ 废名、朱英诞：《新诗讲稿》，北京大学出版社2008年版，第267页。
④ 废名、朱英诞：《新诗讲稿》，北京大学出版社2008年版，第260页。

正轨范的古老的抒情诗的常规"①。但同时他也坦言:"也许诗本质上是智慧的","我并不以为诗不容许抒情,但我要说我们的时代所经历大概以往有所不同了,诗仿佛本质上是需要智慧的支柱"②。由此,朱英诞的新诗本质观体现出一种矛盾的纠结:他在情感上倾向于传统以诗情取胜的主张,又意识到新诗如果失去了敢于革新的理性"青年精神"后将无可作为。于是主情与主智的对立便凸显为两个重要问题:新诗到底应该追求以诗情为旨还是理性优先,诗人如何把握诗情喷发和有节制的传达之间的协调关系?

"真诗"要突破以蕴藉含蓄为美的旧诗审美典范,并非意味诗人可以随心所欲地乱写。朱英诞指出:"弄文,尤其是诗,明白晦涩,及其它各种风格手术还都是第二义,我们得首先不可意太俗,或太熟。诗通不了俗,也用不着通俗,通俗自有其正路,诗却必须是较深远。"③ 将旨意深远的诗思、诗情视为"真诗"的根本。可见在新诗本质的看法上,朱英诞选择的仍是卞之琳、废名等人走过的主智派道路。与主情诗将抒情看成首要任务不同,主智诗"极力避免感情的发泄而追求智慧的凝聚",而"立足'智性'世界,开掘与情感相对应的另外之维,智性既是诗歌表现的对象,也是诗歌本体"④。但它又不等于表现抽象哲理的纯哲理诗,其智性仍是为了诗情而存在,且将其融入诗情之中。

这便涉及一个哲学与诗的辩证关系问题:"由哲学走向文学是一条正道,由文学向哲理走乃是逆行的船。"⑤ 理性并非诗歌本身特有的审美特征,诗人要做一个好的"艺术家"而非"哲学家",首先关注的还是诗情。但好的诗能将"沉思"与"天真"巧妙融合,于诗情的

---

① 朱英诞:《恢复抒情诗的常规——〈晓珠集〉代序》,《朱英诞集》第九卷,长江文艺出版社2018年版,第374页。
② 朱英诞:《〈盾琴抄〉序》,《朱英诞集》第九卷,长江文艺出版社2018年版,第283页。
③ 废名、朱英诞:《新诗讲稿》,北京大学出版社2008年版,第260页。
④ 陈希、何海巍:《中国现代智性诗的特质——论卞之琳对象征主义的接受与变异》,《中山大学学报》(社会科学版)2005年第2期。
⑤ 废名、朱英诞:《新诗讲稿》,北京大学出版社2008年版,第213页。

圆满中蕴含深刻的哲思。新诗要从旧诗的樊篱及身陷歧路的混沌状态中解脱出来，必须有自身的气候在里面。以此为据，朱英诞提出一条中庸之道：新诗的诗情是首要的，但在诗意表达上需要有一个理性的思索过程。"这便对诗的热与冷有了微幽的调和，正如鱼之在水冷暖自知，写诗的人一旦有了思考的要求就不怕新诗不上轨道，或上了轨道又开倒车了。"① 诗人对诗须持以严肃的态度，但写出来仍是洒脱且极具神韵的，其见地应无形地融于诗的意蕴之内。

由此，朱英诞点评王独清一派诗人"在诗的本身上或者能得着愉快，但其诗意之在动笔之时却仿佛很惨淡"②。这里所言的"惨淡"，即是表明诗人在写之前有一个思索过程。他们能将饱满的诗情以有节制的笔法写出，故其创作虽对外国诗的模仿痕迹很重，仍不失为值得学习的新诗。相反，以徐志摩为代表的新月派写诗的态度不可谓不认真，"他们都是在那里很认真作诗；只是对于诗太热心了头脑不能冷静，结果出了毛病，这实是很可惜的事情"③。新月派部分创作的失败之处在于，诗人对写诗的热情盖过了对诗本身的冷静思考，只专注个性情感的跋扈奔流，以致情感过于冲动脱离了自身的控制，有损于诗思的酝酿及完整表达。

朱英诞作此比较，目的是呼吁新诗独立冷静的精神气质，以便为"真诗"的蓬勃发展肃清道路。在朱英诞看来："在中国，要否拒常识即传统与中庸，是很难的。事实证明，要大胆站得住，必须伴随着苛细。在这里，这苛细，我的意思是指哲学的沉思。"④ 这意味在写诗过程中，饱满的诗情就像一触即发的弹簧一样，诗人不能一味地放纵其随意奔泻，而须在诗意传达的过程中装上一道理性节制的阀门，以收放有度取代肆意流淌，用一种客观冷静的表达方式传达独特的审美体验。一如艾略特"去个人化"理论所主张："诗不是感情奔放而是离

---

① 废名、朱英诞：《新诗讲稿》，北京大学出版社2008年版，第210页。
② 废名、朱英诞：《新诗讲稿》，北京大学出版社2008年版，第233页。
③ 废名、朱英诞：《新诗讲稿》，北京大学出版社2008年版，第233页。
④ 朱英诞：《〈春草集〉序——"春草秋更绿"（谢朓）》，《朱英诞集》第八卷，长江文艺出版社2018年版，第472页。

去感情","诗不是表现个人而是离去个人"①。诗人须用自身经验寻找一个客观的媒介物,以脱离个人的形式来传递诗人变化的感情。

结合朱英诞"真诗"理论的相关主张,我们不难发现他在诗歌本质观上持一种客观、包容的态度。一方面,经过初期白话诗人的努力与探索,到 30 年代诗人在新诗的个体情感抒发和诗艺的自由表达上已呈现出较为成熟的态势。作为现代派中废名这一脉诗学的主要继承者,朱英诞对"什么是新诗"的本质探讨带有"废名圈"诗人的共性特征。另一方面,朱英诞受古典诗艺的影响颇深,这使他表现出和前期诗人一味学习西方、摒弃传统相异的态度,在接受西方现代诗学关于新诗本质论断的基础上侧重于思索中西方诗学的共通之处,对新诗本质的论述带有自身个性的坚持与思考。

第二节 自由中乃有严正的法则

在朱英诞的诗学主张里,"真诗"被当作一个本质概念常常提及。但仅有真并不能使之成为一首具有独立审美意义的诗,"诗不能是赤裸裸的真,真不是美,美才是真"②。仅仅具备表现当下新鲜诗情的条件尚不能成诗,原因在于它还是不成形的零散诗料,诗人必须以一定的形式表现之。如果说一首诗的灵魂在于真实饱满的新鲜诗情,那么将这种诗情以语言形式表现出来的诗体形式就是它的外衣。"真诗"是兼具内在诗神美与外在形式美的统一。

一 自由诗形式是散文的

与废名将新诗定义为"诗的内容""散文的文字"的观点相似,朱英诞认为,自由诗"即是扬弃韵律,用普通散文写诗。但并不等

---

① 朱英诞:《T. S. Eliot 诗论拾零》,《朱英诞集》第十卷,长江文艺出版社 2018 年版,第 634 页。
② 朱英诞:《什么是诗?》,《朱英诞集》第八卷,长江文艺出版社 2018 年版,第 166 页。

第十一章　朱英诞新诗理论探究

于我们的'以文为诗'。其实质则是：内容是'真诗'，形式是散文的"①。在对待自由形式与格律形式的态度上，朱英诞明显偏向前者："自由诗是散文诗，散文诗是新诗的美德。"②而将旧诗的格律比喻为"疲倦了的金属"，指责正是这件"旧外套"禁锢了诗神。新诗要在现代文学的园地里寻求自身的壮大与发展，应遵循两个原则。第一，诗须用散文来写。新诗人应以无韵律的现代散文文体，用白话口语的形式写自由的诗。第二，要严格地区别散文与诗的领域不同。诗的散文化并不等于"以文为诗"，二者在本质上不可混淆："'以文为诗'是'押韵之文'，'诗的散文化'是扬弃韵律的诗"③。散文可以由一处作者见闻的风景或一丝心中所感铺陈开来，在创作中任由思绪的流动来推动文意的生成。诗则重视意在笔先，它"不可以貌取，也不可以骨相"④，只有充分传达诗情的东西才能称为诗。诗可以用散文来写，写出来却并非散文（反过来讲，凡是能变成以散文来表达的东西大抵都不是诗），而是真诗。这两个要求"使诗自内容到形式，有了表里一致的关系"⑤。

朱英诞批评部分初期诗人要么缺乏情思的体验，无法摆脱旧诗的气味："他们熟悉于旧诗的表现方法，便往往应用之敷衍了诗，他们大抵缺乏自己的思路，遂不能修辞立其诚。"⑥要么急于脱离旧诗的既定韵律形式，在创作时名为写诗，实际上写的乃是散文，以致不是"旧瓶装新酒"就是新瓶装了旧酒，在自由的环境里反而难以发挥。以刘大白《寂寞》为例，这首诗读来令人"很感寂寞"。诗人通过空旷广袤的宇宙环境来凸显人的孤独，与陈子昂《登幽州台歌》颇有异曲同工之妙："四顾无人，是人山的寂寞"，"四顾无人，是浮海的寂

---

①　朱英诞：《附记》，《朱英诞集》第八卷，长江文艺出版社2018年版，第232页。
②　废名、朱英诞：《新诗讲稿》，北京大学出版社2008年版，第149页。
③　朱英诞：《〈道旁集〉后序》，《朱英诞集》第八卷，长江文艺出版社2018年版，第532页。
④　朱英诞：《诗的坏命运是天生的》，《朱英诞集》第九卷，长江文艺出版社2018年版，第409页。
⑤　朱英诞：《我对现代诗的感受》，陈均、朱纹编《仙藻集·小园集——朱英诞诗集》，（台北）秀威资讯科技股份有限公司2011年版，第204页。
⑥　废名、朱英诞：《新诗讲稿》，北京大学出版社2008年版，第222页。

寞",诗写到这里便很可一读了。但刘大白意犹未尽,那一点寂寞便被那"乘长风,破万里浪""排空御气,天际孤飞,只脚底烟云过"的豪迈破坏殆尽了。再加上"这些寂寞,都因为四顾无人"的解释,于是不能成诗。如果把这首诗以文章的形式排列写出,可谓一篇充分运用了排比句式的散文典范。

因此仅凭白话的写法不足以证明新诗是"自由诗"的完全特质。正是意识到新诗在散文化过程中出现的矫枉过正的问题,朱英诞才一再强调诗与散文本质上的区别,就是为了避免新诗因刻意追求与旧诗相异的形式,走入了"将诗人选材上的创新与形式的革新混为一谈"(艾略特语)的误区。同废名一样,朱英诞在新诗内容与形式的权衡上坚持前者重要于后者:"文学革命并不是文字革命,至于运用得如何,一方面关乎人才,一方面还得看所写的诗里有无用武之地,即是说诗的本质如何,之后才能再说别的话。"[①] 朱英诞虽对新诗散文化的形式有所思考,但并非为了形式而形式,而始终以新诗的新鲜诗情为前提:"'自由诗'就是自由表现的意思而已。但自由表现并不是一件容易的事,也许正是因为要集中思力来表现真正的诗思,才宁愿不那么像传统诗人之着重于形式吧?Max Eastman 说自由诗是'懒诗',我想这是没有涉想到诗思,只注意形式的偏见。"[②] 与其说新诗人是在对新诗内容无从下手的情况下才想到从形式改革入手,不如说是新诗人意识到新诗与旧诗最根本的差异在于内容的不同。

因此对新诗散文化的形式,朱英诞持以一种辩证的"拿来主义"态度。一方面,他意识到五四新文化运动以来,新诗要实现从旧诗阴影中的突围,势必要背其道而行之,以白话散文的句法形式来扩大自身的影响力;另一方面,在始终将诗看作诗人个体情感产物的朱英诞看来,许多不甚成功的新诗一味地追求散文化的形式,其实是以牺牲诗人个性化的情感体验与表达为代价的。两者的矛盾构成了朱英诞新诗形式讨论的核心,那就是:散文化的自由诗体究竟能否完整传达新

[①] 废名、朱英诞:《新诗讲稿》,北京大学出版社 2008 年版,第 263 页。
[②] 朱英诞:《寻觅》,《朱英诞集》第九卷,长江文艺出版社 2018 年版,第 423 页。

诗新鲜独特的诗情？新诗既已破除了旧诗的旧有格式，自身也须建立起一定的言语规范。这并不是说要给新诗定制一件通用的形式外衣，而是说新诗应具备能确立其新诗地位的身份意识标准。故"诗的无形式正是其形式，自由中乃有严正的自然法则"①。也就是说，无形式的创作表现恰是苦心经营与追求之后得出的结果。

应当注意的是，自由与格律两种形式在朱英诞的诗学概念里并不是对立的。形式的存在是为了新诗的内容和诗情服务，自由诗形式之所以出现，是因为它恰好符合表现新鲜诗情的客观要求，"今日写今日之诗，本不在形式之'自由'不'自由'，惟'自由诗'之于今日，乃能找出可以与以前不同的诗情，只有这一点是他的好处"②。一旦这种自由诗体如旧诗格律那样走入固定套路，那么诗人对诗体的无止境探索或将会促发新的韵律降临。从中可见朱英诞在新诗形式问题上的态度：他赞同新诗以散文化的形式予以表现，也不反对格律诗存在的合理性，"我是不反对格律诗的出现的。如果自由诗相当于'古风'，那么，有'近律'诗，也是应有的好事"③。重点在于，新诗在韵律上不是不能，而是不愿或者不必像旧诗那样必须依赖韵律的支撑。新诗人可以有多样化的形式选择，关键不能像新月派的一些诗人那样过分依赖格律使新诗走向了歧途。可以这样说，在对新诗形式的反复摸索与实践中，朱英诞注意到了自由诗与韵律诗各自的利弊，并试图寻找一种博两者之长的新诗形式。

二 语体形式的建设

朱英诞尤为看重语体句法对新诗内容传达的重要性，认为新诗诗艺的突破首先应在语言工具上，"新诗人一直到现在为止多半都还没有征服文字上的困难，文字首先不能运用自如，在诗人自己或者没有

---

① 废名、朱英诞：《新诗讲稿》，北京大学出版社2008年版，第156页。
② 朱英诞：《谈韵律诗》，《朱英诞集》第八卷，长江文艺出版社2018年版，第8页。
③ 朱英诞：《题记（三）》，《朱英诞集》第八卷，长江文艺出版社2018年版，第92页。

什么关系也未可知,但这样还谈什么诗呢"①。为此他提出了两条可行性道路,一条是"用芜杂生硬的语言草创出陶陶孟夏草木莽莽的境界",另一条是"不相信任何只言片语已经被前修调整得最适合,什么都得经过自己的手惨淡经营一回"②。他从语法结构及语言文字两方面对新诗的诗体形式提出了一定要求。

朱英诞反对新月派在新诗形式上矫枉过正的做法,但对闻一多在诗体上的探索评价颇高,赞扬他的诗"好比一座美丽岛",读来令人感觉清新可观。这得益于诗人在诗行组合排列上所下的功夫。同是写鸽子的诗作,胡适采用的是散文句式的排列:"忽地间,翻身映日,白羽衬青天,十分鲜丽!"(《鸽子》)闻一多却这样写:

都将喙子插在翅膀里
寂静悄悄地打盹了。
——《秋色》

后者在诗思内容上未必胜过前者多少,但在形式上比之更有诗的感觉。在此,朱英诞借鉴沿用了废名"新诗的形式是分行"的观点,实现了由散文的排列向诗的分行的结构转变,将分行对新诗视觉效果及音韵节奏的重要性予以凸显。

但仅靠分行显然不够,朱英诞提出新诗的"栽竹树"法,对新诗写法加以新的尝试。"栽竹树"法要求诗人在写诗时须兼顾诗句的前后照应关系:"美必兼两;每下一笔,其可见之妙在此,却又有不可见之妙在彼。"③ 哈代(T. Hardy)的诗之所以那么精巧严密,给人一种美的观感,与其建筑学的技术背景是密不可分的,这意味着新诗在诗体结构上应富于一定的建筑美。这里所言的"建筑美"不等于闻一多的

---

① 废名、朱英诞:《新诗讲稿》,北京大学出版社2008年版,第157页。
② 废名、朱英诞:《新诗讲稿》,北京大学出版社2008年版,第151页。
③ 魏禧:《魏叔子文集·日录卷二:杂记》,转引自朱英诞《"栽竹树"法——〈小园集〉补序》,《朱英诞集》第八卷,长江文艺出版社2018年版,第329页。

"三美"主张。闻一多是在吸取西洋建筑与绘画艺术的基础上,从音节及色彩的角度对诗行形式加以建设;朱英诞则更多借鉴了古典园林的"借景"手法,将诗在艺术表现上的成功归功于诗思显与隐的和谐搭配。诗人若能在写法上实现表现与掩盖相得益彰,诗的挥洒性就圆满了。

如果说在诗体结构上的设想是朱英诞从宏观角度展开的探寻,那么他对作为诗歌基本语言单位的文字的思考则具有微观意义。朱英诞将语言文字及修辞技巧的作用视为新诗发展的开山之石,指出义字是新诗队伍中逢山开路、遇水搭桥的先行:"我常想新诗的文字是一件雕虫小技,然而新诗若能成为千秋事业,这又是一件大事,文字的经验若不充足,任凭诗人有多高的本领也只有干着急而已。"① 充实的内容需要足以支撑其站立的文字,就算是《神曲》或者《失乐园》那样有饱满的诗的内容的大作,如果文字的漏洞过多,也会失去"真诗"的韵味。如刘大白所写:"分明一对鸳鸯,/梦中游戏小池塘,/怎禁得爱河潮上,/前路波涛壮!"虽有足够的诗意内容,但由于诗人的表达艺术的欠缺,最终使之缺少诗的力量而站立不稳。

新诗人一方面要"致力于语言文字";另一方面也要"致力于如何取消语言文字"②。前者是从诗歌的整体特性来阐述,后者则是从新诗异于旧诗的特异性上提出要求。在诗人试图为新形式开辟道路的阶段,"新诗宁可幼稚得好,不要老练得好"③。这种幼稚正意味着新诗具备了打破旧有的文字,建立一种全新的语言形式的可能性。据此朱英诞提出了新诗"感觉"与"感情"的形式差别:"感情的形式是固定而有限的,而感觉的形式是自然的而无穷的,从这无穷中得其崇高的一致。"④ 感情无论怎样错综复杂总是有迹可循的,感觉却是至情的。朱英诞曾以新月派为例来谈文字对新诗的重要性。他指出,新月派的形式可谓"感情"的形式,他们的诗不能说没有诗意,但因为仅

---

① 废名、朱英诞:《新诗讲稿》,北京大学出版社2008年版,第152页。
② 朱英诞:《〈槿花集〉代序》,《朱英诞集》第九卷,长江文艺出版社2018年版,第166页。
③ 废名、朱英诞:《新诗讲稿》,北京大学出版社2008年版,第263页。
④ 废名、朱英诞:《新诗讲稿》,北京大学出版社2008年版,第125页。

凭感情的冲动而缺少了诗的感觉，加上文字工具不够，只有"乱翻断烂字典"随手加进几个辞藻而已，忽视了对新诗语言文字的建设，因此他们的诗不是新诗的正途。

  朱英诞将新诗的语言风格划分为"明白"与"晦涩"两类。晦涩可分为以下三种：（1）诗的"本意"原是不易明白，这即是从晚唐温李一派而来的、尚待新诗人去发展开拓的诗歌传统；（2）诗人过于用力以致故意把诗意弄得不明白，这与诗人对自身的语言风格的塑造有关；（3）诗人因表现力不足导致诗歌在语言文字上与读者产生距离。前二种如果是诗人有意为之，后者则是诗人无力为之。诗人要"意内言外"，运用当代的新语汇间接地控御文字，"以灿明的对比抓住富于暗示的过程，纯熟的旋律，并以更经济的方法（或云神话的方法）得到更错综的效果"①。这可谓对"晦涩"诗风的一种细化解读。但朱英诞并不如他的同辈诗友一般，为了另辟蹊径将"晦涩"视为"新诗进化之谱系的末端"②，而只是视为新诗风格的另一种可能性："晦涩与朴素，难与易，本来是两种并行不悖的风格，却非泾渭之分。当然，诗写得晦涩，往往是由于在'大胆、热情、省力'这些原则上多所缺陷所致，而明白的诗比较起来倒是难写的。"③ 这一观点和新诗界所推崇的自然平常的白话语言似乎相矛盾，其实不然。朱英诞的探索可视为继废名、林庚等人之后对古典诗歌传统的回望。其目的不在于复古或重建旧诗固有的语言体系，而是通过对旧诗传统的探索，在诗歌语言和传达方式上加以思考和创新。

三 "非歌谣化"倾向

  作为从韵语④中衍化出来的一种文学样式，诗与歌具有生来不可

---

 ① 朱英诞：《T. S. Eliot 诗论拾零》，《朱英诞集》第十卷，长江文艺出版社 2018 年版，第 638 页。
 ② 陈均：《废名圈、晚唐诗及另类现代性——从朱英诞谈中国新诗中的"传统与现代"》，《新诗评论》2007 年第 2 辑。
 ③ 朱英诞：《略记几项微末的事——答友好十问》，《朱英诞集》第九卷，长江文艺出版社 2018 年版，第 504 页。
 ④ 参照王力《汉语诗律学》的观点，韵语即是指包括诗歌、格言、俗谚等在内的一切有韵的文章。

分割的关系。朱英诞认为，新诗要寻求自身的开拓，不妨从歌谣中汲取养料，其间蕴含的长期以来形成的民族和历史文化可为新诗提供创作素材，并使新诗有了形式上多样化发展的可能性。但"诗与乐相为表里，是一是二。李西涯以诗为六艺之乐，是专于声韵求诗，而使诗与乐混者也。夫诗为乐心，而诗实非乐；若于作诗时须求乐声，则以末泊本，而心不一，必至字字句句，平仄清浊，亦相依仿，而诗化为词矣"①。诗歌或可从音乐中寻找到新的突破形式与契合点，但二者的本质不可混淆，倘若一味以音乐的特质来塑造诗歌，必将对其个性化的诗情造成损害。

在尝试将新旧形式加以整合利用的朱英诞看来，新诗与古诗在传诵表达上并无根本性差别。古诗以戋戋字句"近音乐之美"，被看作讲究炼字达意的艺术典范。如"柳暗花明又一村"，"最是橙黄橘绿时"，以"又""最是"等律动的文字使纷繁的颜色里跳出音乐来与诗投缘，形成鲜明有序的图画。如果说旧诗以固定的声律构成了约定俗成的审美范式，那么新诗也因其独特的诗情产生一种"诗情的音乐性"："自由诗其实自有它的情韵；平常有散文的诗有自然的音节，这还是指语言文字方面的音乐性如旧诗那样而言，鄙意自由的诗也能上口，其情韵是内在的，完全依赖诗中的旨意而由读诗者按其情理读出音调来。"② 从现代汉语语法的角度来阐释，新诗的白话散文句式存在自然的音节及逻辑轻重，这使自由诗能够像平常说话那样自然而然地通过诵读传达出自身情韵。以冰心的小诗《诗的女神》为例：

她在窗外悄悄的立着呢！/帘儿吹动了——/窗内，/窗外，/在这一刹那顷，/忽地都成了无边的静寂。/看啊，/是这般的：/满蕴着温柔，/微带着忧愁，/欲语又停留。/夜已深了，/人已静

---

① 潘德舆：《养一斋诗话》，转引自朱英诞《附记》，《朱英诞集》第八卷，长江文艺出版社2018年版，第233页。
② 朱英诞：《关于自由诗的吟诵》，《朱英诞集》第八卷，长江文艺出版社2018年版，第79—80页。

了，/屋里只有花和我，/请进来罢！/只这般的凝立着么？/量我怎配迎接你？/诗的女神啊！/还求你只这般的，/经过无数深思的人的窗外。

这首诗代表了冰心创作风格的主体趋向。诗人运用多个上扬调（"温柔""忧愁""停留"）及轻音（"吹动了""深了""静了"），使全诗呈现出一种轻盈且柔美的旋律，读来优雅动听。正是由于诗艺技巧上的精心营造，这首诗因而更像一首词，"一点也没有恶劣技巧的味道"，"其生命乃在歌唱的艺术"[①]。可见新旧诗在表现方式上各有千秋。因此面对旧诗的既有成就，散文化的自由诗自有其坚实性，绝无妄自菲薄的必要。

故虽然对新诗从歌谣里加以借鉴的做法持宽容态度，但朱英诞意识到歌谣化并非新诗的真正出路。他批评新月派将音乐性误解为仅在于对"声音的铿锵"的重视，舍本逐末去尝试构建一种新格式，最终使其在诗歌格律形式上的探索走向歧路。实际上，新诗的音乐性"很显明的是着重在音乐性的性而不在音乐"，其实即"自然的音乐是也"[②]。当左翼文学作为宣扬无产阶级革命文学思想的传声器占据了文坛的主要位置，新诗逐渐演变成政治的传声筒，开始实现从个人化、精英化向大众化、通俗化的转变，这是朱英诞所摒弃的。朱英诞反对将政治简单粗暴地纳入文学，反对以政治时事为主题而写的新诗急就章，而始终认为诗的匠心要通过其对诗歌文体的合理搭配使用体现出来，因为"文体的振作又是文心之思致，诗写到这儿便可以没有'运动'的痕迹了，没有运动痕迹之余才可以言诗"[③]。因此，就初期诗人陆志韦尝试走"打油诗"的歌谣化道路的主张，朱英诞加以了几近刻薄的批评。

从诗与歌二者的性质而言，歌谣具有"小史诗"一类的文体特征，而史诗更偏重于"史"而非"诗"的性质。中国固有的含蓄雅正

---

① 废名、朱英诞：《新诗讲稿》，北京大学出版社2008年版，第125页。
② 废名、朱英诞：《新诗讲稿》，北京大学出版社2008年版，第247页。
③ 废名、朱英诞：《新诗讲稿》，北京大学出版社2008年版，第265页。

的民族文化心理使歌谣在文字上缺乏"夸饰性",这对其文学性无疑会造成很大的损失。因此,民歌这一类的歌谣样式只能归为一份"土礼"而非激昂宏大的史诗类型。此外,歌谣生成于民间水土,其表现的内容多是具有群体性的大众化情感与文化心理,可看作一种集体无意识的产物。与此不同,新诗无论是立足于现实生活还是透视个体内心,都以诗人个体的独特情感体验为宗旨,表现的是具有普遍意义的哲理性思考。因此"诗人偶然要唱几个歌儿也无可反对,但不能说由民歌中产生诗,这里有通路,但绝不是新诗的什么新路"①。这从诗与歌的本质差异上辩证论述了新诗从歌谣中找寻出路的不可能。

第三节 崇尚自然的审美观

结合朱英诞新诗理论的基本主张及其自身的创作理念,朱英诞对新诗审美持有以下两种倾向:其一,强调"在生活上是顺应自然"②,主张以日常生活入诗,营造一种自然平淡的日常之美,借此表露诗人内心微妙的情绪波动与体验。其二,提倡诗要"匿晦之深,如'沉沉无声'"③,以有节制的含蓄来抒写诗情,制造一种"不明言"的效果。这并非如江西诗派那样,通过过度用典或刻意采用佶屈聱牙的词汇在诗和读者间设置一道隔膜,造成一种诗意艰涩难懂的苦吟效果,而是以中国画常用的留白手法,在泼墨时"故意留下许多空白的虚处,表面看来不见点墨,实际上那些空白可以代山代水代云代雾,有时甚至可以给人无限见仁见智的想象空间"④。

身为20世纪三四十年代动乱时期的北京诗人,朱英诞的这种审美

---

① 废名、朱英诞:《新诗讲稿》,北京大学出版社2008年版,第166页。
② 朱英诞:《低调——〈白小录〉代序》,《朱英诞集》第九卷,长江文艺出版社2018年版,第227页。
③ 朱英诞:《诗的坏命运是天生的》,《朱英诞集》第九卷,长江文艺出版社2018年版,第409页。
④ 蔡庆生:《妙在不明言——朱英诞诗歌欣赏》,《诗评人》2008年第9期。

追求可看作废名等京派文人清淡朴讷诗风的延续。在诗评文章里，朱英诞曾多次赞美废名、林庚、沈从文等人的诗歌富有意境。这其中固然有对前辈诗友的偏爱和推崇之意，但也可见诗人对自身一派诗歌风格的自信。京派文人将自由宽容的学理风气融入单纯平和的北平文化环境，从而形成了自身特有的文化心态：远避于时代政治斗争之外，以一种从容矜持的学人风范和对艺术虔诚而执着的文人风度，追求一种和谐的、彰显"纯正的文学趣味"①的艺术境界。受京派耳濡目染的影响，朱英诞颇为推崇这种将日常生活中发掘的诗情经诗人个体的内在酝酿，通过有节制的表达方式来营造一种淡而有味的诗歌境界，认为当"诗写到那样便很有一种从容不迫的风度走过大庭广众之间了"②。

正是秉持这种从容心态，朱英诞将诗比作散步，即少有目的而往往在无意中遇到"一片可留恋的风物"，因为作诗的过程"都是心情的又真切又飘拂，仿佛往来的云烟；而又如果确有圆满的言行功德，诗是不会发生的"③，将诗视为非作者主观意图先行带入的结果。这意味诗的产生得益于诗人当下灵感的乍现，并促成诗情产生发酵过程的自然达成。由此，朱英诞把两种"美感的反应"视为其诗境构建的来源：一种是从景物或环境自然而来，如诗人见四季气候、名山大川或特异风俗人情之后有感而写的诗。这类诗来源于实实在在的生活，可称为"唯实主义"的诗学观。另一种是自人文（也是出自人性的自然）而来，这类诗侧重"对人类生命本体未知领域的好奇，它力求捕捉细腻、微妙、易失的内心刹那感觉等愿望"④，表现为"唯美主义"的诗学观。在诗风倾向上，唯实主义促使诗人眼光向外，将一切社会生活纳入自身的诗料来源中来；与此相反，唯美主义要求诗人将视线从外收回，去关注人自身的内心情感及审美体验。对比两种诗学观，前者描写的对象多是自然，诗人

---

① 黄曼君主编：《中国近百年文学理论批评史（1895—1990）》，湖北教育出版社1997年版，第630页。

② 废名、朱英诞：《新诗讲稿》，北京大学出版社2008年版，第237页。

③ 朱英诞：《我一直在等一个说话的机会》，《朱英诞集》第九卷，长江文艺出版社2018年版，第451页。

④ 高蔚：《"纯诗"的中国化研究》，中国社会科学出版社2008年版，第62页。

的视角却经历了"自然—人"的转换。后者关注的是人本身,诗人却将目光向外,由此实现"人—宇宙"的透射。

与京派其他诗人以西方诗学为范式,试图创建一套完整、系统的新诗理论体系不同,朱英诞更多继承了废名传统解诗学的思想与方法,尝试在解读具体的诗歌文本过程中阐述个人新诗主张观点。比较中西方诗学传统,朱英诞明显倾向于前者。他坦言:"从历史和哲学任何角度来看,中国现代诗的韵味是排斥快速和新异的,它仍旧是在顺应自然的道路上进展着。"[①] 这意味新诗作为接替古诗之后中国诗歌的新发展,不能完全与古诗撇清关系。从诗论成果本身来看,朱英诞始终对古典诗歌传统持有一种难以割舍的情愫。他更多地将目光回转到古诗里,试图从中寻找借鉴新诗发展的路径。朱英诞采取杂糅组合的方式,在诗歌内容上推举以陶渊明、杜甫为代表的晋唐新鲜质朴的诗歌精神,在形式上则试图实现晚唐及宋代诗歌理性散文化的现代性转变,由此完成《诗经》以来晋唐重诗情与宋代重诗艺两条道路的合流。

何以朱英诞会对传统诗歌如此偏爱,我们可从他的成长印迹里找到原因。陶渊明是朱英诞于家学中习得的第一人。对陶诗的热爱日有所增,使之在向往于山水诗人的行吟生活里体验闲适散淡的人生。故朱英诞多次评价陶诗集单纯与丰富、精密与朴素于一体,认为陶渊明以回归自然之心关注生命本身,在创作中将赤子之心与严肃而充满悲剧气氛的生命意识结合,达到了"天真"与"认真"的统一:"'无乐自欣豫''诗无邪'是也。这就是'天真'的,也是诗的本身:连儒家也接受了这样的大众哲学。"[②] 这正迎合了朱英诞"真诗"理论主张的要求。可以说,陶诗"采菊东篱下,悠然见南山"中流露出的怡然自得,正是朱英诞在构建"真诗"道路上致力达到的圆熟境界。

(与倪贝贝合作)

[①] 朱英诞:《谈诗》,《朱英诞集》第八卷,长江文艺出版社2018年版,第119—120页。
[②] 朱英诞:《陶诗小识——〈仙掌集〉代序》,《朱英诞集》第八卷,长江文艺出版社2018年版,第348页。

第十二章　朱英诞与废名新诗理论比较

废名是以冲淡自然为主要创作风格的京派文人的重要代表，同时他又以晦涩、蕴含禅理的诗风与卞之琳、戴望舒等人一道开辟了现代主义诗歌的道路。20世纪30年代，围绕在废名周围的程鹤西、沈启无、朱英诞、南星等北大的一群诗歌"小圈子"中人，与之形成了相似的诗歌创作风格和理论倾向，因而被称为"废名圈"① 诗人。朱英诞（1913—1983）原名朱仁健，字岂梦，号英诞。自1928年创作《雪中跋涉》（一名《街灯》）以来的半个多世纪，朱英诞有诗歌3000多首，传记《李长吉评传》《杨诚斋评传》，历史剧《少年辛弃疾》《许穆夫人》，以及诸多散文、评论、译诗，等等。废名在讲新诗时选入12首朱英诞的诗："比林庚的诗还要选的多，也并不是说青出于蓝，蓝本来就是他自己的美丽，好比天的蓝色，谁能胜过呢？"② 对他给予了极高的评价。然而这位创作颇丰的诗人却因与时代的多次错位被排斥在众人的视线之外，不能不说是一种遗憾。笔者在有幸接触到朱英诞大量创作手稿的情况下，结合废名的诗歌创作和诗学观，对其诗歌理论展开比较论述。

---

① 参见废名、朱英诞《新诗讲稿》，北京大学出版社2008年版，第291页。陈均进一步界定了这一概念，认为"废名圈"成员主要为程鹤西、沈启无、朱英诞、黄雨及一批接受废名、朱英诞影响的诗人。其中大多数诗人特别是林庚、沈宝基、黄雨深受法国象征主义诗歌影响。见陈均《废名圈、晚唐诗及另类现代性——从朱英诞谈中国新诗中的"传统与现代"》，《新诗评论》2007年第2辑。

② 废名：《林庚同朱英诞的诗》，载陈建军、冯思纯编《废名讲诗》，华中师范大学出版社2007年版，第129页。

第十二章 朱英诞与废名新诗理论比较

第一节 废名对朱英诞诗歌理论的影响

朱英诞走上诗歌创作的道路，与三个人有着密切的关系，即：李再云、林庚与废名。李再云是朱英诞高一年级的文学教师，朱从他那里接受到了元白乐府的诗歌观念，他的第一首诗《雪中跋涉》就是在那时写成的。1932 年，朱英诞从天津来到北京，后来考上了北京民国学院。林庚于 1934 年来此讲课，对朱英诞写诗产生了很大的影响。朱的每首诗几乎都请林庚看过，也常被林推荐、寄出、发表。因为"他似乎是一个沉默的冥想者，诗中的联想往往也很曲折，因此有时不易为人所理解"①，林庚便将他介绍给了废名。至此，朱英诞在二人的指导下逐步走向了诗歌创作与理论探究的成熟。

废名对朱英诞的潜移默化主要是通过谈诗、讲诗、选诗等方式来完成的。废名表示，"我与林（指林庚）朱的关系是新诗罢了。我一读了他们的诗就很喜欢，这真是很古的一句话，'乐莫乐兮心相知'了"②，以此表达对朱英诞诗思的爱惜。对于当时"虽很爱文学，但于做诗还非常幼稚"的朱英诞来说，废名在很大程度上扮演了引路人的角色。二人"以诗会友"的举措或可书写为文学史上一段新的佳话。

朱英诞在诗歌创作上体现出"南宋的词"（废名语）的特征，废名在朱的第二本诗集《小园集》序文中又称其诗为"六朝晚唐诗在新诗里复活也"，以朱英诞《小园集》里的《西沽春晨》一诗为例：

　　鸟鸣于一片远风间，
　　风挂在她的红嘴上；
　　高树的花枝开向梦窗，

---

① 林庚：《朱英诞诗选书后》，载朱英诞《冬叶冬花集》，文津出版社 1994 年版，第 323 页。
② 废名：《林庚同朱英诞的诗》，载陈建军、冯思纯编《废名讲诗》，华中师范大学出版社 2007 年版，第 129 页。

昨晚暝色入楼来。

最高的花枝如酒旗，
也红得醉人呢；
望晴空的阳光如过江上，
对天空遂也有清浅之想。

诗中选用了鸟鸣、远风、梦窗、夜色等一系列古典化的意象，使整首诗似一幅简练优美的写意国画。"昨晚暝色入楼来"可以说是纯古诗的作法，鸟儿与风两个意象形成了回环呼应的效果。由花枝伸向窗扉联想到昨夜入楼来的夜色，从花枝醉人的红色继而又延展到晴空里的阳光，意象的交织与联想的跳跃赋予了诗歌朦胧而"清浅"的色彩。而频繁又奇妙地使用暗喻和联想，正是南宋词的特征之一。

这跟朱英诞从废名那里接受到的对古代诗人的偏好有关。朱在回忆文章中说："我记得废名先生除了指示我温飞卿的佳胜处，此外谈得最多的大约是陶渊明与王维以及庾信了，所以又尝赠序我以六朝字样。"[①] 陶渊明是朱英诞于"家学"中习得的第一人，朱英诞在诗论上的构建和陶渊明恬淡自然、朴素而富于哲理的诗风存在一脉相承的关系。温庭筠和李商隐则是废名极为赞赏的诗人，废名对二人的推崇和他在诗歌内容上的晦涩与诗歌形式上的散文化要求有着紧密的联系，这种诗歌观无形中对朱英诞产生了极为深远的影响。

废名曾和朱英诞论及古代小说戏曲的创作观，并表达出不同的见解。这里且引用一段二人当时的谈话：

冯先生说："聊斋跟我也有点关系。不过，我说最好的一部书是《牡丹亭》。"他不曾加以解释，（盖本来不需要往复扣击），这里我也不能补充了。不过这在治曲者虽然未必不心知其意，平

---

① 朱英诞：《跋（我回想少年时候）》，《朱英诞集》第八卷，长江文艺出版社2018年版，第109页。

第十二章 朱英诞与废名新诗理论比较

常又有谁不欢迎呢？私意以为，冯先生当时逆向殆在于"雅俗共赏"吧？这也是我要举双手赞成的；不过我想加说的是：书法家说得好："雅而未正犹可；正而不雅，去俗几何！"旨哉言乎！当时由于胡适之流的胡闹（也即是纯粹的俗），使大家也暂时不勉受影响而不抓住雅不放了！①

这段话很可见古代小说和戏曲对二人创作观念的作用。朱英诞肯定文学创作的虚构和想象力，但须与严肃深刻的思想相结合。二人的雅俗之辩则见出废、朱在文学观上细微的态度差异。与废名"雅俗共赏"的要求相比，朱英诞认为对于诗人而言，其他各种风格的尝试都是其次的，首先不能用意太俗。诗歌"通不了俗，也用不着通俗，通俗自有其正路，诗却必须是较深远"②的。这显然比废名对雅俗的界定更为严格和具体。

与古代诗文相比，废名与朱英诞讨论更多的是现代诗。二人在新诗的思想、作法和情感评价等问题上展开交流，并将诗歌意识融入日常生活的琐谈当中。废名在吃饭时曾发出"写诗不能像喝酒一样"的感叹，令朱听了深有所感；朱英诞曾编选有《新绿集》（《中国现代诗二十年集》）一集，废名对此加以高度赞赏，评价他说："人们应该感谢你呀！"废名在北大课堂上讲新诗时，也邀朱英诞参与了其选诗评诗的过程。两人对新月派持有颇为相似的看法，对新月派过于追求格律的形式而走上新诗创作的歧途予以否定。废名指出，"只有徐志摩一个人还可以"，别人似乎都可存而不论了。而朱英诞认为"徐志摩的诗写得很感伤"的观点得到废名的肯定，并拿莎士比亚的《影子》加以比较，指出二者在情感上的相通之处。这些探讨以潜移默化的方式渗透到朱英诞的学诗过程当中，在其创作中得以不同程度的展现，并最终成为朱英诞诗歌理论的构建因子。

---

① 朱英诞：《纪念冯文炳先生——西仓清谈小记》，《朱英诞集》第八卷，长江文艺出版社2018年版，第463页。
② 废名、朱英诞：《新诗讲稿》，北京大学出版社2008年版，第260页。

作为在新诗道路上跋涉的同路者，废名与朱英诞一直保持着亦师亦友的关系。相似的理论背景和倾向使二人在诗歌观念上呈现出巨大的相似之处。但深入探究两者的诗歌创作与理论著述，仍能发现不少细微的差异。应该说，朱英诞在继承发扬废名诗学观念的基础上又有着进一步的思考。这使得前者不仅仅是后者的附庸，而是作为一个具有独立个性的诗人与诗论家存在于文学史之中。

第二节 新诗本质的界定

废名诗学理论最重要的主体在于对新诗定义的探讨上，即：什么才是新诗。他不赞成以白话作为旧诗与新诗的区别界定，认为"旧诗的内容是散文的，其诗的价值正因为它是散文的。新诗的内容则要是诗的，若同旧诗一样是散文的内容，徒徒用白话来写，名之曰新诗，反不成其为诗"。[①] 二者在内容上的本质差异其实在于"旧诗大约是由平常格物来的，新诗每每来自意料之外，即是说当下观物"[②]。这便是废名强调的诗歌情感的当下性。当下性归根结底是拒绝诗情的理性操作，追求诗意的自然生成和当下审美体验。以胡适《蝴蝶》为例，作者因为看到蝴蝶飞，调动了他的诗的情绪，这才想要动笔写这首诗。这种诗歌的情绪是旧诗不能包含的新诗"诗"的内容还体现为诗歌情感的完全性。废名打了一个比方："一首新诗要同一个新皮球一样，要处处离球心是半径，处处都可以碰得起来。句句要同你很生，因为来自你的意外；句句要同你很熟，本来在你的意中了。"[③] 这即是说，每个诗句作为诗的部分性要素，它们离诗情的距离是相等的，拆开来

[①] 废名：《尝试集》，载陈建军、冯思纯编《废名讲诗》，华中师范大学出版社2007年版，第7—8页。
[②] 废名：《冰心诗集》，载陈建军、冯思纯编《废名讲诗》，华中师范大学出版社2007年版，第90页。
[③] 废名：《十年诗草》，载陈建军、冯思纯编《废名讲诗》，华中师范大学出版社2007年版，第118页。

第十二章 朱英诞与废名新诗理论比较

只是一句句散文,不足以表达整首诗的诗意。只有把它们组合起来构成一首具有整体性的诗,才得以达到"诗意很足"的效果。因此新诗要写得好,一定要有当下完全的诗。当下性与完全性由此构成废名探讨新诗内容的两个方面。

朱英诞将废名所指的新诗的"当下性"定义为诗的"本色",即:"每一首诗与另一首诗不同,正如人事之在明日与今日不同是一样,首首诗的内容与形式虽相似而不同,这才是真正的自由诗的风格,也就是今日新的诗与以往任何别一方面不同的诗的性德。"[①] 强调今日之感与昨日的不同,注重把握当下,这与废名"当下性"的诗学观是一致的。针对废名提出的"诗歌的完全性"的论断,朱英诞解释为:诗像散文一样不能要它句句都好,因而我们不能摘句地选。为此他以新月派为例,批评新月派的诗歌之所以失败,就在于"有许多诗只是诗意及诗料的凑集,未成形的东西故未能称作诗"[②]。这可谓对废名观点的另一种方式之解读。

朱英诞继承了废名对新诗内容的定义,又对此展开了进一步的阐述,指出新诗就是自由诗:"什么叫做'自由诗'?它是否是'懒诗'?我以为,这即是扬弃韵律,用普通散文写诗。但并不等于我们的'以文为诗'。其实质则是:内容是'真诗',形式是散文的。"[③] 相对废名从诗歌内容本身的角度来定义新诗,朱英诞选择将诗与散文的区别作为探究的切入点。新诗的作法虽与散文的作法已无二致,但诗和散文的本质仍有着根本的不同:"散文如不断的流水,需要紧凑;诗却如星与海棠之空间,需要疏朗。"[④] 凡是能以散文来改写的诗的内容都算不上新诗。那么何为新诗的本质呢?朱英诞认为一是不可多得的,属于静思独造;二是空气新鲜的,没有任何习气或惯性;三是诗人自己的影子,不管别人的"是非"[⑤],把诗人独创的、独特的、自由的情感

[①] 废名、朱英诞:《新诗讲稿》,北京大学出版社2008年版,第279页。
[②] 废名、朱英诞:《新诗讲稿》,北京大学出版社2008年版,第250页。
[③] 朱英诞:《附记》,《朱英诞集》第八卷,长江文艺出版社2018年版,第232页。
[④] 废名、朱英诞:《新诗讲稿》,北京大学出版社2008年版,第305页。
[⑤] 废名、朱英诞:《新诗讲稿》,北京大学出版社2008年版,第320页。

表现作为诗歌的表现内容。这与废名"新诗适宜于表现实在的诗感"的艺术观构成了彼此对应的效果。因此,新诗的定义可以归结为"自由"的诗:"诗本身不是一个小天地,正如说伞是'圆盖',连续浑成,它可以加入于宇宙创造之中,也可以独立一个王国了。"① 从而对新诗的内容予以了无穷的容许。

与初期诗人对新诗纯诗化的要求相比,朱英诞的诗歌观显得更为宽容,认为新诗应该是"纯与杂"并进的发展。朱英诞并不反对纯诗化理论,他极为推崇叶芝的"在高唱理想与目的的时候,好的艺术是无邪而清净的"以及古代"诗要做到令人不爱、可恶处,方为工"的诗歌信条,评价王、孟、韦、柳等古代诗人的诗歌达到了纯诗里很高的水平。对诗歌而言,"纯"是十分难能可贵的。但朱英诞也看到,在新诗散文化的初步探索过程中,一味地追求纯诗化对新诗发展并无益处。"我们的诗才不过刚刚出土,正处于新绿的萌芽状态,然则杂尚难求,于纯乎何有?"② 与其单纯追求新诗的纯化而把多元化的内容排斥在新诗创作之外,新诗发展更需要诗人对纯与杂具有相同的包容性。

受古典诗歌及其理论的熏陶,朱英诞把两种美感的反应作为诗歌内容美的标准:一种是自景物或环境自然而来,例如四候之感于诗,以及非哲学家的哲学、山川钟灵或者我们之号称烟水国之类。另一种是自人文而来。而人文也是出自人性的自然,因而二者实质上是相通的。由此总结出诗歌的两种基本创作风格:一是明白的诗,二是晦涩的诗。在废名禅宗哲学诗论的推动下,新诗的哲理性成为朱英诞在诗歌内容上的一个重要追求,这也造成了他本人诗歌古意奇崛而又富于晦涩性的哲思。他批评一些新诗人把握着一种意象,却只是勾描点滴了事的作法,其实并没有认清真正新诗的本质。

朱英诞对新诗创作的态度是主智非主情,认为诗在本质上是智慧的。但这并不意味朱英诞将晦涩作为新诗现代化的顶端,而只是作为一种风格,"晦涩与朴素,难与易,本来是两种并行不悖的风格,却

---

① 废名、朱英诞:《新诗讲稿》,北京大学出版社2008年版,第316页。
② 朱英诞:《〈沉香集〉序》,《朱英诞集》第八卷,长江文艺出版社2018年版,第514页。

非泾渭之分。当然，诗写得晦涩，往往是由于在'大胆、热情、省力'这些原则上多所缺陷所致，而明白的诗比较起来倒是难写的"①。好的新诗应该是从哲学走向诗歌，在诗中蕴藏哲思的"简单的诗"。由此可见，朱英诞在诗歌内容的趋向上体现出一种对陶渊明式的于平淡中蕴含哲理的诗风的回归。

第三节 新诗形式的要求

在废名看来，新诗的本质在于诗性的内容和个体情感的散文化表达，"今日新诗的生命便是诗人想像的跳动，感觉的敏锐，凡属现实都是它的材料，它简直可以有哲学的范围，可以有科学的范围，故它无须乎靠典故，无须乎靠辞藻，它只要合乎文法的'文学的国语'，它与散文唯一不同的形式是分行"②。从中体现出废名对诗歌形式的两点要求，即：第一，散文化的句式；第二，以分行作为新诗的唯一形式。散文化的句式即是要求新诗如同五四以来的小说和戏剧那样，采用符合现代语法标准的语言词汇作为表达的工具。废名在比较初期新诗和第二时期新诗时指出二者的最大差异在于作诗的"意识"不同。受白话文学运动的推动，初期新诗追求"要怎样作就怎样作"的自由作诗，但初期诗人摆脱不了与旧诗的关系，采用的仍是旧诗的词句，而旧诗早已失却其诗的生命了。相较之下，第二个时期的新诗人在自由诗的追求上更为彻底，第二时期新诗不但自由地采用旧诗词句，更能"于方块字的队伍里还要自由写几个蟹行文字"③，废名意识到旧诗的语言对新诗情感的束缚，因而主张从现实生活和外来语中吸收、建立

---

① 朱英诞：《略记几项微末的事——答友好十问》，《朱英诞集》第九卷，长江文艺出版社2018年版，第504页。
② 废名：《十四行集》，载陈建军、冯思纯编《废名讲诗》，华中师范大学出版社2007年版，第138页。
③ 废名：《冰心诗集》，载陈建军、冯思纯编《废名讲诗》，华中师范大学出版社2007年版，第88页。

起现代的新词汇。但仅仅"从语言的外部关系上创建新诗是不够的，还必须从语言的内在关系即文法的意义上变革诗歌，才能使诗歌获得真正的现代品格"①。新诗的散文化写法在废名这里得到更为全面的论述。

废名对新诗形式问题的看法经历了一个前后略有转变的过程。他最先强调要看新诗的内容，而"新诗的诗的形式并没有"②。但不久废名也承认，古今中外的诗确有一个极其简单的公共的形式，那就是分行。新诗"形式确是可以借助于西洋诗的形式写成好诗的"③。在废名看来，分行其实更是一个诗歌区别于散文的性质问题而非形式问题。这表明废名对新诗形式的态度并未发生根本性的转变，而是始终坚持着新诗格式的自由性，以防形成新的固定形式规范，诗的内容限制和削弱。一旦建立起了新的模式化结构，新诗极有可能如旧诗一般沦为单纯依靠文字结构、音节、意象系统来表达类型化情感的诗体，这也是废名反对将格律诗或十四行诗等作为新诗的固定形式来推广的原因。

同废名的观点类似，朱英诞认为初期新诗成就不高的原因在于诗人过于依赖旧诗的文字。中国文字处处讲究简单、凝练、含蓄，这对新诗情感的完全性表达无疑会造成损害。新诗要走出旧诗"诗余"的阴影，必须自由采用各种句法。但怎样才能用得恰好，是众多初期新诗人没有解决的问题，"新诗人一直到现在为止多半都还没有征服文字上的困难，文字首先不能运用自如，在诗人自己或者没有什么关系也未可知，但这样还谈什么诗呢"④。新诗既为"自由的诗"，应该像一个璞，而不能是一个玉器。这即是说，对于新诗的语言不应去刻意雕琢而使之成为旧诗的狗尾续貂。朱英诞认同废名以白话词汇和现代文法作为新诗创作工具的观点，但他尤为偏重于强调语言文字及修辞技巧对新诗的重要性，把文字作为新诗队伍中逢山开路、遇水搭桥的

---

① 王泽龙：《"新诗散文化"的诗学内蕴与意义》，《中国社会科学》2007年第5期。
② 废名：《新诗问答》，载陈建军、冯思纯编《废名讲诗》，华中师范大学出版社2007年版，第159页。
③ 废名：《十年诗草》，载陈建军、冯思纯编《废名讲诗》，华中师范大学出版社2007年版，第117页。
④ 废名、朱英诞：《新诗讲稿》，北京大学出版社2008年版，第156页。

第十二章　朱英诞与废名新诗理论比较

先行:"我常想新诗的文字是一件雕虫小技,然而新诗若能成为千秋事业,这又是一件大事,文字的经验若不充足,任凭诗人有多高的本领也只有干着急而已。"[①] 对新诗文体的探讨显得更为细致。

对于如何构建散文化文字的问题,废名和朱英诞都曾将目光投注到歌谣上,并得出了类似的结论。废名指出,歌谣既可以是散文,也可以是韵文的形式。它可以作为新诗的参考,倘若"我们的新诗如果能够自然的形成我们的歌谣那样,那我们的新诗也可以说是有了形式。不过据我的意见这是不大可能的,事实上歌谣一经写出便失却歌谣的生命,而诗人的诗却是要写出来的"[②]。朱英诞强调,歌谣"代表民族的歌哭",却未必是诗;而诗"是人类的歌哭",从歌谣和诗的本质比较上来进行阐述,认为"创造歌谣之个人也是有诗人的质地的,而诗人偶然要唱几个歌儿也无可反对,但不能说由民歌中产生诗,这里有通路,但绝不是新诗的什么新路"[③],辩证论述了新诗从歌谣中找寻出路的不可能性。那么何为新诗文字的出路呢?朱英诞总结为两点:一条是宽阔的,用芜杂生硬的语言草创出生气芜杂的诗歌境界;另一条是以诗人自己的技艺创造出新的创作模式。"前者若是诗人的本能,后者则是诗人的本分。"[④] 对于新诗人而言,技巧本身即包括哲学的意味,谁也没有感情的不足,然而只有写得好诗的人才把握得坚固。"修辞与辞藻是一也是二,是要费一点斟酌的。"把文字和修辞提高到了对等的地位。朱英诞曾以新月派为例来谈文字对新诗的重要性。他指出:"新月派的诗不能说没有诗意,只是他们的工具不够,诗之来我们可以看出仿佛很有把握的样子,及至动问纸笔他们没有充分的辞藻了,只于犹之乎乱翻断烂字典,随手加进几个而已,自然这还得说是他们的专门讲格律的结果,并非因为讲格律才做不出诗。"[⑤] 这即是

---

① 废名、朱英诞:《新诗讲稿》,北京大学出版社 2008 年版,第 151 页。
② 废名:《新诗问答》,载陈建军、冯思纯编《废名讲诗》,华中师范大学出版社 2007 年版,第 158 页。
③ 废名、朱英诞:《新诗讲稿》,北京大学出版社 2008 年版,第 166 页。
④ 废名、朱英诞:《新诗讲稿》,北京大学出版社 2008 年版,第 157 页。
⑤ 废名、朱英诞:《新诗讲稿》,北京大学出版社 2008 年版,第 204 页。

说，讲究格律并不是新月派衰落的唯一根由，原因还在于新月派对格律的一味追求导致了对诗歌语言文字的忽视。

废名以"新诗唯一的形式在于分行"总括了新诗的形式问题，朱英诞则采取从细节上展开分述予以回应。他认为形式只是风格的一种，不同诗人表现为不同的风格，从而使多种形式的存在具有了合理性。但废名认为，这些不同的形式也不过是"分行之一体罢了"。废名与朱英诞在形式问题上的看法差异源于二人从不同的角度来对形式做出定义。

由此，朱英诞对"感情"和"感觉"的形式做出了辨析。新月派的形式是感情的形式，而"感情的形式是固定而有限的，而感觉的形式是自然的而无穷的，从这无穷中得其崇高的一致，诗的无形式正是其形式，自由中乃有严正的自然法则"①。从中可看出朱英诞对自由诗和格律诗的关系与废名所持的立场并不完全一致。废名对格律诗始终持以鲜明的反对态度，而朱英诞并不反对格律诗的出现，"如果自由诗相当于'古风'，那么，有'近律'诗，也是应有的好事"②，关键在于不能像新月派那样过分依赖格律而使新诗走向了歧途。可见，对比废名坚执将自由诗置于新诗的主导地位的主张，朱英诞对诗歌形式的看法显得更为辩证和通达，也更符合新诗在面对逐步多元化的现代文化语境时自然应有的丰富多样的文类特征。③

第四节　古典和西方诗论的双重借鉴

在京派文人思想观念的主导下，废名在诗歌创作上彰显出浓厚的中国传统文化的痕迹。而身为现代派诗歌的一脉，废名同时又受到西

---

① 废名、朱英诞：《新诗讲稿》，北京大学出版社2008年版，第157页。
② 朱英诞：《题记三》，《朱英诞集》第八卷，长江文艺出版社2018年版，第92页。
③ 陈芝国：《朱英诞诗歌：古典与现代互涉的美学》，《江汉大学学报》（人文科学版）2010年第1期。

方诗论的熏陶。身为废名的后辈与学生，朱英诞无疑承袭了废名对中西文化观念的审美倾向。二人在诗歌创作与诗学观上均显现出传统和西方加之的双重影响。

就自身的创作而言，对晚唐温李一派诗歌的推崇和对东方哲学及禅宗的浸淫，使废名将东方文化中的佛道精义，中国的诗禅、画禅的传统，温李诗词意境以及六朝文章风致化为其诗歌的精髓。[1] 而对波德莱尔、莎士比亚与塞万提斯等外国诗人的吸收借鉴，又使他的诗歌具有了晦涩和哲理等多重意义。

废名将这种领悟带入他的诗歌理论中，对新诗的内容予以广博的包容性。"新诗要发展下去，首先将靠诗的内容，再靠诗人自己如切如磋如琢如磨写出各合乎诗的文章，这个文章可以吸收许多长处，不妨从古人诗文里取得，不妨从引车卖浆之徒口里取得，又不妨欧化，只要合起来的诗，拆开一句来看仍是自由自在的一句散文。"[2] 虽然废名强调从多方面摄取新诗所需的养分，但对于传统仍尤为偏重。他反对一味地模仿外国诗歌，"因为不免是成心要作新诗，而又一样的对于诗没有一个温故知新的认识，只是望了外国的诗行做倚傍，可谓毫无原故，较之当初康白情写《草儿》以及湖畔诗社几个年青人的诗，我以为还稍缺乏一个诚字"。[3] 对初期新诗人的诗歌缺乏自身情感的表达加以批评。从中可以看出，废名并不摒弃从古代诗歌中汲取营养，但最终的落脚点仍是回归到新诗"诗的内容"上。

废名看到了朱英诞诗歌里蕴藏的中国化特色，点评"在新诗当中他等于南宋的词"[4]。如朱英诞自述："陶诗和白香山是我的'家学'，李长吉是我自己偶然找来读的，温李，庾信，则在废名先生指导下钻

---

[1] 王泽龙：《废名的诗与禅》，《江汉论坛》1993年第6期。
[2] 废名：《湖畔》，载陈建军、冯思纯编《废名讲诗》，华中师范大学出版社2007年版，第85—86页。
[3] 废名：《湖畔》，载陈建军、冯思纯编《废名讲诗》，华中师范大学出版社2007年版，第77页。
[4] 废名：《林庚同朱英诞的诗》，载陈建军、冯思纯编《废名讲诗》，华中师范大学出版社2007年版，第128页。

研过。读宋以后的人乃是我常说的一种'义务'，或者我对别人说时，就要加一点提醒：'痛苦的义务'。此外，我在稍较成熟以后，就只常读韦苏州和姜白石了：我钦佩的是他们的诗中的洁癖。"① 对这一类传统诗人的接受造就了朱英诞诗歌古典幽谧的气息，同时也无形地反映到他的诗学理论之中。对陶渊明、谢朓、韦应物写景兼说理一派诗歌的探讨正是朱英诞"纯与杂"诗的内容的理论来源。朱英诞对杜甫、姜白石等人的偏重促成了"晦涩"理论的形成，他把晦涩的三种形式定义为：（1）诗的"本意"原是不易明白；（2）诗人故意把诗意弄得不明白；（3）诗人的表现力不足。前二种如果是诗人有意为之，后者则是诗人无力为之。好的晦涩之作追求因难见巧，刻意求工的"苦吟"境界。这是朱英诞对"晦涩"的诗歌风格的一种新的解读。

废名评价朱英诞的诗"与西洋文学不相干"，似乎过于绝对而有失偏颇。朱英诞曾通过这样一段叙述来追溯其诗学理论所受的影响：

> 本来我确甚喜晚唐诗，六朝便有些不敢高攀，及至由现代的语文作基调而转入欧风美雨里去，于是方向乃大限定。最初我最欣赏济慈，其次是狄更苏，此女即卡尔浮登所说的"温柔得像猫叫"者是也。最后是艾略特，此位诗人看是神通，却极其有正味，给我的影响最大，也最深。②

除了对西方浪漫派与现代派的学习以外，朱英诞对欧洲古典哲学以及莱布尼茨的"和谐"说也有所涉猎，"我读之一时竟陷入某种冥想里去……或以为即此是有取于莱不尼斯和谐境界"③。朱英诞从不同角度对古典诗歌和西方现代诗歌展开吸收借鉴，并融会贯通使两者成

---

① 朱英诞：《秋冬之际——〈磨蚁集〉代序》，《朱英诞集》第八卷，长江文艺出版社 2018 年版，第 536 页。
② 白药：《序文二篇》，《文学集刊》1994 年第 2 辑。
③ 朱英诞：《〈仙藻集〉后序——纪念写诗四十年》，《朱英诞集》第八卷，长江文艺出版社 2018 年版，第 162 页。

为其诗学理论的构建基石。

"朱英诞是一位执著于自己诗歌信念的诗人,同他的师辈林庚、废名一样,他试图找到一种融会古今、涵纳天地万物之自然的诗歌写作形式。"[①] 长期以来,由于种种原因,他在诗学和诗艺上数十年如一日的探索与追求都被历史所湮没。随着对朱英诞诗歌创作及理论著述研究的不断深入,这位诗人在文学史上的地位应该得以重新评估和确立。

(与倪贝贝合作)

---

① 张桃洲:《古典与现代之辨:新诗的第三条道路——以 1940 年代沦陷区诗人为中心》,《社会科学研究》2010 年第 1 期。

第十三章　朱英诞对新月派诗的批评

1939年秋，朱英诞因林庚、沈启无的推荐，到北京大学任教，接任废名新文学研究课程，给中文系学生讲授新诗。30年代中期，朱英诞在诗坛开始崭露头角，1935年出版有新诗集《无题之秋》，由林庚作序，1936年编辑的另一本新诗集《小园集》，由废名作序，因为抗战爆发，未能出版。朱英诞在北京大学中文系讲授新诗的时间是1940年秋至1941年春，1941年5月编定其新诗讲义，并作《新诗与新诗人后序》，同时编定《新绿集》（即《中国现代诗二十年选集》，可惜，该选集没有保存下来）。① 朱英诞的新诗讲授，继续废名的新诗讲授，废名讲授的内容包括胡适《尝试集》、沈尹默的新诗、刘半农《扬鞭集》、鲁迅的新诗、周作人《小河》、康白情《草儿》、湖畔诗人《湖畔》、冰心的诗、郭沫若的诗。朱英诞的讲授是废名讲授内容的补充与继续，包括刘大白的诗、陆志韦《渡河》、《雪朝》（一）（二）（包括俞平伯的诗、朱自清的诗、何植三的诗、梁宗岱的诗、宗白华的诗）、徐玉诺《将来之花园》、王独清《Sonnet 五章》、穆木天《旅心》、李金发《〈微雨〉及其它》、冯至《昨日之歌》、沈从文的诗、《新月》（一）（二）（三）（四）、废名及其诗、"废名圈"《诗抄》、戴望舒《望舒草》、《汉园集》（只讲了卞之琳的诗）、林庚《春野与

---

① 由陈均整理，将废名、朱英诞的新诗讲义合编为《新诗讲稿》，于2008年在北京大学出版社出版。《新诗讲稿》补充了一些原稿中没有的诗歌作品；将废名1946年从湖北回北平后续写的四篇谈新诗的文章（包括《十年诗草》《林庚同朱英诞的诗》《十四行集》《妆台》及其他）收入其中，另有附录若干。

窗》、《现代》的一群，主要讲授施蛰存、艾青、徐迟的诗。朱英诞的讲授共20讲，其中涉及新月派诗共6讲，《新月》4讲，沈从文的诗，再包括卞之琳的诗。《新月》（一）（二）（三）分别解读徐志摩、朱湘、闻一多的诗；《新月》（四）解读的诗包括臧克家、林徽因、于赓虞的诗。不包括废名1946年补充的四篇文章，该讲义讲授新诗的时间范围从五四白话诗到1937年抗战爆发为止。

在新诗讲授中，朱英诞对新月派诗歌的关注无疑是最多的。但这并不说明他对新月派诗歌评价最好，相反，他对新月派诗歌整体评价不高，他说："新月诗人别无好处，他们都是在那里认真做诗；只是对于诗太热心了，头脑不能冷静，结果出了毛病，这实在是很可惜的事情。"朱英诞对新月派诗歌也有较多的认可，对沈从文的诗大加赞赏，对卞之琳的诗肯定较多，对徐志摩的诗肯定少、批判多，对其他诗人则赞赏、批判兼而有之。对新月派诗的评价主要体现的是朱英诞的诗学观念与审美趣味，其中并没有意气之争。我们挑选朱英诞对新月派诗的解读与评价，主要为了讨论朱英诞的新诗观念，也可以多一些视角，重新打量新月派诗人，还可以从朱英诞的诗歌评介与解读中增加对新诗经典形成过程的历史知识，了解新诗接受传播过程中批评家的解读立场与方法。

第一节 "带着脚镣跳舞"与"散文的诗"

朱英诞不赞同新诗"带着脚镣跳舞"，主张"散文的诗是新诗的美德"[①]。朱英诞对新月派三位主将的诗评价都不高。他听说陈梦家编选的《新月诗选》"选得不坏"，可以为自己的新诗讲义编选与课堂讲授帮忙，当看完了徐志摩、闻一多、朱湘三人被选入的诗后，"觉得还是没有用处"，打算另读他们的全集。显然，"没有用处"的感觉，

[①] 废名、朱英诞：《新诗讲稿》，北京大学出版社2008年版，第233页。

是对《新月诗选》中所挑选出来的三人的作品并不满意。当他从《新月诗选》中看到沈从文的诗作时，却感到了意外惊喜，因为他只是知道作为小说家的沈从文，不知道沈从文也写过诗，当他读到沈从文的诗时，"结果是越看越引人入胜"，"眼睛睁得酒杯样大"，将《新月诗选》中选入的7首诗，选定了6首作为自己要选入诗集（《中国现代诗二十年选集》）之用。这6首诗是《颂》《无题》《悔》《我喜欢你》《对话》《薄暮》。朱英诞借陈梦家（也是新月派诗人）《新月诗选》的"序言"称赞沈从文的诗，用"朴实无华的辞藻写出最动人的情调。我希望读者看过了格律严谨的诗以后，对此另具一风格近于散文句法的诗，细细赏玩它精巧的想象"。朱英诞认为自由诗就应该是散文的诗，"散文诗是新诗的美德"①，而沈从文的诗是他心目中散文的诗。我们看看他欣赏的沈从文的散文诗是什么样的。

沈从文《对话》：

你说"我请你看你自己脚下的草，/如今已经绿到什么样子！/你明白了那个，/也会明白我为什么那么成天做诗。"

下面是朱英诞没有引用的第二节，为了我们进一步理解的方便，笔者把它补充在这里：

"你说水不会在青天沉默的，/它一定要响；/鸟不会在青天沉默的，/它一定要唱；/你为什么自己默默的，/要我也默默的？"/"可是，你说的那草，它也是默默的。"

这一首诗是模拟一对恋爱中的男女青年的对话，大概符合朱英诞倡导的辞藻朴实无华，句法近于散文的标准，他认为其中包含了"诗人的诗感境界（空气）、风趣"。严格来说，诗的第二节类似如歌谣，

---

① 废名、朱英诞：《新诗讲稿》，北京大学出版社2008年版，第232—233页。

自觉采用了对称句式与重复的节奏，并不是完全散文的句式，"沉默的""默默的"也不就是口语，两节诗比较起来，第一节比较符合朱英诞的趣味。

再看看朱英诞比较分析的两首爱情诗，一首是徐志摩《我等候你》，一首是沈从文《我喜欢你》。陈梦家在《纪念志摩》里说《我等候你》是徐志摩"一生中最好的一首抒情诗"，朱英诞却公开表示自己读了以后"便不很喜欢那一首《我等候你》"①，朱英诞节选了下面一段：

你怎么还不来？希望/在每一秒上允许开花。/我守候着你的步履，/你的笑语，你的脸，/你的柔软的发丝，/守候着你的一切；/希望在每一秒种上/枯死——你在哪里？

朱英诞分析道：《我等候你》那一首里的"户外的黄昏"，"希冀的嫩芽"，"想磔碎一个生命的纤维，为要感动一个女人的心！"，"鸟儿们典去了它们的啁啾"，"沉默是这一致穿孝的宇宙"，"类似这样的话岂能算作诗，这不是空生硬凑是什么呢？……而这样的东西乃是新月那一派共同的拙劣"。朱英诞把徐志摩的这一类抒情看作"空生硬凑"的抒情，他对比肯定的是沈从文诗歌《我喜欢你》：

你的聪明像一只鹿，/你的别的许多德性又像一匹羊；/我愿意来同羊温存/又担心鹿因此受了虚惊。

他说这样的诗"来得大方，这位小说家大巧若拙，却是妙手回春了"。他肯定沈从文的诗"清淡朴讷"，"有不可避免的现代性而无油腻"。他称道沈从文《无题》"就是那么无理的不整齐也似乎没有问题似的，作者明明是在老老实实的作诗"。② 诗并不重在外在格律或形式，而重在实在的诗质、真挚的内容。另一首《悔》写春之梦，"表

---

① 废名、朱英诞：《新诗讲稿》，北京大学出版社2008年版，第234页。
② 废名、朱英诞：《新诗讲稿》，北京大学出版社2008年版，第234—236页。

面上看诗人的春是又空虚又平凡，平凡的诗自然最难写得好"，朱英诞"觉得它实在的好"：

春天来时，一切树木苏生、发芽。/你是我的春天。/春天能去后归来，/难道你就让我长此萎悴下去么？//倘若你能来时，/愿你也偷偷悄悄的来，/同春一样：莫给别人知道，/把我从懵腾中摇醒！//你赠给我的那预约若有凭，/就从梦里来也好吧。/在那时你会将平日的端重减了一半，/亲嘴上我能恣肆不拘。

这首诗写对春的期待、春的到来，表达的是对爱情的期待。这一首诗的单纯境界符合朱英诞的趣味。但是，语言中也有"长此萎悴下去""恣肆不拘"，也较生硬。总体看来，他对沈从文诗歌的赞赏与偏爱，表达了朱英诞对新诗是散文的诗的彰显，对清新质朴之美的一种倡导。朱英诞也有对沈从文诗歌的批评，他认为沈从文《梦》这一首诗，"这样滥情去随便的乱写"，"在新月的诗选里也要算顶坏的诗"，（我梦到手足残缺是真尸骸，/不知是何人将我如此谋害？/人把我用粗麻绳子吊着颈，/挂到株老桑树上摇摇荡荡）。朱英诞认为，不一定是真实的就可以入诗，不论是梦的真实，还是生活中的真实（沈从文在《从文自传》中写有诗中这类真实的场景），作者应取似有可能的不可能，而舍似无可能的可能，作者要表现的首先应该是具有诗意的内容①。

第二节 单纯的诗与矫情的诗人习气

朱英诞提倡单纯的诗，反对矫情的诗人习气。

---

① 废名、朱英诞：《新诗讲稿》，北京大学出版社2008年版，第236页。收录在《沈从文全集》中的新诗大约60余首，主要是民国时期的作品，沈从文的新诗总体风格不完全一致。新中国成立后沈从文基本没有再写新诗，转而写有近百首现代旧体诗。

第十三章　朱英诞对新月派诗的批评

朱英诞在讲义中从《志摩的诗》里挑选了三首诗，分别是《残诗》、《雪花的快乐》与《沙扬娜拉》（第十八首）。他认为《雪花的快乐》是徐志摩最好的一首，"这首诗没有一般诗人的'诗人'习气"，"诗的精神是人类的基本训练之一不能分彼此，我们需要的是某种情感的性质，而手法的巧妙还在其次"。① 他把诗的内在精神圆满、情感的自然质朴作为单纯的诗的生命，"逞才使气"的诗作是诗意的不足，缺少单纯的诗的生命。他评价徐志摩的一些诗未免常是支离破碎，常常是诗意不足，用铺张排比来掩盖。徐志摩"有名的诗如《落叶小唱》，《她是睡着了》，《半夜深梦琵琶》，《两个月亮》，《海韵》等读之都仿佛是文如其人，就只是可惜其不够完整，并不是没有节制力，实在还是诗意本来就有不足之感，他却铺张排比起来"。"就是这样'我轻轻的招手'，'我挥一挥衣袖'的风姿，我也还是嫌它少有做作，不如那一首《沙扬娜拉》。"对照朱英诞对《雪花的快乐》与《沙扬娜拉》（第十八首）的赞赏看，他褒扬自然纯粹的诗情，不认可过于夸张的矫情；提倡真挚单纯的诗风，反对故作姿态的"凑集"。他赞扬《黄鹂》写得好，非旧诗人能写得出来，"这首诗大约很能见出这位诗人的气氛"，"一掠颜色飞上了树"，又"化了一朵彩云"，"照亮了浓密！"又"飞了，不见了，没了——"，"大约正仿佛春光，火焰，热情的样子？很可以代表徐志摩的景况"。②

有人推崇徐志摩《翡冷翠的一夜》中的诗"美不胜收"，朱英诞却指出"这正是他诗的过失"，"新月派有许多诗只是诗意及诗料的凑集，未成形的东西故未能称作诗"。他评析徐志摩《偶然》③，虽然有一种"灵奇的气息"，"但是这位诗人的感官并不健全，他只是随手想起来是什么辞藻就贴补在纸上，……他缺少诗的完全，而诗有时也要

---

① 废名、朱英诞：《新诗讲稿》，北京大学出版社2008年版，第241页。
② 废名、朱英诞：《新诗讲稿》，北京大学出版社2008年版，第249页。
③ 《偶然》一诗共两节，写于1926年5月，专门为剧本《卡昆冈》（与陆小曼合作）第五幕里的老瞎子写的一段唱词，初刊于5月27日《晨报副刊诗镌》，随后收集在1927年的诗集《翡冷翠的一夜》中。

有点蕴酿"。① 显然朱英诞的解读也有偏颇。这首诗应该是借天空云影与大海波心的交会（我是天空里的一片云，/偶尔投影在你的波心），表达诗人对一段刻骨铭心爱情的追念，包含了爱恋不舍又不能不舍甜蜜与感伤的回忆，表达了人生偶尔的相逢与必然的分离的一种生命体验（你记得也好，/最好你忘掉，/在这交会时互放的光亮）。应该说这一首诗诗意是完全的，也较为含蓄，而且具有现代思想气息，语言大致通达明快。朱英诞的解读可能与徐志摩的人生经验、生活体验存在错位，产生了一定的偏差。其中，表达了朱英诞不满意新月派"模仿海外的旧诗"的情绪。在三四十年代之交，朱英诞对新月派诗歌的总体评价中，倡导新诗感官的健全，诗意的完全与蕴藉，对新诗欧化倾向的矫正，是具有文学史意义的。

第三节 心灵的耳朵与格律诗的音乐性

朱英诞提倡要心灵的耳朵，不要格律诗的音乐性。

朱英诞不隐瞒他对新月派新格律主张的反感，反对格律诗中包含的音乐性，这与朱英诞主张的新诗的散文化是一致的。他说："我最不喜欢的还是他们（新月派）的格律或音乐性，其实音乐性这本来是一个假借，而且很明显的是重在音乐的性而不在音乐。""新月诗人误解了音乐性，这个又是初期诗人已经弄明白了的，即自然的音乐是也。"早期白话新诗派诗人胡适主张用自然音节代替传统的韵律，刘半农提倡新诗用口语或民间的乐调，周作人尝试新诗用散文的语言节奏，他们要从音乐性上突破传统，把诗歌从传统的格律束缚中解放出来②。朱英诞认为五四以来的"新诗的成功本来就不是新 Styled 成功"，朱英诞反对新月派模仿海外旧诗所倡导的一套格律体制。他也并不是主张新诗完全抛弃音

---

① 废名、朱英诞：《新诗讲稿》，北京大学出版社 2008 年版，第 248—250 页。
② 王泽龙：《现代白话与"五四"时期新诗形式建构》，《文艺研究》2019 年第 5 期。

乐，是应该给"内在的耳朵听"，"我们要的是这个内在的耳朵"。① 朱英诞所谓的"内在耳朵"说，显然反对的是诗歌外在音乐性，特别是对西方传统诗歌（新月派对英语近体诗模仿）的借鉴或模仿，白话新诗可以不要音乐性，如果需要，它应该是内在的音乐，存在于诗歌的情绪变化上，存在于诗歌散文的语言节奏中。在他看来，诗歌没有唱的可能，这不要紧，重要的是"要看诗的本质之有无"，他在评价闻一多《洗衣歌》与《忘掉她》时指出，"小调可以具有诗意却终于只能出于小女孩之口吻"，"在形式上说这两节叠词其实还不坏，说起来很麻烦，我是相信一首诗有一首诗的特殊的生命的，这才是自由的诗风"。②

朱英诞认为新月派借来的西方形式，限制了新诗的自由，从海外的诗里找来的东西即使是关于韵律的也未必不是自己的诗文化传统，因为我们传统的词曲就是一种伸缩性的文体。新月派的格律主张与音乐性形式还是旧外套。新月派诗"形式的整齐"，正是"诗在运思上欠安适"的表现。③ 他倡导的是新诗的自然法则与自由的生命。新诗的问题主要不在用什么手段写而首先在写的是什么东西，他认定"今日的新诗之大势是自由诗"，"感情的形式是固定而有限的，而感觉的形式是自然的而无穷的，从这无穷中得其崇高的一致，诗的无形正是其形式，自由中乃有严正的法则"。④

当然，我们也不必完全认同朱英诞对新月派关于新诗文体的新格律化探索的评价，新月派关于新诗和谐、节制的诗学观对五四初期与20年代诗坛的散漫无序的失范状态是有规范意义的。而新格律理论与实践中回归传统的调和路线也影响了现代诗歌自由精神的发展与自由形式的现代性创造。朱英诞关于新诗音乐性的评价，体现的是他一以贯之的对新诗本质自由品格的主张，在三四十年代之交的民族化文化主潮时期是一种独特性的思考。

---

① 废名、朱英诞：《新诗讲稿》，北京大学出版社2008年版，第247—249页。
② 废名、朱英诞：《新诗讲稿》，北京大学出版社2008年版，第256—262页。
③ 废名、朱英诞：《新诗讲稿》，北京大学出版社2008年版，第267—269页。
④ 废名、朱英诞：《新诗讲稿》，北京大学出版社2008年版，第263页。

第四节 "缘情绮靡"与"诗的情思"

朱英诞认为诗"用不着缘情绮靡",美在"诗的情思"。①

朱英诞认为"诗不是抒情的东西,世上尽有比在诗里抒情更好的东西;诗又不是说理的"。朱英诞关于诗的本质的理解显然不完全同于中国诗歌感性抒情的传统观念,比较接近他所崇拜的艾略特智性诗学的观点。当我们看过朱英诞论及古代诗歌传统后,又无不觉得他的诗学观更接近古代宋诗传统②。应该说,朱英诞对新诗的本质的观点,包含了他对中外诗歌传统的综合吸收后的独到见解。朱英诞推举的闻一多《玄思》就是这样一首具有圆满情思的诗:

> 在黄昏底沉默里,/从我这荒凉的脑子里,/常进出些古怪的思想,/不伦不类的思想。//仿佛从一座古寺前的/尘封雨渍的钟楼里,/飞出一阵猜怯的蝙蝠/非禽非兽的小怪物。//同野心的蝙蝠一样/我的思想不肯只爬在地上,/却老在天空里兜圈子,/圆的,扁的,种种的圈子。//我这荒凉的脑子/在黄昏底沉默里,/常进出些古怪的思想,/仿佛同些蝙蝠一样。

朱英诞解读说,这一首诗是借鉴了西洋诗的写法,不仅是一首抽象的诗,"诗人用不着缘情绮靡,这里也没有格律的困苦,诗思早就是圆满的了。看出黄昏的沉默,诗人正在一思索之间,蝙蝠的印象又飞了回来,于是诗人的玄思是蝙蝠的兜圈子,诗之结果是这样有缘分,写得又是这样兼容并包"。③ 诗人以蝙蝠自喻,在黄昏的古寺、尘封的钟楼、荒凉的脑子里,古怪的思想就像是一只天生盲目蝙蝠,眼睛看

---

① 废名、朱英诞:《新诗讲稿》,北京大学出版社2008年版,第263页。
② 王泽龙、任旭岚:《朱英诞新诗与宋诗理趣传统》,《学习与探索》2019年第2期。
③ 废名、朱英诞:《新诗讲稿》,北京大学出版社2008年版,第269—270页。

不见世界，它只能靠"玄思"（超声波）感知世界。"诗神这样踏实的走来拜访"，"玄思"巧妙地与表达情思的象征物合二为一，这个不甘愿爬在地上的蝙蝠，虽然找不到鲜明的方向，却为了那一份野心，古怪的思想，甘愿在黄昏的天空，兜着圆的、扁的一个又一个圈子——固执地飞翔。我们仿佛看到一个苦闷生命在思想纠结中的茫然无向与执着探寻。"美在灵魂的悟性"，"玄思"获得了诗意的呈现，不逞才不使气，不顾弄玄虚，没有缘情绮靡，用明明白白的话，表达了生命的体验。这也许就是朱英诞赞赏的"诗的情思"吧。朱英诞关于新月派诗歌的解读与评价，整体上贯穿了朱英诞新诗本质的观点："散文的诗"是"新诗的美德"。

参考文献

一 朱英诞著作

废名、朱英诞：《新诗讲稿》，陈均编订，北京大学出版社2008年版。

朱英诞：《大时代的小人物：朱英诞晚年随笔三种》，陈均、朱纹编订，（台北）秀威资讯科技股份有限公司2011年版。

朱英诞：《冬叶冬花集》，陈萃芬选编，文津出版社1994年版。

朱英诞：《我的诗的故乡》，陈均编，北岳文艺出版社2015年版。

朱英诞：《仙藻集·小园集：朱英诞诗集》，陈均、朱纹编，（台北）秀威资讯科技股份有限公司2011年版。

朱英诞：《朱英诞集》（十卷本），王泽龙主编，长江文艺出版社2018年版。

朱英诞：《朱英诞诗文选：弥斋散文·无春斋诗》，朱纹、武冀平选编，学苑出版社2013年版。

朱英诞：《朱英诞现代旧体诗选集》，王泽龙、高周权编，长江文艺出版社2017年版。

朱英诞：《朱英诞现代诗选集》，王泽龙、高健编，长江文艺出版社2017年版。

二 著作

[日] 柄谷行人：《日本现代文学的起源》，赵京华译，生活·读书·新知三联书店2003年版。

成复旺：《神与物游：中国传统审美之路》，山东人民出版社2007年版。

废名：《谈新诗》，人民文学出版社 1984 年版。

废名著，冯思纯编：《废名短篇小说集》，湖南文艺出版社 1997 年版。

［日］沟口雄三、小岛毅主编：《中国的思维世界》，孙歌等译，江苏人民出版社 2006 年版。

郭绍虞主编：《中国历代文论选》，上海古籍出版社 1979 年版。

袁宏道著，钱伯城笺校：《袁宏道集笺校》，上海古籍出版社 1981 年版。

黄晋凯等编：《象征主义·意象派》，中国人民大学出版社 1989 年版。

姜涛：《巴枯宁的手》，北京大学出版社 2010 年版。

李泽厚：《美的历程》，生活·读书·新知三联书店 2009 年版。

梁宗岱：《诗与真·诗与真二集》，外国文学出版社 1984 年版。

林庚：《林庚诗选》，人民文学出版社 1985 年版。

刘西渭：《咀华集》，文化生活出版社 1936 年版。

刘勰：《文心雕龙》，上海古籍出版社 2010 年版。

陆侃如、冯沅君：《中国诗史》，百花文艺出版社 1999 年版。

钱理群等：《中国现代文学三十年》，北京大学出版社 1998 年版。

钱理群主编，吴晓东选编：《中国沦陷区文学大系·诗歌卷》，广西教育出版社 1998 年版。

钱锺书：《谈艺录》，中华书局 1983 年版。

钱锺书：《谈艺录》，商务印书馆 2011 年版。

沈从文：《沈从文全集》，北岳文艺出版社 2002 年版。

司空图著，陈玉兰注：《二十四诗品》，中华书局 2019 年版。

孙玉石：《中国现代主义诗潮史论》，北京大学出版社 1999 年版。

汪曾祺：《汪曾祺全集》，北京师范大学出版社 1998 年版。

王恩衷编译：《艾略特诗学文集》，国际文化出版公司 1989 年版。

王克文：《中国画小史》，上海辞书出版社 2018 年版。

王立：《心灵的图景——文学意象的主题史研究》，学林出版社 1999 年版。

王泽龙：《中国现代诗歌意象论》，中国社会科学出版社 2008 年版。

王泽龙：《中国现代主义诗潮论》，华中师范大学出版社 1995 年版。

王泽龙、程继龙主编：《追寻隐没的诗神——朱英诞诗歌研究文选》（上、下），花木兰文化出版社2015年版。

吴晓东：《临水的纳蕤思——中国现代派诗歌的艺术母题》，北京大学出版社2015年版。

吴晓东：《象征主义与中国现代文学》，安徽教育出版社2000年版。

伍蠡甫：《西方文论选》，上海译文出版社1988年版。

萧乾：《萧乾全集》，浙江文艺出版社1998年版。

严云受：《诗词意象的魅力》，安徽教育出版社2003年版。

杨义：《京派与海派比较研究》，太白文艺出版社1994年版。

叶嘉莹：《迦陵谈诗二集》，生活·读书·新知三联书店2016年版。

叶维廉：《中国诗学》，人民文学出版社2006年版。

叶燮：《原诗一瓢诗话　说诗晬语》，人民文学出版社1979年版。

郁贤皓校注：《李太白全集校注》，凤凰出版社2015年版。

袁枚著，王英志注译：《袁枚诗文注译》，浙江古籍出版社2019年版。

袁行霈：《中国诗歌艺术研究》，北京大学出版社2009年版。

袁行霈：《中国文学史》，高等教育出版社1999年版。

张泉：《抗战时期的华北文学》，贵州教育出版社2005年版。

赵家璧主编：《中国新文学大系　建设理论集》，上海文艺出版社1981年版。

钟嵘著，赵仲邑译注：《钟嵘诗品译注》，广西人民出版社1987年版。

朱光潜：《诗论》，上海古籍出版社2005年版。

朱志良：《〈二十四诗品〉讲记》，中华书局2017年版。

宗白华：《美学散步》，上海人民出版社1999年版。

宗白华：《艺境》，商务印书馆2011年版。

宗白华：《艺境》，商务印书馆2017年版。

宗白华：《宗白华全集》，安徽教育出版社1996年版。

三　期刊论文

艾宇佳：《朱英诞的隐逸思想及其书写》，《中文学刊》2022年第5期。

陈萃芬：《朱英诞生平与创作》，《诗评人》2008 年总第 9 期。

陈萃芬、陈均：《关于诗人朱英诞》，《新文学史料》2007 年第 4 期。

陈均：《废名圈、晚唐诗及另类现代性——从朱英诞谈中国新诗中的"传统与现代"》，《新诗评论》2007 年第 2 辑。

陈均：《朱英诞琐记——从〈梅花依旧〉说起》，《新文学史料》2007 年第 4 期。

陈均：《朱英诞小识——"朱英诞小辑"辑校札记》，《新诗评论》2007 年第 2 辑。

陈芝国：《朱英诞诗歌：古典与现代互涉的美学》，《江汉大学学报》（人文科学版）2010 年第 1 期。

陈子善：《一座诗的丰碑——为〈朱英诞集〉问世而作》，《兰州大学学报》（社会科学版）2018 年第 5 期。

程继龙：《超越古今的品质和气度——评〈朱英诞集〉》，《文艺报》2018 年 5 月 18 日"文学评论"版。

程继龙：《诗歌，抵抗精神死亡——读朱英诞新诗》，《扬子江诗刊》2014 年第 2 期。

郭颖楷：《水流心不竞，云在意俱迟——从儿童视角赏析朱英诞新诗创作》，《诗探索》（理论卷）2019 年第 3 辑。

何柄棣：《少年时代的朱英诞》，《诗评人》2008 年总第 9 期。

何江瑞：《至性至情的浅斟低唱：论朱英诞的亲情诗》，《星星》2014 年第 2 期。

何其芳：《论梦中道路》，《大公报·文艺》1936 年 7 月 19 日。

蒋雅露：《朱英诞新诗中的游戏精神》，《中文学刊》2022 年第 5 期。

金美杰：《赋到沧桑句便工——论朱英诞的"怀母"诗》，《诗探索》（理论卷）2019 年第 3 辑。

刘波：《〈应和〉与"应和论"——论波德莱尔美学思想的基础》，《外国文学评论》2004 年第 3 期。

路易士：《新诗之诸问题（中）》，《语林》1945 年第 1 卷第 2 期。

罗振亚：《艺术竞技场上，作品最具说服力——朱英诞诗歌创作的当下启示》,《光明日报》2018年6月26日。

毛金灿:《水入诗歌也多思——朱英诞诗歌中"水"意象探究》,《华中师范大学研究生学报》2020年第2期。

穆木天:《谭诗——寄沫若的一封信》,《创造月刊》1926年第1卷第1期。

倪贝贝:《朱英诞新诗理论初探》,《文学评论》2014年第3期。

彭金山、刘振华:《"美丽的沉默"与时代的错位——论现代诗人朱英诞的诗歌艺术成就》,《中国现代文学研究丛刊》2009年第2期。

钱韧韧:《朱英诞诗歌语言特色管窥》,《中华文化论坛》2013年第7期。

钦鸿:《朱英诞和他的新诗》,《辽宁教育学院学报》(社会科学版)1988年第4期。

任诗盈:《以诗还乡——论朱英诞的怀乡诗》,《新文学评论》2020年第2期。

苏雪芳:《论"兴会"与朱英诞的诗歌创作》,《中文学刊》2022年第5期。

孙梦嘉:《朱英诞现代诗中"梦"的意象解读》,《黑河学院学报》2019年第7期。

王晓渔:《谁能够筑墙垣,围得住杜鹃——诗隐朱英诞》,《读书》2015年第1期。

王雪松、徐晶:《论朱英诞诗歌的创作特点——以〈石竹花盛开〉为例》,《湖北民族学院学报》(哲学社会科学版)2017年第5期。

王泽龙:《论朱英诞的诗》,《文学评论》2017年第6期。

王泽龙:《隐没诗神的重新归来——纪念〈朱英诞集〉出版》,《兰州大学学报》(社会科学版)2018年第5期。

王泽龙:《朱英诞解读新月派诗刍议》,《诗探索》(理论卷)2019年第3辑。

王泽龙、程继龙:《朱英诞与法国象征主义诗歌》,《外国文学研究》2013年第5期。

王泽龙、任旭岚:《朱英诞新诗与宋诗理趣传统》,《学习与探索》2019

年第 2 期。

王泽龙、张皓：《朱英诞诗歌的沉默意识及其书写》，《学习与探索》2021 年第 5 期。

王泽龙等：《美丽的沉默和真诗的旨趣——关于朱英诞诗歌的对话》，《扬子江诗刊》2014 年第 3 期。

魏蒙：《论朱英诞诗歌的镜意象》，《诗探索》（理论卷）2019 年第 3 辑。

解志熙：《"采薇阁"外也论诗——朱英诞的迷盲与现代派诗的问题》，《文艺争鸣》2019 年第 7、8 期。

谢冕：《暮年诗赋动江关——纪念诗人朱英诞》，《兰州大学学报》（社会科学版）2018 年第 5 期。

许乜：《云水胸襟月亮情怀——论朱英诞诗歌中的月亮意象》，《华中人文论丛》2014 年第 1 期。

许楠：《朱英诞诗歌中的"过客"意象解读》，《中南财经政法大学研究生学报》2020 年第 2 期。

许祖华、王易新：《论朱英诞诗歌中的"流浪"书写》，《南华大学学报》（社会科学版）2020 年第 6 期。

杨柳：《论现代派新诗的用典革新》，《江汉学术》2020 年第 4 期。

曾慧：《因病得闲殊不恶——朱英诞新诗中的疾病书写》，《中文学刊》2022 年第 5 期。

张桃洲：《古典与现代之辨：新诗的第三条道路——以 1940 年代沦陷区诗人为中心》，《社会科学研究》2010 年第 1 期。

赵国霞：《论朱英诞"窗"诗的审美体验》，《安顺学院学报》2019 年第 4 期。

郑娟：《"谁航着木兰舟"——论朱英诞诗歌中的"舟船"意象》，《新文学评论》2020 年第 2 期。

周百义：《发掘朱英诞——现代文学史与出版史上的一个重要事件》，《兰州大学学报》（社会科学版）2018 年第 5 期。

周书阳：《此心安处是吾乡——朱英诞诗歌的"江南情结"及其精神向度》，《新文学评论》2020 年第 2 期。

朱英诞：《梅花依旧——一个"大时代的小人物"的自传》，陈均校订，《新文学史料》2007年第4期。

宗鄂：《朱英诞遗作五首》，《诗刊》1986年第8期。

四　学位论文

陈芝国：《抗战时期北京诗人研究》，博士学位论文，首都师范大学，2008年。

程继龙：《朱英诞新诗研究》，博士学位论文，华中师范大学，2014年。

胡建次：《中国古代文论"趣"范畴研究》，博士学位论文，上海师范大学，2004年。

罗燕玲：《论朱英诞诗歌的意象艺术》，硕士学位论文，华中师范大学，2013年。

马雪洁：《废名与朱英诞20世纪三四十年代诗歌艺术比较》，硕士学位论文，华中师范大学，2013年。

倪贝贝：《朱英诞新诗理论研究》，硕士学位论文，华中师范大学，2013年。

薛雅心：《朱英诞山水诗与唐宋山水诗传统》，硕士学位论文，华中师范大学，2021年。

杨柳：《现代派诗歌与晚唐诗风》，博士学位论文，华中师范大学，2017年。

周丹：《朱英诞新诗用典研究》，硕士学位论文，华中师范大学，2016年。

后　　记

朱英诞是中国现代文学史上一位被长期遗忘的优秀诗人。20世纪30年代中期林庚、废名分别为朱英诞诗集《仙藻集》《小园集》作序。1939年朱英诞受邀到北京大学任教，为中文系学生开课讲授新诗与写作，他的讲义与废名的新诗讲义后来经陈均整理结集为《新诗讲稿》，于2008年由北京大学出版社出版。朱英诞从30年代初开始新诗创作，直至1983年去世之前，在长达半个世纪的诗歌创作生涯中，秉持对真诗、纯诗的追寻，为我们留下了3000多首新诗，1300多首现代旧体诗，以及大量的谈诗、论诗的著述。受朱英诞家属的委托，经过我们团队7年的收集整理，2018年由长江文艺出版社出版了《朱英诞集》（十卷本）。《朱英诞集》的出版，进一步引起了读者与学界对这位隐没诗人的关注。

在收集整理朱英诞作品的同时，我和我的研究生开始了对朱英诞的研究。收集到这部著作中的论文，就是我和我指导的部分博士、硕士研究生共同研究朱英诞的成果。朱英诞作为京派文人群中的一位代表性诗人，他的诗歌体现了与中国诗歌传统的深厚联系，他的传统诗歌的修养与兴趣，并没有妨碍他对西方现代诗学与诗歌艺术经验的吸收，他的诗歌体现了传统与现代交融互涉的特点。他的诗歌创作与诗歌理论批评是一份有待开发的宝贵现代诗学资源。

著作按照朱英诞诗歌综论与专题论、朱英诞诗歌与中外诗歌传统比较论、朱英诞诗歌理论与批评研究三个部分编辑而成。参加本书合作的博士、硕士研究生有张浩、周功耀、张嘉祺、任旭岚、薛雅心、伍娇丽、程继龙、倪贝贝等（合作署名信息见有关章节之后）。著作中的内容均已公开发表。在此感谢《文学评论》《学习与探索》《外国文学研究》《华中师范大学学报》《兰州大学学报》《山西大学学报》《江汉学术》《新文学史料》《黑龙江社会科学》《现代中国文化与文学》《写作》《诗探索》等期刊的大力支持。感谢国家社科基金重大项目的支持，华中师范大学文学院一流学科建设经费的资助！本书的出版得到了中国社会科学出版社的大力支持。感谢出版社总编辑魏长宝先生的关心，文学艺术与新闻出版传播中心主任郭晓鸿女士的指导。

近几年我每年都给研究生讲述朱英诞诗歌专题，年轻的学子们对朱英诞诗歌均表现出由衷的喜爱。希望我们的朱英诞研究能进一步引起诗歌界、学术界更多关注，让这位隐没的诗人重放光彩。

王泽龙

2022 年 6 月 18 日